# 破浪

魏烨

Struggling
Against
Corruption

山东友谊出版社·济南

图书在版编目（CIP）数据

破浪 / 魏烨著. -- 济南：山东友谊出版社，2024.
11. -- ISBN 978-7-5516-3273-7
Ⅰ．I247.5
中国国家版本馆CIP数据核字第20248WF122号

# 破浪
## PO LANG

**责任编辑**：王　洋
**装帧设计**：刘洪强

**主管单位**：山东出版传媒股份有限公司
**出版发行**：山东友谊出版社
　　　　　　　地址：济南市英雄山路189号　邮政编码：250002
　　　　　　　电话：出版管理部（0531）82098756
　　　　　　　　　　发行综合部（0531）82705187
　　　　　　　网址：http://www.sdyouyi.com.cn
**印　　刷**：济南乾丰云印刷科技有限公司

开本：710 mm×1000 mm　　1/16
印张：23.75　　　　　　　字数：380 千字
版次：2024 年 11 月第 1 版　印次：2024 年 11 月第 1 次印刷
定价：68.00 元

# 目录

* 楔子 ...... 001

勇踏新征程 ...... 005

巡察起波澜 ...... 041

恶战"色金刚" ...... 085

智斗"器金刚" ...... 157

强攻"酒金刚" ...... 217

奇袭"财金刚" ...... 259

决战"幕后王" ...... 297

楔子

◇ ◇ ◇

纪威站在窗前,心事重重地望着远方铅灰色的云层。深秋的狂风骤起,呜呜地在窗外低吼着,枯黄的树叶在狂风的肆虐中瑟瑟发着抖。

纪威长叹一口气,神情有些落寞。

"咚咚咚……"

一阵敲门声打断了纪威纷飞的思绪。

"请进。"纪威转过身,对着门口回应道。

伴随门把手转动的声音,两个身着黑色夹克的男子进入了办公室。

"老周、小谭。"见到昔日的老同事,纪威的脸上浮现起一抹笑容,而两男子却依旧是一副公事公办的表情。

为首的老周从公文包里拿出一份文件,递给纪威说道:"纪威同志,我们是安南省纪委监委的工作人员,根据网上舆情线索及目前的调查情况,经省纪委监委研究决定并报省委批准,现暂停你安澜市纪委书记、市监委主任职务。请你做好工作交接,准备接受组织进一步调查。"

纪威接过文件,粗略地扫了一眼,就迅速签收了,未再多说什么。他倚在窗边,神情平静,仿佛早已知晓了这个结果。

老周走上前,拍了拍纪威的肩膀,然后摇了摇头,满脸无奈。

老周、小谭走后,纪威再度望向窗外,看着远方灰蒙蒙云层下隐藏的那一抹湛蓝,脸上竟洋溢起一抹胜利般的笑容。

许久,他重新坐回到椅子上,慢慢复盘起这近两个月以来的事情……

# 勇踏新征程

# 一

两辆喷涂"公安"字样，闪烁着红蓝色警灯的白色警车，静静地停在安南省纪委监委办案点——"初心园"的留置楼门口。

两名检察官和数名警察站在车旁，一动不动地注视着留置楼内，像是在等待着什么人。他们的神情有些紧张，眉头微皱，紧握的掌心中沁出一丝若有若无的汗水。

不多时，两名看护民警押解着一名神色颓然的中年男子，在纪委监委办案人员的带领下慢慢走了出来。看到这一幕，在场人员都长舒一口气，紧皱的眉头终于舒展开来。

两名年轻警员迅速上前，一左一右地从两名看护民警手中接过那名被押解的中年男子，按着他的脖子开始往警车里塞。

就在这时，一直"神游物外"的被留置人突然挣扎了起来。两名警员对视了一眼，心里暗道一声"不好"，骤然加大手上的力道，奋力把中年男子往车里推，而男子却利用自己臃肿的身躯左右摇晃，竟然奇迹般地挣脱了两名警员的钳制。

就在所有人都以为这是中年男子"最后的倔强"时，男子却扑通一声，在警车旁跪了下来。他面向安南省纪委监委的办案人员，双手撑地，郑重地磕了三个响头。

"纪主任，感谢您和专案组同志们的挽救，虽然我犯下了不可饶恕的错误，但是您从来都没有放弃过我，一直给我讲政策、讲出路，避免我堕入更加黑暗的深渊……"中年男子说着，已泪如雨下，声音也变得哽咽起来，"谢谢你们，谢谢你们……"

安南省纪委监委第九审查调查室主任纪威看着面前这位曾经大权在握的国企掌门人，心中五味杂陈。他快步上前，扶起正在不停忏悔的中年男子，轻轻拍了拍他的肩膀："老迟，好好悔改，争取早日回归社会，重新做一个对社会有贡献的人。"

"会的，会的，我一定会的……"老迟重重地点了点头，用衣袖抹了抹眼里的泪水，继而慢慢挪动身子，坐进了一旁的警车中。两名警员长舒一口气，随即一左一右坐到了老迟的两侧。

车轮缓缓转动，窗外的留置楼逐渐消失在视野中。曾经的国企掌门人看着这个留置了自己一百七十七天的地方，眼泪如同决堤的洪水再度奔涌了出来，他嘴角动了动，喃喃自语道："违什么别违纪，犯什么别犯法……"

完成移送程序，众办案人员的脸上终于浮现起一抹轻松。老迟的这个案子，因案情重大复杂、涉案人员多、证人分散等多方面原因，原本三个月的留置时间根本不够用，硬生生又延长了三个月。此时的众办案人员已经一百余天没有与家人团聚了，而作为案件主办人的纪威更是从头到尾没有回过家。

看着警车驶出初心园，纪威紧绷的神经才终于放松下来。他转过头，对专案组的办案人员说道："这个案子，大家都辛苦了，快收拾东西回去休息吧。"

众人的脸上皆扬起一抹轻松的笑容，尽管他们知道，不久后的某天他们会因为另一个案件重新返回这里。

曾有办案人员开玩笑道："极少数人一生才能体验一次的留置生活，我们每年都要体验上几次。留置措施不单单留置了被审查调查对象，也'留置'了整个专案组的办案人员。"

或许对于被留置人来说，留置室的日子很难熬，但终究只有数月。而对于办案人员来说，封闭的日子却是连绵不绝，因为这里才是他们的主战场。

众人离开后，纪威重新返回专案组指挥室。他关闭了指挥室的所有电源，重新打扫了一遍地面，在确认没有任何文件遗留后，才最终关闭了指挥室的大门。

这是纪威的一个习惯：任何事情无论大小，都讲求个善始善终。

"嗡嗡嗡——"

口袋里的电话突然响了起来，纪威看了一眼屏幕，上面显示着"路书记"三个字。纪威迅速按下了接听键，好像生怕迟一刻就漏接了什么重要工作任务。

"路书记，您好！"纪威把电话放在耳边说道。

"纪威同志你好！被留置人移送了吗？"电话另一边，安南省委常委、省纪委书记、省监委主任路达之问道。

"跟书记汇报一下：已完成移交程序，被留置人已被公安系统的同志带往看守所。"纪威回答道。

"很好,你主办案件一如既往地扎实。"路达之先是对纪威的工作表示了肯定,继而又缓缓说道,"有时间的话,回委里来一趟吧,有件事情想跟你谈谈。"

"好的,书记。我马上回委里。"纪威挂了电话,立即驱车赶往安南省纪委监委。

## 二

回到省纪委监委办公楼,纪威竟然产生了一种莫名的陌生感,尽管他已经在这里工作了十多个年头。

"咚、咚、咚。"

纪威均匀地敲了三下门,在听到"请进"后,转动门把手进入了路达之的办公室。

"纪威同志啊,坐。"路达之指了指面前的椅子笑道,"案子办得不错,这段时间辛苦了。"

纪威笑道:"不辛苦,书记。早已习惯了。"

路达之笑了笑,话锋一转继续说道:"今天找你来,是有件事情要征求一下你的意见。应安澜市委的请求,委里准备派一位政治站位高、业务能力强的同志到安澜市任纪委书记、监委主任,组织部门推荐了你,我们也觉得你比较合适。现在想听听你本人的意见,有什么困难,你可以提出来。"

"纪检监察干部的首要素质就是讲政治,我完全服从组织的安排,没有任何困难。"纪威不假思索,脱口而出道。

"嗯。"路达之满意地点了点头,继续说道,"那任职就将按照权限和程序走。此次派你去安澜市,是有一个'重要且急迫'的任务等待你去完成。咱省纪委副书记冯琦同志已经在那里替你打了一个月的'前站'了,等你抵达安澜市,先去跟冯琦同志会合,他会给你布置具体的工作任务。"

"好的,书记。"

纪威起身告辞,临出门时,路达之拍了拍纪威的肩膀语重心长道:"纪威同志，此去安澜必定险阻不断，务必戒骄戒躁，慎之又慎，把任务完成好。"

"一定不辜负组织的信任。"纪威听完，重重地点了点头。

离开路达之的办公室后，纪威一直在品味着路达之的话，大脑急速运转着，反复思索那个"重要且急迫"的任务到底是什么，竟在不知不觉间回到了自己家中。

回到阔别一百七十七天的家，在推开家门的那一刻，纪威就感到一种温馨扑面而来。

"爸爸，爸爸……"四岁的儿子像一只活泼的小精灵，第一时间扑到了纪威的怀中，一边撒娇一边不满道，"爸爸，你已经好久、好久、好久没有陪我玩了，我好想你呀！"

纪威放下手中的行李，把儿子轩轩高高举了起来，连连道歉："对不起，对不起……是爸爸太忙了。"

"没关系，老师说要体谅他人的难处，所以我原谅你了。"轩轩"大度"地说道。

不知为何，纪威在听到孩子这句话时，不禁感到一种莫名的心酸。这些年，他实在是亏欠家人太多了。

"轩轩，爸爸刚回来，很累，先让爸爸休息下再陪你玩。"纪威的妻子联竺说道。

"不要，我就要爸爸陪我玩。"轩轩任性道。

"我不累。"纪威把行李交给妻子，转头与孩子沉浸在"警察抓坏人"的游戏之中。这一玩就玩到了晚上，一直到孩子睡着了，纪威才躺在床上，真正放松下来。

"这次能在家里待多久？"联竺问道。

看着温柔的妻子，纪威一时间不知该如何回答。要到安澜市任职的事就像是一块大石头，重重地压在了他的胸口上。

十几年的感情，让两人间产生了一种难以言说的默契。联竺见纪威表情奇怪，于是试探性地问道："有心事？"

纪威犹豫再三，还是将白天与路达之的谈话告诉了联竺。联竺听完，脸上流露出一丝不舍，但她并未多言，只是默默地起身帮纪威重新收拾好了行李。

这么多年，她已经习惯了聚少离多的日子，一直在背后默默支持着纪威的工作。

"你放心去吧，家里有我。"纪威听到妻子的话，一瞬间喉咙像被什么堵住了……

三

清晨的光亮尚未完全穿破云层，空气中还残存着一丝凉意。纪威告别尚在睡梦中的妻儿，拎着简单的行李，蹑手蹑脚地下了楼。

预约的网约车已在小区门口等候，纪威把行李放到后备厢，然后拉开车门，回首望向自己家的阳台。恍惚间，他仿佛看到妻子和儿子正在目送他离开。他不敢再多停留片刻，生怕多停留一秒，眼泪就会不由自主地流下来。

在前往安澜市的高铁列车上，纪威的思绪随着车窗外急速倒退的景物一起飞向了远方。就在这时，手机的振动声打断了他的思绪。纪威拿起手机，屏幕上"冯琦"两个字映入眼帘。

"冯书记，您好！"纪威接起电话笑道。

"纪威同志，你好！"电话的另一端，冯琦儒雅的声音传来，"首先，祝贺你到安澜市履新，开启新阶段的反腐生涯。其次，得跟你道个歉。因为此次任务需要高度保密，在未查清事实之前，我还不能暴露自己在安澜市的事情，所以不能派车去接你了，需要你悄悄地到指定地点来。"

纪威听完，不禁被冯琦认真细致的精神所折服，随即笑道："感谢书记关心，我已预约好了网约车，请您不必挂怀。"

"那好吧。"冯琦带着歉意说道，"我们一会儿见。"

"好的，书记，一会儿见。"挂了电话，纪威不再胡思乱想，他把头靠在座椅背上，开始闭目养神。

走出安澜市高铁站时，一股带着海洋气息的清风拂过纪威的头顶，一种惬意的感觉也随之萦绕全身，纪威心情大好。

中午十二点半，纪威终于赶到了指定地点，见到了安南省纪委副书记、省监委副主任冯琦。

冯琦约莫五十岁，国字脸，眉毛有些粗重，双唇紧抿，目光明亮，仿佛一眼就能把人看得通透，浑身散发着一种不怒自威的压迫感。

见到纪威进来，冯琦连忙放下手中的文件，站起身与他握手。

两人握手的这一刻，也预示着一场前所未有的反腐风暴即将席卷安澜市。

"纪主任啊，我们得有大半年没见了吧？"冯琦一面上下打量着纪威，一面笑道。

"得有七八个月没跟书记汇报了。"纪威回答道。

"审查调查工作磨人啊！"冯琦笑道，"你看看，都把我们的'大笔杆子'磨成了一把锋利的宝剑，一剑出鞘，光寒九州！"

冯琦说完，爽朗的笑声传遍整个楼层。

"书记过誉了。"纪威被冯琦夸赞得有些不好意思。

两人交谈片刻，冯琦收起脸上的笑容，颇为郑重地说道："纪威同志啊，我想路书记已经跟你说过了，这么着急让你来，是因为有一件'重要且急迫'的任务要交给你。"

冯琦一边说着，一边从背后的保密柜里拿出了一份文件递给纪威。纪威起身双手接过，目光瞬间被文件的标题所吸引。

"安澜港集团有限公司审计报告。"纪威一字一顿地读了出来。

冯琦点了点头，示意他继续看下去。

纪威慢慢翻动着审计报告，仔细地阅读起来。起初，他的神色还较为平静，但他越看，脸上的愤怒之色就越发浓重。若不是冯琦在这儿，只怕以纪威疾恶如仇的性格，他将会愤怒得拍案而起。

纪威在看审计报告的时候，冯琦也在打量着这位有传奇色彩的纪检监察干部。片刻后，冯琦的脸上流露出了难得的笑容。显然，他对有能力、有胆识又有正义感的纪威很满意。

"纪威同志，你是金融、国企领域的反腐败专家，谈谈你的看法吧。"见纪威看完报告，冯琦拿起水杯喝了一口茶水，缓缓说道。

面对冯琦的校考，纪威没有丝毫紧张，他简单整理了一下思路，慢条斯理道："从审计报告来看，安澜港近十年来在业务量稳步增长的情况下，净利润却连年亏损，这必然是利益输送、腐败横行导致的。安澜港就像是一棵大树，如今的它病入膏肓，必然是蛀虫'群噬'的结果……"

"好一个'群噬'啊。"未等纪威说完，冯琦就拍着手笑道，"看来让你到安澜市任职，真是个无比正确的决定！"

冯琦说完，慢慢地站起身，他转头望向安澜港方向，目光也变得深邃了起来："两年之前，安澜市委就发现安澜港存在一些问题，也下定决心要进行整治；措施采取了不少，但是收效甚微。更令人气愤的是，去年安澜市委从国资委选派了一名同志，到安澜港集团去任党委副书记，结果不到半年这名同志就被挤兑了回去。几十年的经济发展，让安澜港集团变成了一个独立王国，针插不进、水泼不进。再这样下去，只怕安澜港这个'港口巨人'随时有倒下的危险……"

冯琦看着面色渐渐沉重的纪威，继续说道："安澜港内部甚至有这么一个传言：'四大金刚'不抓，审计整治白瞎；'幕后大王'不倒，安澜港口难好。"

像是有一记重拳狠狠地打在了纪威身上，让他的心情一下子变得沉重起来，他紧紧攥着手中的审计报告，怒色再次爬上了他的面庞。

冯琦慢慢地转过身，锐利的目光在纪威身上扫过，他话锋一转继续说道："安澜市委、市政府已经充分认识到了安澜港问题的严重性和急迫性，这一次下定决心要对安澜港开展一次刮骨疗毒式的专项整治。安澜市委、市政府的主要负责同志更亲赴咱省纪委机关找到路书记和我，详谈了安澜港集团有限公司的问题，并请求我们的帮助。于是这才有了我到安澜市'打前站'，以及让你到安澜市任职这些事。"

纪威猛然抬起头，眼眸中掠过一抹急色，他直视着冯琦说道："书记，您安排任务吧，我保证完成好。"

"不要急，纪威同志。我们此次的任务，就是以专项整治的方式，力求在最短的时间里救活这座港口。"冯琦看着急慌慌的纪威，拍了拍他的肩膀继续说道，"此次专项整治行动，虽是由安澜市委、市政府主导，但是由安澜市纪委监委全力组织落实，活儿都得你们干。不过，我和省纪委监委的同志将作为后盾，全力支持你们……"

"有书记做我们的靠山，我们可就轻松多了！"纪威重新笑了起来。

"靠山可谈不上，我顶多就是你的参谋外加后勤部部长。"看着乐观的纪威,冯琦也笑了起来,"今天你比较辛苦,先回去收拾下吧,明天我们再具体讨论制定方案的事情。"

这时,纪威却主动说道:"书记,我想先去安澜港实地察看一下。"

冯琦有些惊讶地看着纪威,随即点点头道:"好,可以,我跟你一起去。"

## 四

"哗——哗——"海浪拍打着礁石,溅起一丈多高的晶莹浪花,然后又迅速向后退去。

冯琦和纪威站在高高的海堤上,眺望着不远处的港口作业区,思绪万千。海风把他们的外套吹得猎猎作响。远远望去,两人就像是两面矗立的旗帜,迎风飘扬。

港区内一艘艘巨轮停泊在码头边,每艘巨轮的甲板上都装满了五颜六色的集装箱。无数起吊机正忙碌地运转着,它们伸出如橡般的巨臂,把一个个集装箱搬上运下。

冯琦指着繁忙的港口作业区说道:"安澜市因港口而设立,其GDP(国内生产总值)的一多半都是安澜港创造的,曾有人开玩笑说'安澜港打个喷嚏,安澜市都会感冒'。这个玩笑虽然有点夸张,但它说明了安澜港在安澜市的地位有多重要。"

纪威点点头,神色凝重地望着忙碌的港区。

"放我们进去,我们要见徐总。放我们进去,我们要见徐总……"

港区门口的一阵喧哗声,打断了冯琦与纪威的对话。

两人循声望去,远远看见港区门口,一群保安正把两个老人往外推。两个老人哭喊着,声嘶力竭,现场见闻者无不动容。

"走,我们快过去看看。"冯琦说道。

冯琦和纪威赶过去的时候,两位老人已经被凶神恶煞的众保安推倒在地。满头白发、身体瘦弱的老太太跌坐在地上,不断地哀泣着,她双手拍打着地面,嘴里不断地骂着:"徐构你这个丧尽天良的畜生!你没良心,连我儿子的抚恤金你都克扣……"老大爷则跌坐在一旁,不断地抹着眼泪。

"崔老头，徐总不见你，弟兄们也没有办法。快回去吧，别让兄弟们为难。"保安队长说道。

"求求你们，让我们见见徐总吧。"老大爷说着，竟然直接给保安队长跪了下来。

"别来这套，徐总说不见就不见，再赖着不走，我可真的动手了。"保安队长说着，将手中的棍子高高举起，朝着老人挥去。

"住手！"冯琦急忙喊道，"怎么能打老人呢！"

"你们又是干吗的？"保安队长见到"多管闲事"的冯琦和纪威，顿时火冒三丈，他握着手中的橡胶棍子，恶狠狠地指向两人，"没事赶紧滚！这不是你们能逛能的地方。"

冯琦和纪威没有理会保安队长，而是各自扶起一名老人。两位老人也不希望冯琦和纪威两人因为自己而担是非，也赶忙劝他们离开。

纪威与冯琦对视了一眼，在获得同意后，他冲着老人笑道："今天这个事情，我们管定了！"

"嘿，这么些年了，终于又遇上不怕挨揍的了。"保安队长说完，众保安哄然大笑了起来。

就在保安队长要动手的时候，一名中年保安轻轻地拉了一下他的衣角，并冲保安队长使了个眼色。

长期从事审查调查工作，让纪威养成了明察秋毫的特殊习惯。他人的每个眼神、每个动作、每个表情，纪威都不会漏看，而会牢记于心并加以揣摩。

此时两个保安之间的"小动作"，自然被纪威看在眼里。

"嗨——"保安队长忽然像是意识到了什么，连忙打了个哈哈，态度发生了一百八十度的大转弯，"崔叔，刚才我跟您二老闹着玩呢。您不是要见徐总吗？走，我带你去。"

保安队长说完就要上前去拉那名老大爷，纪威眼疾手快，抢先一步挡在了老大爷身前，笑道："我们也陪两位老人一起进去吧。"

保安队长的脸上浮起一抹怒色，但很快这怒色又被他隐藏了下去："这位老弟，我们集团的事，自己能解决好，就不麻烦你费心了。"说完就要继续去拉老大爷。

"我看还是一起吧。"尽管保安队长说得"有理有据",但担心老人安全的纪威依旧寸步不让。

"你别给脸不要脸!"保安队长终于原形毕露,再度跳着脚大骂了起来。

因为摸不清冯琦和纪威的身份,众保安一时间也不敢轻举妄动。他们既生气又紧张,一个个脸色青白,看似专横跋扈,实则外强中干,生怕一不留神就踢到了铁板上。

就在此时,港区中走出一名凶神恶煞的男子,众保安见到他后纷纷点头哈腰地让开道来。

男子约莫四十岁,留着板寸头,粗硬的短发仿佛刺猬身上的刺,一根根竖了起来。他比一众保安高出半个头,身形魁梧,浑身肌肉,看上去就像是一座铁塔,仅从身形上就给人一种压迫感。此人正是这群保安的头头——安澜港集团安保公司经理徐构。

徐构眼神如刀,恶狠狠地盯向纪威。纪威亦丝毫不惧,抬头与他对视。

"你他妈谁啊?"徐构抬起手指着纪威,恶狠狠地骂道,"你算哪根葱啊,敢来港上管闲事!你以为你是谁啊?新来的纪委书记?"

"哈哈哈哈——"

徐构话音落下,众保安立即哄笑了起来。

纪威闻言,非但不生气,反而也笑了起来:"巧了,我还真是。"

见纪威表现得风轻云淡,徐构的脸上闪过一丝慌乱,他拿出手机,匆匆地赶回办公室。

"哎呀,纪书记,真的是您啊!误会,都是误会。"不多时,徐构又回来了。他像是人格分裂一样,不仅身上的戾气一扫而空,整个人也变得无比热情。

他走上前,伸出双手笑道:"纪书记,您亲自来检查指导工作,怎么不提前下个通知,弄得我们都没做好准备。"

纪威冷哼一声,略有怒色道:"哼哼,准备?你们准备好了,我们怕是看不到任何真实情况了。"

徐构的脸上闪过一丝难堪,随即他又嬉皮笑脸地说:"哪能啊,书记。"

纪威不听徐构的辩解,转而说道:"带我们去你们的接待室,我们要跟两位老人了解下情况。"

徐构面露难色，尽管心里一百个不情愿，但还是把冯琦和纪威领进了安保公司的接待室。

两位老人进入接待室前，徐构警告般地朝两位老人瞪了下眼睛。而这个细微的动作，再度被纪威捕捉到。

## 五

接待室内，两位老人握着手中的一次性纸杯，轻轻地抿着水，神情十分紧张。

纪威朝着两位老人笑了笑，温和地说道："老人家，不要紧张。我是咱安澜市纪委书记纪威，这位也是咱纪委的同志。您二老有什么情况，尽管跟我们说。"

两位老人听完，互相对视了一眼，却仍旧低着头没有说话。

纪威看出了两位老人的顾虑，笑道："您二老不要害怕，我们纪委监委的主责主业就是正风肃纪反腐，也就是咱们常说的'抓贪官'，专门为咱们群众做主。徐构的眼神虽然凶狠，但倘若他做出什么违法的事情，也必然逃脱不了党纪国法的惩治。"

纪威的话，就像是一把钥匙，终于打开了两位老人的心扉。在纪威的开导下，那名老大爷慢慢地说出了他们的情况。

老大爷姓崔，是安澜港上的老职工。他们的儿子生前是安澜港集团安保公司的一名员工，前几年因在台风中抢救货物而不幸丧生。原本集团答应给予五十万元的抚恤金，但实际发到他们手里的钱只有十万元。

儿子去世后，他们一家没有了生活来源，生活日渐贫困。为了讨回这笔抚恤金，他们多次向集团反映情况，但集团说已经拨付给了安保公司，他们只能向安保公司讨要。一连三年，安保公司经理徐构不是不见，就是找借口拖延，迟迟不把抚恤金给他们。为了生活，他们就只能天天来找徐构讨要。

纪威一面听着，一面在随身携带的便笺本上记录着，记着记着，脸上的愤怒之色就显现了出来。

"这个徐构真是太不像话了！"冯琦愤怒道。

"书记，求求您一定帮我们老两口讨个说法。"崔大爷说着再度跪了下来。

"使不得，崔大爷。"冯琦和纪威连忙扶起崔大爷，并安慰道，"崔大爷您放心，我们一定把事情调查清楚。如果事情确实如您所说，我们一定帮您讨回这笔抚恤金并给予相关人员党纪政务处分！"

"谢谢书记，谢谢书记……"崔大爷说着，眼泪止不住地流了下来。

冯琦和纪威在了解完情况之后，将两位老人送出了港区。考虑到两位老人的安全，纪威特地为两位老人叫了辆网约车，并嘱咐司机一定将老人安全送回去。

"纪书记，不能让你花钱给我们打车呀。"崔大爷摇下车窗，从口袋里掏出一张皱巴巴的纸币，说什么都要纪威收下。

冯琦和纪威看着朴实的老人，心中同时闪过一抹酸楚。纪威走上前，接过纸币，趁着老人不注意又重新塞给了老人。

车辆缓缓起步，崔大爷一边擦着泪水，一边冲冯琦和纪威挥手告别，嘴里喃喃道："谢谢你们，谢谢你们……"

冯琦看着逐渐消失在视野中的崔大爷，心中百感交集。他长叹了一口气，带着一丝怒气说道："纪威同志，看来我们的工作还存在着很多不足啊。"冯琦的话音刚落下，他就看到两辆黑色奥迪A4轿车疾驰而来。

轿车在冯琦和纪威的面前停下，徐构等人见状纷纷快步上前，恭敬地赔着笑脸，帮一名身着太极服的中年男子打开车门。

下车的这人正是安澜港集团的"三把手"——党委副书记唐平。

唐平年过半百，非但没有老态，反倒是满面红光，神采奕奕。他的脸上时常挂着笑，很难让人察觉到他笑容背后的真实想法。加上他常年喜穿太极服，活脱脱一个善打太极的官场高手。

"纪书记，今天让你们见笑了。"唐平的额头上冒着汗，神色却没有丝毫慌乱。他走向前，热情地与冯琦、纪威握手，并检讨道："是我们的工作没做好，请书记们批评，我们一定改正。"

纪威直视着唐平，略有怒气道："这仅仅是工作没做好的问题吗？"

"纪书记，您批评得太对了，也太及时了！让我深刻认识到集团还存在很多问题。下一步我们集团党委一定按照您的指示要求立行立改、不断完善……"面对略有怒色的纪威，唐平"诚意满满"地检讨着自己，不断地道着歉，让纪威的一记重拳如同打在了棉花堆上。

看到唐平这一副"老官油子"嘴脸，纪威胸中怒气横生。他极力压制住胸中的怒火，一语双关地笑道："久闻唐书记是一位'太极高手'，今日一见果然名不虚传。"

纪威突如其来的"反客为主"，顿时打乱了唐平自我检讨的节奏。

唐平闻言顿了顿，旋即又将节奏迅速调整了过来。他停止了检讨，将话题一转，亦一语双关地说道："您也果然'非同凡响'。"

纪威直视着唐平的眼睛，气势陡然上升，不让分毫地再度笑道："我才刚来安澜市半天，您就已经知道了。唐书记，当真是消息灵通。"

眼见火药味越来越浓，徐构连忙岔开话题，招呼道："这里有点晒，书记们，别站着了，到我们的接待室坐坐吧。"

徐构的一句话，让现场的气氛得到了缓和。

"坐就不坐了。"纪威盯着唐平及其身后的徐构，严肃地说道，"我希望两天之内，崔大爷的事情能够得到妥善解决。"

"我们一定处理好，我们一定处理好……"唐平重新换上了一副笑脸，连连保证道。

自始至终，纪威都没有向别人介绍冯琦，而冯琦也刻意低调，减少别人的关注。原因无他，就是在未查清事实之前，绝不暴露"秘密调查组"的存在。

目送冯琦和纪威离开后，唐平脸上的笑容瞬间消散。他转过头，眼神如同刀剑般直刺到徐构身上："你做的好事！赶紧去给我处理好，不省心的玩意儿！"

面对唐平的责骂，嚣张跋扈的徐构，就像是一只受惊的小鹌鹑，耷拉着脑袋，大气都不敢出，有些灰污的衬衣瞬间被冷汗打湿。

徐构唯唯诺诺道："唐书记，我……我……我一定处理好……"

## 六

回到秘密办公点，冯琦和纪威依旧余怒未消。崔大爷的事情虽然令人气愤，但它只是安澜港诸多问题中的冰山一角，冰山之下只怕还埋藏着更多贪腐问题。

"纪威同志啊，"冯琦严肃道，"这次实地调查，让我们更加深刻地认识到安澜港专项整治工作的重要性和急迫性，我们需要尽快拿出一个周密的专项整治方案来。"

"好的，书记，我抓紧时间落实。"纪威点点头，站起身说道。

"在金融和国企反腐领域，你是专家，那就辛苦你了。"冯琦道。

之后，纪威拎着行李回到宿舍。简单收拾了一下后，他便开始思考起专项整治方案来。

第二天，在安澜市委、市人大常委会党组、市政府领导在场的情况下，安南省委组织部领导宣布纪威担任安澜市委委员、常委和市纪委书记。纪威与安澜市委、市政府的主要负责同志以及众市委常委们一一见了面，并进行了一番交流。处理完相关手续后，纪威正式上任。一上任，他便带领安澜市纪委监委的工作人员一头扎进了专项整治方案的制定工作之中。

一连三天，他们每日工作到凌晨，累了就在沙发上躺一会儿，饿了就吃桶泡面垫一垫。为了不让自己犯困，他们每隔两个小时就要喝杯咖啡。办公桌的烟灰缸里，也密密麻麻地插满了"烟屁股"。

数易其稿之后，纪威终于在第四天上午，将一份十七页的安澜港集团有限公司专项整治方案放在了冯琦的办公桌上。

看着厚厚的整治方案，冯琦脸上流露出惊讶的神色。

"巡察在前，审查调查在后，协同配合，精准发力。"冯琦一边仔细审阅着方案，一边对纪威笑道，"纪威同志，你当真是'严真细实快'的表率，让人不得不给你竖一个大拇指啊。"

冯琦翻看着方案，又看了看顶着两个"熊猫眼"、神色憔悴的纪威，心里浮现出一抹歉意。

他站起身，拍了拍纪威的肩膀，叹了一口气，说道："纪威，你先回去休息休息，这几天确实把你累坏了。我仔细研究一下方案，明天我们再召开专题会一起讨论讨论。"

"好的，书记。"纪威点头回应道。随后，他拖着疲惫的身体返回宿舍休息。

连续几天的高强度工作，几乎抽空了纪威全部的精力。回到宿舍的那一刻，强烈的疲惫感如同呼啸的寒风，朝着纪威突袭而来。

也许是太累了，未来得及脱掉鞋子，纪威就一头栽倒在床上呼呼大睡了起来。

蒙蒙眬眬之中，纪威看到崔大爷和崔大娘衣衫破烂、浑身是伤地跪在他面前，哭喊着让他帮他们老两口主持公道。纪威伸出双手，想把两名老人搀扶起来，却发现两名老人的身影竟凭空消失不见了。

梦境中突然空无一人，纪威抬起头，看到一张黑色的巨网从天而降，朝着自己落了下来……

纪威浑身一颤，打了个激灵，从睡梦中惊醒，脸色苍白。

纪威竖起枕头，慢慢地坐起身靠在上面，惊魂未定地擦了擦额头上的冷汗，若有所思。

"得去崔大爷家看看。"纪威喃喃自语道。

拖着疲惫的身体，纪威在超市购买了一箱牛奶和一提苹果。他按照之前帮崔大爷打车时所保存的地址，乘坐网约车来到了崔大爷居住的小区。

小区名为"安澜港第一生活区"，始建于20世纪80年代，距今已有近四十个年头。由于年头久且疏于管理，小区已经彻底沦为了人们口中的"老破小"。

纪威走在小区的路上，不时躲避着路面上的水坑和四处散落的垃圾。在数次询问路人后，他终于找到了崔大爷家居住的单元。

踏入单元门的那一瞬，一股腐烂发霉的味道扑面而来，呛得纪威一阵咳嗽。纪威赶忙长呼一口气，咬着牙继续往上爬。

来到二楼，纪威看到楼梯的拐角处横七竖八地堆满了旧书籍、烂纸壳、饮料瓶等可回收垃圾。腐烂发霉的味道估计就是从这里散发出来的。

强忍着胃部的翻江倒海，纪威终于来到了崔大爷的家门口。正准备敲门时，他忽然听到房门内传来了一阵乒乒乓乓的摔杯子声。

"崔老头，你行啊，市纪委书记你都能请来，长能耐了啊！"一名男子的嚣张声音，隔着薄薄的木门，传入纪威耳中。

虽然只有短短一句话，但纪威一下子就辨别出，这是安澜港集团安保公司经理徐构的声音。

纵然只听过一次，但那种带着官僚主义和霸痞作风的音调，纪威这辈子都不会忘记。

"砰！"屋内传来一声重物落地的响动。紧接着，徐构嚣张的话音再度传来："崔老头，我今天也不跟你多掰扯。你识相地把这个收到条签了，拿着这十万块钱，给我把嘴闭好，否则有你好受的！"

屋内，崔大爷颤颤巍巍地从徐构手中接过那张收到条，戴上老花镜，仔仔细细地看了一遍，然后卑微地说道："徐总，这收到条上明明写的是三十万，可您给我们的只有十万啊……"

"爱要不要！"未等崔大爷说完，徐构就粗暴地打断了崔大爷的话，"给你这十万也是老子可怜你。再磨叽，老子一毛钱也不给你，收到条你该签的还得签！"

"你们……你们这是犯法的……"崔大爷老泪纵横，骨子里的最后一丝自尊，让他抬起头直视着徐构说道，"我要去纪委举报你们……"

崔大爷突如其来的"强硬"，让徐构顿时一愣，他没想到那个一直任他拿捏的、软弱的崔老头竟然敢反抗他了。

短暂诧异后，徐构脸上浮现出一抹阴狠的笑容："去告我？好啊！"

徐构目露凶光，竖起右手食指，指着崔大爷说道："崔老头，既然你要去纪委告我，就应该考虑下你从纪委出来后的事怎么办。"

"你……你什么意思？"感受到了徐构话中威胁的意味，崔大爷怯生生地问道。

"比如说——"徐构仰起头做沉思状，继而目如饿狼，赤裸裸地威胁道，"比如，你在回家的路上会不会遭遇车祸？你会不会因患抑郁症跳楼？你家会不会突然失火？再比如，你孙子在上学路上会不会遇到什么坏人？"

徐构一边威胁着，一边观察着崔大爷脸上的表情。当看到崔大爷流露出恐惧的神色时，他终于笑了起来。

"徐总……徐总……求求你们……求求你们不要伤害我孙子……他还是个孩子……"

看着瘫坐在地上不断垂泪的崔大爷，徐构很满意，至少他此行的目的已经达到了。他站起身，把那张收到条甩到了崔大爷脸上，不耐烦道："早知如此，何必当初呢。快把收到条签了，老子可没空陪你在这儿瞎扯。"

"我签……我签……"崔大爷捡起地上的收到条，颤颤巍巍地拿起笔，双手不断哆嗦着。

"这就对了嘛。"徐构笑了起来，"认了就对了。不然的话，我们的手段能多到吓死你！"

"哦？徐总还有什么手段，我真是迫不及待地想见识见识！"就在崔大爷即将签下名字时，房门外的纪威终于压制不住胸中的怒火，推门而入。

看到纪威的那一刻，徐构吓得面如土色。

纪威走上前，搀扶起瘫坐在地上的崔大爷。趁着徐构愣神的片刻，他接过那张收到条，又把徐构扔下的那十万元拿在了手中。

"只给了十万元，却让崔大爷签下三十万元的收到条。"纪威掂量着手中的钱，又扫了一眼收到条，双目中充满怒气，"徐总这'中间商'赚的差价可真不少啊！"

毕竟是见过"大场面"的人，徐构在短暂的失神后，很快便恢复了往日的狡猾。他朝着纪威露出一个谄媚的笑容，仿佛之前那个凶狠阴毒的徐构，跟他没有一毛钱关系。

徐构谄笑着，眼球在眼眶中咕噜噜地转动着。片刻后，他笑道："纪书记，您误会了。既然他签了三十万的收到条，那我当然就给了三十万元。"

"真是睁着眼睛说瞎话！"纪威在心里骂道。

纵然怒火燎原，纪威依旧面色如常，他指着手中的十万元现金笑道："那这是怎么回事？难道贵公司出纳的点钞技术是另类？"

面对纪威的质问，徐构继续发扬死不要脸的风格，强词夺理道："为了表现诚意，我先拿了十万元现金过来，剩下的二十万元随后就会打到崔大爷的卡上。毕竟我个人带着三十万元现金，也有风险不是。"

"徐总考虑得果然'周到'。"纪威一语双关道。

"书记过誉了。"徐构不以为耻，反以为荣地笑道。

"这脸皮当真是比城墙还厚啊，真可惜他刚才的话，我没来得及录下来。"纪威在心中说道。

因为没有实质性证据，且徐构的解释也没有很大破绽，纪威也不好再与徐构纠缠。他面色一凛，眉头微皱，双目如电般地盯着徐构，严肃道："徐总，刚才的情况到底是怎样的，你我都心知肚明。我可以不追究，但希望你好自为之！"

纪威说着，站起身来，慢慢地向徐构走去，直到离徐构仅剩五十厘米时才停了下来。徐构甚至能听到纪威因愤怒而急促起来的呼吸声。

纪威直视着徐构，双目中如有百万正义之剑纵横驰骋，强大的压迫感压得徐构不敢与他对视。他一字一顿道："我在这里就警告你一条，一旦崔大爷及其家人受到威胁或者人身伤害，不论是谁做的，我们市纪委监委都会一查到底！"

因为心中有鬼，徐构被纪威的正义气势吓得不敢抬起头。他耷拉着脑袋，轻轻地点了点头。

"徐总，我希望你协调下财务，尽快把欠崔大爷的抚恤金补齐。"纪威舒缓了一下情绪，继续说道。

"纪书记……我……马上安排。"如惊弓之鸟的徐构听到纪威的话，如蒙大赦，逃一般地夺门而出。

"纪书记，你是我们全家的恩人！"徐构夹着尾巴逃离后，崔大爷看着纪威，竟扑通一声朝着纪威跪了下来，老泪纵横道，"若不是你，我们就让这帮'贪官'害惨了……"

纪威连忙搀扶起崔大爷，一边拿着纸巾给崔大爷擦着眼泪，一边说道："您千万别这样。正风肃纪反腐是我们纪委监委的职责。让您蒙受这样的委屈，实质上是我们工作没做好，监督职责履行不到位。"

"纪书记，我老汉也活了几十年了，从来没亲眼见过你们这样的好干部。"崔大爷一边擦着眼泪，一边带着哭腔说道。

纪威看着崔大爷，神情动容。他从口袋中拿出一张名片，递了过去："崔大爷，这是我的电话。以后不管再遇到什么情况，请及时告诉我们，我们一定尽全力帮助您。"

崔大爷接过名片，双目泪如泉涌："谢谢你，纪书记！谢谢你……"

从崔大爷家中出来，纪威的心情久久不能平静。他点了一支烟，漫无目的地走在喧嚣的街道上，不知不觉间，竟走到了安澜港集团有限公司的总部。

纪威抬起头，仰视着面前的这座摩天大楼，心中像是有一块巨石，压得他喘不过气来。

9月的海风，已没有了炎夏的那份燥热，反倒带着几丝清凉。微风轻拂，一片树叶落到了纪威头上。

纪威伸手拂掉头上的树叶，若有所思地盯着眼前的高楼，目光前所未有的坚毅。

## 七

经过充分讨论，进一步修改完善后的安澜港集团有限公司专项整治方案最终定稿。

冯琦摩挲着方案，慢慢地站起身，神色变得愈发凝重。他看着窗外的灰色云层，严肃道："方案我们已经制定好了，但是在这之前，我们还有一场'硬仗'要打。"

纪威闻言，反倒极有信心地笑了起来："这场战斗，书记您亲自督战，我们安澜市纪委监委还是很有信心的。"

冯琦听完，点点头，脸上终于流露出一丝笑意。

晚上七点，结束了一天工作准备回家休息的安澜市委常委们，再度被重新召集到了市委会议室内。

摸不着头脑的众常委都有些疑惑，到底是什么议题如此紧急，又如此神秘。就在众常委议论纷纷时，纪威推门而入。会场上立刻安静了下来，所有人的目光都汇聚到了纪威手中的文件上。

"各位常委，很抱歉这么晚又把大家召集回来。由于此次议题'重大且急迫'，也是出于保密考虑，所以把时间定在了这个点儿。"纪威说着，举起了手中的整治方案，"市委、市政府主要负责同志虽都在外地考察，但他们对这次的议题完全赞同。"

文件依次传发了下去，当众常委看到文件标题的那一刻，脸上都不约而同地流露出了震惊的神色。

这次怕是要对安澜港动真格的了！

众常委仔细研读着专项整治方案，神情复杂不一。约过了十五分钟，纪威见众常委已基本翻阅完一遍方案了，于是开始继续主持这次专题会议。

纪威清了清嗓子，神情郑重地说道："大家翻阅完手中的方案，想必已经对本次会议的内容，有了一个大致的了解。受市委、市政府主要负责同志委托，此次专项会议由我跟大家一起进行讨论，"纪威轻舒一口气，厉声道，"主要讨论专项整治安澜港集团有限公司的问题。"

纪威翻动着手中的方案，慢条斯理地继续说道："通过前期的调查，我们市纪委监委发现，过去几年，我们市委常委会多次讨论过安澜港的有关问题，也采取了一些措施，但说实话成效都不大。而这次，在我们安澜市委和省纪委监委进行了充分沟通之后，领导们终于下定决心，对安澜港集团有限公司采取一次刮骨疗毒式的专项整治。具体的整治内容都在方案里，大家有什么意见可以提出来。"

纪威的话音落下，会议室里一下子安静了下来。众常委都听出了纪威话中的决心，一时间都在斟酌着如何开口。

墙上挂钟的秒针，发出细微的嗒嗒声，像是一串串脚印，踩在了每位与会常委的心里。

"如果大家都没意见的话，那么这次专项整治行动就这么决定了。"纪威说道。

"纪书记，我有……几点建议。"就在纪威准备拍板时，分管经济工作的安澜市副市长任旭涉举手说道。

"哦，旭涉同志，有意见不要藏着，说出来大家议一议嘛。"纪威笑着看向任旭涉，轻描淡写地说道。

"好的，纪书记。"听到纪威的话，任旭涉像是做了一个极为艰难的决定，沉思片刻，说道，"在座的常委们都知道，安澜港是我们安澜市的经济支柱，近几年几乎创造了我市百分之四十的经济体量。当下正是第四季度冲刺全年经济目标的关键阶段，这个时候对安澜港集团开展专项整治行动，我担心会影响我市的经济数据。"

任旭涉说完，环视了一眼众常委，又极为迅速地偷偷看了一眼纪威，继续补充道："当然，我是支持专项整治工作的，只是建议延期到明年开展。"

众常委思索着任旭涉的建议，神情各异。

"我同意旭涉同志的建议。"随即又有另一名常委补充道，"开展专项整治也好，专项巡察也好，这对国有企业，尤其是对安澜港集团这样的'巨人'国企来说，都是一件大事。开展巡察之后，势必会暴露出诸多问题，给予一些不守纪律、规矩的领导干部党纪政务处分，甚至是对他们采取留置措施。这些惩处，势必会闹得人心惶惶，导致工作效率降低，从而影响我市全年的经济指标。"

两位常委发言后，会场上的众常委基本认同了延后开展专项整治的建议，都认为在这个特殊时期，不宜大动干戈。稳经济、稳指标才是当下工作的重中之重。

纪威端起面前的白瓷杯，浅浅地抿了一口茶水。他浅思片刻，缓缓开口道："任市长的担忧不无道理，但对于这个问题，我也有一些自己的看法。"

纪威环视四周，继续说道："在反腐败斗争纵深推进的新形势下，社会上有一部分人抛出了'反腐败工作对经济发展有负面影响'的观点，认为反腐败是导致当前经济下行的原因之一。但我个人认为，这种说法明显是错误的。"

纪威顿了顿，继而如同正在排兵布阵的将军般，论述起自己的观点来：

"我国经济在经过长期高速增长之后，总体增速放缓是正常现象，决不能片面地把原因归咎于反腐败。相反地，我认为在全世界经济都处于低迷状态时，我国经济仍能保持增长，这与反腐败工作的成效是分不开的。反腐败斗争，消除了一些单位和领导干部为权力寻租而设置的种种障碍，规范了市场秩序，降低了办事成本，优化了营商环境，从某种意义上说，促进了经济的发展。

"再说回我们这次专项整治行动。今天是9月6日，距离12月20日的经济数据统计，还有近三个半月的时间。这段时间，既是经济工作的收尾期，也是经济发展的冲刺期。如果我们能以雷霆手段，在较短的时间里为安澜港集团刮骨疗毒、扫除沉疴，让其浴火重生，我认为今年剩下的时间里，安澜港集团将会得到飞跃式发展！"

纪威的话就像是一块巨石，忽然投入原本平静的湖面中，然后反思的涟漪便一圈圈地荡漾开来……

会议室内再度安静了下来，众常委们纷纷颔首，对纪威的观点表示认同。

"纪威同志，你刚才的观点有一定的道理，但只是你个人的看法，并不是经济学家们深入调研分析后得出的结论。"任旭涉再度开口道，"安澜港集团的实际情况，要远比你想象的复杂得多。在没有深入研判之前，我觉得不能草率做决定。"

面对任旭涉的质疑，纪威不怒不愠，他扶了扶鼻梁上的眼镜，回应道："我虽来安澜市不久，但是来报到的第一天，就到安澜港集团的港口作业区进行了实地查看。而且，大家看到的这份整治方案，是市纪委常委会（监委委务会）结合安澜港集团近几年来的一些情况，经过反复讨论后最终定稿的，并不是未经深入研判的纸上谈兵。"

谦谦君子，温润如玉。

纪威的话有理有据，将任旭涉辩驳得哑口无言。

纵然如此，任旭涉仍旧坚持着自己的观点，他略作沉思后，开口说道："既然纪威同志和市纪委常委会都认为，确实有必要立即对安澜港集团进行专项整治，那么我原则上赞成。只是——只是希望，能尽量缩短在港上进行巡察的时间，不要过多影响安澜港集团的业务，从而影响第四季度的经济数据。"

纪威的脸色阴沉了下来，左手食指和中指有规律地交替敲击着桌面。片刻后，他才抬起头，直视着任旭涉问道："旭涉同志，你认为多长时间合适？"

任旭涉愣了一下，深思几秒，随后试探性地问道："巡察时间为五十天左右，如何？"

纪威沉思片刻，缓缓道："可以。我们市纪委监委有信心在五十天内完成巡察任务。"

纪威的话，像是一缕清风，吹散了笼罩在众常委心头的那抹阴霾，也给予了他们极大的信心。

一时间，众常委皆对纪威的观点表示赞同，一直坚持延后开展专项整治的任旭涉只能无奈地摇了摇头。

纪威的脸上浮现出一抹浅浅的微笑。他目光扫过在座的每一位常委，笑道："既然大家已经进行了充分的讨论，那么我们就按照我党民主集中制的原则，对是否立即开展安澜港集团专项整治行动进行举手表决。"

话音落下，纪威率先举起右手，任旭涉紧随其后，之后其他常委们也陆续投出了赞成票。

全票通过！

纪威忽然站起身，对着众常委深鞠了一躬，缓缓道："感谢各位常委的支持，我相信在大家的共同努力下，安澜港一定会变回那个健康的'经济巨人'！"

## 八

星光洒在静谧的海滩上，浪花在秋风的吹拂下跳着欢乐的舞蹈，天地间一片寂静与祥和。

沿海公路上忽然响起一阵汽车的轰鸣声，先前的那幅美好的画卷，顷刻间荡然无存。

一辆红色保时捷和一辆黑色牧马人，在车辆稀少的沿海公路上竞相追逐着。在它们之后，还有一辆几近报废的银色东风雪铁龙艰难地行驶着。不足三分钟的工夫，雪铁龙就被两辆豪车甩得老远。

三辆汽车，在一番疾驰后，最终驶入了一处山庄中。

山庄名为"悟禅山庄"，坐落于盘龙山下，门前有一条小溪流过。山庄离海边不远，人稍登至山腰，便可眺望到远处海面上跃动的点点浮金。

山庄内的小山坡上，依地势建设有七栋三层小别墅。它们虽建在山野，却国际范儿十足：有尖塔高耸、束柱林立的哥特式别墅，有色彩浓郁、立体感强的巴洛克式别墅，也有布局紧凑、线条清晰的新日式别墅……这些别墅大多是用以招待贵客的客房，只有山脚下的一处拜占庭式小洋楼是提供酒宴的餐厅。因为位置偏远且又安保森严，外界对悟禅山庄知之甚少。只有少数人才能一睹它的真颜。

一个铁塔般的壮汉，从红色保时捷上走了下来。纪威此时若在，一定能认出这便是之前与他交锋过的安澜港集团安保公司经理徐构。

徐构走下车，伸了伸懒腰，又活动了一下双腿，继而对黑色牧马人吉普车上的男子嘲讽道："眼镜，你的车技真是越来越差了。老子单手让你，你都跑不过我,真是白瞎你这辆顶配的牧马人了……"

被称作"眼镜"的男子闻言,抬头看了一眼徐构,未发一言,随即面无表情地下车,走进那座拜占庭式小洋楼的宴会厅,仿佛自始至终都没听到徐构的嘲讽一样。

徐构自讨了个无趣,自嘲般地耸了耸肩。

两人进入宴会厅许久后,那辆银色的雪铁龙轿车才姗姗来迟。

车门打开,走下来的是一个脸上写满沧桑的中年男子。男子斜视着灯火通明的宴会厅,若有所思。他并未着急进入,反倒是悠闲地点了一支烟,待香烟燃尽后,才起身往宴会厅走去。

宴会厅的名字叫作"不亦乐乎",取自《论语》。整个房子是半嵌入地下的结构,一楼大厅被分为了三个部分:最大的一块区域摆放着一张十分考究的红木雕花大圆桌,以及数把实木雕花圈椅;另外两个区域分别是K歌区和麻将区,供来人酒足饭饱之后娱乐消遣。

驾驶雪铁龙轿车的中年男子进入宴会厅之后,已坐在桌前的徐构等人立即喝起倒彩来。

徐构笑得最欢,他指着中年男子嘲讽道:"我的大经理,你那辆破车除了喇叭不响,哪儿都响,赶紧换了吧。又不是个'干净'人,装什么'廉洁模范'。"

中年男子斜了徐构一眼,和之前的眼镜男一样,也没有搭理徐构。他径直来到桌前,找了个座位坐下。随后又转过头,瞥了一眼大厅深处的内室,像是在期盼着什么人。

时间过去了半个小时,徐构明显有些坐不住了,他冲着内室的方向大喊道:"我说,'大王'还没有来吗?"

宴会厅的内室里,传来一阵高跟鞋的嗒嗒声,一名身着新式旗袍的中年女子,慢慢走了过来。

女子四十岁出头,扎着高高的马尾,面容姣好。虽眼角的鱼尾纹清晰可见,面色却白里透红,皮肤也有着与年龄不相符的细腻感;淡蓝色的旗袍,恰到好处地勾勒出了她丰盈的体态;如水般晶莹的眼眸中,散发出勾人魂魄的目光。女子一颦一笑间,都散发着成熟女性特有的自信神韵,甚至比"青苹果"般的小姑娘更具魅力。

徐构直勾勾地盯着女子妖娆的身材，眼神中充满了原始的欲望。

高马尾女子走到圆桌前，颇为礼貌地朝徐构等三人点了点头。徐构收起嘴角即将流出的哈喇子，向前探出半个身子，想要去拉女子的手。女子见状，悄然后退几步，巧妙地打掉了徐构伸出的脏手。

"装什么纯！"未能得手的徐构不加掩饰地流露出不屑的神情。女子闻言，黛眉微蹙，心头怒起，却又在瞬间将怒气隐藏了下去。

"'大王'什么时候过来？"眼镜男问道。

女子转过头，看向眼镜男，晶莹的大眼睛中闪过一抹亮色。她用一种甜美中带着一丝撒娇的语气说道："'大王'本来已经到了，还特意吩咐后厨做了几道菜品，想和几位老总一起吃个饭，但是中途接了个紧急电话，又急匆匆地离开了。"

"那你不早说，让老子在这里等那么久！"未等女子说完，徐构就粗暴地打断道。

女子并未生气，反而赔着笑脸说道："'大王'临走留下几句话，让我代为传达。"

"有什么话就赶紧说，别让我们哥几个干坐着！"徐构再度粗暴地打断道。

"不是还有一位老总没来吗？"女子朝徐构撒起了娇。

"你缺心眼儿啊！"徐构骂道，"这么多年了，那个酒鬼什么时候干过人事！你还等他。"

徐构骂骂咧咧地站了起来，伸出右手朝着女子一巴掌扇去。女子颇为害怕地侧过身，抬起纤细的胳膊挡在了自己面前。

"够了！每次你说不几句就要动手！"眼镜男站起身，伸手挡下了徐构扇向女子的巴掌，怒道，"粗鄙！"

被骂了一句的徐构反倒笑了起来："是呀，俺粗鄙，俺上不了台面。您是文化人，是建筑专家，俺可比不了。"

"闭嘴！"眼镜男冲着絮絮叨叨的徐构吼了一声，继而对女子说道，"'大王'有什么指示，赶紧说吧。"

女子抬起头，水汪汪的大眼睛中满是委屈。她将了将耳畔的发丝，婉转道："'大王'让我转达各位，市委、市纪委监委马上要对我们安澜港集团开展一次以巡察为主的专项整治行动。'大王'预感这次专项整治行动就是冲着他和四位老总来的,让大家一定小心应对。"

"怕个屁呀!"徐构再度骂道,"市委也好,市纪委也好,他们想找我们碴儿也不是一天两天了,可他们哪次成功过?派来的副书记不都让我们'挤'跑了。这一次他们同样翻不起什么风浪来。"

徐构大笑了起来,放肆的笑声在空旷的宴会厅中回荡。

眼镜男瞪了徐构一眼,徐构立即识趣地闭上了嘴巴。眼镜男转过头,示意女子继续说下去。

"'大王'说,这次不一样。这次专项整治行动由新来的市纪委书记纪威亲自任组长,并负责全部具体工作……"

"哦?这个纪威有什么不一样?"徐构再度不屑地说道。

"'大王'让人查过,这个纪威在省纪委工作了十多年,且长期从事办案工作。平时还行,但是查起案子来,从不心慈手软,省里多名大领导都栽在他手里。因为不畏权、不贪财、不好色,被外界称作是一颗'蒸不烂、煮不熟、锤不扁'的'铜豌豆'。"

徐构听到这里,脸上的不屑越发明显。

"原来是他啊。"徐构仰起头,做回忆状,继而笑了起来,"这几天我都跟他交过两次手了,感觉也就那么回事嘛。什么'铜豌豆',再来港上,我给他砸成豆腐渣。"

女子破天荒地点了点头,似乎是对徐构的话表示赞成。她顿了顿,继续说道:"'大王'说,这次市委常委会给巡察组的时间只有五十天,只要我们撑过这五十天,便万事大吉。"

"五十天而已,小意思啦。"徐构自信满满。

"不能掉以轻心。"眼镜男沉思片刻后说道,"我最近也总有种'山雨欲来风满楼'的感觉。"

"啥感觉?"徐构撇了撇嘴,"文化人净整些洋气词。"

"'大王'还有什么其他指示吗?"眼镜男问道。

"哦,还有……"女子略作回忆,继续说道,"'大王'让徐总尽快到港上摸摸底,警告一下港上的那些'碎嘴子',别让他们在巡察组进驻后乱说话。"

"知道了。"徐构一边应付着，一边冲着女子猥琐地笑道，"今晚'大王'不在，陪我'打打扑克'怎么样？"

"'大王'让我传达的就是这些。"女子装作没听见，丢下一句话后，就赶紧离开了。

徐构看着女子春风杨柳般婀娜的背影，朝着地下恶狠狠地吐了一口唾沫，伸直了脖子喊道："当年倒贴老子都不要的玩意儿，现在倒装起来了！"

女子显然是听到了徐构的骂声，她停了一下脚步，继而浑身颤抖地离开了。

"日！"徐构跺着脚大骂了一声，摔门而去。

徐构和眼镜男相继离开，那名驾驶银色雪铁龙的中年男子，却坐在车里再度点上了一支烟。

这次秘密会谈中，他自始至终都没有说一句话。他思虑的事情很多，想得也很全面。他之所以没说，只是因为单纯觉得在场的几人都不配听他的"高见"。

抽完最后一口烟，男子将烟蒂扔出车窗外，扭头望向女子住所的方向，眼神中盈满了复杂的情感。

中年男子最终还是压制住了内心的悸动，他猛轰了一脚油门，驾车消失在了夜色中。

中年男子不知道的是，就在他仰望那间灯火通明的房间时，窗帘之后也有一双水汪汪的大眼睛正在凝视着他。

见中年男子离开，窗帘之后的高马尾女子长长地叹了一口气。

徐构、眼镜男、中年男子等三人陆续离开后，她才从自己的房间中，走到了庭院里。她站在一处玉兰树下，望着茂密的树叶，思绪如同断了线的风筝，飞向远方。

她是一个情感丰富又极爱幻想的女子，经常凝视着山庄中的花草树木、建筑流水而失神。美丽的自然景观对于她而言有一种特殊的魔力，绽放的花儿、碧绿的树叶以及淙淙的流水，都会让她忘却世间的纷繁，灵魂出窍般地沉浸于自己的小世界之中。

"姐，那个杂碎徐构真是太该死了！"一声粗犷的骂声，将女子从思绪中拉回现实。高马尾女子浑身打了一个激灵，仿佛从梦中惊醒一般。

女子转过头，看到了怒气冲冲的弟弟。

"姐，你别生气，我早晚找人弄死他。"

女子再度叹了一口气，随后摇了摇头，摆了摆手，轻声笑道："我们现在寄人篱下，靠别人施舍赏饭吃，受点气又能怎么样呢？"

"那也不能让那个杂碎一直这么欺负你。他敢再来，我一定剁了他！"

女子抬起头，看着眼前这个高自己半头的弟弟，眼神中充满了欣慰："目的还未达到之前，不能冲动。我们都忍了这么久了，也不差这一会儿。"

女子说着，出神地望向繁星点点的夜空，再回过神时，眼神中竟充满了杀意。

"要弄死这帮人，也不一定非得我们亲自动手。"女子的脸上浮现出一抹恐怖的笑容，那笑容如同夜风下摇曳的罂粟花。

"除了我们，还有谁想弄死他们？"

"市纪委监委。"女子一字一顿道。

一个令人恐惧的计划悄悄地浮上了她的心头……

## 九

巡视巡察工作是党之利剑、国之利器，是净化党内政治生态的重要保障，是推进党风廉政建设和反腐败斗争的有力支撑和重要手段。其根本目的是深入查找并推动解决问题，从而促进被巡视巡察单位的良性健康发展。

纪威把巡察工作放在专项整治工作的首位，便是打算充分发挥巡察组有效发现问题的"探头"作用，揪出冯琦所提到的隐藏在安澜港集团高层中的贪腐分子——"四大金刚"和"幕后大王"。

巡察组的成员并不固定，是每次有巡察任务时，根据具体情况，从巡察人才库中选取出来的。所以，纪威目前要做的第一项工作就是从巡察人才库中，挑选出执行此次专项巡察任务的成员。

翻动着办公桌上厚厚的巡察人才资料册，纪威紧锁的眉头渐渐舒展开来。

他仔细阅读着人才资料册中每一名成员的资料，反复思考、对比着每一名成员的特长、工作经历以及家庭背景等，一份完整的成员名单在他的脑海中渐渐清晰起来。

抽出笔筒中的黑色签字笔，纪威在洁白的A4纸上，一笔一画地写下一个个姓名。他一边下笔，一边思索斟酌，终于在多次涂抹、更改后，形成了一份满意的名单。

望着白纸上的一个个名字，纪威紧绷的脸上浮现出淡淡的笑容。

打开电脑，纪威将手写的名字一个个敲了进去，形成了一份完善的专项巡察成员名单。打印、装订，一气呵成。又进行了一次校对后，纪威拿着名单赶往冯琦的秘密办公点。

冯琦翻阅着纪威刚打印出来的名单，频频点头，用手中的签字笔一下接一下地轻轻敲击着纸面。

看到末尾处时，冯琦在两个名字上画了个圈，并打上了一个问号。

"纪威同志，对于你所列的这份名单，我基本同意。"冯琦抬起头对纪威说道，"只是有一点我不太理解，为什么在名单的最后面加上了两位刚参加工作不到两年的年轻同志？"

纪威胸有成竹地笑了笑，似乎是早就预料到了冯琦的疑问。他瞟了一眼名单，卖了个关子道："马百里、孙光青这两名年轻同志虽然参加工作时间短、经验相对较少，但是他们有着老同志不能相比的优势。"

"哦？"冯琦似乎是来了兴趣，继续追问道，"具体说说。"

"小马是计算机专业毕业的，他的档案中显示他有注册信息安全工程师证书，计算机水平极高。当前已经是信息化时代了，任何工作都离不开计算机，所以我认为在这次专项巡察工作中，增加这么一名计算机专家，对我们此次巡察工作的顺利开展有着极大作用。"

冯琦听完，点了点头表示赞同。

"至于小孙嘛，我看过他的资料，他自进入市纪委监委工作以来，一直都在党风政风监督室负责明察暗访工作，每次执行暗访任务都能发现不少线索。我们这次专项巡察，肩负着巨大的政治任务，注定不会一帆风顺，所以需要做好最坏的打算。一旦正常巡察方式无法收到应有效果，我们就需要立即另辟蹊径来获得问题线索。这种情况下,小孙便能够充分发挥他的特长,为专项巡察工作打开新局面。"

纪威顿了顿,继续说道:"除此之外,这次专项巡察工作,几位审查调查室的主任也要全部靠上,他们将作为不驻组的巡察组副组长参与巡察,以便在第一时间获得第一手线索,迅速展开审查调查工作……"

听完纪威的汇报,冯琦信心满满起来,他向来严肃的脸上难得地浮现起笑容:"纪威同志,你考虑得很全面,也未雨绸缪地做好了应急预案,预祝你旗开得胜!"

纪威脸上也流露出了一个会心的笑容:"谢谢书记,我一定把这次专项巡察工作做好。"

离开冯琦的办公室,纪威立即继续推进专项巡察组的组建工作。

在纪威的部署下,安澜市委巡察办第一时间制定好了人员抽调手续,并盖上了鲜红的公章。同时四部电话连续拨出,仅仅用了半个小时,巡察办就将抽调通知传达到了市纪委监委相关部室和其他市直部门(单位)。

匆匆吃过午饭,纪威马不停蹄地赶往安澜市纪委监委办案点——松涛园。他打算在松涛园的小会议室里,举办一次为期两天的巡前封闭培训。

下午两点,参加此次专项巡察工作的巡察组成员们陆续到达。当纪威进入小会议室时,会议室的座位上已经坐满了人。

见纪威阔步走进会议室,在场的众人纷纷站起身来。纪威朝着每个人点头致意,摆了摆手微笑道:"大家不用这么拘谨,都坐。"

落座后,纪威的目光在众人身上一一扫过,同时他也在心中暗数着人数。十二人,不多不少,全员到齐。

清了清嗓子,纪威笑道:"首先感谢大家对此次专项巡察工作的大力支持。同时因工作的急迫性,匆忙把大家召集到这里,也跟大家道个歉。"

说完,纪威竟站起身对着在座的众人鞠了个躬。

众人满脸诧异,你望望我,我看看你,有些不知所措。

纪威笑了笑,继续说道:"先做个自我介绍,我叫纪威,刚从省纪委监委来到咱们安澜市工作。工作中还有很多不熟悉、不了解的地方,还希望大家多多帮助我。"

简单的几句开场白,却包含着亲切、谦虚和期盼。众人闻言后,都打心底里涌出几股暖流,望向纪威的目光中也不再有陌生感和畏惧感。

在纪威的主持下,参与此次专项巡察工作的成员,都进行了自我介绍。原本相互间并不熟悉的众人,在极短的时间里,初步建立了合作默契。

"热场"结束,纪威的面色逐渐变得严肃起来。随着他从公文包中拿出一沓文件,此次巡前培训会议正式进入正题。

薄薄的A4纸依次传到了每个人的手中,众人在瞥见文件标题的时候,不约而同地面色一凛,身子也都坐直了起来。

"此次专项巡察,是省纪委监委和市委部署安排的一项'重要且急迫'的工作任务,对我市反腐倡廉工作和未来的经济发展,都具有极为重大的意义。"

纪威说着,拿起面前那份仅有一页纸的文件,高高地举过头顶。

"对于大家的专业能力和工作作风,我没有任何要讲的,在巡视巡察这项工作上,大家比我更专业。我要跟大家讲的只有一点,"纪威面色突然变得冷峻起来,语调也愈发严肃,"那就是'绝对保密'意识。不跟在座的各位讲虚的,也不跟各位讲那些大道理。在此,我谨以'五个不',对此次工作的保密性提出要求:不该说的坚决不说,不该问的坚决不问,不该看的坚决不看,不该记录的坚决不记录,不在公共场合、亲属和朋友面前谈论此次工作。"

纪威的话音落下,小会议室里鸦雀无声,巡察组的各成员都不约而同地在笔记本上记录下了纪威的"五个不"要求。

随后,纪威带着其他人,在已经发到每个人手上的专项巡察保密承诺书上签下了名字。纪威把十三份承诺书收进公文包里,继续说道:"大家已经立下了巡察工作'军令状',希望大家牢记使命,把此次对安澜港集团有限公司的专项巡察工作做好。"

"一定。"众人纷纷在心中答应道。

十

两天时间里,纪威与巡察组的成员们同吃同住。他挑选出巡察工作手册上的重点内容，对成员们进行了一次"巡前充电"，同大家进一步梳理了工作任务，熟悉了工作方法，以及加强了交流。

封闭培训结束的当天，纪威按照近日来自己的观察了解，采取"以老带新"的组合模式，将巡察组的成员划分为三个小组。第一小组组长为市纪委监委派驻第八纪检监察组组长陈破山，组员为纪检监察干部陈齐物、刘镇岳，以及市委组织部的万茜；第二小组组长为市纪委监委派驻第九纪检监察组组长崔湛卢，组员是纪检监察干部周棠溪、任巨阙和赵赤霄；第三小组组长为市委组织部干部科科长于弘景，组员为纪检监察干部孙光青、马百里，以及来自市审计局的王桦。

为增强三个小组之间的沟通协调和相互配合，有效提高巡察效率，纪威还特地起草制定了衔接办法，从制度层面规范小组之间的配合。

圆满完成巡前培训，驾车驶出松涛园的大门后，纪威猛轰了一脚油门，同时在心中思量着巡察工作的推进事宜：接下来就是通知安澜港集团，发布巡察公告以及准备进驻了。

"嗡嗡嗡……"口袋里的手机发出像密集的鼓点一般的振动声。

纪威把车停在路边，拿出手机扫了一眼屏幕，发现是个陌生号码，但是归属地显示的是安澜市。带着些许疑惑，纪威按下了接听键。

"我说老纪呀，你这家伙不地道，来安澜市任职这么大的事，好多同学都知道，就我这个'地主'不知道。你是不是混好了瞧不起兄弟了？"

听筒里传来滔滔不绝的不满声，纪威却不禁笑了起来。

电话另一端的这位"话痨"，名为胡利，是纪威的大学同学。两人读书时睡上下铺，关系极好，几乎形影不离。最初毕业后的几年，两人还经常联系，直到纪威转岗到审查调查室，因工作繁忙且保密性极强的原因，两人的联络才渐渐少了起来。

胡利是土生土长的安澜市人。原本纪威打算到安澜市安顿好后，就约胡利一起聚聚，但是被一个个紧急工作给耽误了。令他没想到的是，胡利竟先给他打了电话。

带着几分歉意，纪威笑道："不好意思啊，老胡。原来打算安顿好就去投靠你的，但是这些天事太多，又很急，就一直耽误到现在。"

"我信你个鬼！"电话另一端的胡利未等纪威说完就打断道，"我看你小子就根本没有诚意，就是混好了不打算认兄弟了。"

"哪能啊，利哥。"纪威赔笑道，"确实是太忙了。"

"得了吧。"胡利颇有怒气道，"一会儿给你发个位置，晚上咱聚一聚，别说没空！"

"今晚都有谁呀？"纪威试探性地问道。

"知道你们纪检干部自律，就咱俩，旁人谁都没叫。"

"好的，一定到。"纪威笑道。

"这还差不多，挂了。"胡利道。

挂掉电话后，纪威驱车回到安澜市纪委监委办公楼，对后续的巡察工作进行了部署。

工作都安排妥当后，他再一次拿出巡察方案，反复斟酌、推敲，以确保没有任何细节上的遗漏和错误。做完这一切，纪威略显疲惫地把头靠在了椅子上，心情逐渐好了起来。

夜幕降临，华灯初上。

纪威按照胡利发来的地址，打车来到了安澜市海滨旅游度假区的一处小渔村——宋家台村。

宋家台村距离渔港码头极近，这个村子的村民早已不再出海打鱼，而是依托临近码头、海鲜新鲜的优势，搞起了"渔家乐"和海边民宿。每年的4月到10月，宋家台村的生意都十分红火，客流最多的7月甚至达到一席难求的地步。

刚停下车，胡利就迎了上来，给了纪威一个大大的"熊抱"。

"我说老纪，你最近在忙什么呢？来安澜市好些天了，也不来找我。"

纪威摇了摇头，笑了笑，对胡利做出一个无可奉告的表情。

"不问，不问。"胡利吐槽道，"你们这些纪检干部啊，从你们嘴里问点事出来，比登天都难！"

胡利一边说着，一边把纪威迎进了一个小包厢。

"老纪啊，你瘦了，但是白了。"胡利细细打量着纪威说道。

"一年三百六十五天，至少有两百天在谈话室里，再黑的人也捂白了。"纪威笑道。

"你们一般怎么跟人谈话?"胡利的好奇心一下子又上来了。

纪威再度笑着摇了摇头。

"又是国家机密,不能说是吧?"胡利也笑道,"我不问了,不问了……"

在两人爽朗的笑声中,渔家乐的服务员陆续把酒和菜端了上来。螃蟹、对虾、西施舌、牡蛎、扇贝、八爪鱼……都是最新鲜的海鲜,没有经过任何复杂的烹饪,只用清水煮出来,便端上了桌。

看着纪威满脸疑惑的样子,胡利笑道:"老纪呀,你这就不懂了吧。这是我们安澜市的特色吃法。新鲜的海鲜,用清水煮出来,再搭配点蘸料,才是最纯粹的美味。不是有句话说,高端的食材往往只需要最简单的烹饪方式。"

胡利说完,夹起一只对虾,剥了壳,蘸了一下酱料,放入嘴中,然后做出了一副陶醉的模样。

纪威学着胡利的吃法,也夹了一只对虾,剥了壳,蘸满酱料,放入嘴中。咀嚼的瞬间,嘴里的味蕾如烟花般绽放,海鲜的美味在口腔里跳起了欢乐的舞蹈。

"咱安澜市的海鲜,当真是冠绝安南省!"纪威伸出大拇指称赞道。

"那是。"胡利自豪道,"近几年我们安澜市的特色旅游搞得很好。等下次我带你去我们新建的'安澜小镇'去看看,那里不仅风景美,各种特色小吃更是一绝,保你在大饱眼福的同时,还大饱口福。"

胡利一边说着,一边打开了他珍藏多年的茅台酒。纪威见状连忙阻止:"老胡啊,心意我领了,但今天就不喝酒了吧。"

"你们纪检干部连酒也不能喝啊?"胡利问道。

"我们纪检监察机关有要求,工作日不能饮酒,而且为从自身做起,抵制奢靡之风,不能饮用超过接待标准的酒。"纪威说着,拿起胡利手中的茅台酒,端详道,"你这瓶酒的价钱都快赶上我半个月的工资了。"

"普通干部遵守就遵守了,你都当书记了,连喝个酒也不行?"胡利不理解道,"况且这里就咱俩,也没外人知道呀。喝点吧!"

纪威的脸色突然变得严肃了起来:"职务再高,也是纪检监察干部;只要是纪检监察干部,就必须得遵守禁酒令。况且,只有时刻自律,才能抵制糖衣炮弹的侵蚀……"

"得，得，得……"胡利颇为愠怒，"不喝拉倒，别跟我说这些大道理了，我一个小个体户，没那么高觉悟。"

纪威冲胡利抱了个拳，笑道："胡总见谅啊！"

"这也不能，那也不能，你这'官'当得有什么意思，还不如做点生意来得痛快。"

纪威笑了笑，未再多言。

酒过三巡，菜过五味。两人在海鲜的美味中，回忆着美好的大学时光。等到吃得差不多时，胡利已经把自己喝醉了。

谈话间，纪威得知胡利目前在经营一家建材公司，其中一个重要的贸易对象就是安澜港集团。他也从胡利的话中得知，安澜港集团的中层、高层在贸易中吃回扣，是尽人皆知的潜规则。但当纪威想继续追问时，胡利却不愿再多谈。纪威也没有为难老同学，将话题一转，继续只忆青春不谈其他。

将胡利送回家，纪威的心中有些酸楚，他只身来到了安澜市的标志性建筑——潮汐塔。望着宛如莲花一样，一层层绽放着不同颜色的光芒的潮汐塔，纪威的心情忽然平静了下来。

多少年来，纵然海浪狂澜奔腾不息地冲撞着堤坝，但潮汐塔始终像一盏明灯一般，为远行的航船指引着正确的方向。

就像他们纪检监察干部，纵然饱受家人、朋友和同学的不理解，纵然无法像其他人一样享受生活，但他们却是这个国家的脊梁，是国家党纪国法的捍卫者。思绪及此，纪威豁然开朗。他望着翻涌的海潮，心中涌起万丈长虹："纵有飓风狂澜起，我亦乘风破万里。"

打车返回市纪委监委办公楼，信心满满的纪威再度一头扎进了巡察工作的部署之中。

纪威不知道的是，就在他紧锣密鼓地备战专项巡察工作时，安澜港集团的"幕后大王"已经挖好了陷阱，正等待着他的到来……

# 巡察起波瀾

一

　　昨夜的安澜市，突然降下一场骤雨。纪威听着窗外呼啸的风声和哗哗的雨声，辗转反侧。好在狂风骤雨未猖狂多久，便草草收场。一大清早，和煦的阳光便重新照耀在了大地上。

　　秋日灿烂，晴空万里，雪白的云朵映衬着湛蓝高远的晴空，让整座城市变得更加美丽。

　　晴日"出征"气更盛。在晴日的暖阳中，纪威带领专项巡察组，乘坐着市纪委监委的中巴车，气势浩荡地开赴安澜港集团有限公司总部。

　　"这将是一次载入安澜市史册的专项反腐行动。"纪威心想。

　　纪威有种预感，此行非但不会顺顺利利，反倒会波折不断。

　　事实证明，纪威的预感非常准确。专项巡察组还未进入安澜港集团总部的大门，就遇到了第一个麻烦——门岗保安以未接到通知为由，拒绝巡察组的中巴车进入。

　　担任此次巡察组联络员的刘镇岳急忙跑下车，与门岗保安进行交涉。

　　"你好，同志，我们是市委专项巡察组的，已经跟贵单位沟通过……"刘镇岳面带笑容地说道。

　　未等刘镇岳说完，门岗保安就已经不耐烦地挥手驱赶道："什么巡察组不巡察组的，我不知道，反正领导没有发话，你们不能进！"

　　门岗保安的态度很坚决，刘镇岳还想上前解释什么，却被一把推开。

　　"我说你们堵着大门，是要干什么？赶紧把车挪走！"

　　被推了一把的刘镇岳已面有怒色，他深吸了一口气，掏出电话拨出了一个号码。

　　号码的主人名叫"贾聪"，现任安澜港集团有限公司行政部部长，也是此次专项巡察行动中安澜港这边的对接人。

　　"嘟……嘟……嘟……"电话一遍遍地拨打出去，却始终无人接听。

　　看到巡察组的窘态，门岗保安瞬间变得更加跋扈了起来。他走上前，指着刘镇岳嘲笑道："我说你们到底是干什么的？当骗子能不能也专业一点？装模作样地打电话，打给谁了？赶紧把车给我挪走，不然一会儿有你好看的！"

刘镇岳双眉紧蹙，抬起头，用如剑般的目光瞪着门岗保安，强压着怒火，未发一言。

门岗保安被刘镇岳的目光震慑住了，急忙低下头，逃避与刘镇岳对视。许久他才抬起头，撇了撇嘴，却未再多言。

纪威见状，拿出手机，照着通信录上的号码连拨了三四次，每次都毫无意外地石沉大海。

安澜港集团的众人，就像是集体穿越了一般，任谁都无法联络到。

愤怒的火焰，渐渐爬到了众巡察组成员的脸上。纪威回望了一眼众成员，轻笑道："大家少安毋躁，一会儿让他们把我们请进去。"

纪威的话就像是一缕清风，让众成员冷静了下来。他们学着纪威的样子，坐在车上闭目养神起来。

安澜港集团总部大楼顶楼，原本紧闭的窗帘突然被掀开了一丝缝隙，一双眼睛正从缝隙里窥望着巡察组。

这双眼睛的主人，正是安澜港集团安保公司经理徐构。毫无疑问，阻拦巡察组车辆的门岗保安，正是他一手安排的。

见到巡察组受挫，徐构的脸上挂着得意的狞笑。

原本他以为巡察组会大喊大闹，甚至大打出手，到时候他便可以拍下现场视频，放到网上引发舆情，进而逼迫巡察组提前离开。但他没想到的是，纪威竟表现得如此冷静，让他的计划全部落了空。

时间一分一秒地过去，纪威依旧稳如泰山，楼上的徐构却绷不住了。

安澜港集团集体"失联"十分钟实属正常，"失联"二十分钟也情有可原，但倘若"失联"的时间再长，可就当真说不过去了。

思虑至此，徐构连忙拨出了贾聪的电话，让贾聪赶紧把巡察组领进来。贾聪接到电话后，在心里把徐构的祖宗十八代都问候了一遍，但问候归问候，替徐构"擦屁股"的活儿，还得由他来干。

顾不得其他，贾聪抓起手机就往楼下跑去。由于身材矮小且大腹便便，狂奔的贾聪就像是一个被抛出去的冬瓜，朝着巡察组直直地"砸"了过去。

"你是怎么干保安的！真是瞎了你的狗眼！巡察组领导的车也不认识吗？"狂奔到大门处的贾聪，顾不得擦拭掉满脑门的汗，就先双手掐着腰，瞪大双眼，朝门岗保安骂道。

门岗保安一脸委屈，心道：堵住大门不让巡察组的车进来，不都是你和徐总安排的吗？明明我把事办好了，却还要挨骂！

纵然心里有一千句说辞，但是保安始终都没有说出口，从始至终都在那里低着头挨训。

骂爽了的贾聪，瞬间收起了脸上的"凶狠"，秒换了一副谄媚的嘴脸，转过头望向坐在车窗边的纪威。

"纪书记，十分抱歉！新来的保安不懂事，您别跟他一般见识。"

望着一脸谄媚的贾聪，纪威一语双关地轻笑道："贾部长言之有理，每个单位都有'不懂事'的同志，可以理解。"说到"不懂事"三个字时，纪威刻意加重了语气。

贾聪闻言，黝黑的大圆脸瞬间变得煞白。

因尚有正事且时间较为紧迫，纪威也不想跟贾聪多作纠缠："贾部长，抓紧时间带我们去会场吧。"

贾聪闻言，如蒙大赦，连忙引导着巡察组的中巴车往集团总部礼堂驶去。

中巴车的车门刚打开，礼堂门口一个面带微笑的中年人就率先出现在了纪威的视野中。

男子五十多岁，国字脸，八字眉，皮肤有些黝黑，双眼却深邃如谷，仿佛藏着无穷无尽的秘密，干练的平头，加上不算魁梧却笔直挺拔的身材，给人的第一印象极佳。

纪威感受着中年男子散发出的强大气场，暗自思索道："这个人应该就是安澜港集团的'掌门人'梁绵韧了吧。"

巡察组人员一下车，安澜港集团有限公司党委书记、董事长梁绵韧就赶忙迎了上来，热情地向纪威伸出了右手。

纪威也伸出右手，礼节性地与梁绵韧握在了一起。

这是两人的初次见面，也是一次无比寻常的工作接待。但不知为何，若干年后，无论时光如何流逝，这一握手的场景都始终深埋于两人的记忆中。

"纪书记果然年轻有为！"梁绵韧打量着纪威礼节性地称赞道。

"梁董事长过誉了。"纪威的目光落在梁绵韧雪白的衬衣上，他谦虚道，"还有很多需要向您这些老同志学习的地方。"

两人相视一笑。

在梁绵韧的引导下，纪威等人阔步走进安澜港集团总部礼堂。礼堂建设于20世纪90年代，虽然过去了三十多年，却依然保留着当时的风格。

纪威随梁绵韧来到主席台上坐定，微笑着冲梁绵韧点了点头，然后打开文件包，把发言材料平铺到桌面上。

当他重新抬起头，环视整个礼堂时，脸上的笑容却僵住了。他面带怒色，转过头直视着梁绵韧……

## 二

梁绵韧被纪威突如其来的"杀气"吓了一跳。他慌忙抬起头，学着纪威的样子环视了一圈礼堂，然后，同样变得面色铁青。

只见偌大的会场，四五百个座位上只稀稀拉拉地坐了不到一百个人，超过三分之二的与会人员没有按时参会。

"是我的工作失误，我向您检讨，纪书记。"梁绵韧连连起身道歉。他快步走下主席台，指着正在刷手机的贾聪，大喊道："贾聪！"

看到双目几乎要喷出火来的梁绵韧，贾聪慌忙收起手机，再度像是一个被抛出的冬瓜一般"砸"了过来。

梁绵韧指了指礼堂四周，大吼道："人呢？"

贾聪的后背瞬间沁出一层冷汗，他耷拉着脑袋，吓得大气都不敢出，更加不敢抬头直视梁绵韧。

"董……董事长……我……我……马上……处理……"许久，贾聪才从嗓子眼里哼唧出一句话。

"抓紧！"留下两个冷冰冰的字眼，梁绵韧转身返回主席台。

可能是梁绵韧的气场实在太过强大，短短一分钟的时间里，贾聪的后背就因极度恐惧而被冷汗浸透，白衬衫紧紧地贴在了身上。

纪威默默注视着这一切，若有所思。

见梁绵韧并未过多为难自己，贾聪轻舒了一口气，随即便慌忙召集集团行政部的工作人员分头打电话，催促未到会的中层及以上干部尽快到会。

在贾聪的努力下，未到会的中层及以上干部陆续到来，原本空着的位置逐渐坐上了人。但纪威依旧怒气难消，因为主席台下两个重要位置的主人，始终没有露面。

尽管怒气盈胸，纪威的脸上却始终波澜不惊。他不再去理会梁绵韧的各种解释，干脆把头靠在椅背上，闭目养起了神。

纪威表现得很淡定，梁绵韧却坐不住了。不管这次集体迟到是谁的主意，最终丢脸的都不是巡察组和纪威，而是他梁绵韧和安澜港集团。

犹豫再三，梁绵韧还是没能忍住，终究亲自下场了。他掏出手机，分别给"二把手"徐建设和"三把手"唐平拨了过去。

十五分钟后，集团党委副书记唐平才端着养生杯，踱着四方步，不慌不忙地走进礼堂，寻着自己的席位坐下。梁绵韧怒视着唐平，眼里几乎要喷出火来。而唐平自始至终都是一副无所谓的态度，仿佛惹怒梁绵韧的人根本就不是他一样。

纪威看着这位已经第二次见面的唐副书记，心中一阵诧异：这个唐平究竟是有恃无恐，还是脑子缺点啥，怎么净干些正常人不会干的事情。

与会人员终于几乎都到齐了，只有"二把手"徐建设的位置仍然空着。

梁绵韧的脸色已阴冷得可以滴下水来，他恶狠狠地盯着徐建设的席签，不知所想。

如果眼神能杀人的话，只怕徐建设此刻已经死过好几次了。

安澜港口的众中层干部，看着梁绵韧难看到了极点的脸色，纷纷吓得大气都不敢出。

礼堂中静如止水，仿佛连蚂蚁爬过的声音都可以听得清清楚楚。

又过了十分钟，一阵跑车的轰鸣声从礼堂外传来。随后，急速刹车的声音，清晰地传入每一个参加动员会的人的耳中。

安澜港集团的"二把手"徐建设，终于在"万众瞩目"下，夹着一个黑色公文包，一边打着哈欠，一边漫步进入礼堂。

见所有与会人员到齐，梁绵韧轻舒一口气，带着几分歉意，用一种询问的目光望向纪威。

纪威并未为难梁绵韧，冲着他轻轻点了点头。

梁绵韧转过头，清了清嗓子，用犀利的目光环顾礼堂四周，像极了威严十足的帝王在检阅他的军队。

原本因徐建设的到来而有些躁动的会场，再度安静了下来。

"同志们，我们现在开会。"梁绵韧紧绷着脸，表情复杂地打开话筒，开口说道，"但在开会之前，有个事情我必须说一下。"

梁绵韧的声音突然拔高，他像是一头发怒的雄狮一般大喝道："今天是市委巡察组对我们安澜港集团进行专项巡察的动员会召开的日子，是一个十分重要的日子。可就是在这样重要的日子里，在座的有些同志却自由散漫，无组织、无纪律，无视会议要求，不尊重市委巡察组的领导们，迟到了近半个小时！其行为简直令人发指！这样的工作作风，简直让整个集团蒙羞！"

"啪！"梁绵韧怒上心头，直接站了起来，一巴掌狠狠地拍在了桌子上。他指着在座的众人，大怒道："散会后，迟到的人都到我办公室来，我倒要听听你们迟到的理由到底是什么！"

梁绵韧说完，重新坐回到座位上，瞬间换了副面孔。他转过头，极其谦卑地对纪威说道："纪书记，实在抱歉。"

纪威点了点头，未发一言。

梁绵韧尴尬地转过头，对着话筒继续说道："下面我宣布，动员会正式开始。首先让我们以热烈的掌声，欢迎市委巡察组和纪书记莅临我们安澜港集团。"

"啪啪啪……"热烈的掌声，在礼堂里响了起来。梁绵韧一边鼓着掌，一边微笑着看着纪威。

气氛突然就变了，仿佛刚才那个压抑的氛围压根就没存在过一样。

掌声停止后，梁绵韧继续说道："下面，我们请本次专项巡察组组长，市纪委书记、监委主任纪威同志，为我们作动员讲话。"

掌声再度响了起来，礼堂里的氛围变得越发祥和。

纪威看了一眼早已准备好的发言稿，思索片刻后，将其放到了一边。他学着梁绵韧的样子，环顾了一圈礼堂，然后扶了扶鼻梁上的眼镜，慢条斯理地开口道：

"各位同志大家好！受市委、市政府主要负责同志委派，我和其他十二位同志将一起对咱们安澜港集团进行一次专项巡察。可能大家对我们巡察组还存在一定的误解，认为我们巡察组就是专门来挑刺、来找碴的，对巡察组存在一定的戒心和抵触情绪。大家要是这么想，那可就大错特错了。"

纪威说着，面色突然一凛："巡察的本质是政治监督，其目的是推动整改、解决问题、堵塞漏洞、促进改革，使体制机制更加完善。而配合巡察工作，是每一名党员的责任！"

声声如雷，在礼堂中炸响。安澜港集团的众领导干部闻言，皆若有所思。纪威趁热打铁，继续说道："当下，反腐败斗争已经取得压倒性胜利，但是形势依然严峻。就拿我们安澜港来说，业务量年年增加，利润却在年年减少，这难道不是我们在座的每一位同志都需要反思的问题？负有国有资产增值保值责任的我们，难道不应该自我检讨？"

纪威一边讲话，一边扫视着在座的众人。众人瞬间感觉纪威锐利的目光如同刀剑般刺在身上，要把每一个人剖胸取心，看看到底是黑是红。

"这次专项巡察，我们将紧盯'关键少数'，坚持问题导向，准确查找病因，规范权力运行，对巡察过程中发现的违法乱纪、贪污腐败、权力寻租问题，绝不姑息！"

纪威的话还没说完，很多人已经全身湿透。如果说之前会场的鸦雀无声是迫于梁绵韧的权势的话，那么此刻的鸦雀无声则源于众人发自内心的恐惧。

心里有鬼，才会恐惧不安。

见效果达到，纪威最后总结道："我在这里，再向大家强调以下三点：一是希望大家提高站位、统一思想，深刻认识此次专项巡察的重要性和紧迫性；二是希望大家认清形势、密切配合，合力发现并推动解决问题，弥补制度漏洞；三是擦亮眼睛、跟进监督，及时发现和指出巡察组存在的不规范、不合适行为。谢谢大家！"

纪威说完，再度扫视了一圈会场。他的目光如同百万把利剑悬于心中有鬼的众人头顶，让他们心惊胆战，惶恐不安。

梁绵韧见势，心中吃惊不已。原本他以为在如此糟糕的会场环境下，纪威再怎么愤怒,也只能草草地读完讲话稿了事,却不承想纪威直接抛开了讲话稿,即兴演讲,强大的气场竟征服了大部分与会人员。

思及至此,梁绵韧看向纪威的目光中也多了几分欣赏。

纪威讲完话后,梁绵韧随即作了表态发言:"感谢纪书记的精彩讲话。我在这里代表安澜港集团有限公司,向巡察组作出郑重表态:一是一定统一思想,切实提高认识。以高度的政治责任感对待巡察工作,以良好的精神状态和扎实的工作作风迎接巡察……"

梁绵韧在主席台上慷慨激昂地表着态,坐在主席台下第一排的徐建设竟然歪着头睡着了。

唐平见纪威的目光望向了自己这里,无奈地推了推一旁的徐建设。

徐建设一个激灵醒来,环顾了一圈,用带着疑问的目光望向唐平。

唐平指了指主席台上的纪威,徐建设立马清醒了过来。他重新坐正了身体,装模作样地记起笔记来。

而主席台上正在发言的梁绵韧,却丝毫没有受到这个小插曲的影响,仿佛在他眼中,徐建设就像不存在一样。

"二是一定搞好服务,全力配合支持。坚决服从巡察组的安排,积极主动配合巡察,让巡察组充分了解、掌握安澜港集团的真实情况。三是一定高度重视,立行立改。对于巡察组提出的问题,立即查找原因,及时整改,确保巡察组的反馈意见都得到落实整改。"

梁绵韧说完,面带微笑地冲纪威点了点头。

纪威终于回应了梁绵韧一个微笑,示意他可以继续进行下一项了。梁绵韧长舒一口气。

## 三

梁绵韧表态讲话结束后,巡察组的其他成员在纪威的示意下,开始发放调查问卷。

主席台下的安澜港集团的众与会人员在看到问卷的那一瞬间,脸上尽皆浮现出震惊的神色。众人你看看我,我看看你,彼此交换着眼神,却迟迟没有动笔。

并非问卷的内容专业性太强,也不是他们看不懂题目,而是诸多其他原因,让他们下不去笔。

问卷的内容很简单,只有三条:

1. 你认为当前安澜港集团有限公司存在的最大问题是什么?
2. 你认为应当如何克服上述问题?
3. 你认为集团中有谁存在贪腐问题?相关问题有哪些?

三个问题简单直白,一目了然,一如纪威的工作风格:干练高效,绝不拖泥带水。

时间一分一秒地流逝着,安澜港集团的众与会人员仍旧眉头紧锁,极有默契地都没下笔。

梁绵韧看着手中的问卷,默默转过头偷瞄了纪威一眼,心中也诧异不已。过去几十年的"官场"生涯中,他见过各式各样的"体制人"。以往的领导干部大多内敛含蓄,从不正面表达自己的想法,说话也从来都是云里雾里的,让别人去猜。所以,当他今天面对纪威直来直去、单刀直入的风格时,便显得极不适应,甚至是大失水准。

"难道现在省纪委监委的干部都讲求毫不拖沓、高效务实的工作作风了?"梁绵韧在吃惊的同时,又转念一想,在心中暗暗笑道,"一会儿无人填写问卷,看他怎么收场。"

梁绵韧抱着看戏的心态望向纪威,却发现纪威没有丝毫的担忧,反倒是一副成竹在胸的样子。

这让梁绵韧更加诧异。

纪威抬起手腕,看了看手表上显示的时间,打开麦克风对着台下说道:"请大家抓紧时间,五分钟后,我们回收问卷。"

礼堂里传来一阵骚动,相邻位置的众人把头靠在了一起,窃窃私语了起来。

看着依旧稳坐钓鱼台的纪威,梁绵韧愈发不解。

"这个纪威的葫芦里到底卖的什么药？"梁绵韧心想。

梁绵韧在观察纪威，而此时的纪威却在暗暗留意着徐建设的动作。礼堂里的其他人大都一字未写，而方才几乎要睡过去的徐建设却写得极为认真，问卷上全是密密麻麻的字。

这次轮到纪威很诧异。

不知过了多久，纪威见徐建设写完最后一个字，盖上了笔盖，才宣布收回问卷。

不知为何，纪威突然对徐建设问卷上的内容产生了极大的好奇。

三百余份问卷陆续被巡察组收回，纪威瞥见绝大多数人的问卷都是空白的，也包括梁绵韧和唐平的问卷。

纪威并不在意。在安澜港集团众中层及以上干部集体交白卷这件事情上，他早已有了充足的心理预期。

动员会结束，礼堂里的众人陆续起身离开。

在梁绵韧的亲自引导下，纪威和巡察组的其他成员一起前往安澜港集团的小会议室，听取安澜港集团的专题汇报。

与古朴的大礼堂截然不同，小会议室的布局、装修都十分考究。巡察组的众人初踏进小会议室，就被它的富丽堂皇震惊到了。

小会议室并不小，足足有近两百平方米。雪白的吊顶天花板上并列着数盏晶莹剔透的水晶吊灯，地面上铺着纹路复杂、清新淡雅的大理石地砖，金色素花墙壁上悬挂着"建设世界一流港口"八个镏金大字。小会议室中间的椭圆形会议桌是红木的，桌子周围摆满了散发着古朴香气的红木圈椅，桌椅上都雕刻着各种精美的图案……

看着巡察组成员们惊叹的表情，安澜港集团的班子成员不约而同地在心中腹诽一句："没见过世面！"

梁绵韧察觉到纪威脸上的表情也发生了细微变化，忙解释道："市委、市政府的一些重要会议，也常在我们这里召开，因为经常要接待省里的领导，所以我们的这个会议室是按照较高的标准来建设的。若弄得太寒酸，容易丢了市委、市政府的面子。纪书记，您说是吧？"

不得不说，梁绵韧的这套说辞无懈可击，把事情上升到安澜市脸面的高度，确实让人不太容易反驳。

纪威那两条利剑一样的眉毛，轻轻向上挑了挑。他露出一个浅浅的笑容，并未接话。

巡察组和安澜港集团的班子成员来到会议桌旁，分别按主宾座次坐下，南北相向而立。

十三人对十三人，数量上刚好一致。

纪威拿起面前已经摆好的汇报材料，随手翻了翻。果然不出所料，材料里尽是些突出成绩的内容，对于集团目前存在的问题，仅仅以"政治站位还不够高、业务还不够精通、进取心还不够强"等官话、套话一笔带过。

纪威的眉头微微皱了起来，显然他对这种"老太太裹脚布"式自我表扬的汇报材料十分厌恶。

安澜港集团的十三名班子成员却并不这样认为，在他们看来，这是向巡察组展示他们近年来工作成绩的一个好机会。不求别的，只要在巡察组成员们心里种下一个还说得过去的第一印象，他们就算成功了一半。

然而，事情的发展与他们的期望却背道而驰。

梁绵韧拿着汇报材料声情并茂地朗读着，巡察组成员们的心里却疙疙瘩瘩的。

纪威在巡前培训的时候多次强调过，要坚持问题导向，提升巡察质效。这一出发点，牢牢刻在了众成员的心里。现在的他们迫不及待地想要去发现问题，而不是听梁绵韧大谈过去的成绩。

出于礼貌，巡察组的各个成员都认真听着，并不时在面前的材料上勾画着什么。

十几分钟后，梁绵韧终于读完了发言材料，朝着纪威微微点头致意。

"今后的五十天，还请大家多多批评指正。对于存在的问题，我们安澜港集团，一定立行立改。"梁绵韧满脸真诚道。

尽管不满意，纪威依旧微笑着对梁绵韧点了点头。

专项巡察开始之前，冯琦曾特地叮嘱过纪威要注意工作的方式方法，非必要情况，尽量不要与安澜港集团针锋相对。

纪威深以为然。现在巡察工作才刚刚开始，之后还需要安澜港集团的支持和配合，过于严厉而闹得不愉快的话，并不利于今后工作的开展。

看到纪威较为满意的表情，梁绵韧也笑了笑说道："纪书记，下面就请您再对我们这十三名班子成员提提要求吧。"

纪威清了清嗓子，打开自己的工作笔记本，慢条斯理地说道："提要求不敢当，下面我就跟各位传达一下省纪委监委和市委、市政府领导的几点要求吧。"

梁绵韧等人闻言，也迅速打开笔记本，拿起碳素笔，做出一副要认真记笔记的样子。

"领导们对大家提出了以下三点要求：一是希望大家齐心协力，配合好巡察组，圆满完成此次专项巡察工作；二是希望大家正视集团和自身存在的问题，做到不隐藏、不遮掩；三是希望大家不要抱有侥幸心理，要相信组织，如有什么问题要及时向组织说明，只有向组织坦白，才会得到最好的处理结果。"

纪威说完，放下手中的笔记本，如同刀剑般的目光再度从安澜港集团十三名班子成员的身上一一扫过。

强大的气场，犹如万钧铁戒，压在了他们每一个人身上。

"领导们还让我转告大家，希望在巡察结束之后的专项巡察反馈会上，在座的各位都能与他们面对面地交流。"

纪威的话音落下，安澜港集团的十三名班子成员全部愣住了。纪威最后的这句话看似平常，实则一语双关。表面意思无关紧要，但字面意思下的深意，却让他们不寒而栗。

纪威刻意留心观察着每一位班子成员的脸庞，发现他们每个人的表情都不尽相同，脸上有震惊、有恐惧、有困惑、有不屑……百态横生。

"一定，一定……"梁绵韧装作听不懂的样子，轻轻笑道。

## 四

汇报会结束后，巡察组成员们按照既定的巡察方案，迅速进入了工作状态。张贴巡察公告，设置、安装举报信箱，公布检举举报电话，讲解检举举报内容……一项项工作行云流水般地全面铺开。

为便于工作开展，安澜港集团行政部还专门为巡察组准备好了七间办公室。今后的一段时间里，这里将是巡察组的主阵地。

纪威站在巡察组临时办公室的窗前，眺望着远方忙碌的港区，眉头紧锁，一副心事重重的样子。

窥一斑而知全豹。方才的"门卫阻拦"事件、"集体迟到"事件以及"交白卷"事件，愈发让纪威觉得安澜港集团的实际情况要远比预想的复杂得多，此次专项巡察工作注定不会一帆风顺。

"轰、轰……"一阵引擎的轰鸣声，打断了纪威的思绪。纪威顺着声音往楼下望去，只见徐建设驾驶着一辆黑色敞篷跑车，极为高调地驶离安澜港集团总部，跑车的轰鸣声引来不少路人驻足围观。

"这个家伙挺有意思。"崔湛卢笑道。

纪威品味着崔湛卢的话，点了点头，若有所思。

时间在工作的忙碌中一点点流逝，转眼已是中午时分。伴随着几声敲门声，梁绵韧和贾聪在获得允许后，走了进来。

"纪书记，食堂已经准备好了工作餐，请领导们吃完饭再继续工作吧。"梁绵韧脸上堆砌着笑容，姿态放得很低。

"感谢董事长的好意啊！不过我们有自己的纪律，巡察期间不得接受被巡察单位宴请……"

见纪威不答应，梁绵韧的脸上浮现起一丝着急的神色，他忙解释道："书记言重了。哪是什么宴请，就是普通的工作餐，还请领导们不要客气。"

纪威凝视着梁绵韧，极为"惋惜"地说道："早就听说咱集团食堂的饭菜不错，一直想尝一尝。但是，纪律就是纪律啊，我们纪检监察机关也好，市委巡察机构也好，一直强调打铁还需自身硬，可不敢带头违反纪律啊。"

见纪威的态度很坚决，梁绵韧也不再勉强，简单敷衍了几句，就带着贾聪离开了。

吃人嘴软，拿人手短，"打铁的人"首先要成为"铁打的人"，这是纪威一直坚持的一个人生信条。

巡察组成员们陆续完成了手头上的工作，重新坐回到了大巴车上。车辆缓缓启动，向着安澜市海港区纪委监委谈话点驶去。

海港区是安澜市委、市政府驻地区，其纪委监委谈话点离安澜港集团极近，直线距离不超过三公里。

早在制定专项整治方案的时候，纪威就亲自与海港区纪委监委进行了沟通，把这里列为专项巡察的"大本营"，不仅是因为距离近、来回方便，更因为这里保密性强，不用担心意外泄密问题。

大巴车缓缓停下，众人下车进入谈话点。这里的风格布局与市纪委监委办案点松涛园大同小异，甚至可以说它是松涛园的缩小版。

纪威一边往里走，一边招呼众成员到餐厅吃饭。辛苦工作了一上午的众巡察组成员，闻到饭香味不由得加快了步伐。

巡察组的午饭很简单：一个肉菜、两个素菜，主食是米饭，还有一个紫菜蛋花汤。这午饭相比安澜港集团精心准备的午餐肯定是差了不少，但胜在让人吃得安心、吃得踏实。

纪威一边吃饭，一边在脑海里思索着下午的工作如何开展。不多时，见众人都吃完了饭，他清了清嗓子，笑着说道："借这个饭后时间，跟大家简单说几句。"

所有人的注意力，一瞬间从饭菜上转移到了纪威身上。马百里还从公文包里拿出笔记本，准备做好记录。

纪威笑了笑，摆手示意马百里不用这么正式。

餐厅里爆发出一阵笑声，原本严肃的气氛也变得轻松起来。

"上午的情况，大家都看到了。相信大家都有自己的认识，我在这里也不再多说。下面主要跟大家强调两件事情：一是要保持高度警惕，时刻做到自律、自警、自省。接下来的工作开展过程中，我们极有可能会遇到以各种方式刻意接近和套取信息的情况，大家一定要把握好底线，不该说的坚决不说，不该谈的坚决不谈，不该收的坚决不收，不该去的坚决不去。"

十二名巡察组成员静静地听着，默默地将纪威的话记在了心里。

"二是接下来的巡察工作注定阻力重重，大家要保持好心态，不要畏惧困难；要坚持原则性和灵活性相统一，在纪律规矩允许范围内，发挥好主观能动性，灵活地把工作做好。"纪威喝了一口水，继续说道，"就强调这些，大家先去休息吧。我们下午两点集合，大家不要睡过了啊，睡过了可就只能自己走过去了。"

最后一句，纪威说得有些小俏皮。巡察组成员们闻言，原本严肃的脸上再次浮现出一抹笑意。

相对巡察组饭后会议的轻松愉悦，安澜港集团这边的饭后会议气氛就显得沉重了许多。

梁绵韧坐在饭桌上首，倚靠在椅背上，双手环抱胸前，阴沉着脸，一言不发。其他班子成员及徐构等少数中层干部，皆神色不安地等着梁绵韧发话，不敢弄出一点声响。

整个包间里充斥着一种诡异的安静。

许久，梁绵韧才缓缓开口道："都说说吧，上午的事都是谁的主意？"

所有人都低着头，不敢接话。徐构的额头上更是不断地冒着汗，他像是做错事的孩子一般耷拉着脑袋，大气都不敢出。

梁绵韧有些疲惫地合上了眼帘，如同自言自语一般地说道："不管是谁的主意，上午这种蠢事不要再干了。这次专项巡察工作，我们该配合的要配合好，毕竟这也是我们的一份责任。"

梁绵韧说完，缓缓起身，临走时恶狠狠地瞪了徐构一眼。只此一眼，就把徐构吓出了一身冷汗。

## 五

下午两点，巡察组的大巴车准时来到安澜港集团总部。

这次门卫变得极为热情，远远望见巡察组的大巴车，就按动遥控器打开了电动大门，把大巴车引导了进去。

大巴车在总部大楼前停下，纪威和十二名巡察组成员陆续下车。简单交流后，成员们按照巡察方案上的任务分工，迅速投入工作之中。

纪威下午的任务也很艰巨，他要带着刘镇岳与梁绵韧进行一次"个别谈话"。

个别谈话也是巡察工作的一个重要环节，是一种党内同志式的谈话，旨在通过谈话了解部门、单位及个人的相关情况。

纪威和刘镇岳还未进入办公楼，贾聪就迎了出来。

"纪书记，梁董事长已经到了。您看是先准备下，还是直接与梁董事长谈话？"

"不用准备了，直接带我们过去就行。"纪威说道。

"好的，书记，您这边请。"贾聪引导着纪威和刘镇岳上了电梯，一路来到了梁绵韧的办公室。

梁绵韧的办公室在顶楼的最东侧，是一间面朝大海的海景办公室。透过东面和南面的落地窗，可以将整个安澜港区尽收眼底。办公室的面积不算大，但室内布置十分考究：桌椅、橱柜、茶几等办公家具皆是由清一色的红木打造的，奢华的材料配上中式古典款式，处处透露着贵气。房间北面的墙上挂着一幅栩栩如生的《上山虎》图。梁绵韧的办公座椅的后方竖立着一块一米多高的泰山石，座位的对面摆放着一个一米多高的方形鱼缸，七条颜色各异的锦鲤在其中畅游着。

纪威进门的时候，梁绵韧正拿着一本《鬼谷子》在读。纪威瞥了一眼，发现梁绵韧手中的这本书的内页已经泛黄，但封面崭新如初，估计是刚重换过封面。

"梁董，您这办公室景色好啊。"纪威半开玩笑地称赞道。

"哈哈……"梁绵韧笑了笑，亦半开玩笑地说道，"若是纪书记喜欢，可以把它让给您嘛。"

"君子不夺人所爱，岂敢岂敢。"纪威笑道。

梁绵韧似乎心情不错，亲自为纪威和刘镇岳各泡了一杯茶。

丝丝热气带着些许茶叶特有的芳香，从热腾腾的茶杯中飘散而出，只闻一下，便知茶叶绝非凡品。

"今年的明前龙井，书记您尝尝。"梁绵韧轻描淡写地说着，仿佛他介绍的只是安澜市本地最普通的绿茶。

纪威端起杯子，放到鼻前闻了闻，称赞道："以前只听过明前龙井这'茶叶中的天花板'，今天有幸品尝，全是沾董事长的光啊。"

纪威的话，让梁绵韧很受用。他指着柜子里的青瓷茶叶罐，笑道："书记若喜欢，拿去喝便是。"

"尝尝新鲜即可，我还是喜欢咱安澜市的大叶子绿茶。"纪威摆摆手笑道。

"你们纪检监察干部啊，就是太讲究。"梁绵韧正话反说道。

纪威看似与梁绵韧聊着茶，实则是通过观察梁绵韧的微动作，初步判断梁绵韧的性格和行事方式。这是纪威在长期的审查调查工作中，形成的一种职业行为。

"董事长，我们今下午过来，是来履行巡察的规定动作——代表巡察组与您进行个人谈话，还希望您坚持问题导向，聚焦职责，配合我们完成此次工作。"见寒暄得差不多了，纪威话锋一转，开始进入此行的正题。

梁绵韧的脸色也变得严肃了起来，他打开笔记本，郑重地说道："好的，纪书记，我一定配合好。"

大多数人都有一个共同点：在谈论自己的成绩时，往往可以口若悬河、滔滔不绝；而在谈论自己的不足时，却往往三缄其口、惜字如金。这一共同点无关年龄、无关职位高低、无关男女老少，是人类的通病。

梁绵韧在接受个人谈话时，大谈特谈其主政期间安澜港集团取得的成绩，而对安澜港及他个人存在的问题，却以只字片语应付了过去。

纪威的脸色渐渐阴沉了下来，他直视着梁绵韧的眼睛，郑重地说道："梁董事长，我还是之前那句话，希望您能坚持问题导向，多谈谈安澜港集团及您个人存在的问题。"

梁绵韧挑了挑眉，抬头看了纪威一眼。他捧起手中的水杯，浅饮了一口茶水，慢慢地把身子靠在了椅背上，颇有深意地说道："这么多年，追着我不放，非得问缺点和不足的，纪书记您还是头一个。"

梁绵韧说得不愠不怒，但话中责备的意味不言而喻。

纪威有些诧异地看着梁绵韧，旋即笑了笑，回应道："这么多年，被我追着问缺点和不足的，您可不是头一个。"

梁绵韧闻言，脸上的表情微微变化，双目的深处仿佛有一座火山正在积蓄力量。

纪威留意到梁绵韧皱了皱眉头，脸色也变得阴沉了下来，便知再问下去也不会有任何收获，于是打了个哈哈笑道："既然梁董事长已经'知无不言'了，我们也不好再追问下去，那就感谢董事长对我们工作的配合了。"

纪威说完，和刘镇岳起身告辞。

梁绵韧的脸色迅速缓和了过来，他笑着回应道："那我就谢谢书记的理解了。"

目送纪威和刘镇岳离开，梁绵韧面色一沉，怒意毕现。

"你感觉这位梁董事长性格如何？"纪威问刘镇岳道。

刘镇岳挠了挠头，沉思片刻道："书记，我说不好，总感觉这位梁董事长像戴着一张似有似无的面具，让人很难号准他的心脉，猜透他的真实想法。"

"有道理。"纪威点了点头，对刘镇岳的看法表示赞同。

纪威和刘镇岳的第二个谈话对象，是安澜港集团的"二把手"——总经理徐建设。

两人来到徐建设的办公室门口，却发现办公室大门紧锁，屋内空无一人。

"这个徐建设，有点过分了吧。"刘镇岳愤然道。

"兴许是有什么急事吧。"纪威波澜不惊地说道。

恰在这时，贾聪急匆匆地跑了过来，边擦汗边道歉："纪书记、刘主任，实在不好意思，港口作业区发生了一起小事故，徐总已经赶了过去，特让我过来跟您请示下他个人的谈话能否推迟下。"

"人都已经离开了，再来请求推迟谈话，这个徐建设当真是一点诚意都没有啊。"纪威心道。

尽管心里不悦，纪威依旧表现得风轻云淡："事故严重吗？"

"不严重，不严重……"贾聪摆摆手道，"按理说，这种级别的小事故，根本不需要徐总亲自出马，但是徐总在码头干了半辈子，早已习惯了事必躬亲，所以赶了过去。"

纪威点了点头，笑了笑说道："不要紧，那就麻烦贾部长带我们去唐平书记那里吧。"

"好的，书记。您这边请。"贾聪长舒一口气，将纪威和刘镇岳引向唐平的办公室。

与梁绵韧的办公室截然不同，唐平的办公室设置在一楼的西侧，电梯拐角附近一个毫不起眼的位置。

看着纪威脸上流露出的不解之色，贾聪极为"善解人意"地解释道："唐书记的办公室原本也在顶楼，紧靠着梁董和徐总的办公室，后来唐书记嫌爬楼麻烦，就将办公室改到了一楼。"

纪威听完笑了笑，心道：这唐平还真是挺有意思。

三人来到唐平的办公室时，唐平正在修剪盆景。他打量着面前已经栽培妥当的黄山松，歪着脑袋一边思索，一边持剪修去多余枝节。

见纪威和刘镇岳到来，唐平拍了拍手上的泥土笑道："哟，书记大驾光临，见笑了，快请坐。"

纪威笑道："唐书记制作盆景的手艺很专业嘛！"

"哪里哪里，纯粹瞎玩，纪书记过誉了。"唐平谦虚道。

贾聪为纪威和刘镇岳各泡了一杯茶，然后朝纪威和唐平点了点头，轻轻地带上门出去了。

纪威和刘镇岳在沙发上落座，未再寒暄，便开门见山，直奔主题。

"唐书记，我们现在代表组织对您进行个人谈话，希望您坚持问题导向，积极配合我们的工作。"

"一定，一定。"唐平爽快地回答道。

"您认为集团目前存在的问题有哪些？"纪威说着，并对着刘镇岳点了点头，示意他可以开始记录了。

"存在的问题其实不少，尤其是业务方面。"唐平一边说着，一边歪着头做思考状。

纪威的双目中闪过一丝光亮，满怀期待地等待着唐平的回答，却不承想唐平思考了半天，只从嘴里蹦出一句："咱也没干过业务，也说不好。"

纪威愣了一下，没想到他耐着性子，竟然等来这么一句话。

强压住心中的不悦，纪威继续笑着说道："没事，唐书记。这次谈话是巡察程序上的一次例行谈话，您不用太在意准确性，只管说出自己的看法就好。"

"嗯。"唐平点了点头，继续说道，"总感觉码头上有问题，但想详细说说吧，又不知道该从哪里开始。"

唐平叹了口气，摇了摇头，似乎是在悔恨着自己的"不争气"。

纪威的眉毛拧到了一块，随即又舒展开来。他压了压火气，继续保持着笑容，说道："那就请您谈谈您所分管的党建、纪检、工会等工作吧。"

唐平摩挲着手中的极品白瓷茶杯，悠闲地吹了吹茶杯中散发出的热气，又慢品了一口茶水，然后才慢慢悠悠地说道："党建工作嘛，都是那么回事儿，宣传好党的政策、组织好学习工作，就可以了。集团纪检工作，我感觉做得还可以，这几年我们还查了几个案子。至于工会什么的，这些边边角角的工作也没人关心，估计也做得还行吧……"

唐平说起一件件工作，从一个点带起一条线，最后穿起整个面。原本简简单单两三句话便能说完的事情，他整整说了十多分钟，从南说到北，从东说到西，从建港说到现在，从聊现在到畅谈未来……

纪威和刘镇岳虽然已经不耐烦，但依旧耐着性子听着，只为获取一点有用的信息。

唐平整整说了一个多小时，才意犹未尽地喝了口茶，收住了声音。

刘镇岳已经有些愤怒了。唐平的话，虽然句句不离安澜港，却句句避开了巡察组想要获得的问题信息。

看着即将暴怒的刘镇岳，纪威轻轻在他的腿上拍了一下，示意他少安毋躁。

纪威算是看明白了，这个唐平果然是传闻中的"太极高手"。上次虽然领教过了一次，但是这次的感受更加真切。

唐平这个老江湖的口风极紧，脸上虽然挂着人畜无害的笑容，但是你想从他嘴里获取点问题信息，简直比登天还难。这种人最擅长的便是虚与委蛇，谁也不得罪，又谁也不帮，只骑在墙头上，静静地看风景。

思虑至此，纪威也不再浪费时间，起身与唐平告辞。

唐平巴不得纪威赶紧离开，好还自己一份清静，他连忙起身相送。

临走时，纪威指着唐平办公室墙上挂着的几幅佛教木刻画，意味深长地笑道："拈花微笑，菩提觉悟。唐书记的这几幅画，挺有味道。"

唐平一脸茫然，心中思索着纪威话中的深意。

纪威笑了笑，转身离开。

## 六

9月中旬的海边，天空开始变得高远，如同是一张点缀着朵朵白云的深蓝色画布。浪花如同白云一样洁白，不知疲倦地冲刷着金色的沙滩。

纪威和刘镇岳离开安澜港总部大楼，直奔港口作业区，寻找着总经理徐建设的身影。

与唐平谈完话后，纪威安排贾聪再联系下徐建设，看看他是否有空接受个别谈话。贾聪拿起电话，连续拨了五六通。但不知为何，徐建设就像是失联了一般，始终没有接听电话。

贾聪不好意思地望向纪威，随后惊讶地发现，纪威非但没生气，反倒笑嘻嘻地说道："徐总经理可能是忙于工作，无暇看手机，不如我们去码头上找找他吧。熟悉的工作环境或许更有利于谈话工作的开展。"

听到纪威的话，贾聪的脸上闪过一丝不情愿，但这丝不情愿又迅速被他隐藏了起来。

纪威找到徐建设，或者说找到徐建设那辆扎眼的玛莎拉蒂跑车的时候，徐建设正在指挥着一帮船员打捞落水的货物。

见到纪威和刘镇岳，徐建设脸上没有丝毫笑意，甚至还表现出了嫌弃的神色。见纪威想上前帮忙，徐建设大手一挥，吼道："你们躲远点，外行过来不是帮忙，是添乱！"

纪威心道：这个徐建设，还真是连表面功夫都懒得做啊。

为了不打扰打捞工作的进行，纪威和刘镇岳向后退了三十米，像是两座雕塑一般静静地看着徐建设。

二十分钟后，所有的货物都被打捞了上来，徐建设终于长舒了一口气，想起了不远处的纪威和刘镇岳。

"就不能等明天再谈话吗？"徐建设发了句牢骚。

刘镇岳感觉一股无名火从丹田里升起，却见纪威依旧风轻云淡，只得把快要发出来的火又压了下去。

"抱歉，徐总。本来想过来参观下，顺道与您进行一次单独谈话，没想到差点耽误了咱的正常工作。"纪威将姿态摆得很低，轻声道歉道。

"嗯。"徐建设点了点头，望向纪威的目光也和善了很多。他指着作业区的一排平房说道："既然来了，我们就去那里谈吧。"

纪威随徐建设进入最靠近码头的一间平房，徐建设寻了一张椅子大大咧咧地坐下，不知从哪里拿出了一条毛巾，擦拭着脸上的海水。

纪威这才注意到，这个小房间虽小，但是办公桌椅、折叠床、洗漱用品、换洗衣物一应俱全。

贾聪看到纪威疑惑的目光，颇有眼色地解释道："这里是徐总经理的值班室，他平时值班都住在这里。"

纪威对徐建设顿生好感，已经坐到"二把手"位置，还能到一线值班的领导，全国只怕也没有多少。

徐建设似乎是看出了纪威的所思所想，轻描淡写地解释道："以前每周值班，就住在大海边，听着海潮声睡觉，后来慢慢形成了习惯。现在每个周不听上一晚海潮声，反而睡不踏实。"

纪威会心地笑了起来，说道："徐总这个习惯好啊，值得提倡。"

徐建设笑了笑，直接开口问道："纪书记想让我谈什么？请快一些，一会儿我还有别的事要处理。"

"嗯嗯。"纪威点了点头，亦开门见山道，"基本与问卷上的三个问题相同，想请徐总谈一谈集团和您自身存在的问题。"

"唉——"未等纪威说完，徐建设就长叹了一口气，颇为不悦地说道，"我说纪书记啊，我们市委、市政府、市纪委监委每年都搞什么组织调研、审计调研，现在又搞这个巡察，有什么用吗？每次都是问这问那，但问题解决了吗？净是些形式主义的东西。我们提的困难和问题，嘴上都答应得很好，说会给我们解决。我就想请问一下，这么多问题，这么多年解决一件了吗？"

徐建设"连环炮"式的发问一下子把纪威和刘镇岳问住了。他们没想到，徐建设对之前的调研活动存在那么大的意见。

纪威刚想开口说什么，徐建设就摆了摆手说道："我看这次也就算了吧，不要浪费彼此的时间了。"

徐建设说着，指了指门口，做出了一个送客的动作。

贾聪的脸上满是尴尬，饶是他对徐建设的行事作风很了解，但现在这个场景，仍旧差点让他惊掉了下巴。

见徐建设的抵触情绪太强烈，纪威也不再勉强，和刘镇岳十分配合地起身离开。临出门时，他背对徐建设撂下一句铿锵有力的话："别的部门之前怎么做的，我不了解。但是徐总，在接下来的巡察时间里，你一定能看到、感受到我们市纪委监委、市委巡察组不一样的工作作风。"

说完，纪威头也不回地离开了。徐建设思索着纪威话中的含义，品味着纪威话中的坚毅，颇感意外。

片刻后，铁塔一般的徐构，不知道从哪里钻了出来。他朝着徐建设伸出大拇指，称赞道："三叔，您撑得漂亮啊！"

徐建设白了徐构一眼，重重地拍了一下桌子怒道："我说的都是事实！"

返回安澜港集团总部的路上，纪威的表情有些阴沉。极善察言观色的贾聪见状，忙打圆场道："纪书记，您别往心里去。徐总是我们集团有名的改革闯将，胆子大，脾气也大，啥事都敢说，一直都是"撑天、撑地、撑空气"的怪脾气，只要是看不过眼的，他必会撑上去。他绝不是针对您，他对谁都那样。我们梁董事长，也经常被他撑得哑口无言。"

纪威闻言，礼貌性地笑了笑。他脸色难看，并不是因为徐建设的话，而是因为他正在心中暗暗思考：像徐建设这样对巡察组的工作持怀疑态度的人，究竟还有没有？如何才能让安澜港集团的干部和职工看到巡察组积极作为的决心和行动呢？……

纪威和刘镇岳这边"出师不利"，其他小组那边的谈话工作，亦遇到了重重阻碍。

第二谈话室内，崔湛卢和任巨阙看着面前愉快地玩着手机的杨副经理，无奈地摇了摇头。刚一进入谈话室，这位杨副经理就声称自己没什么可谈的，没觉得集团有什么问题，也没觉得集团有谁涉嫌贪污腐败。无论崔湛卢怎么引导，他都始终坚持着自己的"三不"原则：不知道、不了解、不清楚。崔湛卢见状，也未再勉强，就让任巨阙把他送了出去，转头与其他人进行谈话。一连换了六名中层干部，谈话工作都没有取得任何进展。他们都以各种理由，回避着崔湛卢提出的问题。

看着他们"无所谓"的态度，崔湛卢怒从心起，将手中的碳素笔狠狠地摔在了地上。

不仅崔湛卢小组，其他小组遇到的情况也都大致相同。费了半天口舌，做了很多工作，收到的效果却近乎为零。

陈破山和陈齐物组成的"双陈"小组，除未达成谈话目标外，还遇上了一个"奇葩"。

此人名为董大鹏，是安澜港集团下属子公司的一名副经理，五十四岁，已接近内退年龄。平日虽还到单位上班，但都是来走走过场。日常就是泡上一杯茶，一晃一整天，至于什么党员活动、工作业务之类的，早就被抛到一边去了。

谈话组通知他来集团总部谈话时，这位董老爷子正在悠闲地喝着茶、听着曲、盘算着一会儿去哪里抬杠。听到要去谈话，他本想推辞一下，拒绝参与。但哪曾想，集团联络组的工作人员根本不买账，非让他去谈话。董老爷子哪受过这样的"委屈"，心中的怒气之火腾一下就燃烧了起来，非得要把谈话组烧成灰烬不可。

董老爷子跟随联络组来到"双陈"小组所在的第一谈话室，背着手进门的瞬间，就甩给陈破山一个难看的脸色。陈破山挑了挑眉毛，并未动怒，左手做了一个"请"的动作，笑道："董经理，请坐。"

董老爷子跟随陈破山的手势，扫了一眼自己的座位，瞬间暴跳如雷。"你们这是什么意思？不是巡察谈话吗？搞什么对立？你看看你们设置的这个座位，你们高高在上，我坐在下边看着你们，这是什么意思？对我进行审查吗？这是对我极大的不尊重！极大的不尊重……"董老爷子跳着脚喋喋不休地骂了起来。

陈破山和陈齐物对视了一眼，彼此都看出了对方眼中的无奈。陈齐物强忍着怒气，打断道："董经理，那您认为这座位应该怎么设置呢？"

"算你还有点觉悟。"董老爷子闻言停了下来，指着椅子对陈齐物吩咐道，"去，把那把椅子搬到你们前面。我们都是平等的，应当面对面进行交谈。"

陈齐物用询问的目光望向陈破山，陈破山轻轻地点了点头，表示同意。陈齐物将椅子搬到了董老爷子指定的位置。董老爷子脸色终于多云转晴，坐了下去。三人面对面地坐着，由于太过"平等"，彼此之间的呼吸声都听得清清楚楚。

董老爷子可能觉得坐着不舒服，直接双手平放，把下巴垫在手肘上，趴了下来，仰着头拿那一双大眼珠子扫视着陈破山和陈齐物。

陈破山内心反感无比，但还是强忍着，向董老爷子问了几个问题。

董老爷子闻言，摆了摆手，微怒道："明年我就内退了，早就不管公司的事了，这些问题我怎么知道！"

陈齐物闻言一惊，追问道："您还没内退，就早已经不干活了吗？"

不问不要紧，这一问可是闯了大祸。

董老爷子闻言，当场拍案而起，指着陈齐物骂道："你这个小同志，你是什么意思？大家在内退前都这个样子，就我不行啊？你这个小同志是不是对我有意见，故意刁难我？"

陈破山见状，不想再跟这位董老爷子纠缠，草草跟他道了声歉，就让集团的联络员送客了。

陈齐物将椅子搬回原处，脸上满是挫败感。

## 七

当太阳的最后一抹余晖，完全被黑暗吞噬的时候，巡察组也结束了首日的巡察工作。

成员们收拾好办公用品和巡察材料，迈着沉重的步伐，像是一个个打了败仗的溃兵一样，带着满脸的疲惫，陆续返回大巴车。

纪威看着众人沮丧的神情，心中已然对今天工作的开展情况有了一个大致的了解。

工作开展不顺，纪威并未恼火，更没有灰心丧气。他站起身，面朝着巡察组的成员们，笑道："同志们，万里长征路上，刚遇到了点困难就垂头丧气，这样可不行呀。"

纪威笑着，做了个夸张的表情，继续说道："勇敢牛牛，不怕困难。牛都不怕困难了，更何况我们纪检监察干部。"

纪威的幽默恰到好处，就像一缕阳光，融化了巡察小组成员们脸上的冰霜。

看着大家脸上重新浮现起的笑容，纪威长舒了一口气，趁热打铁继续说道："早在巡前培训的时候，我就跟大家说过，这次专项巡察注定不会一帆风顺，阻碍重重是常态。我们一定要稳住心态、波澜不惊，始终保持谨慎冷静的作风，只有这样，才能把这次巡察工作做好。所以，接下来的时间，不管遇到什么'奇葩'情况，大家都要稳如泰山、处之泰然。"

喝完纪威的"心灵鸡汤"，大家重新鼓起了信心、燃起了斗志。纪威见状，脸上露出了一个会心的笑容。

黎明如期而至，经过一夜休整的巡察组成员们，再度精神饱满地来到安澜港集团总部，开启新一天的谈话工作。

徐构站在总部办公楼顶楼的窗户前，看着神采奕奕的巡察组成员们，又惊又怒。

他本以为，安排几个"刺头""奇葩"参加第一天的个别谈话，就可以给巡察组一个"下马威"，让他们知难而退，走走过场就草草地结束巡察，灰溜溜地离开。

但是他没有想到，纪威不但专业能力过硬，领导水平亦丝毫不差。轻描淡写的一句小幽默，就化解了他绞尽脑汁设下的"攻心之策"。

奸计落空的徐构大为恼火，尤其在看到纪威始终成竹在胸的笑容时，直接将手中的电话啪的一声甩在了墙上。

相对于第一天的"小试牛刀"，第二天的谈话任务要重得多，平均每一个谈话小组要和七到八名中层领导干部进行谈话。

正式开始谈话前，纪威特地强调了一下新的谈话思路：要学会抓住主要矛盾，对于愿意接受谈话、积极配合谈话的领导干部，要认真倾听、做好记录，坚持问题导向，从谈话中查找安澜港所存在的问题；而对于不愿接受谈话、抵触谈话，甚至无理取闹干扰谈话的，就不要再在他们身上浪费时间，略过去就是了。

这一工作思路的确定，就像是迷雾中突然亮起的一盏明灯，给巡察组成员们指明了正确的方向。成员们的双眼中闪烁着坚毅的光芒，对接下来工作的开展充满了信心。

进入安澜港集团总部，纪威做的第一件事，就是带着刘镇岳和任巨阙去查看举报信箱。当他们怀着极大的期盼打开举报信箱时，却发现里面空空如也，一连打开数个信箱都是如此。

纪威捏着下巴，暗暗思索了起来。信箱里面没有信，只有三种可能：一是干部职工对他们的工作还不够认可，不敢草率地把举报信件交给他们；二是集团内部有股强大势力，他们的威慑迫使干部职工不敢举报；三是举报信箱里原本有信，但信被人偷偷拿走了。

思及至此，纪威立即对刘镇岳说道："镇岳，你一会儿先去找咱纪委办公室申请一个电子邮箱，再通过安澜港集团行政部把举报电子邮箱下发至安澜港集团的各个子公司，下发给每一名干部职工。"

"好的，书记。"刘镇岳匆忙而去。

上午九点，谈话工作再度开始。在贾聪的安排下，四名中层干部先后进入不同的谈话室接受谈话。他们谈完后，又迅速换另外四名干部接受谈话，如此依次进行。整个过程就像是一条流水线，有条不紊地快速向前推进着，毫不拖泥带水。

贾聪有些诧异地挠了挠头，他感觉今天的巡察组有些奇怪，但又说不出到底是哪里奇怪。

"丁零。"裤袋中的手机发出一声清响，应该是有微信进来了。

贾聪拿出手机，看了一眼屏幕上的内容，随即那张大饼脸上浮现起一抹坏笑。他随手删掉微信，拨出了一个电话，颇为恭敬地说道："庞总监，麻烦您来集团总部接受巡察组谈话吧。"

贾聪口中的"庞总监"，名为庞龙，不是唱《两只蝴蝶》的那位，而是安澜港集团通信公司的副经理。此人亦是安澜港集团众奇葩中的一朵，而且是绽放得最灿烂的那一朵，没有之一。

贾聪扶着满身酒气的庞龙，跟跟跄跄走进了谈话室。隔得老远，周棠溪和任巨阙就闻到一股夹杂了脚臭、狐臭等一系列复杂味道的酒气扑面而来，不由得拿臂弯掩住了鼻子。

贾聪把庞龙扶到椅子上坐下，对着周棠溪和任巨阙介绍道："两位领导，这位是我们的庞经理。"

说完，贾聪迅速转身，想要离开。转身的瞬间，贾聪那张大饼脸上不自觉地流露出了一个狡黠的笑容。

这个微小的细节，恰好被周棠溪捕捉到了。凭借着多年的审查调查工作经验，周棠溪觉得这个贾聪肯定有问题，于是立即喊住了他："贾部长，请留步。"

贾聪闻言，瞬间呆住了。他慢慢地转过身，脸色说不出的难看。

"哗啦。"就在这时，原本耷拉着脑袋、半闭着眼睛打着酒嗝的庞龙，忽然从椅子上跌了下来。

"哎哟，哎哟……"庞龙躺在地上，左手按着自己的腰，右手撑着地，挣扎着想要爬起来。

一下子摔醒的他，凭着尚存的理智，对谈话桌前的周棠溪、任巨阙笑道："领导，见笑了，见笑了……"

"不要紧。"周棠溪一边冷笑着，一边转过头怒气冲冲地瞪向贾聪。

贾聪被这突如其来的"杀气"吓了一跳，额头上的冷汗瞬间就流了下来。周棠溪并未说话，而是一直狠狠地瞪着贾聪。贾聪心里有鬼，哪敢与周棠溪对视，只得低下头，盯着自己的脚尖仔细瞧着。

几分钟后，贾聪像是一只狡猾的狐狸一般，眼睛悄悄地向上翻了翻，偷偷观察着周棠溪的脸色。在与周棠溪眼神对视的一瞬间，他又像是触电一般快速把目光收了回去，重新低着头观察自己的脚尖。

"哼！"周棠溪再度冷笑了一声，缓缓开口道，"贾部长，这个情况是怎么回事，我想您心里比谁都清楚。您作为一名优秀的行政人员，自然知道什么人在什么时候适合接受谈话，什么时候不适合接受谈话。所以——"

周棠溪突然拔高了声音，好似铿的一声从腰间突然拔出了一把利剑，架在了贾聪的脖子上，将他吓得六神无主。

"我希望接下来每一个进入谈话室的人，都能够以较为合适的状态来接受谈话，而不是来谈话室出洋相，给我们添堵！"

周棠溪是安澜市纪委监委第五审查调查室的副主任，从事一线审查调查工作多年，思维敏捷，口才一流且极具气势，几句话就将贾聪说得哑口无言。

周棠溪的话音落下，贾聪已经汗流浃背。他一边在心里骂徐构出的馊主意，一边连拉带拽地把庞龙拖了出去。

"周姐，漂亮！"任巨阙伸出大拇指称赞道。

"发挥得一般。"周棠溪也笑了起来，这次是发自内心的笑。

经过庞龙的这一"小插曲"之后，贾聪再也不敢造次，被通知来接受谈话的人都十分正常。虽然巡察组仍没有了解到相关问题，但至少没人再出任何幺蛾子。

## 八

黄昏悄然来临，黑夜也已在不远处等待着。

巡察组结束了第二天的工作，返回中巴车上，等待着纪威召开"中巴会议"。

虽然今天的谈话工作依然没有太大进展，但是不同于昨天的颓丧，今天巡察组的斗志很高。

纪威很满意大家的精神状态，轻笑道："只要大家始终保持高昂的战斗激情，不抛弃、不放弃，我们就一定能够打开局面，完成此次任务。"

众成员闻言，再度信心倍增。

但信心归信心，激情归激情，激情和信心虽能激发工作动力，却不能消除客观困难和阻碍。

在接下来的三天中，巡察工作仍然面临着"三无"的困局：谈话无进展、信箱无信件、电话无人拨。

纪威表面上表现得风轻云淡，继续熬煮"心灵鸡汤"，鼓励众巡察组成员，实则内心已经开始有些急躁。

凌晨三点，纪威躺在宿舍的床上，脑袋里乱糟糟的，翻来覆去想的都是巡察工作的进度。他越想越烦躁，越烦躁越睡不着，只好苦熬着。

"呼——"纪威长呼一口气，猛地一摔被子，坐了起来。他抓起手机，看了一眼手机上显示的时间，已是四点五十分。

既然睡不着，那就干脆不睡了。

纪威穿好衣服，简单进行了一番洗刷，然后穿上了运动服，在空旷的马路上晨跑了起来。

不知跑了多久，纪威发现路上的行人渐渐多了起来。此时出现在路上的，大都是为了生计而奔波的商贩们。他们有的驱车赶往门店，拉开店门、打扫卫生，开始一天的经营；有的开着皮卡车前往批发市场采购蔬菜、瓜果，以备顾客能买到最新鲜的果菜；更有的早在一小时前，就铺开了摊位，拉开了架势，等待着如同黄金般珍贵的早高峰时间。

纪威跑了一会儿，在一处早餐摊前停了下来。老板是一名中年汉子，热情地招呼纪威坐下。纪威寻了一处不起眼的角落坐了下来，向老板娘要了一碗豆腐脑、五根油条和一碟咸菜，然后慢慢地吃了起来。

他一边吃着早餐，一边看着匆匆忙忙的人群，原本急躁的心情竟然慢慢地平静了下来。

看着眼前这幅最平常却也最珍贵的早高峰画面，纪威的脑海里忽然浮现出一句话：人民群众是历史的创造者，群众路线是我党克敌制胜的重要法宝。

"群众路线？"纪威喝完最后一口豆腐脑，眼睛忽然亮了起来。

上午八点，巡察组的中巴车准时停在了安澜港集团总部门口。众成员陆续下车，然后有条不紊地开展起日常工作：检查举报箱、整理谈话名单、通知谈话人……

当他们完成所有的准备工作，即将开始谈话时，却被纪威告知谈话暂停，全体人员到小会议室开个短会。

带着满脸疑惑，众巡察组成员来到了安澜港集团的小会议室。

纪威示意马百里把会议室的前后门都关好，随后郑重地说道："相信大家这几天也都感觉到了，我们的谈话对象其实都在敷衍我们，官话、套话不少，但我们想知道的、安澜港集团存在的、影响集团运转的、涉及贪腐的问题，他们只字不提……"

"所以——"纪威顿了顿，用手中的笔重重地敲击了一下桌子，继续说道，"他们必定是因为某些因素，不敢坚持问题导向，不敢正面回答我们的问题，更不敢说出一些真实存在的事实。"

说到这里，纪威深吸了一口气："因此，我们必须转变工作思路，不能再把时间浪费在这些中层干部身上了。我们要坚持群众路线，到广大职工中去，去基层座谈,听一听他们真实的想法。"

众成员闻言,齐齐点了点头,表示赞同。

纪威打开自己的笔记本,对基层座谈工作做出了三点安排:一是不再接受安澜港集团指定座谈人员,各小组随机选择座谈单位和座谈对象;二是在到达座谈地点后,请安澜港集团的相关人员进行回避,避免给座谈对象造成心理压力;三是基层座谈与材料调取同时进行,在获得某个问题的相关线索后,立刻进行相关材料的收集,避免材料被销毁或者调包。

纪威安排完,抬起头看向众人:"我已经从委里调了三辆商务车过来,供你们三个小组在接下来的几天使用。一定要注意工作方法,学会'打太极',以柔克刚地去解决遇到的困难,非必要绝不能与安澜港集团的干部职工起冲突。"

众成员认真地在工作笔记上记录下纪威的三点要求,然后各自选取基层单位,前往座谈。

贾聪看着分别去向不同单位的巡察小组,有些着急。他躲到了一个角落里,拿出手机拨了出去:"喂,徐总,巡察组下基层座谈去了,您提前做好应对呀。"

"知道了。"电话的另一端,徐构冷冷说道。

以陈破山为组长的巡察第一小组,选择到安澜港集团有限公司能源与动力公司(简称"能动公司")进行基层座谈。

他们一进门就率先来到能动公司的行政处,找到了行政处主管。

能动公司的行政主管是位女同志,名为赵倩倩,四十岁出头的年纪,留着干练的短发,虽算不上是美女,但谈吐和气质极为不俗。

陈齐物表明身份,缓缓说道:"赵主管你好,我们是巡察组的工作人员,今天到你们公司来进行基层座谈,还请您多多支持。"

听到陈齐物的话,赵倩倩明显愣了一下,画着精致淡妆的脸上,流露出一抹犹豫的神色。在和贾聪确认了"双陈"的身份后,她才缓缓道:"好的,领导。需要我们配合的,我们一定配合。"

赵倩倩的话中,明显带着一丝不情愿。

陈破山和陈齐物交换了一个眼神，决定速战速决。

"请你拿出能动公司的花名册吧，我们要挑选几名员工进行单独座谈。"陈齐物说道。

赵倩倩闻言，脸色微变。她一边笑着说了声"请稍等"，一边快速运转大脑，思考着应对之策。

不得不说，纪威的这一招"突袭"，十分有效，从根本上打乱了安澜港集团幕后贪腐势力的精心部署，为发现问题创造了转机。

"哎，哪里去了……"赵倩倩站在办公桌前，颇为"认真"地寻找着员工花名册。

陈破山和陈齐物两人都发现了赵倩倩的小心思，她翻找花名册是假，拖延时间是真。但他们都不动声色，静静地看着她的拙劣表演。

陈齐物注意到，赵倩倩在翻找抽屉时，只翻动了上面的两个抽屉，最底下的一个抽屉却被她直接略了过去。

直觉告诉陈齐物，花名册一定在最下面这个抽屉里。思虑至此，陈齐物趁着赵倩倩不注意，俯下身子，一把拉开了最底下的抽屉。

果然，抽屉的最上层静静地躺着一个蓝色的文件夹，文件夹的封面上写着"职工花名册"五个大字。

赵倩倩大惊，想要把抽屉重新关上，却不想陈齐物眼疾手快，在她即将关上抽屉的瞬间把文件夹拿到了手里。

赵倩倩一愣，脸色变得有些苍白。

"这不是在这里吗？"陈齐物一边说着，一边打开花名册。陈破山也凑了过来。两人一阵研究，从花名册里选取了五个人，将他们的名字连同工作岗位、联系方式一起摘抄到了笔记本上。

赵倩倩上前一步，想要看一眼，却被陈破山的锐利眼神给劝退了。

"啪！"陈齐物合上笔记本，对着赵倩倩笑道，"赵主管，麻烦安排一名同志给我们引个路，我们要到贵公司位于其他办公地点的下属部门，去找一些基层职工进行座谈。"

赵倩倩的脸色缓和了过来，她轻笑道："怎么能劳领导大驾呢，我们打电话通知他们过来即可。"

"不用，不用，赵主管，您给我们找个向导即可。我们虽然要座谈，但也不能耽误你们的正常工作。再说了，我们也想顺道去看看咱公司员工的精神面貌。"陈齐物说得滴水不漏。

"那领导您打算去哪个部门呢？我让人提前去等您几位。"赵倩倩灵机一动，继续说道。

"不用，不用，我们也没完全想好，路上再说吧。"陈齐物笑道。

见陈齐物丝毫不让步，赵倩倩只能无奈地安排了一个青年工作人员随行，带陈齐物他们前往能动公司的各下属部门。

临走时，赵倩倩在这名工作人员的耳畔轻声耳语了几句。

但赵倩倩不知道的是，她的这一细微的动作，已被陈破山这位"老审查"看在了眼里。

## 九

能源与动力公司，是安澜港集团旗下一个十分重要的分公司，主要职责是保障生产，负责港区内的照明、供暖、制冷等相关设备的生产安装和维护工作。

花名册上显示该公司有三百多名职工，公司规模在整个安澜港集团算不大不小。

陈破山和陈齐物选择能动公司为切入点，原因在于这家公司业务单纯，人数又相对较少，透明程度相对较高，职工对公司的一些问题能有一定了解。商务车漫无目的地转悠了十分钟后，陈齐物才告诉引路的青年要去照明维护部，并且在告诉完地点后故意靠近青年，跟他东拉西扯，目不转睛地盯着他的所有动作，不让他有通风报信的机会。

十多分钟后，巡察组成员在青年职工的引导下，来到了照明维护部，见到了该部门的主管胡越。

青年职工脸憋得通红，但仍然强忍着怒火，向胡越介绍了巡察组成员的身份以及来意。

胡越同巡察组成员一一握手，这时陈破山却对青年说道："我们的商务车可能需要加油了,还得麻烦你带司机去加个油,他对这里不大熟悉。"

青年职工十万个不愿意,但又没有理由反驳陈破山,只能无奈地返回商务车。

青年职工离开后,陈破山毫不拖泥带水,先是让胡越准备两间办公室,随后直接点出了之前选定的五名职工的名字。

胡越满腹狐疑,但又不知道"双陈"的葫芦里到底卖的什么药,只得照做。不多时,五名职工全部到齐:一名老职工、两名中年职工以及两名年轻职工。

选择座谈人员时,"双陈"虽然用时极短,却也动了一番脑筋。不同年龄梯次、不同层级、不同职位的人员合理搭配,工作上彼此间有所联系,又有相对独立的部分。陈齐物觉得采取这样的筛选原则,更容易发现问题。

陈破山也不废话,直截了当地说道:"各位,我们是市委巡察组的工作人员,今天按照上级领导的部署安排,来跟大家进行一次座谈,也就是简单地聊聊工作、聊聊生活。大家不必紧张。"

陈破山军人出身,曾是某部队的副师级干部,转业后来到安澜市纪委监委工作。他个性爽朗,为人坦荡,天生具有一种号召力和亲和力。

寥寥数语,就打消了五名职工心中的疑惑,缓解了他们的紧张情绪。

陈破山见效果达到,便立即安排展开工作。陈破山和万茜在谈话室,对五名职工逐一进行座谈;陈齐物和刘镇岳守在等待室,阻止其他人员进入。

第一个接受座谈的是一位名为李兵的老同志,据资料上显示,该名同志已经五十二岁,接近内退年龄。

陈破山主动坐到了李兵旁边,从兜里掏出一支烟递了过去。李兵有些疑惑地看着陈破山,疑问道:"领导,这可以吗?"

"哎呀,老兄,咱这是座谈,又不是组织谈话,就是简单地聊聊工作、聊聊生活、聊聊困难……也聊聊问题,不必太过拘泥于形式。"

李兵听完陈破山的话,紧绷的神经放松了下来。他接过陈破山的烟,点上深吸了一口,又看了看烟嘴上的"兰州"二字,笑道:"领导不都抽中华、熊猫、苏烟之类的高档烟,你怎么抽这个?"

"所以说,老弟我不是领导嘛。"陈破山幽默道。

"哈哈哈……"李兵笑了起来。

这一支兰州烟成功地拉近了两人的距离。在陈破山的引导下，李兵侃侃而谈，讲述了很多安澜港集团可能存在的问题，并说出了自己认为可能存在贪腐问题的领导干部。

陈破山跟李兵聊着，万茜在一旁不停地记着。由于李兵说的内容很多，万茜记得手都有些酸了。

十五分钟后，陈破山结束了与李兵的座谈，起身将他送了出去。看着万茜手上记得满满的笔记本，陈破山有些动容。

这是自巡察开始以来，第一次真正收集到有用的信息。

"小万，还能继续吗？"看着揉着手腕的万茜，陈破山问道。

"陈组长，当然没问题。"万茜微笑着回答。

"好，那我们继续。"

在四人共同努力下，座谈工作开展得十分成功。参与座谈的五位职工都反映了很多安澜港集团现实存在的问题，也提供了一些关于贪腐问题的线索。

午饭时分，陈破山小组刚好结束了座谈。

此时，接到了赵倩倩的电话的胡越，方才如梦初醒。他看着万茜手上记得密密麻麻的笔记本，迫切地想知道巡察组究竟了解到了哪些问题。

"陈主任，您看已经中午了，我已经让食堂准备好了工作餐，您和其他主任们一起坐下来吃点？"

"不用了。"陈破山大手一挥，笑道，"感谢胡主管你的大力支持，我们上午的座谈工作已经结束了。下午如有需要，还得再麻烦你。"

说完，陈破山像是凯旋的将军一般，带着其他人大步流星地向商务车走去。

不惟陈破山小组，其他小组在上午的"突袭式"座谈中，也都取得了丰硕的战果。

纪威在看到各小组的座谈成果时，脸上终于流露出了一个会心的笑容。

顾不上吃完饭，三个小组就在会议室整理起了上午收集到的信息。现在的他们必须争分夺秒，在最短的时间里将有关材料调到手里来。

噼里啪啦的打字声，在安静的会议室内环绕着。纪威坐在一旁看着他们，同时在脑海中构思着下一步的工作方案。

纪威心想，"突击式"座谈能成功的根本原因在于：没有给安澜港集团的幕后贪腐势力反应的时间，打了他们一个措手不及。而现在他们已经反应过来了，必定会采取相关措施来进行应对。之后若还用这一招，只怕很难再收到今天这样的效果了。

事实正如纪威所预料的那样，座谈小组前脚刚走，安澜港集团的中层干部就同时收到了同一条信息：管好各自下属的嘴，再出问题，后果自负。

很多人在看到这条信息时，双腿都不由得战栗起来，仿佛看到有一把刀悬在了自己头上。

巡察组草草吃完工作餐，三辆商务车再度出发。

各分公司的经理、主管们再见到巡察组人员时，眼神里已没有了丝毫慌乱，他们成竹在胸地跟巡察组成员们打着招呼，脸上的笑容里带着某些难以捉摸的意味。

万茜有些诧异，为什么短短一个午饭的时间，这位照明维护部主管就像是换了个人一样？

"陈主任，咱们下午找谁座谈？您说个名单，我去通知。"胡越颇为热情地笑道。

陈破山用双眼盯着胡越脸上得意的笑容，也笑了起来。他拍了拍胡越的肩膀，说道："胡主管啊，我们下午不座谈了。"

"不……不座谈了？"胡越一愣，说话都不利索了起来。方才脸上那得意的笑容瞬间消散，又浮现起早上时的慌乱与紧张。

"是啊。我们下午就在咱部门转转，看看咱部门人员的精神面貌，再看看材料。"陈破山说道。

胡越仍不死心，继续问道："那……陈主任，可否告知你们需要哪些材料？我们好提前准备着……别……耽误领导们的时间。"

"老弟你想得真周到。"陈破山笑着，眼神却变得神秘起来，"我们边看边调嘛，看中什么我们就调取什么。"

胡越细品着陈破山话中的深意，脸色变得有些难看，他抖动着双手，竭力在控制着自己的情绪。

陈破山等四人来到照明维护部的办公区，边走边跟职工们打着招呼，看似是在漫无目的地瞎逛，实际是在无意的态度的掩饰下，做着有意的事情。

"小同志你好，请问你是负责什么业务的？"陈破山走到一个年轻的女同志的工位上，笑着问道。

年轻女同志有些受宠若惊，忙站起身来回答道："领导您好，我主要负责我们部门维修出勤、换件情况的统计。"

"哦？"陈破山做出一副饶有兴致的样子，说道，"那你这个岗位很重要啊。"

说完，他转过身对着胡越说道："胡主管，我要调取一下2015年以来维修出勤、换件情况的记录。"

"好……好的……"胡越连连答应，并冲那名女职工使了个眼神。

女同志不明所以，歪了歪头，问道："主管，怎么了？"

胡越心里已经要抓狂了，但他还是强忍着着急说道："什么怎么了，赶快给领导提供。"

胡越一边说着，一边再度给女同志使了个眼色。

胡越的小动作被陈破山尽收眼底，他没有点破，反倒是继续笑道："小万，你留在这里，和这位小同志把资料收齐。"

陈破山说完，拍了拍胡越的肩膀："胡主管，再带我们去前面看看吧。"

胡越心里一百个不情愿，但一点办法没有，只得被陈破山裹挟着继续往前走。

随后，陈破山以各种巧妙的方式，分别将考勤表、购买入库表、使用出库表等多份文件成功拿到手。

陈齐物认真登记好了所有调取的文件的名称、页数、内容等，并让胡越在登记表上签好了字。表格一式两份，巡察组一份，胡越一份。

"谢谢胡主管的大力支持，太感谢了。"临走时，陈破山伸出手与胡越握了握。胡越的脸色已经阴沉得可以滴下水来，但他一直努力克制着火气。直到巡察组的商务车彻底消失在视野里，他才怒吼了一声，把手里的登记表撕了个粉碎。

## 十

暮云四合，夜晚已至。

晚间的安澜市褪去了白日的喧嚣，渐渐沉寂了下来。海港区纪委监委谈话点内却灯火通明，巡察组的成员们进进出出，如白天上班一样。

陈破山、崔湛卢、于弘景三位小组长分别带着自己的小组，撰写着今天的座谈报告。三个小组白天的收获都很大，为了加快推进巡察工作，他们选择晚上加班，尽快把白天的成果整理出来。

纪威很满意众成员的敬业精神和工作态度，同时心里又有一些愧疚感。为了干好工作，大家牺牲了自己的个人时间。以往这个时候，他们应当正陪伴在自己的家人身边。

纪威想着想着，心里的愧疚感愈发浓重。他离开家到安澜市来工作，已经半个月了，这段时间，他都没能回去看看妻儿，甚至连电话都没打过几个。

正在纪威难过时，他看见马百里拿着手机悄悄地走了出去。本能的警觉性，让纪威跟了过去。

走近时，纪威听到马百里的声音突然变得温柔起来："对不起，我这边工作有点忙，今晚需要加班，不能陪你了。等下次，下次我一定陪你……"

马百里的语气充满了愧疚，但电话另一头的人却不依不饶："下次又下次，你怎么那么多下次？我不管，你今天必须出来陪我……"

"今天真不行，领导们都在加班，我不能走。"

"行行行，你工作忙，你高尚！你不陪我，我找别人去！"电话另一头的人狠狠地撂了电话。

马百里看着手机，满脸落寞，摇了摇头，接着立马调整好状态，继续回去工作。

纪威发现是自己多想了，他学着马百里的样子，摇了摇头，长叹了一口气。

晚上十点，各小组的报告陆续递交了上来。每个小组的报告内容都很充实，每篇报告的后面都附上了厚厚的证明材料。

纪威看着三份材料，隐藏在心中的焦急和压力，瞬间消散一空。

"大家的工作成果都很显著，我给大家点个赞。"纪威笑着对众成员伸出了个大拇指，"相信冯琦书记也会认可大家的努力的。辛苦了，快回去休息吧。"

众成员闻言，身上的疲惫顿时一扫而空，同时心底涌出了一股莫名的暖流。

见纪威并没有离开的意思，众成员也都站在原地未动。纪威见状笑道："你们别等我呀，我现在自己一个人住在宿舍，啥时候回去都一样。你们得快回去，回去晚了，男同志可是要跪搓衣板的。"

会议室里响起一阵欢乐的笑声。见纪威态度坚决，众成员也不再强求，纷纷跟纪威告别，收拾东西返回家中。

见众成员都先后离开，纪威重新泡了一杯安澜绿茶，认真修改起三份报告。

这一改又是数个小时，直到凌晨三点，纪威才完成最后修订。他看了看时间，心想回宿舍也睡不了多久了，干脆躺到了沙发上，拿起大衣当被子盖住了自己。

可能是太累了，纪威刚一躺下，会议室里就响起了沉重的呼噜声。

清晨的阳光如期而至。

简单洗了把脸，装好了三份报告，纪威就马不停蹄地往冯琦的秘密办公点而去。

八点十分，来到办公室的冯琦，刚想泡杯茶，就听到了敲门声。

"请进。"冯琦有些疑惑地看向门口，心想是谁这么积极，这么早就来了。

随着门把手的转动，纪威推开门走了进来。

"哦，纪威同志啊。"冯琦有些意外，顺手又泡了杯茶递给纪威。

冯琦打量着正在拿出文件的纪威，发现他眼圈发黑，眼袋有些下垂，乍一看像是老了不少。

"最近没少熬夜吧？"冯琦关切地问道。

"没事，习惯了。"

纪威回答得很轻松，冯琦心里却很沉重。为了这次的安澜港专项整治工作，纪威抛家舍业地来到安澜市不说，来了之后几乎没有正常休息过，一直在加班加点地工作。

冯琦带着几分心疼，指了指旁边的休息室，对纪威说道："我在这儿看报告，你先去休息一下。"

"没事，书记，我没问题。"纪威心头一暖，笑嘻嘻地回答道。

"身体是革命的本钱。"冯琦面色一凛，严肃地说道，"我这不是跟你商量，这是我交给你的任务。"

见冯琦说得很郑重，纪威也不再推托。他笑了笑说道："我在桌子上趴一会儿吧，书记您看完叫我。"

"行，快去吧。"冯琦摆了摆手，算是同意了。

纪威坐在桌前，趴在胳膊上，很快进入了梦乡。

一个多小时后，纪威被冯琦叫醒。他揉了揉蒙眬的双眼，抬起了头，想要站起身来。冯琦一把将纪威按在了座位上，摆了摆手，示意他听着即可。

"报告我看了，上面所提到的安澜港集团的问题比较有代表性。"冯琦顿了顿，继续说道，"但目前也存在一个问题，就是涉及的人员多为安澜港集团分公司的中、低层干部职工，集团领导层面几乎没有涉及，下一步要从这里入手。"

纪威听完，点了点头，说道："是的，书记。蚍蜉再多也不足以撼动大树，在蚍蜉的背后，一定站着巨型猛兽。"

冯琦静静地听着，严肃道："我们这次的主要任务就是找出这些猛兽，并将他们一网打尽。"

纪威品味着冯琦的话，继续说道："书记，我有种感觉，自巡察开始以来，一直有一双无形的手在遮掩着什么，阻碍我们工作的推进。举报信箱无人投递、举报电话无人打就很能说明问题。"

"嗯，你说得对。"冯琦看着纪威，笑着说道，"别卖关子了，又有什么新想法了？"

纪威也笑了起来："什么都瞒不过书记。我是这样想的，安澜港集团如此多的干部职工，能在极短时间内做到统一口径，铁定是有一帮人专门负责上传下达。我们只要打掉了这个团伙，腐败集团就如同是聋子、瞎子，再也不能跟我们进行有效对抗，我们便可以一鼓作气，直捣黄龙。"

冯琦看着纪威，询问道："那么，你的想法是……？"

"我想在正常巡察的基础上，以暗访的方式开辟'第二战场'。"

冯琦偏了偏头，略作思考，继而说道："纪威同志，我同意你的想法，放手去做吧。"

纪威喜上眉梢，连连保证道："好的，书记，保证把工作做好。"

冯琦对纪威的工作能力没有任何怀疑，他指了指门外，说道："工作的事，就这么办。你现在的任务是，去吃早餐。吃过之后，再去安澜港集团继续开展工作。"

"好的，书记。"这次纪威答应得很痛快。

纪威的工作汇报进行得很顺利，但在安澜港集团这边，三个小组的座谈工作，却如同纪威预料的那般，再度遇到了重重阻碍。

上午九点，三个座谈小组按照之前的工作安排，分别来到了集团下属的三家子公司。

这次，陈破山小组来到的是由徐构担任经理的安保公司。商务车刚一停下，徐构就热情地迎了上来："欢迎，欢迎，各位领导大驾光临，我安保公司真是蓬荜生辉啊。"

徐构一边拽着文辞，一边牢牢地握住了陈破山的手，他看似在微笑，实则在暗暗发力，想要把陈破山的手捏扁、捏疼。

事实证明，徐构的计策不错，但他显然选错了对象。

陈破山将计就计，也暗暗发力。几十年的军旅生涯又岂是虚度过来的，强大的手劲，一下子就将徐构捏得龇牙咧嘴。

"疼，陈组长，疼……疼……疼……"

看到徐构倒吸着凉气，疼得龇牙咧嘴，陈破山才放开了手。

徐构甩着手，跳着脚，再望向陈破山时，脸上的嚣张之色消散一空。他像是个战败的斗鸡一样，将陈破山等四人请进了办公楼。

望着垂头丧气、滑稽不已的徐构，陈齐物、万茜和刘镇岳不禁笑了起来。

徐构将陈破山等四人请到了会议室，颇为恭敬地拿出了公司花名册，递给陈破山说道："主任，你看看今天找哪些人座谈，我马上去安排。"

陈破山看着徐构，有些不可思议，但随即又断定这个家伙的笑容里，绝对藏着什么阴谋诡计。

果不其然，就在陈破山等人翻看花名册的时候，一群身着安澜港集团制服的大妈们冲了进来。

"我们也是港上的职工，我们也有权力接受组织谈话，我们也要反映问题……"大妈们推搡着，神情激动地冲着陈破山大喊道。

"我说，各位大姐……"陈破山见状站起身来，想要解释什么，却被大妈们一口打断。

"谁是你大姐？你叫谁大姐呢？"为首的大妈掐着腰，犹如泼妇骂街一般。

陈破山连连道歉："对不起！这位同志您有什么问题，尽管反映。"

"这可是你让我们说的，我可反映了。"大妈指着陈破山，拉过一把椅子一屁股坐了下来。

这位领头的大妈，五十岁出头，看上去并不老，打扮得却十分"大妈化"。灰色的安澜港制服，配上绿色的裤子、红色的鞋子，奇怪的颜色搭配让她看起来像是一个彩球，再加上她那卷毛狮子一样的发型和涂抹得煞白煞白的大饼脸，整个人看上去喜感十足。

"同志，您贵姓？"万茜打开笔记本，准备开始做记录。

大妈一听要记录她的名字，顿时就不乐意了："你们这是准备打击报复是吧？我留下了名字，你们不就能找到我了。万一你们把我反映的问题，告诉了我领导，领导给我穿小鞋怎么办？"

听到这话，陈齐物一阵无语，心想：不留名字就找不到你了？

万茜有些为难，转过头看向陈破山。陈破山点了点头，算是默认了。

"那就不登记名字了。"万茜说道。

"这才像话嘛。"大妈一脸得意，冲着身后的同伴扬了扬眉毛，继续说道，"我一直想问，我们姐妹几个跟梁董事长差不多同一时期进的集团，为什么现在董事长都年薪百万了，而我们几个每个月的工资还是几千块？这太不公平了！领导们，你们要给我们做主，我们也要年薪百万……"

陈破山等人听完，更加无语。这哪是来反映问题的，纯粹是来找碴的。

简单应付了几句，陈破山准备抽身离开，去找徐构问个清楚。哪曾想大妈们却不依不饶，把陈破山堵了下来。

陈破山看着无所顾忌的大妈们，强忍着脾气，压制着自己的怒火，生怕做出不合适的举动,被这帮不讲理的大妈们抓住把柄,借题发挥。

徐构站在窗外,看着满脸怒气却又无可奈何的陈破山,哈哈大笑了起来。

大妈们七嘴八舌地说着,原本安静的会议室顿时变成了菜市场。有几个大妈更是不知从哪里掏出了一袋瓜子,一边嗑着,一边说得更加起劲了。

两片瓜子皮,一片飞到了桌子上,一片飞到了刘镇岳脸上。随后又有一片带着唾沫的瓜子皮从天而降,落到了万茜的笔记本上。

陈齐物有些怒了,站起身来让大妈们好好反映问题。谁知大妈们根本就不予理睬,她们一边继续嗑着瓜子,一边对陈齐物冷嘲热讽。

这场闹剧整整持续了一个多钟头,直到一个大妈喊了一句"该去买菜了",才彻底结束。

会议室里一片狼藉,一如巡察组成员们的内心。

徐构看着自己的"手下败将"灰溜溜地乘坐商务车离开公司,嚣张地大喊道:"陈组长,一路走好,欢迎再来赐教!"

车里的陈破山,看着徐构那副得意的嘴脸,恨得牙根痒痒。

回到海港区纪委监委谈话点,陈破山发现其他小组的人同样垂头丧气地呆坐着,便知道他们和自己有着同样的遭遇。

纪威听完几个小组的情况汇报,不怒反笑。他借用了电视剧《亮剑》中的一句台词说道:"我们给敌人来了个百团大战,敌人反过手来就给我们来了个大'扫荡'。世界上没有只占便宜不吃亏的事,只有此消彼长,各领风骚。"

巡察组成员们回味着纪威的话,顿时觉得醍醐灌顶、豁然开朗。

"纪书记,我们接下来该怎么做?"陈破山的目光变得炙热起来,他望着纪威急切地问道。

纪威转过头,望着窗外的一片蔚蓝,一字一顿道:"奇袭阳明堡。"

# 恶战『色金刚』

一

仲秋之月的安澜市，夜晚的风中已经带着些凉意。晚上九点之后，马路、街道上已鲜有行人的身影。

此时悟禅山庄的宴会厅里却热闹非凡。参加聚会的男子，除去徐构、眼镜男和中年男子，这次又来了一个"地中海"男。他们坐在那张华贵的红木雕花大圆桌前，吃着火锅唱着歌，满脸得意扬扬。

坐在"三陪"位置上的徐构叫得最欢，他涮了一片羊肉放进嘴里，刚咽下便大笑道："你们是没看到那个陈主任的洋相。让一群老娘们围在会议室里，动也动不了，骂也骂不得，那样子简直太逗了……我现在想起来，还想笑，哈哈……"

徐构放肆地大笑着，"地中海"男也极为配合地鼓起掌来。他倒了满满一杯茅台酒，举杯跟徐构碰了一下杯："就得这么弄他们，让他们知道我们的厉害！"

眼镜男和中年男子虽然没有插话，但从他们的表情里依然可以看出，他们是赞同徐构的做法的。

徐构重新倒满一杯酒，站起身来敬酒道："巡察组只有五十天的时间，现在已经过去了十分之一多，接下来我们要继续齐心协力，让他们灰溜溜地滚回去。"

破天荒地，眼镜男和中年男子没有反驳徐构，而是同样站起身，相互碰了个杯。

扎着高马尾、颇具气质的女子，自始至终坐在一旁静静地看着他们，没有插一句话。

这次聚会，徐构等四人喝得很尽兴，以至于谁都没有看到高马尾女子嘴角那抹若有若无的冷笑。

淡青色的晨光，唤醒了在黑暗中沉睡了一夜的地平线，橘色的光线由远及近，闪耀在天际，世间呈现着日出前的宁静。

一大清早，崔大爷的脸上就洋溢着笑容，因为他的家中迎来了一位"尊贵的客人"。

这位客人不是别人，正是纪威。

纪威此行的目的，除了看望老人外，更重要的是向崔大爷了解一些情况。当下，安澜港集团的大部分干部职工，只怕已经被幕后黑手下了"封口令"。巡察组要想了解到真实的情况，就必须找一个敢说真话的人，但其当下的困难，就是找不到一个敢说真话的人。因此，纪威就想到崔大爷这里碰碰运气。

接过崔大爷递过来的茶，纪威吹了吹热气，浅饮了一口，关切地问道："崔大爷，徐构将剩下的钱打过来了吗？我最近工作太忙，一直未来得及问您。"

"打过来了，打过来了。"崔大爷的欣喜之情溢于言表。他忙跑到卧室，翻找出一张崭新的存折，将它递给纪威，笑道："书记，您看，徐构走后第二天，安保公司的财务人员就把钱打了过来。二十万，一分不少，多亏了您呀！"

纪威笑了笑，心中却极不平静。若不是当时冯琦书记和他恰巧遇上了，崔大爷的抚恤金，还不知得到猴年马月才能要到。

看着纪威的表情，崔大爷似是猜到了纪威心中的无奈。他喝了口茶水，像是下了很大决心一样，缓缓说道："纪书记，我听说，咱正在对港上进行那什么……巡察，是吗？"

"嗯，是的，大爷。"纪威点了点头，叹了口气说道，"进行得不顺利。"

"遇到困难了吗？"崔大爷关切地问道。

"嗯。巡察的第一个目的，就是发现问题。但是现在，无论是港上的领导干部，还是普通职工，他们都不想或者说不敢跟我们反映问题。"

崔大爷似乎是想起了什么，他一拍大腿说道："我想起来了，我记得上次老刘头来说过，你们巡察开始之前，徐构就去各个公司下了'封口令'，说谁要是敢跟巡察组胡说，或者说是寄信、打电话，就让他在港上混不下去。"

"哦？"纪威的脸上泛起一丝好奇，"这个徐构有这么大能量？"

"嗯，可不止呢。"崔大爷说道，"徐构的安保公司养着近千号人。别看他们人五人六的，好多都是之前港上的小混混，那都是拿着刀砍人的主儿，大家都不敢惹他们。"

纪威品味着崔大爷的话，若有所思。看来事情确实如他预料的那样，徐构及其下属形成了一个黑恶势力团伙，威胁并阻止港上的职工反映问题。

"必须先把这个'徐构集团'打掉。"纪威心想。

闲聊了一会儿，纪威起身告辞，临走时他又特意嘱咐崔大爷一定注意安全，有任何问题随时给他打电话。

纪威坐在网约车上，看着不断向后闪过的绿化带，思绪纷飞。徐构虽然看起来嚣张跋扈，但绝对不足以威慑住安澜港集团有限公司的全部干部职工，在他的背后一定还站着一个能量更大的人。

正在纪威思索之时，一辆跑车轰鸣着引擎，疾速超车驶过。过目不忘的纪威一眼认出，这便是安澜港集团总经理徐建设的跑车。

"徐建设？徐构？"善于联想的纪威突然产生了某种猜测。

回到办公室，纪威将自己的想法通过电话汇报给了冯琦。他认为要想畅通信访举报渠道，广泛收集问题线索，获得安澜港集团广大干部职工的信任和认可，就必须首先打掉徐构及其团伙。

冯琦经过慎重思考后，同意了纪威的建议。那么，从哪里入手呢？纪威再度犯了难。

正在纪威一筹莫展的时候，陈破山带着几分兴奋走了过来。

"陈组长，有事？"纪威有些疑惑地问道。

陈破山没有搭话，小心翼翼地从文件包里掏出一个小纸条，递给了纪威。纪威捏着纸条，仔细查看起来。

纸条约有两指宽、五指长，薄薄一小片，不是普通的打印纸，而是一种专门用来写信的米黄色纸张，凑近纸条还能闻到一股檀香味。纸条上的内容很简洁，只有打印的"进港货车"四个字。

"这是……？"纪威把纸条放在桌上，抬头问道。

"早上我来到谈话点的时候，门卫交给我的。他说他早上出门的时候，发现不知是谁往大门里塞入了一个信封，信封里装的就是这张纸条。"陈破山回答道。

"查看监控了吗？"

"查看了。信封是一个青年男子塞进来的，他戴着鸭舌帽和口罩，让人看不清他的长相。他没有开车，我们通过公安部门的监控系统一直追踪，最终发现他的身影消失在一处没有监控的小巷里。"陈破山回答得十分详细。

"好吧。"纪威摩挲着纸条，在心中渐渐地形成了一个完整的方案。

"既然在这个时候，出现了这么个纸条，那就以此为突破口吧。"纪威暗暗思量道。

"嗡、嗡、嗡……"纪威的手机响了起来。他查看了一眼来电显示，发现是安澜港集团的"一把手"梁绵韧打来的。

带着几分疑惑，纪威按下了接听键："梁董事长，你好。"

"纪书记，您早上好！"电话的另一端，梁绵韧笑道。

"董事长这么早打电话，有何指示呀？"纪威笑道。

"哪里敢指示书记，有件事情需要跟您请示一下。"梁绵韧说得很客气。

"您请说。"

"是这样的，昨天省里通知我们，要求我们派人去参加香港招商周，市委、市政府都觉得这是个好事，让我或者徐总经理参加。我们昨晚临时召开了会议，决定由我代表安澜港集团去参加。您看可以吗？"

纪威略作沉思，回答道："我们巡察工作的一个前提，就是不影响被巡察单位的正常工作。您放心去就行，有什么重要问题，我们会提前与您沟通的。"

"那好的，纪书记，感谢您的大力支持，那我明天一早就出发了。"

"一路顺风。"

纪威挂了电话，想起了之前听过的一句玩笑："敢在巡察期间离开的'一把手'，要么是心里没鬼不怕查，要么就是准备跑路了。"

梁绵韧外出招商这件事，发生在这个时间节点，而且去的地方还是香港，着实有些蹊跷。

为了以防万一，纪威特意向市委进行了求证。最后得到的回复是：省里确实组织了香港招商周活动，而且也确实邀请了安澜港集团有限公司。

纪威有些紧张的神经放松了下来，嘴里嘀咕道："这梁绵韧敢在这个时候出去，不亲自盯着，看来他并不怕查啊。反倒是我小人之心了。"

自嘲了几句，纪威拨通了孙光青的电话："小孙同志，你方便过来一下吗？有件事情跟你谈一下。"

"好的，书记。我马上过去。"孙光青回复道。

纪威把头靠在了椅背上，侧过头，出神地望着远方的天空。"希望这次'奇袭'能打开突破口吧。"纪威喃喃道。

## 二

黎明时分，黑暗与光明相互交织。天地间笼罩着一层薄薄的雾气，如同一片移动的海洋，在空气中若隐若现。

不到六点，纪威和孙光青就出现在了进入安澜港区的必经之路——山海路上。

今天的纪威和孙光青，皆是西装革履，皮鞋都擦得锃亮。他们的鼻梁上都戴着一副厚厚的黑框眼镜，若贴近观察的话，还会发现眼镜的两个镜腿上，分别安装着两个难以被发现的微型摄像头。

这是安澜港纪委监委执行"明察暗访"任务时的专用设备——密拍眼镜，纪威特意向有关科室借了过来，用于今天的行动。他们计划伪装成物流公司老板，进入港区借拉业务的名义进行暗访，搜集线索。

按照之前设计好的方案，他们将车停在路边一处空地上，卸下一个轮胎，给人一种车辆损坏的感觉。然后站在路边，向路上来来往往的大货车招手，请求路过的货车司机捎他们一段。

他们一连拦了四辆车都没有成功，直到拦第五辆的时候，货车才停了下来。

"咋了，哥们？车坏了？"货车司机是个热心肠，见到有人拦车，忙停下车问道。

"是的，老兄，车抛锚了。"纪威上前搭话道，"我们有急事要去安澜港，能请您捎一段吗？"

货车司机打量着纪威和孙光青，见他们两人都戴着眼镜，斯斯文文的，又穿着得体，根本不像是拦路劫道的坏人，于是痛快地答应了他们。

纪威和孙光青两人爬上大货车的驾驶室，对着货车司机一阵感谢，反倒弄得司机不好意思了。

"来，老兄，送您两包烟，感谢您的帮助。"纪威掏出两盒"荷花"烟，扔到了副驾驶位上。

"嘿，举手之劳，反正也没多远。你们这些文化人就是太客气。"司机笑道。

孙光青听着司机的口音，感觉很熟悉，于是问道："大哥，听你口音，你是东岛人吗？"

"对啊，你也是吗？"司机反问道。

孙光青点点头，笑道："真巧了，我也是东岛人。"

老乡关系瞬间拉近了三人的距离，加上司机本身就十分健谈，很快司机就和纪威、孙光青打成了一片。

通过交谈，纪威得知司机姓宋，来自东岛市契机物流公司，这趟是往安澜港区送化工原料。

当谈及公司的经营情况时，宋师傅突然叹了一口气："最近几年，物流公司就像是雨后的竹笋，一家一家地冒了出来，也不知道他们用了什么方法，将原本是我们公司承揽的业务都抢了过去。再加上安澜港集团的刻意偏袒，现在我们公司被挤兑得都快没活干了……"

司机本是无心地在吐槽，纪威却从中提取出了几个关键词：很多有门道的公司、安澜港集团的刻意偏袒……

在一路热聊中，二十几分钟的路程，转瞬就结束了。纪威透过玻璃，远远看到了安澜港区。

塔吊如林，赭红一片，许多货车停靠在那里，等待着装卸货物。不远处的引航灯塔高高耸立，像是一名忠诚的哨兵卫士。

才早上七点，进港的货车就已经排起了长长的队伍。宋师傅指着一辆辆排队的货车介绍道："都来得这么早，是因为都想快点卸完货，再快点装上别的拉回去，这样下午还能再拉一趟。"宋师傅的脸上，突然泛起了一个笑容，"多拉一趟就能多赚一趟的钱。"

"哈哈哈……"说完，宋师傅又大笑了起来。

排了十几分钟的队，宋师傅的货车终于来到了港区门口。宋师傅连忙从副驾驶位前面的储物箱中，取出一百元现金，满脸堆笑地递了出去。

"宋师傅，这是……？"纪威疑惑道。

"进入港区，必须交上一百块的'买路钱'，不然门卫不让你进，你只能干等着，浪费时间。"宋师傅指着停在路边的几辆大货车说道，"你看那些，这就是不懂规矩的下场。"

"每次都得这样吗？"纪威不动声色地问道。

"那可不，这是规矩！"宋师傅回答道。

纪威朝着孙光青使了个眼色，孙光青立即会意，转过头将那些等待的大车拍了下来。

进入港区，原本驾驶风格粗犷的宋师傅突然变得小心翼翼起来："这里得小心哦，超了速可是要被罚款的。"

纪威的心里升起一阵疑惑：超速罚款，这不是交警部门的职责吗？

慢慢地行驶至卸货区，宋师傅再度取出两百元现金递给了负责统计数量信息的过磅员，并不断说着恭维的话。

兴许是宋师傅的话令他很高兴，或者说是看在两百元钱的面子上，过磅员大笔一挥，在表格里记下了什么，然后扬了扬手中的表格，朝着宋师傅笑了笑。宋师傅连忙又取出一百元递了过去，并双手合十地感谢道："哎呀，太谢谢您了，谢谢！"

卸完货，货车驶出卸货区，宋师傅看着纪威疑惑的表情，有些小得意地主动介绍道："过磅员可千万得孝敬好，把他们哄高兴了，二十吨给记成四十吨，白赚一半；要是没孝敬到位，二十吨给记成十吨，那可就亏大发喽。"

纪威的脸上，一抹阴沉之色一闪而过。他转过头，把那名过磅员的脸拍了个清清楚楚。

货车空着车继续行进，这次来到了装载区。宋师傅乐呵呵地又递出去了一百元，并冲那名装载员打了个招呼。装载员冲着宋师傅挥了挥手，然后指挥着几台装载机，开始往宋师傅的货车里装矿石。

宋师傅笑道："这些装载员大爷们，也得孝敬好。不然他们就拖着不给你装货，让你一等等一周，我们可跟他们耗不起。"

一贯好脾气的孙光青，脸上忽然升起一抹怒色。纪威忙拍了拍他的肩膀，示意他别冲动。孙光青深吸了一口气，把心情平复了下来。

"他们这样，就没人管管吗？"纪威问道。

"老弟，这你就外行了。"宋师傅转过头，为纪威"科普"道，"听说这就是他们经理弄出来的额外'福利'，为的就是多捞点，谁敢管！"

纪威点了点头，面色如常，双手却不自觉地攥起了拳头。

不多时，宋师傅的车重新装满了货物。他悠闲地哼起了小曲，驾车驶出港口作业区。

"您就在前面把我们放下来就行。"纪威指着前面的一栋办公楼说道。

"好咧。"宋师傅愉快地应了一声。

还未驶至办公楼，宋师傅的车就被一名身着灰色制服、戴着红袖箍的男性工作人员拦了下来。

"领导，怎么了？"宋师傅笑着问道。

"我是港口巡逻队的，你的车往下掉矿渣，得交一百块的'治污费'。"红袖箍男子冷冷地说道。

"为什么呀？"宋师傅疑惑地问了一句。

未曾想就是这简单的一句话，彻底惹怒了红袖箍男子。

"让你交你就交，哪那么多废话。再叨叨，信不信我让你的车永远进不了港区！"红袖箍男子指着宋师傅，愤怒地大吼道。

"对不起，领导。您息怒，是我不懂事。这些是'孝敬'您的……"宋师傅一边唯唯诺诺地说着，一边快速地递给了男子五百元现金。

"算你小子懂事。"红袖箍男子指了指宋师傅，摆了摆手道，"行了，快滚吧！"

宋师傅闻言，千恩万谢，猛踩一脚油门，想赶紧离开这个是非之地。

"这样乱收费不合理吧？"纪威憋了好久，才开口问道。

"唉——"宋师傅长叹了一口气，"他们哪天不这样？他们都是港上的爷，就算乱收费，我们能有什么办法，你说是吧？"

纪威的脸色变得越发难看，他没有回答，像是在思考着什么。

到达办公楼附近，纪威和孙光青下了车。临走时，纪威从口袋里掏出五百元现金，扔到了副驾驶位上。

"感谢您的搭载，宋师傅。"

宋师傅摇了摇头，冲着纪威挥了挥手："你这老弟，就是太客气。"

目送着宋师傅的货车驶出港区，纪威在心里暗暗说道："一定不能让这种事情再发生了……"

宋师傅离开后，纪威和孙光青继续在港区内转悠，看看能否发现别的线索。因为对港区内的业务不熟悉，加上没有了宋师傅这样的内行当向导，两人一直转悠到中午时分，也没有发现其他的线索，只得打道回府。

匆匆吃完工作餐，纪威和孙光青找了间会议室，一边回放着暗访视频，一边撰写着暗访报告。为了使线索更加具体，纪威还特意截取了四名"乱收费"职工的照片，以注释的形式附在了报告的后面。

在两人的高效工作下，下午三点，这份报告就出现在了冯琦的桌子上。冯琦翻看着报告，眉头逐渐皱成了一个"川"字，愈发严峻的神色表明他现在很生气。他握着碳素笔，一下一下地在桌子上敲击着，毫无规律可言。

纪威默默站在一旁，等待着下一步的工作部署。

片刻后，冯琦在报告上认真地写下了一行字，并将报告递给纪威说道："这个线索，极有可能是我们打开新局面的一把钥匙。我认为可以按程序将线索移交给审查调查室，由他们进行核查。"

"书记，我也这么认为。"纪威点头赞同道。

## 三

纪威按照相关规定，以巡察组的名义，将这份暗访线索移交给了安澜市纪委监委案件监督管理室。又经市纪委常委会（监委委务会）的集体研究，这份线索最终被移送到第六审查调查室主任李太阿处。

李太阿是个严谨细致的人，拿到线索后，他反复查看了数遍，又另拿出一张纸，标注出线索中的逻辑关系、调查要点以及最终目的……在完全吃透了线索内容后，他才关紧了办公室的门窗，召集起部室的其他成员，进行线索讨论。

第六审查调查室是安澜市纪委监委的"尖刀"部室，查办过多起极具影响力的大案要案。室内人员作风严谨，效率高，擅长啃硬骨头。

在充分谈论后，一份极具可行性的初核方案，出现在了纪威的办公桌上。

审查调查专业出身的纪威，反复揣摩着方案中的初核方法，进行了简单修改，之后把方案呈递给了冯琦。

"方案不错，抓紧落实。"冯琦看完后，满意地在方案上进行了签批。

下午六点，马路上的车辆、行人多了起来，晚高峰已经来临。贾聪拿起手机，看了眼时间，开心地伸了伸懒腰，转过头望向窗外，期待着即将到来的夜生活。

当他把头转回来时，却忽然发现纪威带着李太阿等人走了进来。贾聪连忙起身，满脸堆笑道："纪书记，这么晚了，您怎么来了？"

纪威没有跟贾聪寒暄，直截了当地说道："贾部长，现在有个紧急任务，需要麻烦您通知下安保公司的人事主管，请他马上过来一下。"

"安保公司？人事主管？"贾聪脸色微微一变，心里升起一阵狐疑。

"这么晚了，我们是不是通知下徐总？"贾聪试探着问道。

"先不用！"纪威强势拒绝了贾聪的提议，面色严肃地说道，"请你抓紧让人事主管过来，就说有急事，别的什么都不要多说。"

贾聪被纪威突然迸发的气场吓了一跳，慌忙拿起手机拨了出去："王主管吗？我是贾聪。现在有件急事，麻烦您来集团一下。"

"现在吗？"电话的另外一端，传来女子不耐烦的声音，"明天不行吗？我都回家了！"

贾聪有些尴尬地望向纪威，纪威却无比坚定地摇了摇头。

"可能不行，你需要马上过来。"贾聪说道。

"那你在电话里说吧。"女子的脾气挺大。

"也不能在电话里说，需要你过来。"贾聪也生气了。

"好吧，好吧，我现在就去。我倒要看看你贾大主任有什么要紧事，非得现在办，还不能在电话里说……"女子喋喋不休地说了一阵，然后挂断了电话。

贾聪脸色有些难看，但还是本着工作职责，对纪威笑道："书记，我这里有点小，咱去会议室吧。"

十几分钟后，一名烫着大波浪，穿着黑色套裙，化着浓妆的女子骂骂咧咧地走了进来。

"我说，贾大部长，您有什么急事非得现在说？我都到家了……"一进来，女子就指着贾聪抱怨起来。

贾聪朝着女子使了个眼色，女子这才放过了他，转头望向纪威。

纪威站起身来，微笑道："你好，我是专项巡察组的纪威，您就是王香主管吧？"

王香极为诧异地望着纪威，满面狐疑："我是王香。这么晚了，领导……找我有事？"

王香在得知纪威的身份后，说话的气势明显弱了下来。说话胆怯，要么是因为为人内向，要么是因为心里有鬼。

纪威暗自思考道：这个王香，明显不是个内向的人，那么就说明她心里有鬼了。

纪威拿出彩印的暗访截图，将它递给了王香，说道："王主管，这些人里，有好几个都是咱安保公司的，麻烦您确认下他们的身份。"

王香接过截图，随手翻看起来。贾聪见状，也想凑上前看个究竟，却不料被李太阿一把拦住。

"贾部长，事关线索核查，需要麻烦您先行回避一下。若有其他事，我再麻烦您。"李太阿颇有礼貌地说道。

"好的，好的。"贾聪微笑着退出了会议室，轻轻地带上了门。

虽然没弄清楚纪威到底要干什么，但是凭着直觉，贾聪觉得今天这事绝不简单，而且极有可能是直冲着徐构来的。

能坐上行政部部长位子的人，一般都是"一把手"身边的红人，这样的人不仅能力超群、长袖善舞，而且心思细腻、思虑周全。

很显然，贾聪就是一个这样的人。

再三思考后，贾聪快速跑回自己的办公室，反锁上门，拿起电话给徐构拨了过去。

"徐总，不好了。纪威带着几个人把王香找来了，看样子来者不善。"贾聪急促地说道。

"什么？！"电话的另一端，徐构直接跳了起来。

"他们要干什么？"徐构问道。

"不知道，我被他们赶了出来。但我感觉他们就是冲着您来的，您得早做准备呀。"贾聪苦口婆心地劝说道。

"知道了，你在那边仔细盯着，有什么事抓紧报告。"徐构匆匆说完，草草挂掉了电话。

会议室里，王香已经辨认出了截图上的四个人，他们分别是：门卫赵甲、过磅员钱乙、装载第三小队队长孙丙，以及巡逻队第二中队队长李丁。

"这四个人都是咱们安保公司的吗？"李太阿疑问道。

"都是我们公司的。"王香看着李太阿疑惑的神色，忙解释道，"之前有一次集团会议决定，从港区向内辐射两百米范围内的所有业务，都是我们安保公司的。"

"那你们安保公司的权力不小啊。"纪威盯着王香，揶揄道。

王香低下了头，不敢与纪威的眼神对视。纪威也没有继续追问，说了句："既然都是咱公司的人，那就麻烦你通知这四人到集团会议室来吧。"

"好……好的……"王香的声音有些发颤，她双手抖动着，拨出了一个个号码。

纪威看着她的表情、动作，便知这里面的事情一定不少。

四人都通知到位后，王香提出来要上一下厕所。纪威心里有些犯嘀咕，但又无法拒绝，只得让王香去。

王香来到厕所隔间，快速插上了门，然后拿出手机按下一个无比熟悉的号码。

徐构这边因为摸不清纪威的目的，正急得直跳脚。接到王香的电话时，他突然就松了一口气。

"香香，你出来了？"徐构的语气很亲昵。

"你先别问，先听我说。"王香压低了声音，语速极快地说道，"老徐，你听着，巡察组这边不知为什么要找赵甲、钱乙、孙丙和李丁谈话，我已经通知他们来集团会议室了。你现在赶紧跟他们嘱咐好，别说什么不该说的。"

王香说完，飞快地挂断了电话，然后又删除了与徐构的通话记录。她装作上完厕所的样子，回到了会议室。

徐构接到了电话，立即意识到了问题的严重性。他连忙给赵、钱、孙、李四人打电话，威胁四人"小心说话，什么该说、什么不该说要掂量清楚"，同时又叮嘱四人"一旦有什么情况，自己先顶下来，回来之后必有重赏"。

四人接到徐构的电话后，心情一下子沉重了起来。他们不想帮徐构背锅，又不敢忤逆徐构的意思，只能无奈地叹了一口气。

纪威趁着等待的时间，把谈话小组安排好了。巡察组的陈破山、赵赤霄、周棠溪和任巨阙，再加上李太阿和第六审查调查室的其他三名同志，八个人正好组成四个谈话小组。

赵、钱、孙、李四人到达后，纪威简单地讲明了缘由，随即立即安排车辆，带着四人前往海港区纪委谈话点。

临走时，纪威还不忘嘱咐贾聪，让他把王香安全地送回去。

贾聪赔着笑，连连答应着。待确认纪威离开后，他同王香立即驱车去与徐构会合。

## 四

夜空很晴朗，虽然没有月亮，能见度却极好，漫天繁星一闪一闪地镶嵌在黑色的天幕上。

深夜的海港区纪委谈话点，再度忙碌了起来。通明的灯火，在一片漆黑中显得格外耀眼。

两辆商务车，先后驶入了谈话点的院子内。听到刹车声，赵赤霄等人连忙从办公楼里迎了出来。

纪威心里清楚，今天的动静弄得不小，想必徐构和他身后的"大王"肯定已经有所警觉，他们必须立即对四人进行谈话。多耽搁一分钟，就多一分钟的变数。既然是"奇袭阳明堡"，就必须讲求兵贵神速，在敌人未缓过神时，将其一击毙命。

赵、钱、孙、李四人在李太阿的催促下，拖着灌了铅一样的双腿，走下商务车。

因为心里有鬼，一路上四人的心情都很忐忑。他们对纪委"请喝茶"这件事充满担忧，同时又对徐构"后果自负"的威胁充满恐惧。

两方面的压力，让四人的精神有些恍惚。此时，他们的大脑一片空白，甚至在某个短暂的时间节点中，他们都不知道自己是怎么到达谈话点的。

四人面色如纸、失魂落魄，犹如行尸走肉。他们颤颤巍巍地向前走着，双腿不由自主地颤抖了起来。年龄最大、职务最高的李丁，甚至站都站不稳了，他双手扶着走廊内的墙壁，在其他三人之后亦步亦趋。

一切都被纪威看在眼里。他迈着轻盈的步伐来到了指挥室内，拿出杯子倒了一杯水，淡然地等待着谈话的开始。

李太阿把四人分别引导进了不同的谈话室，没有刻意对谈话人员交代谈话方向，却反复交代他们注意做好心理疏导。

在李太阿看来，赵、钱、孙、李四人虽然涉嫌违纪，但还是党内同志，对于党内同志，还是要以挽救为主。

"惩前毖后，治病救人"，绝不是一句空话。

李丁坐在谈话室的皮凳上，抬头看了一眼明亮的节能灯，然后小心翼翼地打量着谈话室的环境。整个屋子都被类似于海绵的软性材料包裹得严严实实；没有窗户，只有一台换气扇在呼呼作响。谈话室的正中间是一张三角形的软包桌子，他和两名谈话人员分坐两边。

赵赤霄往纸杯中倒了大半杯温水，然后递到了李丁面前。

李丁有些不可思议地拿起纸杯，轻轻抿了一口，满脸震惊。这和传说中的纪委似乎不大一样：没有晃瞎人眼睛的探照灯，没有冰冷的手铐脚镣，更没有老虎凳和各种刑具⋯⋯

李丁看着这一切，心情忽然好了很多。

要是谈话人员此刻能听到李丁心中的想法，只怕会把门牙笑掉。

见李丁的脸色缓和了许多，赵赤霄和任巨阙对视了一眼，正式开始谈话。

赵赤霄拿起被谈话人权利义务告知书，直视着李丁，开口说道："李丁同志，我们是市纪委监委的工作人员，根据组织安排对你进行谈话，现宣读被谈话人权利义务告知书⋯⋯"

李丁默默听着，精神又开始恍惚了起来，大脑再度一片空白。他只看见赵赤霄的嘴在动，至于说了什么，完全没听清楚。

赵赤霄见状，无奈地又读了一遍。这次李丁听清楚了很多，虽然没听全，但当赵赤霄问他是否听明白时，他点了点头，表示自己听清了。

在任巨阙的引导下，李丁又仔细看了一遍告知书，然后在最底部的被谈话人一栏签下了名字，并按了手印。

赵赤霄看着李丁恍惚的神情，轻声笑了笑，又将他的纸杯添满水，示意他不要紧张。

李丁强装平静，深吸一口气，随后告诉赵赤霄自己没有问题。

与李丁想象的大相径庭，赵赤霄和任巨阙非但没有打骂他，反倒在谈话时还带着几分笑意。这让他心底一暖，对接受谈话这件事，也不再那么抵触了。

赵赤霄是一名"老纪检"，谈话技巧十分高超。为了缓解李丁的压力和抵触情绪，赵赤霄以聊家常的形式，跟李丁聊起了他的工作现状、家庭情况以及工作经历等。

最开始时，李丁表现得十分畏惧，畏畏缩缩地说不出个所以然来。但在赵赤霄的引导下，李丁逐渐敞开了心扉，打开了话匣子。

赵赤霄见时机差不多了，话锋一转，直奔主题地问道："李丁同志，刚才我们聊了很多，也谈到了你的日常工作。现在呢，我希望你能如实地谈一下你在日常工作中可能做过的一些违纪事情。"

李丁闻言，明显地愣了一下，犹如突遭雷击一般。他低下了头，不敢再去直视赵赤霄，仿佛是做了错事的孩子，不敢抬头面对严厉的老师。

赵赤霄没有继续追问，反倒是耐心地开导起了李丁："人在犯了错之后，因为畏惧惩罚，往往会选择掩盖错误。这是人之常情。但无论如何掩盖，错误始终都在那里，不会凭空消失。无论怎么掩盖，纸永远包不住火……"

赵赤霄说完，再度起身为李丁的纸杯中添满温水。

"你想过没有，组织为什么能从安澜港集团几万名职工中直接找到你？"赵赤霄顿了顿，继续说道，"这说明组织已经掌握了关于你的有关线索。今晚把你叫到这里谈话，也是为你考虑，给你一个向组织说明的机会。"

李丁忽然抬起了头，恍然大悟一般地看向赵赤霄。

"所以，你应该履行一个党员的义务，向组织坦白那些涉嫌违纪的问题。而且，你不需要过于害怕，组织不会一棍子把你打死，会根据你的违纪情节和你的认错态度，给予你一个合理的处分。"

赵赤霄的思想政治工作做得极好，句句道理都说进了李丁的心坎里。李丁闻言后，似是忽然想明白了什么，他猛然抓起面前的纸杯，仰起头将杯中的水一饮而尽，然后像是下了很大决心一般，对赵赤霄说道："领导，我明白了，我向组织坦白……"

从李丁的供述中，赵赤霄得知，自2013年起，徐构就开始安排手下的多名主管对进港货车"雁过拔毛"。进门收一百，卸货收二百，装货收一百……除此之外，还经常以各种乱七八糟的由头，如"治污费""道路维护费""空气净化费"等，进行胡乱收费。他们把这些乱收的费用称之为"扒皮费"。

指挥室里，纪威通过监控听到了李丁的供述，眉头紧蹙。

"你们收到这些钱，一般都怎么处理？"赵赤霄继续问道。

"进门的一百块、卸货的二百块和装货的一百块，属于公司的增收款，必须上交到公司财务主管乔美霞处。"李丁说着，有些不好意思地挠了挠头，"至于其他的，我们就揣到自己腰包里了。"

"一辆车收四百块，一天起码要收二百辆车，也就有八万元的收益。"赵赤霄继续问道，"你知道这些钱徐构都弄到哪里去了吗？"

"具体不大清楚。"李丁道，"不过，徐总也还算仗义，中秋、过年都会给我们公司的中层人员每人发一个一万元的红包。我听说这些红包，就是从那些钱里出的。至于其他的钱用到哪里了，我还真说不好。"

赵赤霄随后又问了李丁一些问题，李丁尽数如实回答。但当让李丁检举徐构的其他违纪违法问题时，李丁却死活不肯说。

纪威略作思考，随即打开指挥系统，向赵赤霄下达了不必强求的指令。赵赤霄闻言，便没有继续进行追问。

任巨阙打印出谈话笔录，让李丁仔细查看，有问题及时提出。李丁在修改了几个细节后，痛快地在笔录上签字并按上手印。

赵赤霄这组进行得很顺利，其他三个小组也差不多，四个小组几乎在同一时间结束了谈话。

赵、钱、孙、李四人的供述大同小异，在排除了串供的可能后，纪威、李太阿都认为这四人说的是实话。

为防止这四人在谈话后压力过大，纪威亲自出马分别为他们做了一次心理疏导。

在反复确认李丁等人已经舒缓了心理压力后,李太阿拿出电话,拨通了贾聪的号码。

十几分钟后,贾聪带着两辆车,准时来到了海港区纪委谈话点门外。

赵赤霄、任巨阙等人拿着谈话交接单,让贾聪按程序签好了字,又反复嘱咐贾聪,一定要再进一步舒缓下被谈话人的心理压力。

贾聪连连答应,招呼着赵、钱、孙、李四人上车。

赵赤霄和任巨阙目送着贾聪等人的车辆,直至车辆消失在视野中,才返回谈话点内。

纪威仔细翻看着四份笔录,一边看一边在笔记本上记录着什么。他在梳理四份笔录中的逻辑关系,以继续推进调查。

最终,纪威用铅笔将"财务主管乔美霞"和"账目"圈了出来。

"看来今夜又是'无人入眠'了。"一旁的李太阿哼着小调揶揄道。

"哈哈哈……"纪威难得地笑了起来,"行百里者半九十。眼见曙光,太阿同志,你们需要继续撸起袖子加油干啊。"

## 五

花开两朵,各表一枝。

当纪威和李太阿等人加班加点梳理案情,制定新的调查方案的时候,他们的对手徐构也没有闲着。

贾聪在接到赵、钱、孙、李四人后,非但没有把他们送回家,反倒把他们带到了海边的一幢别墅中。

这处别墅的位置极佳,出门几十米就是大海。站在二楼的窗前,随时可以感受面朝大海的意境。

别墅登记在一个物流老板的名下,却是由徐构在使用,这里是他寻欢作乐的据点之一。知道这里的人不多,贾聪也只是之前在徐构生日时,有幸来过一次。

别墅的主人房内,徐构穿着舒适的睡袍,躺在宽大的躺椅上,正在接受王香的肩部按摩。这原本是一件极其惬意的事情，但此时的徐构却没有享受的心情。

他现在满脑子都是如何应对纪威的调查，满脑子都是赵、钱、孙、李四人到底跟纪委说了什么，满脑子都是如何弄死纪威……

听到窗外汽车的引擎声，徐构噌的一下从躺椅上跳了起来，穿着拖鞋就跑了出去。

两辆轿车出现在了别墅门口，未等轿车停稳，徐构就走上前，粗暴地把四人一个个从车上拽了下来。

贾聪见状摆了摆手，示意司机把车停远一点。司机们也很识趣，立即开着车离开了，生怕沾上徐构的怒火。

赵、钱、孙、李四人很默契地站成了一排，耷拉着脑袋，不敢直视徐构。

"纪委问了些什么，你们又是怎么回答的，赶紧说啊。"徐构背着手，在四人的面前来回踱着步，见四人一言不发，愈发气急败坏。

"问了……收……'扒皮费'……的事。"见徐构已怒不可遏，李丁艰难地从牙缝里挤出一句话。

徐构怒极，脸上的横肉一颤一颤，像是在发抖。他指着李丁，大骂道："你们几个'山炮'是不是都说了？"

李丁向上翻了翻眼皮，瞥见了那根距离自己的额头仅有几厘米的手指，不敢搭话了。其他三人，更是吓得瑟瑟发抖。

徐构见状，便明白了所有事情。那一瞬间，他感到眼前一黑，大脑也瞬间空白了起来，天地都在旋转。徐构打了一个趔趄，差点栽倒在地上，双手不由得扶着别墅门口的柱子，以让自己稳定下来。

片刻后，徐构的神色才终于恢复正常，但脸色仍然苍白得厉害。他指着赵、钱、孙、李四人，怒吼道："给我滚！都给我滚！"

贾聪见状，拿出手机，正要让司机把车开回来，手机却被徐构一把打掉。

"坐什么车，让这几个'山炮'自己跑回去！"

李丁等四人闻言，你看看我，我看看你，一时间不知该何去何从。贾聪朝着四人挥了挥手，厉声道："自己想办法回去。"

四人如蒙大赦，小跑着逃离了徐构的眼前。

徐构在王香的搀扶下，艰难地返回别墅内。他像是一摊烂泥一样，躺在客厅的沙发上，一动不动。

巧立名目乱收费、私建小金库、贪污、挪用公款……随便哪一条都能压死他。

徐构呆呆地望着天花板，眼神空洞，像是丢了魂魄一般。

"徐总，先不要绝望，我觉得您现在应该打个电话问问'大王'。"贾聪坐在一旁，神色平静，像是早已预料到了现在这个情形。

"对，'大王'，让'大王'救我……"徐构像是抓住了一根救命稻草，连忙返回卧室，从一处隐秘的柜子里，拿出了一部老式的功能机。这是他联系"大王"最快也最有效的方法。

"嘟、嘟、嘟……"听筒里传来一阵忙音，徐构的额头上已有冷汗流了下来。拨第二遍时，"大王"的电话终于接通了。

"'大王'，救我……"徐构带着哭腔说道。

"小徐啊，"电话的另一端，传来了"大王"略显疲惫的声音，"怎么了？'扒皮费'的事被查出来了？"

"大王"说得十分淡定，徐构闻言，心里的大石头瞬间落了下来，他知道"大王"肯定有办法帮他脱困。

"你这个熊孩子，不是跟你说过，遇事不要急，要稳重。""大王"的语气愈发淡定，"我已经跟贾聪交代好了，让他处理即可。"

"你最近先消停点，不要再去招惹巡察组，更不要挑衅纪威。"未等徐构再说什么，"大王"草草撂下一句警告，就挂断了电话。

徐构愣愣地盯着手机，心中那份对"大王"的崇拜，瞬间又多了几分。

贾聪进来的时间恰到好处，他从文件包中拿出了一份文件和一个账本，递给了徐构。

徐构带着几分疑惑，接过来看了几眼，再度欣喜若狂了起来。

短暂时间内的大喜大悲，让他如同患了失心疯一般，高举着文件和账本，在沙发上跳了起来。

徐构仰头大笑着，声嘶力竭地大吼道："纪威，我看你拿什么治我！"

贾聪见状，无奈地摇了摇头。对于他来说，今晚的收获极大。他看到了徐构凶狠、阴险、嚣张、跋扈面具下的"真面目"——一个同样惧怕纪法惩戒的"胆小鬼"。

贾聪收回文件和账本，小心翼翼地退出徐构的卧室，一边走着，一边喃喃道："得赶快让乔美霞来拿走账本。"

此时的王香也轻舒一口气，转身欲离开时，却被徐构一把抱住。

"小香香，你今晚要留在这儿，抚慰我受伤的小心灵……"

橘黄色的光芒冲破层层灰暗，重新照射到大地上，沉寂了一夜的人间再度喧嚣了起来。

一大清早，贾聪就被李太阿的电话吵了起来。他眯缝着眼睛，瞥了一眼屏幕上显示的姓名，一阵咒骂。

心里一百个不情愿，面上却伪装得极好。贾聪见到李太阿时，热情无比。他一路小跑着迎了上去，隔得老远就伸出了手。态度谦卑，姿态极低，仿佛起床时咒骂李太阿的那个人，跟他没有一毛钱关系。

李太阿这么早来的目的，贾聪一清二楚，但他仍然耐着性子，陪着李太阿把这出戏演完。

上午八点半，刚到公司的财务主管乔美霞就被李太阿带往海港区纪委谈话点。

谈话室内，面对李太阿和周棠溪的询问，乔美霞表现得异常平静。良好的心理素质，让李太阿有些刮目相看。

指挥室内，纪威看着屏幕上的乔美霞，再度眉头紧蹙了起来。他从事了十多年的审查调查工作，少说也跟几百人谈话过。以往的经验告诉他，像乔美霞这样的情况，往往只有一种可能，那就是她知道组织要找她谈什么，而且已经做好了充足的准备和应对措施。

果不其然，当李太阿问及"扒皮费"的相关问题时，乔美霞拿出了一个账本，上面详细记录了近年来"扒皮费"的收取和支出情况。

翻看着一笔笔收入、支出明细，李太阿的脸黑了下来。他知道，这次谈话多半是达不到预想目标了。

周棠溪仍旧不死心，继续追问道："请你回想一下，这个'扒皮费'是什么时候设立的？又是谁提出来的？"

乔美霞仰起头，做出一副努力回想的样子，被烫得弯曲的棕色长发，像是瀑布一般倾泻下来。

片刻后，乔美霞才开口道："具体时间记不住了，但自从我到公司上班，'扒皮费'就一直存在。我记得曾听领导说过，'扒皮费'是集团会议通过的……"

集团会议竟然会通过这样一个决议，简直不可思议！

李太阿满脸震惊，他转过头，望向摄像头，像是在向指挥室请示着什么。

李太阿的表情出现在了指挥室的屏幕上，纪威会意，立马又拨通了贾聪的电话。

不多时，贾聪就来了。他满头大汗，手里拿着一份红头文件和一本会议记录。

纪威接过材料，仔细地阅读起来。而贾聪则站在一旁解释道："安保公司刚成立的时候，很多人都没有正式编制，每月的工资只有几百块钱，根本不够生活。后来，时任集团'一把手'提出收取'扒皮费'补贴这部分职工的办法。"

贾聪一边说着，一边观察着纪威的表情："当时安澜港还是由部委直属，中央也没有出台八项规定，'扒皮费'这个历史遗留问题，就一直延续到了现在……"

纪威听完贾聪的话，心中冷笑不已："那为什么'扒皮费'现在还没有取消？"

"这个事，确实是我们集团的一大疏忽，我已经将情况汇报给了董事长。董事长批示我们立行立改，马上取消'扒皮费'。"贾聪额头上开始冒汗，明显有些心虚。

"真是'好手段'。几份假文件，加上一句历史遗留问题，就把徐构的违纪违法问题掩盖了过去。"纪威暗自沉思道。

"那就麻烦你转告梁董事长，请他回来后亲自处理这个问题，并且该处分的人绝不能姑息。"纪威的话说得很直白也很锐利，贾聪顿时后背一凉，有种如坠冰窖的感觉。

"好的……我一定……传达到……"贾聪擦了擦脑门上冒出的虚汗，连连点头。

"还是低估了那位幕后'大王'的能量啊。"贾聪走后，纪威长叹了一口气，心里产生了几分自责。

事已至此，"扒皮费"这个事再查下去，也不会有太大的意义。现在要做的就是调整好心态，另找突破口，啃下徐构这块"硬骨头"。

海港区纪委谈话点的黑色铁门缓缓打开，周棠溪和李太阿把乔美霞送出了大门。徐构已经早早地等在了门口，乔美霞是他公司的员工，由他来接回去倒也没什么不对。

周棠溪拿出谈话交接表，让徐构在表格上签上名字，然后嘱咐徐构，做好乔美霞的心理疏导工作。

"绝对没问题，放心吧，美女。"一夜风流之后的徐构，又恢复了平日里的油嘴滑舌。

周棠溪没有搭理徐构，扔给他一个白眼后，头也不回地返回了谈话点。

徐构见状更加猖狂，他对着门口的摄像头，做了一个敬礼的动作，高声大笑道："领导们，既然没事了，我可就回去了，咱们'后会有期'！"

指挥室内，监控屏幕前的纪威面对徐构嚣张的挑衅，非但没有生气，反倒轻笑了一声。

纪威相信，像徐构这样嚣张跋扈、锋芒毕露又不知收敛的人，存在的问题肯定不止这一个。现在的他们，不必恼火，也不必着急，只需沉下心来静静等待，问题会自己浮现出来。

## 六

事情的转机很快出现了。

这天早上，太阳刚刚爬出地平线，一名年过花甲的老人，敲开了海港区纪委谈话点的大门。

老人穿着一身蓝色唐装，清瘦挺拔，戴着一副老式眼镜，手里拎着一个半旧的老式公文包，有些花白的头发梳得一丝不苟，双眸炯炯有神，走起路来虎虎生风，强大的气场让人不自觉地退让几步。

纪威一眼便看出了老人的不同凡响：这种气场，是长期大权在握造就出来的。

"敢问纪威书记在这里吗？"老人在办公室里站定，望向四周询问道。

"你好，同志，我就是纪威。"纪威回答道。

老人扶了扶眼镜，上下打量着纪威，目露赞赏之色，缓缓说道："果然是个有魄力、有担当的纪检监察干部。"

这个评价很高，尤其是从这位阅人无数的老人嘴里说出，便显得更具分量。

未及纪威发问，老人就自报家门道："我姓滕，是咱安澜港上的老职工，在这港上干了大半辈子。"

老人一边说着，一边接过纪威递来的椅子，慢慢坐了下来。陈破山倒了一杯水，放在了滕老面前。

滕老点点头，继续说道："你们的专项巡察，我听人说了。你们很努力，也很有方法，尤其是很有魄力，连徐构这样的杂碎都不怕。"

像是忽然回忆起了什么，滕老忽然感慨了起来："这些年，眼看安澜港一天不如一天，我们这些老职工也很着急，但没有办法。你们刚来的时候，无论是干部，还是普通职工，都担心你们是来走过场的，都不敢反映问题。直到现在，你们把'扒皮费'拎了出来，还责令尽快取消这种行为，大家才看到了你们的反腐败决心。"

滕老神色愈发动容，因为激动以至于双手都有些发抖。他颤颤巍巍地拿起纸杯，喝了一大口水，狠狠拍了一下桌子说道："大家都说，市委、市政府还有市纪委要来为安澜港刮骨疗毒，我们安澜港人也不能干看着，要和巡察组的同志们一起来救活这座港口！"

说完，他从那个半旧的老式公文包中，拿出了一个信封，递给纪威道："大家都还在港上工作，怕遭到有些人的报复，就委托我这个黄土已经埋到脖子的老头子，把徐构那个混账的举报材料给领导们送来。"

纪威大喜过望，双手接过滕老递过来的举报材料。

这真是雪中送炭！

"滕老,您放心,我们一定认真阅读、仔细核查,绝不辜负您和港上广大职工的希望!"纪威拍着胸脯保证道。

"有你这句话,我就放心了。"滕老站起身,笑道,"我的任务完成,就不打扰你们工作了。"

纪威一直将滕老送到了门口,并将自己的电话抄在纸上递给了滕老。

目送滕老走远后,纪威立即安排陈破山、陈齐物对举报信进行了登记。

为了保密起见,信封里的内容仅限于他和陈破山、陈齐物三人知道。

陈齐物小心翼翼地拆开了信封,从里面拿出了一页页举报材料。虽然材料都没有署名,但从笔迹上可以看出,这些材料出自多人之手。

"看来这个徐构作恶多端,已经引发众怒了。"陈破山说道。

"并不一定都是他自己做的。"纪威沉思道,"从徐构的性格和做的事来看,他极有可能只是腐败集团的'打手',专门处理那个所谓的幕后'大王'不方便出面的事情。"

陈破山、陈齐物闻言,皆点了点头。

"尽快梳理一下举报信的内容,整理成一份详细的报告,明天我去跟冯琦书记和市委汇报。"纪威说道。

陈齐物等人在忙着梳理问题线索的时候,徐构这边也没有闲着。

这次的胜利,让徐构又膨胀了起来。他觉得什么市纪委监委、什么市委巡察组、什么纪威、什么陈破山,那都是"纸老虎"。只要"大王"在,就没有什么解决不了的问题。

想到李太阿等人那副看不惯他又干不掉他的表情,徐构笑得愈发得意。先前"大王"叮嘱他消停点的事,瞬间被他抛到了脑后。

"来呀,快活呀……"手机响起了黄龄的经典曲目《痒》。徐构拿起手机,看了一眼来电显示,电话是飞维物流公司老板费维打来的,他的脸上顿时浮起一抹笑意。

"今晚又是一个精彩的夜晚啊。"徐构心想。

"喂,老费呀,有什么事吗?"徐构把后背靠在了老板椅上,双腿伸直搭在了桌子上,明知故问道。

"徐老大,听虎哥说,您今天打了个'大胜仗',小弟已备好美酒和美女,就等您大驾光临了。"电话那头,费维说得极为恭敬。

"还是你小子会做人啊,把地址发我微信上,我一定到。"徐构很满意费维的安排,心满意足地说道。

费维挂了电话,狠狠地朝地上吐了口唾沫,诅咒道:"装什么大尾巴狼,早晚被纪委留置,到时候看我怎么羞辱你!"

为了跟徐构搞好关系,让公司在安澜港的业务进行得更顺畅些,费维每隔一段时间都会主动跟徐构"沟通感情"。

请吃请喝、送钱送物自是家常便饭,但这些呢,徐构并不怎么放在心上。费维的高明之处,就是他摸准了徐构的"命门",每次都会带一两名样貌极佳的年轻女子过去陪吃、陪喝、陪睡。

几次下来,费维就成了徐构的"铁杆小弟"。徐构也对费维格外照顾,不仅是对他公司的业务大开绿灯,只要费维有事,就会利用职务影响力大力帮忙。

夜幕降临,华灯初上。

一辆黑色的迈巴赫轿车,准时停在了安澜市最大的酒店——"睥睨四方"的门口。

早已等候在门口的费维连忙上前,亲手拉开了车门。留着板寸发型的徐构,换了一身雨果博斯的休闲西装,穿着菲拉格慕的皮鞋,派头十足地下了车,在费维等人的前呼后拥下,阔步迈入酒店包间。

一进门,徐构忽然眼前一亮,他发现包间里坐着一位从未见过的美貌女子。想必,这就是今晚费维给他准备的"惊喜"了。

见到徐构和费维进来,女子连忙起身,笑着跟两人打起招呼。

女子穿了一袭低胸的黑色长裙,领口开得极低,以至于女子俯下身子的时候,领口内的风光一览无遗。

徐构打量着女子,如同是饿了十天的豺狼见到了小白兔,双目放光,不断地咽着唾沫。

看到徐构色急的样子,费维便知道自己今天的目的算是达到了。

"这位是……?"徐构指着女子问道。

"这位是我公司的公关经理杨燕燕。"费维介绍道。

杨燕燕向徐构伸出手,媚眼如丝道:"久闻徐总大名,小妹初来乍到,徐总还要多照顾呀。"

"好说,好说……"徐构握着杨燕燕的手,久久不肯放开。

主宾落座,饭局正式开始,各色菜肴依次端了上来。葱烧海参、澳洲龙虾、清蒸鱼唇、冬虫夏草炖鲍鱼、蟹黄豆腐、烤羊腿……全都是高档食材。

徐构瞥了一眼满桌的菜色,微微皱了皱眉。

费维何等精明,瞬间便明白了其中的缘由。他冲着一旁的服务员招了招手,佯怒道:"炭烤生蚝、东北烤韭菜、羊腰子那些也快点上来。"

服务员愣了一下,旋即明白了过来,小跑着出了包间。

徐构顿时满脸笑意,他冲着费维伸出了大拇指,笑道:"老弟太懂我了,你这兄弟能处!"

他一边拍着费维的肩膀,一边偷瞄着杨燕燕穿着黑色丝袜的美腿,咽了口唾沫。

十五年的茅台被打开,醇厚的酱香味道扑鼻而来。费维端起酒笑道:"第一杯酒,祝贺徐总今天大获全胜!"

"谢谢老弟!"徐构闻言,心情大好。他端起酒杯举过头顶,一饮而尽。随后转过头,望向杨燕燕,手腕翻转,把一滴不剩的酒杯底展示给她看。

杨燕燕笑靥如花,朝着徐构抛了个媚眼:"徐总真是好酒量!"

在费维和杨燕燕的恭维声中,徐构渐渐喝大了。他双眼开始蒙眬,说话开始不利索。平常还能收着点的他,此时彻底暴露出了自己的本性。

徐构抬眼朝杨燕燕瞟过去,看着她精致的妆容,禁不住心旌荡漾起来,那只罪恶的手开始愈发放肆起来。寻常揩油式的摸手摸脸,此时已经不能满足他了。他试探着往旁边的杨燕燕的大腿摸了过去。

杨燕燕非但没有生气,反倒转过头含情脉脉地直视着徐构的眼睛,放任徐构的手在她的腿上肆意游走。

饭桌上的其他人见状,互相对视了一眼,露出满脸坏笑,然后极有默契地称醉离开。

临走时,费维从口袋中掏出了一张房卡,巧妙地塞到了杨燕燕的手中……

## 七

有人一夜加班，有人一夜风流，俱是一夜未眠，感受却截然相反。世间的悲欢并不相通。

当徐构揉着后腰，从昂贵的床垫上爬起来的时候，纪威正打着哈欠，等候在冯琦的办公室门口。

昨夜，他和陈齐物等人详细地梳理了滕老送来的举报材料，并经过多次分析、论证后，形成了一份周密完整的问题线索报告。

冯琦对于纪威的等候并不意外。

相反的，当冯琦从公文包里拿出早餐递给纪威时，纪威的脸上写满了不可思议。

"工作很重要，但也要注意身体。"冯琦指了指饮水机，示意纪威自己倒水。然后他便不再理会纪威，自顾自地看起了报告。

滕老送来的举报材料很琐碎，涉及的内容很多，但大多是捕风捉影、道听途说的小道消息，真正可查性强的线索并不多。

纪威和陈齐物等人经过讨论、分析后，共提炼出了五条可查性较强的线索：一是徐构涉嫌和多名女性存在不正当男女关系，还包养了数名情妇；二是虚报保安服费用，以次充好，从中获得了大量回扣；三是违规招人，多名不符合条件的职工，在向徐构行贿后，都顺利成为安澜港集团的正式员工；四是巡察组进驻前后，徐构及其手下多次威胁港上的干部、职工不要乱说话；五是经常接受物流公司老板宴请，并收受大量现金和贵重礼品。

冯琦看着报告，眉头紧锁，脸色有些阴沉。他转过头，看向纪威问道："纪威同志，你们巡察组认为这些线索有多大概率能够成案？"

纪威挑了挑眉，沉思片刻道："我们巡察组昨晚梳理完成后，进行了一次集体论证，认为这些线索有百分之八十以上的概率能够成案。"

"那就查！"冯琦一拍桌子，微怒道，"这种害虫留不得！你们抓紧按照程序移送线索吧。"

纪威回到巡察组后不久，第六审查调查室主任李太阿就再次从案件监督管理室那里，收到了关于徐构的新问题线索。李太阿反复研读后，再度召集科室成员进行了案情讨论，最终集体决定：对报告中的问题线索进行初核。

冯琦对第六审查调查室提报的初核方案较为满意。他严肃道："即刻核查，不要耽误。"

李太阿品味着这简洁的八个字，倍感压力。

初核是纪检监察机关对具有可查性的涉嫌违纪或者职务违法、犯罪问题线索进行初步核查、证实的活动，既衔接问题线索的处置程序，又衔接立案审查调查程序。

李太阿的初核方案很全面，亦很精准。他打算从"全面查清人""核实关键事""收集重要证"三个方面入手，彻查徐构涉嫌存在的违纪违法事实。

专案组火速成立，由纪威兼任组长，李太阿任副组长。第六审查调查室副主任赵赤霄从专项巡察组抽调到专案组，其他成员除了第六审查调查室的同志外，还有从安澜市下辖的区县纪委监委抽调来的数名精兵强将。

纪威这么安排，不仅仅是为了核查当前的问题线索，更重要的是为下一步的审查调查工作打好基础。

专案组的成员们又被分成了三个小组：第一小组由纪威带领，核查徐构接受物流公司老板宴请及收受现金、礼品的问题线索；第二小组由李太阿带领，核查徐构在采购保安服过程中吃回扣和违规招人的问题线索；第三小组由第六审查调查室四级调研员崔流彩带领，核查有关徐构情妇的问题线索。

专案组将办公地点设在了松涛园，除了为加强保密外，更重要的原因是松涛园的硬件设施较好，方便大家加班后休息。

各个小组匆匆乘车离开，前往各处核查。纪威看着他们的背影，眼神中如有光芒闪动。

天若使其亡，必先使其狂。这句话用在徐构身上真是再合适不过了。

就在专案组全面核查他的相关问题线索时，徐构依旧沉浸在自己的春秋大梦里，重复着自己荒诞无耻的行为。

从酒店离开后，徐构先回到安保公司，装模作样地转悠了一圈，然后回到办公室，坐在他那张真皮的老板椅上，开始了他的"日常工作"。

徐构拿出手机，打开微信联系人分组，给备注为"彩旗"的小组中的每一个人发了一个520元的红包。

"叮、叮、叮……"徐构的红包发出后,微信很快就响了个不停。几个情妇的回复大同小异,都是什么"谢谢老公""老公真好"之类的情爱语言。

徐构自我陶醉了一会儿,觉得没什么意思,又点开了"附近的人",看看附近有没有"新猎物"出现。

"哎,这个不错,头像挺漂亮。"搜索间,徐构看到了一个用着美女头像的陌生账号,遂主动添加账号,打招呼道,"美女你好,约吗?"

徐构不断地进行着"信息轰炸",对方却自始至终都没有搭理他。

"没品位、没眼光。"徐构把手机狠狠一摔,双腿搭在桌子上,双手交叉叠在后脑勺上,靠着皮椅开始闭目养神。

蒙眬中,徐构看到纪威带着一群人,把他团团围了起来,其中一人拿着明晃晃的手铐把他的手铐了起来。

徐构吓得一个激灵,差点从老板椅上摔了下来。他强撑着站直了身体,擦了擦额头上的冷汗,心有余悸。

"咚、咚、咚……"门外的一阵敲门声,把他拉回了现实世界。

"干啥?"徐构惊魂甫定,带着几分怒气直接拉开了门。

来人名为徐虎,现任安保公司副经理,是徐构的堂弟,也是他的得力手下之一。

徐虎看着满脸怒气的徐构,心中颇为不解,明明他刚才回来的时候还满面春风,怎么这么快就变脸了。

"有事快说,有屁快放。"徐构瞥了一眼徐虎说道。

"哥,今天该去看老爷子了。"徐虎提醒道。

"妈的,你不说我还忘了。"徐构一拍脑门。

"那我去安排?"徐虎小心翼翼地问道。

"去吧,去吧……"徐构摆摆手,示意徐虎赶紧走开。

要说徐构真正在乎的,除了女色,还有一人,那就是他的父亲。

尽管徐构整日嚣张跋扈、为非作歹,但他是个实打实的大孝子。自当上安保公司经理,手握千万巨款之后,徐构就把他的老父亲从东北老家接了过来。他给老人在海边买了一处别墅,配备了最好的家具和电器,还雇用了三名保姆照顾老人。

每周，徐构都会专门拿出一天时间去别墅看望他的父亲。无论有什么事，无论多忙，这个习惯雷打不动。

徐虎驾驶着奔驰轿车，来到了一处别墅门口，停稳车后快步下车，拉开了后座的车门。徐构抱着一大堆补品，慢慢地走下了车。

临进门前，徐构特地照着玻璃，练习了几次微笑。

"老头，我来看你了。"徐构大喊道。

"来就来，喊什么喊。"徐父坐着轮椅，被保姆推出了房间。

"我这不是烘托一下气氛吗。"徐构把补品扔到一边，嬉皮笑脸地从保姆手中接过轮椅。

"你呀，"徐父指着徐构扔在地上的补品，训斥道，"整天净乱花钱，忘了以前的苦日子了。"

徐构笑道："哎呀，这才几个钱。老头，我跟你说，咱现在有的是钱，以后这些补品咱都买两份，喝一份倒一份。"

徐构滑稽地比画着，逗得徐父哈哈大笑。见父亲笑得爽朗，徐构也由衷地笑了起来。

保姆很快将丰盛的饭菜端上了桌，徐构一边给老人剥着虾，一边跟老人聊着家常。

"我听人说，前几天你让纪委查了，是有这回事儿吗？"徐父问道。

"你别听人瞎说，我这不好好的，哪让人查了。"徐构连连掩饰，"你不信问大虎，那都是没有的事。"

徐构一边说着，一边朝徐虎眨了眨眼睛。

"啊……对！"徐虎愣了一下，随即反应了过来，"大爷，你别听人胡说，那都是人瞎传的。"

"哦，没有就好，没有就好……"老人似是松了一口气，低头吃了一口饭后，劝诫道，"小狗子，还有小虎，你俩听着，咱能有现在的好日子，应该知足了。起码咱比上不足，比下有余。这不比咱以前在东北那疙瘩过得好多了？"

徐父顿了顿，继续说道："千万不要去干那些违法乱纪的事。你们小时候，咱那疙瘩乱蹦跶的人不都吃枪子了？我也不图你俩飞黄腾达，咱安稳地过好日子，不比干啥都强？"

老人苦口婆心的劝说，使得徐构和徐虎一阵心虚，两人默默地低头扒饭，不再言语。

老人看着两人的神情，默默地叹了一口气。

饭后，老人将徐构、徐虎两人送到门口。徐构迈着大步走向奔驰车，打开车门坐到了后排，然后降下玻璃，冲老人喊道："老头，新提的大奔，看着怎么样？"

徐构满脸得意，徐父却忧心忡忡。

"走了，老头，下周再来看你。"

车辆缓缓发动，徐父目送着徐构，直到那辆崭新的奔驰车消失在视野里。

徐构不知道的是，这次相聚，竟是他和老父亲的最后一次相见。

## 八

谋无主则困，事无备则废。

纪威部署完核查工作后，并未着急投入工作。他端着一杯安澜绿茶，站在明亮的落地窗前，眺望着远方起伏的海潮。

他的大脑高速运转着，一次次思索着己方接下来的行动，以及对方可能采取的应对措施。若想毕其功于此一役，必须周密谋划，疾速调查，不给对方反应时间，才能打对方一个措手不及。

经过这些天的交锋，纪威明显感觉到了对方的强大能量。或许查处一个徐构并非难事，但要想把隐藏在安澜港集团中的贪腐势力连根拔起，绝非易事。

那个强大的贪腐集团正时时刻刻地盯着他们，这边稍微有所动作，那边就会立即进行应对。在他们的刻意为难和故意破坏下，核查工作势必会进行得极为艰难。甚至有些问题在对方的刻意处理下，会如同"扒皮费"问题一样，被轻描淡写地遮掩过去。

思虑至此，纪威眉头微蹙，有些颓然。

忽有狂风从海面上吹来，带着些许盐咸味道，侵入到了纪威的鼻腔里。纪威咳嗽几声，突然灵光乍现。他想起了"三十六计"中的一条计策：明修栈道，暗度陈仓。

纪威迅速来到办公桌前，拿出一张白纸，顺着刚才的思路，落笔如风般地分析了起来。

五个问题线索都要仔细核查，但可以采取明、暗两种方式。明查要大张旗鼓，让徐构及其身后势力把注意力都放在这上面；同时悄然进行暗查，坐实徐构的违纪违法事实，在不接触徐构的情况下，完善证据链，对徐构进行立案留置。

思路确定后，纪威的眉头终于舒展开来，他微笑着望向窗外，信心满满。

之后，专案组按照纪威的新工作思路，继续进行核查工作。

为了掩盖专案组的真实目的，纪威特意安排陈破山、陈齐物等巡察组成员，全力配合专案组的工作。

一连三天，陈破山等巡察组小组长都"演"得很起劲，无论遇到什么事情，都会当着贾聪的面用电话请示纪威，仿佛纪威一直都只关注着巡察组的工作一样。由于"表演"得太逼真，以至于贾聪这样的"老戏骨"，都没有发现丝毫破绽。

在安澜港集团广大干部职工眼中，纪威等人一直都坚守在巡察一线，每日都在为发现线索而努力着，他们丝毫没有察觉到，在巡察组的背后，还有一个专案组正在高效推进着核查工作。

在纪威的指挥下，崔流彩带领的第三初核小组，率先暴露了自己的存在。这天下午，当贾聪困意十足地摆弄着手机时，他突然接到了一个陌生的座机电话。带着些许疑惑，贾聪按下了接听键。

电话的另一端，一个铿锵有力的女声传入了贾聪耳中："贾部长，您好，我是市纪委监委第六审查调查室的崔流彩。为推进问题线索核查工作，现需要麻烦您对我们的工作进行一下配合……"

在崔流彩表明身份的瞬间，贾聪直接吓得打了一个激灵，手中的手机脱手而出，差点飞出窗外，直接开启字面意义上的"飞行模式"。

贾聪把手机牢牢握在手中，连连深呼吸，让自己平静下来。

到底是见过大风大浪的人，片刻慌张后，贾聪在极短的时间里恢复了正常思维："好的，崔主任。请容许我先核实下您的身份，确认无误后，我会马上与您联系，做好配合工作。"

"应该的。"电话的另一端，崔流彩亦回答得极为客气。

拜电信诈骗所赐，前些年安澜市的数名领导干部，都接到了"纪委请喝茶"的诈骗电话。为防止类似情况再度发生，安澜市纪委监委创立了身份确认制度，即纪委监委向外拨出的电话号码都是固定的，接到纪委监委电话的党员领导干部、群众，可以拨打对外公布的核实电话进行核实，从而从根源上避免有人打着纪委监委名义进行诈骗。

贾聪拨通了核实电话，在报上号码后，对方迅速进行了回复。确定电话确实是安澜市纪委监委第六审查调查室打来的之后，贾聪迅速回拨了回去。

"崔主任，您好。已完成确认，请您指示。"贾聪带着些许忐忑说道。

"指示谈不上。"崔流彩说得很客气，"因工作原因，现在需要您派专人专车，把贵集团安保公司的财务主管乔美霞、人事主管王香送到市纪委监委办案点松涛园来进行谈话。我会安排人与您对接，请您即刻协助。"

贾聪心里暗道一声"不好"，嘴上却连连答应："好的，崔主任。我马上安排。"

"来的路上，请务必注意安全。"崔流彩说完，挂断了电话。

贾聪的心里升起一阵不好的预感，他赶忙把事情告知了徐构。

此刻，在徐构的办公室里，王香正坐在徐构的腿上，跟徐构进行着"深入交流"。听闻"纪委请喝茶"，王香顿时吓得花容失色。

"老公，人家不要去。"王香朝徐构撒娇道。

徐构也有些摸不着头脑，不知道到底发生了什么。明明巡察组还在别的子公司苦口婆心地进行着座谈，怎么会突然来这一手，而且还来得如此强势。

顾不得胡思乱想，徐构将乔美霞也叫进了自己办公室，再三嘱咐乔美霞、王香二人绝对不能乱说话。

不多时，贾聪带着一男一女两名纪检监察干部匆匆赶来。两人拿出工作证，表明身份，同时拿出了两张盖着鲜红的"安澜市监察委员会"印章的谈话通知书，分别交给了乔美霞和王香。

乔美霞和王香看着通知书，脸色如纸般苍白。她们用楚楚可怜的目光望向徐构，似是在作"最后的挣扎"。但在正式的法律文书面前，饶是嚣张跋扈到极点的徐构，也不敢正面拒绝，只能任由两名纪检监察干部将她们两人带去谈话。

看着车辆驶出公司大门，徐构的脸色阴沉得仿佛要滴下水来。

他匆忙反锁了办公室的门，从书架的暗格中拿出了一部老式诺基亚手机，找到那个熟悉得不能再熟悉的号码拨了过去。响过几声背景音乐后，电话接通了。

"喂，'大王'，是我，出事了……"徐构低声说道。

车辆在宽阔的马路上疾驰了十五分钟后，一片"青砖黛瓦马头墙"的徽派建筑就出现在了眼前。

贾聪有些诧异，他实在难以将眼前这片古色古香的建筑，与那个"凶名在外"、令无数人闻风丧胆的松涛园联系起来。

车辆在一处悬挂着数字"3"的大楼前停下，崔流彩和数名纪检监察干部已经等在了门口。

崔流彩走上前，主动伸出右手，对贾聪说道："麻烦您了，贾部长。按照规定，谈话对象需由其所属单位负责接送。"

贾聪有些激动，他没想到那个和松涛园一样"凶名在外"的"抓人狂魔"崔流彩，竟然如此热情和客气。

他连忙快步上前，与崔流彩握手道："崔主任，您才是太客气了。这是我们安澜港集团应尽的义务。"

崔流彩满意地点了点头，并未再寒暄，直截了当地说道："那好，贾部长。谈话结束后，我们会再联系您，由您再将她们接回去。"

"我们一定做好接送工作。"贾聪连忙表态道。

未能再多逗留一刻，贾聪和安澜港集团的车辆就被"送"出了松涛园。贾聪默默注视着这片徽派建筑，只觉得一股寒气不断从脖子后涌出。

贾聪打了个寒战，招呼司机赶紧返回公司。

乔美霞和王香被带去谈话后，徐构这边也并不好过。他前脚挂断了与"大王"的通话，后脚李太阿就带着人杀了过来。

望着盖着鲜红印章的调取证据通知书，徐构冷汗直冒。他很纳闷今天到底是怎么了，先后有两拨带着"尚方宝剑"的纪检干部找上门来，而且态度都十分强硬。

这让他有些怀念纪威，至少人家自始至终都是笑嘻嘻的，而且从不硬来。

李太阿看着走神的徐构，没有丝毫退让，他义正词严地说道："徐总，请您按通知书上的要求，提供一下相关材料。"

徐构的思绪被人打断，他立即火冒三丈，指着李太阿骂道："你谁啊？让老子提供，老子就得提供？怕是纪威来了也没你这么大脸吧！老子就不提供，你们能怎么着？"

面对嚣张跋扈的徐构，李太阿也丝毫不惯着他，既然自己是在执行"明查"的方案，那么便不怕事情闹大。闹得越大，关注度越高，纪威那边的"暗查"被发现的概率就越小。

思考至此，李太阿更加寸步不让，他指着调取证据通知书上的监委印章，大吼道："法律文书代表的是纪委监委，你这种行为，就是公然对抗组织调查，是违反政治纪律的行为。情节恶劣者，足够被开除党籍！"

徐构被李太阿的话吓得一愣，但为了维护自己在手下心中的地位，他只能转过头，不再搭理李太阿。

双方面对面挺立，剑拔弩张，僵持不下，如同是两堆烈性炸药，只要有一个火星，就会引发不堪设想的后果。

李太阿无所畏惧，徐构心里却慌得很，汗水打湿了他的头发，豆大的汗珠从他的额头上滑落了下来。

关键时刻，外面传来了一阵急促的刹车声。未及车辆停稳，贾聪就跳下了车，大喘着粗气一路小跑了过来。

形势紧张，贾聪顾不得与李太阿寒暄，就迅速拉走了徐构。

"我的徐总、徐大哥、徐大金刚、徐大祖宗……"贾聪一边擦着汗，一边劝说道，"人家拿的可是盖章的法律文书，你也不瞧瞧。真要正面对抗，人家都不用查你别的事了，仅凭对抗组织调查这一条，就能办了你！"

徐构本就慌得要死，只是苦于没有个台阶下，只能硬挺着。现在贾聪的到来，成功地给了他一个完美的台阶。他十分乐意地就坡下驴，临了还不忘再巩固下自己的面子："我不管了，你看着弄吧！"

然后，他转头离开了安保公司。

贾聪看着他的背影，气得牙根痒痒，在心里大骂道："这种'脑残'是怎么入了'大王'的法眼，成为'四大金刚'之一的？"

徐构走后，李太阿在贾聪的大力配合下，很快就拿到了自己想要的材料。在出具调取材料清单时，李太阿发现贾聪在安保公司的领导力、号召力，竟丝毫不弱于徐构。李太阿双眉一挑，不由得在脑海中生出了一个猜测……

## 九

暮云四合，天色已暗，松涛园中却再度热闹了起来。

傍晚时分，李太阿等人陆续把调取的材料搬运到了核查组办公室。众人望着一摞摞材料，互相对视了一眼，再度哼起了帕瓦罗蒂的经典名曲——《今夜无人入睡》。

匆匆吃完晚饭，专案组的成员们各司其职，着手开始梳理、分析相关材料。这一分析，就是整整一夜。经过一夜的努力，核查组的成绩显著。纪威看着手中的三份材料，面露微笑。

三份材料分别梳理了近十年以来与安澜港集团有业务合作的物流公司名单、提供保安服的劳保用品公司名单，以及安保公司近年来的新入职人员名单。每一份名单之后，都附带了详细分析。

除此之外，李太阿还别具匠心地梳理了近年来安保公司女性干部的晋升情况，为下一步核查徐构的情妇问题，做好了准备。

纪威对材料的梳理情况很满意，让李太阿等人按照既定的方案，继续往前推进核查工作。

李太阿等人匆匆离开后，纪威拿着手中的物流公司名单陷入了沉思。

李太阿小组也好、崔流彩小组也好，都是他使出的"障眼法"，如何把自己手里这张"王炸"打好,才是本次核查任务的关键所在。

谈话室内,崔流彩与王香面对面坐着。两人都在打量着彼此,未发一言,就像是两个正在对决的顶级剑客,都在默默等待着出手时机,谁都没有率先出手。

崔流彩是一名办案经验极为丰富的纪检监察干部,从二十岁的桃李年华到如今的知命之年,人生的三十载时光,全都奉献给了反贪事业。她先后担任过海港区检察院反贪局局长、安澜市检察院反贪局副局长等职务。监察体制改革后,她被划转到了市纪委监委,继续承担着惩治腐败的重任。可以毫不夸张地说,她人生的每笔履历上都闪耀着正义的光辉。

经过近半个小时的观察,崔流彩对王香已经有了一个大致的了解。她拿起水杯喝了一口水,开始正式谈话。

"王主管,我看你用的这个手袋不错,是今年的新款吗?"崔流彩率先打破沉默,指着不远处的存放柜问道。

王香有些诧异,在她的印象里,纪委"请喝茶"不应该是狂风暴雨、电闪雷鸣式的吗?看电视上演的,还有什么探照灯照眼睛、不让睡觉之类的。

本来她还有些恐惧,不敢去想接下来会发生的事。但当她看到崔流彩真诚的眼神,听到崔流彩温和的询问时,心头那块畏惧的大石头一下子落了下来。

这便是崔流彩谈话的高明之处,既没有大声呵斥,也不会喋喋不休,而是如同正常聊天一般,循序渐进,让被谈话人逐渐放下抗拒心理,开始正视和接受谈话。

"是……是的……"王香战战兢兢地回答道。

"不必紧张,也不必害怕。咱们就是简单聊聊。"见王香还是有些畏惧,崔流彩于是起身倒了一杯温水,将它放到了她的面前。

"喝口水,不要担心。"崔流彩笑道。

王香小心翼翼地拿起水杯,轻轻抿了一口,然后把纸杯放到了面前的桌子上。

"那个手袋,应该不便宜吧?"崔流彩满脸好奇地看着王香的手袋,眼神中充满了羡慕,"你对象对你真好,这么贵的手袋都舍得给你买。"

王香闻言,白皙的脸颊如同是夏日傍晚的火烧云,一下子红了起来。崔流彩挑了挑眉毛,一抹笑容在她的脸上一闪而过。

"手袋这个点,崔主任找得真合适!"一旁的负责做笔录的赵赤霄在心里连连赞叹。

见王香低着头不说话,崔流彩也没有继续追问,她如同自言自语般地说道:"女人这一辈子,最重要的是要找个真正在乎自己的人。虚荣浮夸的东西,虽然绚烂,但到最后你会发现,不过都是过眼云烟。年轻的时候,被花花世界迷醉了双眼,这很正常,谁都有看走眼的时候。但是,人不能一直待在泥潭中,越陷越深。要学会悬崖勒马,及时止损。"

崔流彩顿了顿,指着王香手袋上的玉环挂件继续说道:"就如同这个玉环,挂在名牌手袋上,便相得益彰、尽显尊贵;但若挂在垃圾袋上则是明珠暗投、自降身价。本是洁净白玉,为何要与污泥为伍?这个道理,我想,王主管你是明白的。"

崔流彩说完,抬起头直视着王香。

王香一直静静地听着,未发一言。此时的她,紧紧地抿着嘴唇,以至于面部都被拉伸得有些扭曲。她的双手狠狠地捏着大腿,像是在极力克制着什么。

"悬崖勒马,及时止损。"

崔流彩的这句话,如同是压垮王香的最后一根稻草。王香本就是个感性的人,听到这句话后,顿时掩面大哭了起来:"呜呜呜……"

崔流彩未再多言,拿出一张纸巾递给了王香,然后默默地走到她的身边,轻轻拍了拍她的后背。

在崔流彩的"攻心"策略下,王香完全向组织敞开了心扉。

从王香的供述中,崔流彩得知徐构每年都会违规安排三到五人入职安保公司,每入职一个,徐构会收受五万至十万不等的好处费。自王香担任人事主管以来的五年间,徐构违规安排了二十几人入职安保公司。

"一个人按六万元算,这就是一百二十多万啊。"赵赤霄在心里暗暗盘算道。

"这些人你还有印象吗?"崔流彩问道。

"绝对有。"王香回答得极为肯定。

崔流彩拿出那份整理好的安保公司新入职人员名单，交到王香手上，让她把那些违规入职的人画出来。

王香拿起笔，快速地在一个个名字上画着圈。她一边画，一边在心里暗暗庆幸。仅从这份名单来看，市纪委监委专案组早已经做好了充足的工作，查清所有事实只是时间问题。她现在主动交代，反倒是一件好事。

王香画完后，将名单交还给崔流彩，说道："这些人的档案都是造假的，他们的学历、资格证书上网上一查就知道是假的。"

崔流彩点了点头，随意瞥了一眼名单，继续问道："除此之外，你还知道徐构的其他违纪违法问题吗？"

王香低下头，像是在仔细地回想着什么。她抬起头望着崔流彩，似乎是有什么难以说出口的顾虑。

拥有三十年办案经验的崔流彩，又岂会不明白王香的那点小心思，她像在普法一般地说道："不要有什么顾虑，王主管。积极检举揭发他人的违纪违法事实，属于可以减轻罪责的行为。组织在最后定性处理的时候，会把这种行为考虑进去的。"

听到了自己想要知道的结论，王香彻底放下了思想顾虑，继续说道："因为我负责人事工作，所以对徐构违规安排别人入职很清楚。但是其他事情，我虽然知道，却没有任何证据。"

"你只管提供线索，核查的事情由我们来处理。一经查实，也算是你检举揭发的。"赵赤霄说道。

王香抓起面前的一次性纸杯，像是鼓起了很大的勇气，继续说道："我知道徐构以别人的名义开了一家劳保用品公司，安保公司每年采购的保安服，实际上就是从他自己的公司采购的。"

崔流彩和赵赤霄不动声色，静静地听着。崔流彩冲着王香点了点头，示意她继续说。

"还有……"王香思索片刻，继续说道，"徐构在好几个物流公司都有干股，这些物流公司的老板每个季度都会给徐构送钱。"

"都有哪些老板？他们通过什么方式给徐构送钱？"崔流彩问道。

"具体的，我也不知道。"王香喃喃自语道，"乔美霞知道，她一直帮徐构管钱。"

"好，我们知道了，你继续说。"

"还有……还有……"王香想着想着，才忽然发现徐构很多事都做得很隐蔽，她也只知道这些表面上的事情。

见王香已经说得差不多了，崔流彩也未再继续追问。她安慰了王香几句，然后示意赵赤霄把笔录做好，便来到了乔美霞所在的谈话室。

得知王香已经和盘托出后，乔美霞生怕自己会处分得比王香重，于是争着检举揭发徐构的违纪违法问题。

她知道的和王香差不多，唯一不同的是，她交代出徐构有一个秘密账本，藏在他办公室的书柜中，里面记录着每年采购保安服的真实数量和真实价格。

崔流彩立即将这个消息汇报给了纪威。纪威略作思考后，亲自带着刘镇岳和陈齐物，直奔安保公司的办公地点而去。

晚上十一点，天地间已是一片寂静。贾聪躺在办公室的沙发上，不断地打着哈欠。他在心里反复问候着徐构的祖宗十八代，又为自己的遭遇而愤愤不平。

凭什么享受的是"四大金刚"，而每次遭罪的却是他贾聪。

愤懑间，电话铃声忽然响起，吓了贾聪一跳。贾聪气急败坏地骂了一句，带着几分怒火接起了电话。

"喂，什么事？"贾聪微怒道。

电话的那一边，明显愣了一下，顿了顿继续说道："贾部长，那边盯梢的弟兄说，看到有两辆车从松涛园里驶出，看路线是奔着安保公司去了。他们的车开得很急。"

听到汇报的贾聪，身躯一震，暗道一声"不好"，匆匆挂了电话，又着急忙慌地给徐构打了过去。

"嘟、嘟、嘟……"徐构的电话一直无人接听，让贾聪愈发着急。他颤抖着双手，不停地拨打着。

终于在他第七次拨号的时候，电话接通了。

"徐总……"贾聪急忙说道。

"谁呀？这么晚了，徐总都已经休息了……"电话的另一端，传来一名女子的慵懒娇媚之声。

十万火急,贾聪再也没了好脾气。他抓着电话,骂了句脏话,大吼道:"快让徐构接电话,都火烧眉毛了,还在外边泡妞!"

拿着徐构电话的女子,听到贾聪的话,明显不乐意了。她本想跟贾聪吵上一架,但察觉到贾聪话里的急迫,便没有与贾聪计较。她推醒带着醉意的徐构,把电话丢在了徐构的脸上:"找你的!"

被人从睡梦里叫醒,起床气颇重的徐构有些恼火。但仅存的理智告诉他,贾聪这么晚打电话,绝对是有重要的事。

"怎么了?"徐构冷冷问道。

"我的祖宗哟,终于联系上您了。"贾聪急得团团转,着急忙慌道,"纪威现在正往你公司去,估计是王香和乔美霞说了什么。你赶紧回公司看看吧!"

徐构闻言,心头一惊,再无一丝困意。他慌忙抓起衣服,胡乱往身上一套,就往外跑去。

由于太过于着急,徐构向外跑时,被椅子绊了一个趔趄。没时间理会膝盖的疼痛,徐构慌乱地爬起来,继续向外跑。

"干吗去呀,大晚上的?留下来陪我嘛。"女子斜躺在床上,娇媚地说道。

现在的徐构哪还顾得上这些,送了女子一个"滚"字后,摔门而去……

十

火红色的保时捷跑车,轰鸣着疾驰在空无一人的马路上。徐构在连闯十几个红灯之后,终于在纪威之前赶到了安保公司的办公楼。

一路上,徐构都在思索着王香和乔美霞两人可能会交代的问题。思来想去,徐构始终觉得,纪威是奔着那本采购保安服的账本来的。

"乔美霞这个贱人!"徐构恶狠狠地骂道,"等她回来,我一定弄死她!"

三步并作两步,一次奔上三个台阶,徐构全力奔跑着,终于跑到了办公室。

"哗啦,哗啦——"徐构打开书柜,像是发疯一般地在书柜里翻找着,一本本无关的书、笔记本被他从书柜里扔了出来。

可越是着急就越是找不到,徐构仿佛听到了远处传来了汽车的轰鸣声,愈发心急如焚，豆大的汗珠从他的头上一颗颗滑落了下来。

"嘀嘀嘀——"楼下真的传来了汽车的鸣笛声，徐构趴到窗前看了一眼，是两辆黑色的帕萨特轿车，而车上下来的人正是纪威。

徐构骂了一句脏话，回到书柜前，更加大力地扒拉起来。此时此刻，他的心已经提到了嗓子眼上，双手也开始不由自主地颤抖了起来。

这是决定他命运的账本，一旦这本账本落入到纪威手中，他就全完了！

"天不亡我！"千钧一发之际，徐构终于找到了那本封面已经泛黄的账本，他高兴得跳了起来。

楼下已经传来了密集的脚步声，徐构顾不得多想，从裤兜里掏出打火机，准备就地把账本烧掉。

紧张的情绪像是一股寒流，席卷了徐构的全身。他拿着打火机，双手不断颤抖着，接连打了三次都没有打着火。

"噔噔噔……"楼下的脚步声越来越近了，徐构感觉到自己的心脏如同密集的鼓点一般"咚咚咚"地跳个不停。

他深呼一口气，努力使自己平静下来，可是越着急越难以平静。

终于，打火机在连续按动中，迸发出了一团小火苗。徐构看着这团"希望之火"，大喜过望。

"哈哈哈……"看着泛黄的笔记本在逐渐旺盛的火焰中，一点点化为了灰烬，徐构一下子瘫坐在了地上，像是患了失心疯一般，放肆地大笑了起来。

纪威听到徐构的笑声，心里暗道一声"不好"，然后快步往徐构的办公室跑去。

等他带着刘镇岳和陈齐物赶到的时候，只看到了瘫坐在墙角、目光涣散的徐构，以及一团正冒着灰烟的纸张灰烬。

"还是来晚了一步。"纪威瞥了一眼徐构，然后耷拉着肩膀，迈着沉重的步伐，头也不回地离开了。

看着纪威受挫的神情，徐构像是打了鸡血一般，瞬间复活了过来。他走到窗前，大力地推开了窗户，冲着拉开车门的纪威大喊道："纪书记，一路走好！"

刘镇岳、陈齐物齐刷刷地抬起头，双拳不受控制般被攥得紧紧的。两人的双目中，如同燃烧着熊熊烈火，随时都能将窗口上那个嚣张的身影吞没。

纪威却不愠不怒，他看着徐构嚣张的笑脸，脸上竟浮现出一个浅浅的笑容。

"这个徐构太嚣张了！我看着他那个笑，恨不得冲上去给他俩耳光。"返程的路上，刘镇岳和陈齐物依旧愤愤不平。

"天若使其亡，必先使其狂。我们跟这个徐构，现在是骑驴看唱本——走着瞧。"纪威淡淡说道。

陈齐物和刘镇岳互相对视了一眼，皆看到了对方眼中的疑惑。两人看着成竹在胸的纪威，顷刻又安下心来。

"纪书记什么时候让我们失望过。"两人心道。

新的一天到来的时候，纪威接连收到了两个坏消息：一是劳保用品公司的老板连夜坐飞机前往了国外，说是去度假，实际上是逃避纪委谈话。二是那二十几名违规入职的职工，也都突然乘船赴国外学习，为期四十天。而四十天后，专项巡察都已经结束了。

这是一种赤裸裸的挑衅。

纪威来到窗前，拉开窗帘，看着那灰蒙蒙的天空，长叹了一口气。徐构背后的庞大贪腐势力，要远比他想象中的更加难对付，他们有着巨大的"能量"，而且出手果断，毫不拖泥带水。面对核查组的行动，他们见招拆招，在轻描淡写中就化解了攻势。

"看来，只能冒险启动那个计划了。"纪威连连叹息，忽然胃里开始翻江倒海起来。他忍耐着胃中烈火灼烧般的疼痛，颤抖着扶着窗台，干呕了起来。

也许是巨大的精神压力，让纪威的身体也起了不良反应。他感觉到自己全身的血液噌的一下涌到了头顶，然后眼前一黑，便昏了过去。

顶着两个黑眼圈的贾聪，一边打着哈欠，一边疲惫地往办公室走去。昨夜他接回王香和乔美霞时，已经接近十二点了。再加上连续的突发情况，几乎要把他折磨崩溃了。

"嗡、嗡、嗡……"贾聪正在郁闷时，他的手机再度振动了起来。带着一脸怒色，贾聪按下了接听键。

"喂，一大清早的，不会是又出什么事了吧？"贾聪不耐烦地问道。

"贾部长，确实是出事了。"手机另一端的人带着些许喜色道，"不过是大好事。"

"哦？"贾聪突然来了兴趣，脸上的疲惫之色瞬间一扫而空，他急忙问道，"什么好事？"

"刚收到消息，纪威昨晚跟徐总交锋失败后，回去就病了。刚刚看到市人民医院的救护车来松涛园把他接走了。"

"进一步核实了吗？"贾聪高兴得差点跳起来。

"已经找人向市人民医院了解了，纪威确实已经办理了住院手续。"

"真是太好了！"贾聪喜上眉梢，双手一拍，大笑了起来，"看来这一次，又是我们赢了。"

接到贾聪的"报喜"电话时，徐构还在睡梦中。难得没有佳人相伴，又难得"战胜"了纪威，让他睡得格外踏实。

当听到纪威住院的消息时，睡眼蒙眬的徐构瞬间清醒了过来。他反复跟贾聪确认着，在连续获得肯定的回复后，一把掀掉被子，从床下跳了下来。他极度兴奋，手舞足蹈地大喊道："纪威，你也有今天！"

很快，在徐构的刻意宣扬下，整个安澜港集团都知道了纪威住院的消息。有人欢喜，也有人忧愁。欢喜的是安澜港集团的利益既得者们，他们十分畏惧纪威，生怕这场反腐风暴把他们的巨额收益吹散。而忧愁的则是以滕老为代表的、具有正义感的干部职工，他们迫切希望纪威能成功打赢这场反腐攻坚战，再造一个公平公正、稳定有序、蒸蒸日上的安澜港集团。

徐构来到安保公司的时候，已日上三竿。今天的徐构如同是得胜归来的将军一般，满脸说不出的得意，迈着六亲不认的步伐，走进了办公室。

百无聊赖的徐构，一如往常，拿出手机搜索着"附近的人"。看到基本没有变化的列表时，他非但没有生气，反倒笑嘻嘻道："今天'附近的人'格外漂亮啊，连这个肥妞都看着眉清目秀的。"

徐虎闻言，也跟着大笑了起来。

却在此时，安保公司的楼下再度传来了汽车刹车声。徐虎趴在窗口往下瞄，发现是李太阿又来了。

"哥，那个李太阿又来了。"徐虎说道。

"这是找咱'报仇'来了。"徐构笑道,"老大被我们气住院了,他们这些小弟肯定要来找回场子。"

"那我们怎么办?"徐虎问道。

"让他们查呗。"徐构戏谑地说道,"市纪委监委的领导们无论想查什么,我们都要'配合'好。你说是吧,老弟?"

徐虎瞬间懂了,朝徐构伸出个大拇指道:"哥,放心吧,我会整得明白的。"

李太阿和崔流彩铁青着脸,阔步进入安保公司办公楼。

徐虎带着满脸坏笑,迎了出来:"各位领导,有何贵干啊?"

"徐构呢?让他出来说话。"李太阿怒气冲冲道。

"不好意思,这位领导。"徐虎笑嘻嘻地挑衅道,"我们徐总病了,住院去了。"

"你!"李太阿怒上心头,抡起拳头就要揍徐虎,幸好被崔流彩拉住了。

"哎呀,领导,气大伤身啊。您这要是被气住院了,我可承担不了这个责任……"徐虎继续挖苦道。

见李太阿情绪失控,崔流彩连忙把他拉到了身后,然后从公文包里拿出一份调取证据通知书,说道:"我们现在急需这些材料,请马上提供给我们,不要延误。"

"好咧,各位领导,烦请您二位去接待室稍坐,我马上准备。"徐虎活脱脱一副店小二的模样,一溜小跑去跟徐构汇报。

徐构看着手中的调取证据清单,有些摸不着头脑。除了那二十几个违规入职人员的档案外,他没发现任何可能查出事来的材料。

"看来这市纪委监委也是黔驴技穷了,乱要材料。"徐构越发得意起来,他大手一挥,冲着徐虎笑道,"都提供给他们,咱现在要全力配合好,领导们要啥咱给啥。"

徐虎笑着领命而去。徐构重新拿起手机,打开了另一个"交友"软件。

十一

李太阿要调取的材料足足有十二份,都是那种整理起来费时费力的材料。

徐虎安排人从上午十点整理到下午五点,也才整理完一半。

当徐虎问李太阿能否明天再继续准备的时候,李太阿毫不留情地表示不行。徐虎摇了摇头,安排人继续整理。

此时的徐构却不再奉陪了,因为"大获全胜"的他,要去参加他的"庆功宴"了。

那辆黑色的迈巴赫轿车,准时停在了安保公司的办公楼门口。徐构满脸嘚瑟地走下楼来,在李太阿等人愤恨的目光中,上了豪车。

"李主任辛苦!兄弟我先走一步。"临走时,徐构还不忘冲李太阿做了个敬礼的手势,然后放肆地大笑了起来。

李太阿感觉他的胸腔都要被气炸了。

迈巴赫轿车一路疾驰,最终停在了皇家KTV的门口,费维和杨燕燕早已在门口等候多时。

轿车停稳,费维小跑着上前,给徐构打开了车门,恭敬道:"徐总。"

徐构满面红光地下了车,拍了拍费维的肩膀,笑道:"费老弟,你就是客气。"

然后他转过头,把手搂在了杨燕燕的细腰上:"燕燕今天比平常更美了。"

徐构的心情大好。

费维等一行人簇拥着徐构,一路嬉笑打闹、恶意喧哗,惹得路人纷纷驻足,投来厌恶的目光。

在服务员的引导下,几人高调地走进包间。徐构搂着杨燕燕坐在沙发上,那双"安禄山之爪"又开始不安分起来,惹得杨燕燕一阵娇嗔。

费维呵呵一声,招呼服务员开酒。

"徐总,为了庆祝您'大获全胜',小弟今天特地安排了罗曼尼·康帝,今天跟您不醉不归。"费维指着酒桶中的红酒说道。

"哦?"徐构的眼睛顿时亮了起来,"老弟,你今天的安排可是大手笔啊。"

徐构惊叹一声,目不转睛地盯着正在开酒的服务员,满脸期待。

"还不止呢,徐总。"费维笑着,将双手举到面前,轻轻拍掌道,"开始!"

随着费维的话音落下,包厢里瞬间响起一阵劲爆的乐曲。两排年轻女孩从外面涌进包厢,她们上身穿着不同颜色的露脐装,下身穿着超短裙,既热情奔放，又婀娜多姿。女孩们随着音乐的节奏，激烈地扭动着腰肢，充满了青春与活力。特别是前面领舞的女孩，身材火辣，眼波灵动，舞姿迷人，瞬间就吸引了包厢内所有男性的目光，饶是徐构这样的"花丛老手"都被震撼住了。

徐构瞪大了眼睛，眼珠一动不动地盯着领舞的女孩。

费维见状，脸上流露出一抹冷笑。

一曲终了，女孩们依次散去。当领舞的女子离开包厢时，徐构再也按捺不住，他站起身，焦急地呼喊道："哎，哎，那个美女……"

费维连忙站起身，拉住了将要追出去的徐构。

"徐总，不要着急，佳人已去酒店等候。待我们谈完了正事，您再与佳人相会也不迟。"

"哦，哦……"徐构有些失神地盯着门口，愣愣地回答道。

"你们都出去吧。我不叫，不要让任何人进来。"费维对周围的人说道。

其他人依次离开，包厢里只剩下了徐构和费维。

费维从包里拿出一份报表递给徐构道："徐总，这个月我们的业务量增长了近四成，这是您这个月的分成。"

随后，他拿出一张银行卡递给了徐构。

"嗯、嗯。"徐构接过银行卡，随手揣进兜里，仿佛那张卡里的不是三十万，而是三十元一样。

徐构粗略地瞥了一眼报表，就把它还给了费维。此刻他哪还有心思看什么报表，他的魂儿早就被那名领舞的女孩勾走了。

见徐构已急不可耐，费维轻笑一声，从兜里掏出了一张房卡："徐总，我这就安排司机送您过去。"

"好，好，好。"徐构一连说了三个"好"字，慌忙起身向外跑去。

什么分红，什么罗曼尼·康帝，哪有漂亮的姑娘重要。

送走了徐构，费维像是换了一副面孔，脸上的笑容消散一空，取而代之的是一副冷峻阴险的神情。

他跷着二郎腿坐在沙发上，轻轻转动着手中的名贵红酒，满脸得意。

"这徐构真是无愧'色金刚'的绰号，为了美女什么都可以不要。"费维说着大笑了起来。

"还是费总您的计谋高明。"杨燕燕乖巧地站在一旁，赔笑道。

"哈哈哈……"费维说着，指了指那张报表，"只要他稍微仔细地看一看，就能看出这张报表有问题。他这个月的实际分红，不是三十万，而是七十万！"

费维扬扬自得道："他呀，早晚死在女人的肚皮上。"

徐构这边只顾春风得意，丝毫没有觉察到，他人生即将犹如九曲黄河一般，发生巨大转折。

在通往东岛市的高速公路上，一辆黑色的帕萨特轿车正在疾速飞驰。

贾聪如果在这里的话，一定会惊掉下巴，因为车上坐着的不是别人，正是本应该在医院住院的纪威。

纪威坐在轿车的后座上，将车窗开了一条小缝，凉风灌了进来，吹乱了他的头发。

纪威的眼神有些迷茫，他转过头看着窗外飞速向后退去的景物，不知所想。他脸色颇为沉重，似是背负着巨大的压力。

"书记，前方即将进入东岛市境内，大约再有三十分钟，我们就能到达契机物流公司。"坐在副驾驶的赵赤霄转过头来说道。

"好。"纪威点了点头，关上车窗，重新把头靠向椅背，在脑海中思索起什么来。

当日，纪威重新分析了当前的形势，发现明面上的几条核查线索，几乎都已经被那位"幕后大王"给掐断了。只剩下"收受物流公司老板贿赂"这条暗查线索，还未被对方发觉。他拿起那份物流公司名单反复浏览，最终把目光锁定在了业务量逐年减少的契机物流公司上。

纪威之所以晕倒，是因为胃病发作，不是因为得了什么大病。但纪威为了迷惑徐构及其幕后势力，故意对外宣扬自己住院的消息，并让马百里代替自己躺在了医院的病床上。

就在所有人都觉得是徐构及其幕后集团在这场较量中胜出的时候，纪威带着赵赤霄，趁着夜色，悄悄地踏上了奔赴东岛市的路途。

他把所有的希望都压在了契机物流公司身上。只要拿到证言和相关证据，补充完善证据链，便可以对徐构进行立案留置。如此，本次安澜港集团专项整治行动，将会打开极为有利的新局面。

"吱——"轿车在一处大院的门前停下来，纪威和赵赤霄依次从车上走了下来。

已是晚上十点，物流公司的保安大爷打着哈欠走了出来："你们找谁啊？都下班了，有事明天再来吧。"

纪威此时心急如焚，哪里还等得到明天。

他走上前，朝着门卫大爷笑道："大爷，我们是从安澜市过来的，有重要的事情要找咱们宋总当面谈一谈，麻烦您给通融一下。"

保安大爷拿着手电筒照了照纪威，又照了照赵赤霄，发现两人都斯斯文文的，不像是什么坏人，便说道："你们等着，我问问宋总。"

片刻后，保安大爷返回，并打开了大门。

"进来吧。"保安大爷说着，指了指远处的一排平房，"你们运气不错，宋总还没睡，可以见一见你们。"

纪威和赵赤霄连连向保安大爷道谢，然后朝着那排平房走去。

纪威一边走，一边环视着四周，发现整个大院里密密麻麻地停满了大货车。这些货车都被洗刷得干干净净的，似乎好几天都没有发动了。

循着灯光，纪威敲了敲一间平房的门。

"进来。"房内传来一声慵懒的应答声。

纪威推门而入，发现乱糟糟的房间里，一名中年男子正躺在沙发上刷着抖音。

由于之前看过契机物流公司的详细资料，纪威一眼便认出该男子正是他们要找的物流公司老板——宋启吉。

见纪威和赵赤霄进来，宋启吉坐起身子，疑惑地问道："您哥俩是……？"

纪威并未答话，他转过头用眼神示意赵赤霄关好门，然后寻了把椅子，坐到了宋启吉面前。

纪威从外套中掏出工作证，递到宋启吉面前说道："宋老板，我们是安澜市纪委监委的工作人员，深夜打扰，实属冒昧，请您见谅。"

宋启吉一听说是纪委的，顿时吓了一跳，他本能地向后缩了缩，差点把手中的苹果手机扔了出去。

"宋老板，您不用紧张。我们今天来，只是有几个问题需要问问您。"纪威露出一抹微笑说道。

"你们纪委的都找上门了，我能不紧张吗！"宋启吉一边说着，一边拍着胸口，惊魂未定，"我都听我那些朋友说了，纪委整人有的是法子：用探照灯照眼睛、罚站、不让睡觉、不让吃饭、往眼睛里喷辣椒水……"

赵赤霄听宋启吉滔滔不绝地说着，心里暗暗笑道："这家伙都听谁说的，还喷辣椒水，呵呵……"

纪威也被宋启吉夸张的动作和话语逗得乐了起来，他轻笑一声，说道："宋老板，我不知道您这是听谁说的，但我可以告诉你，你说的这些都是谣言。"

"你们不这样吗？"宋启吉喃喃道。

"从未这样过。"纪威回答得斩钉截铁。

看着纪威郑重的样子，宋启吉觉得纪威不像是在胡说，随即转移了个话题问道："可能是他们胡说的。话又说回来，你们这么晚来找我干啥？不会是要把我抓走吧？"

纪威笑道："宋老板，我们真要是想对你采取什么措施，直接请东岛市纪委监委配合把你带走就好了，犯不着大半夜上门叨扰。"

"哈哈哈……"宋启吉笑了起来，"你说得对。咱没见过你们纪委的人，多少有点害怕。"

随着宋启吉的笑声，纪威和赵赤霄也笑了起来，房间内的紧张氛围顿时缓和了下来。

见宋启吉不再那么抵触了，纪威开门见山道："宋老板，我们打开天窗说亮话。今天之所以来找你，是想跟你聊聊安澜港集团安保公司经理徐构的问题。"

听到"徐构"二字，宋启吉的脸色大变。他像是想起了什么可怕的事物，腾一下站起身来，神情激动地大喊道："我什么也不知道，我也不认识徐总，我跟你们也没有什么好谈的。你们快走吧，快走吧……"

## 十二

宋启吉突如其来的变脸,让纪威有些猝不及防。

面对着把自己往外推的宋启吉,纪威不动如山,暗暗思考着应对策略。忽然,纪威的脑海中有一抹灵光闪过。他转过身,指着停满货车的院子说道:"宋老板,配合我们的工作,也是帮助你自己,难道你想让这满院子的货车一直闲下去吗?"

这话如同一声霹雳,在宋启吉的脑海中炸开。宋启吉瞬间愣住了,他目光呆滞地看着纪威,不知所措。

"现在我们可以好好谈谈了吧?"纪威趁热打铁问道。

宋启吉没有回答,他用一种怀疑的目光望向纪威,戏谑道:"你继续说,我倒要看看你能说出什么花样来。"

纪威冷笑一声,心中大喜。宋启吉的举动证明他的判断是正确的。

形势忽然逆转,纪威反倒不慌不忙地坐了下来,慢条斯理道:"宋老板,你应该对此次的安澜港集团专项巡察工作有所耳闻吧?"

宋启吉点了点头,回答道:"听他们说过。"

"我们此次专项巡察的目的,就是发现并查办像徐构这样的腐败分子,还安澜港集团一个良好的营商环境,让你们能够与其他公司公平竞争,不再受恶意排挤……"

纪威说着,发现宋启吉的双目中,有一抹亮光一闪而过。他知道,这些话说进了宋启吉的心坎里。于是他开始调整策略,变主动为被动,等待宋启吉主动发问。

果然,当纪威沉默不言时,本来极为抵触的宋启吉反倒按捺不住了:"然后呢?你倒是继续说呀。"

纪威清了清嗓子,继续说道:"我们已经查到,徐构每年都会收受你们这些物流老板所送的现金和其他财物。为了补充证据,对徐构立案,我们特地前来找你了解情况。"

宋启吉闻言,似乎是想到了什么,连连说道:"我不知道,我又没有给徐构送过钱、送过物的,你们找我干什么?"

宋启吉虽然嘴硬，但是说得极没有底气。

有着丰富办案经验的纪威和赵赤霄，一眼便看穿了宋启吉心灵深处的慌张和恐惧。

两人对视了一眼，纪威趁热打铁道："宋老板，我们既然深夜造访，肯定是有目的的，我希望你能配合好我们的工作，让徐构这个贪腐分子受到应有的纪法惩罚。"

"我凭什么要配合你们？"宋启吉声如蚊蚋地说道。

看着宋启吉的样子，赵赤霄也笑了起来："宋老板，配合纪检监察机关调查，是每个中国公民应尽的义务。我们深夜造访，除了为保密外，还有一部分原因就是怕给您造成不良影响。您要是执意不配合的话，我们就只能请您去我们的办案点谈了。"

宋启吉抬起头，看着赵赤霄坚定的目光，觉得他不像是在吓唬自己。于是在片刻思考后，宋启吉向纪威敞开了心扉。

"我这个公司，十多年来一直跟安澜港集团有业务往来，最多的时候，一年有几百万元的业务量。"宋启吉回忆着，慢慢说道，"记不清是哪年了，徐构当了安保公司的经理后，就开始跟我们要钱。一开始他还比较收敛，一年要个三万五万的，我们为了息事宁人，也就给他了……"

"唉！"宋启吉说着，像是想起了什么悲伤的往事，叹了口气，继续说道，"谁知这徐构的胃口越来越大，从几万块到十几万，再到后来他直接问我们要干股，要求每个月分红。"

"那你给他了吗？"纪威问道。

"我要是给他了，还至于混成现在这个惨样吗？"宋启吉指了指满院子停着的货车，叹息道，"好多老板当时都给他了，他就开始对我们这些没给的人使绊子，不让进港区门、恶意罚款、拖着不给装货。我没办法，就找了个中间人调停。徐构说，不给干股也行，但要给他买辆车，我就给他买了辆车，又送了十万块钱。"

"什么车？"纪威双目一亮，忙追问道。

"我记得是一辆给娘儿们开的车。"宋启吉说着，一拍脑袋似乎是想起了什么。他走到一处柜子前，翻箱倒柜地找了起来。

"找到了！"宋启吉一阵欢呼。

他拿着一个沾满灰尘的信封，坐了回来。然后吹去信封上的灰尘，拿出了里面的材料，把它递给了纪威。

纪威接过来，仔细翻看着，大喜过望。

这份材料里，有宋启吉为徐构购车时的刷卡小票，有包括车架号在内的车辆信息，有4S店出具的购车发票等。

看着这些材料，赵赤霄的心脏怦怦跳了起来。

有了这些材料，加上宋启吉的证言，再调取车管所的登记记录，那么徐构索贿车辆的违纪违法事实，就形成了一个证据闭环，市纪委监委随时可以申请对徐构立案并留置。

相对于赵赤霄的神情激动，纪威则表现得波澜不惊。他不动声色地收起材料，示意宋启吉继续说下去。

经过宋启吉回忆，徐构这些年先后向他索贿现金四十余万元、价值二十三万元的奔驰迷你轿车一辆，以及难以计算价值的海鲜、礼品等若干。

纪威安排赵赤霄为宋启吉制作一份谈话笔录，同时拿起手机把这边的情况向冯琦进行了汇报。

冯琦此时刚刚躺下，听完纪威的汇报，直接激动得坐了起来："纪威同志，你们这个点选取得很好。这一次，我看那些贪腐分子还怎么遮掩！"

冯琦的话铿锵有力，就像是冲锋的号角声，拉开了大战的序幕。

赵赤霄做完笔录，纪威逐字逐句地修改了一遍。当带着余热的谈话笔录被交到宋启吉的手中时，宋启吉再度犯了难。

"纪书记，以我这样的行贿行为，我会不会进去蹲几年？"宋启吉忐忑道。

纪威轻轻地笑了笑，安慰道："宋老板，笔录上的这些事情呢，大概率会被认定为徐构索贿，你负有责任的只是极小一部分。况且，你主动向组织说明情况，积极检举揭发他人的违纪违法事实，是有机会免除处分的。"

宋启吉听完，大笔一挥，十分痛快地在笔录上签下名字，又按了手印。

"你不再仔细看看了？"赵赤霄有点急了。

"不看了，我相信你们，更相信组织。"宋启吉激动地站起身说道。

"宋老板，感谢您的配合。"纪威伸出手与宋启吉握在了一起，承诺道，"我在这里，也跟您做个保证，巡察结束后，安澜港集团的营商环境一定会好起来，到时候欢迎您再去安澜市开展业务。"

"我相信！"宋启吉激动地说道。

清晨的太阳尚未完全冲破云层，天地间仍旧是灰蒙蒙的一片。

离上班时间还有近三个钟头，一辆黑色的帕萨特轿车，就已经早早地等候在了安澜市车辆管理所的门口。

自东岛市返回后，纪威、赵赤霄连同司机都没有回家，也没有联系任何人，司机直接把车开到了市车管所的门口。

三人在车上草草对付了一夜，只为在车管所上班后的第一时间，调取那辆奔驰迷你轿车的登记信息。

纪威既兴奋又担心，以至于一夜无眠。兴奋的是，只要成功调取了车辆的登记信息，就可以对徐构立案并留置，从而打响安澜港反腐的"第一枪"；担心的是，一旦这次行动被察觉并被破坏，那么此次专项整治工作的结局只能是不了了之，任由徐构及其背后势力继续逍遥法外。

在纪威复杂的心情中，时间一点点流逝。终于等到了上午九点，车管所正式上班的时间，纪威和赵赤霄百米冲刺一般地冲进了车辆信息查询科。正拿着水壶准备烧水的查询科科长杨光，被突如其来的开门声吓了一跳。

"哦，赵主任啊，怎么今天来这么早？"杨光问道。

"老杨，十万火急，赶紧帮我查个车辆登记信息。"赵赤霄焦急地说道。

"哦，好。"杨光放下水壶，朝赵赤霄伸出手说道，"给我文书。"

赵赤霄从公文包里拿出昨晚早已填写好的调取证据通知书，将它递给杨光。杨光打开自己的专用系统，十分麻利地查询了起来。

约五分钟后，杨光把一摞材料递给了赵赤霄，笑道："老规矩，你先看着，还缺什么再跟我说。"

赵赤霄把材料铺在了一张空桌子上，跟纪威仔细查看了起来。

根据车辆管理系统的登记信息显示，这辆奔驰迷你轿车购买于2015年，最初登记在徐构名下，约半年后又改为乔美霞的名下。

证据确凿！

纪威与赵赤霄对视了一眼，彼此都看到了对方眼中的欣喜与激动。

纪威强行压制着内心的喜悦，不动声色地将材料递回给杨光："杨科长，这些材料就可以了。"

"好的。"杨光接过材料，熟练地在材料首页的最顶部写下：此材料共五页，复印于安澜市车辆管理所信息登记系统……写完后，他又在材料的首页、尾页和骑缝处，盖上了公章。

"三注明一盖章"程序完成，纪威和赵赤霄拿着材料，立即往外跑去。临走时，赵赤霄转过头对杨光说道："那个，老杨……"

杨光打断了赵赤霄的话，笑道："注意保密嘛，放心吧。"

纪威和赵赤霄的脸上洋溢起愉悦的笑容，两人对着杨光点了点头。他们速回到车上，疾速向市纪委监委办公楼驶去。

## 十三

一间不算大的办公室里，密密麻麻地摆满了六张办公桌。进门处墙上，紧紧排列着五组保密柜，使原本就不大的空间显得更加狭小。每张办公桌上，都杂乱地堆放着分析完的银行账户流水、房产信息、车辆登记信息、车辆轨迹图等相关资料。

第六审查调查室的所有人都埋头在电脑屏幕前，热火朝天地处理着手头的工作，噼里啪啦的键盘敲击声，奏出了一首美妙的乐曲。

纪威把调取的材料交到李太阿的手上后，第六审查调查室立即召开了分析会议。经过集体商讨，众人都认为根据目前已有的相关材料，已可以申请对徐构进行立案，并采取留置措施。

初核情况报告、立案申请报告、留置申请报告……一份份专业的审查调查文书，在键盘的敲击声中，逐步成形。

纪威和李太阿拿着一份份材料，逐字逐句地进行审阅，历经三次修改后，几份报告最终完成。

众人怀着激动的心情，在集体评估的地方依次签下了自己的名字。纪威将材料收进公文包里，片刻不停地赶往冯琦的秘密办公点。

冯琦接过纪威递来的报告，眼神前所未有的明亮。他将报告平铺在办公桌上，一页页地仔细翻阅着，眉头时而微皱，时而又舒展开来。

约莫半小时后，冯琦看完了报告，大笑道："抓！立马抓！把这帮蛀虫都收拾干净了，安澜港集团才能重新好起来！"

说完，冯琦拿出签字笔，行云流水般地签下了名字。

此时的纪威却踌躇了起来，他的面色有些凝重，如同是山雨到来前，天空中密布的乌云。

"纪威同志，这儿又没有别人，你有什么顾虑只管提出来，我们一起议一议。"见纪威不发声，冯琦主动说道。

"书记，请允许我直言。"纪威像是下了很大的决心一般，缓缓说道，"对徐构立案并采取留置措施，非但不是此次专项整治行动的结束，反倒是一个开始。从留置徐构的那一刻起，只怕会有更多的'蛀虫'进入我们的视线。"

"你是担心波及的人太多，导致人心惶惶，影响经济的发展？"冯琦面色凝重道。

纪威点了点头，未作回答。

冯琦站起身，拿出一支烟，轻轻点上。他眼睛望向东南方向那片吊塔林立的港区，目光深远。一支烟渐渐燃尽，他把烟蒂狠狠地按灭在了烟灰缸中。

"之前我们说过，腐败不能成为经济发展的润滑剂。以阻碍经济发展为借口，纵容腐败的滋生和蔓延，也绝不是我们共产党人的经济发展方式！"

冯琦啪的一声把手拍在桌子上，表达了自己的反腐败决心："安澜港集团目前已病入膏肓，只有刮骨疗毒的特殊疗法，才能让它起死回生。你们只管放手去查，遇到什么困难，只管来找我。我还是那句话，省纪委监委和安澜市委、市政府始终是你们最坚实的后盾！"

冯琦的话，如同是一颗定心丸，再度坚定了纪威的决心。

回到安澜市纪委监委办公楼，纪威亲自致电安南省纪委监委，申请对徐构采取留置措施。

安南省纪委监委的工作效率极高，仅仅一个小时，就批复了安澜市纪委监委的留置申请。纪威亲自召集会议，部署留置徐构的有关行动。

会议上，纪威分析了留置徐构过程中可能会发生的几种可能，并针对每一种可能做出了一系列预案。这是此次安澜港集团专项整治中一次极为重要的行动，纪威要求务必要保证万无一失。

安澜市纪委监委第六审查调查室、案件监督管理室、松涛园后勤处、宣传部等多个部门都紧急行动了起来，静待着大战的来临。

松涛园专案组办公室内，崔流彩、赵赤霄等人一遍遍地核对着办案文书，检查着执法记录仪、笔记本电脑等设备，然后将它们装入专用公文包里，静候着纪威的到来。

下午三点半，纪威与李太阿准时来到松涛园，成功与大部队会合。

"纪书记，根据公安机关提供的定位显示，徐构目前正在安保公司办公区域内。"赵赤霄汇报道。

"很好。"纪威脸上流露出一抹笑容，对着赵赤霄继续说道，"密切联系公安机关，一旦徐构的位置发生变化，烦请他们立即通知我们。"

"好的，书记。"赵赤霄点头道。

三辆黑色的帕萨特轿车从松涛园出发，浩浩荡荡地开赴安澜港集团安保公司。

宽敞明亮的办公室内，徐构全身放松地半躺在真皮老板椅上，享受着身后女秘书香酥软手的按摩，并不时地向后伸出脏手，在女秘书的大腿上又捏又摸，惹得女秘书一阵娇嗔。

自二度"挫败"纪威后，徐构整个人都"飘"了起来。他发自心底地认为，有"大王"的照拂，在安澜港集团这一亩三分地里，无论他怎么折腾，都没有人能动得了他。

市委、市政府又怎样？市纪委监委又怎样？纪威又怎样？能动得了他徐构半分吗？

只要"大王"还在，安澜港的天就塌不了！

徐构想着想着，越发得意。他一把搂过正在给他按摩肩膀的女秘书，将她放到了自己的大腿上。

"哎呀，大白天的，干什么！"女秘书娇嗔了几声。

看着女秘书那欲拒还休的娇羞表情，徐构越发得意。

"嗡嗡嗡……"手机的振动声,打断了徐构的兴致。

徐构骂了一声,扫兴地拿起手机,扫了一眼屏幕,随即面色一凛,变得郑重起来。

"喂,'大王'……"徐构像是变了一个人一般,小心翼翼地说道。

"徐构!叫你收敛点,怎么就是不听呢!"电话的另一端,"大王"没有任何铺垫劈头盖脸地骂了起来,"你现在赶紧找地方躲起来。我收到消息,省纪委监委和市委已经同意了市纪委对你采取留置措施,纪威正带着人过来抓你,你赶紧躲起来,其他事我会再联系你的!"

徐构感觉天塌了一样,拿着手机,愣在了原地。他连连答应着,额头上已经渗出了细密的汗珠。他的大脑一片空白,以至于"大王"在电话里说了什么,他都没有听到。

"徐构,你有没有在听?""大王"的一句怒吼,将神游物外的徐构喊了回来。

"'大王',我……在听……"徐构呆呆地应了一声。

"记住,把你的两部手机都扔在办公室里,会有人去处理的。你现在马上下楼,贾聪已经出发去接应你了。""大王"说完,粗暴地挂断了电话。

徐构愣了数分钟,才重新缓过神来。他把手机扔在办公桌上,拔腿就要往外跑,却忽感双腿一软,摔了个狗吃屎。

女秘书连忙上前,在她的搀扶下,徐构终于连滚带爬地来到了楼下。

贾聪驾驶着一辆五菱宏光面包车,早已经等候在了门口。在他的帮助下,女秘书连拖带拽地把徐构弄进了面包车里。

"最近你也躲一躲。"贾聪留给女秘书一句话后,戴上鸭舌帽和口罩,猛踩油门,飞速驶离安保公司办公区,只留下女秘书呆站在原地。

面包车一路疾驰,在港区大门口处,碰上了市纪委监委的三辆黑色帕萨特。

贾聪透过玻璃,看到了车上坐着的纪威,心都提到了嗓子眼上。

恰在这时,纪威转过头来,略带疑惑地看了一眼面包车。

冷汗瞬间打湿了贾聪的后背,他拼命地深呼吸,让自己镇定下来,同时猛踩油门,想要以最快的速度逃离这里。

好在，这辆五菱宏光面包车实在是过于低调，黑色帕萨特车上的众人丝毫没有产生任何怀疑。

驶出港区，贾聪长舒了一口气，颇有些劫后余生的感觉。贾聪回头望向徐构，却发现他自上车开始就平躺在座椅上，眼神涣散地盯着车顶，不知所想。估计是他承受不了这么大的打击，出现了短暂性的精神失常。联想到以前那个嚣张跋扈的徐构，贾聪冷笑一声，摇了摇头。

纪威、李太阿等人冲进徐构的办公室时，早已人去楼空。纪威望着空荡荡的办公室，心一下子悬了起来。

纪威匆忙走上前，用手试了试茶杯的温度，发现那杯枸杞茶尚有余温。他又看了看电脑屏幕，发现"斗地主"的页面也还没有关闭。种种迹象表明，徐构并未走远。

"李主任，你带第二小组去查一下楼内监控，尤其是办公楼出口处的那个摄像头。"

"崔主任，你带第三小组去找行政主管或者副经理，问一下徐构今天的工作安排。"

"赤霄，你马上联系下公安机关，对徐构的手机进行重新定位。"

纪威的额头上已经急出了细密的汗珠，但他依然保持着冷静，滴水不漏地部署着一项项工作。

众人领命而去，纪威站在窗前，眉头紧锁，脸色也变得阴沉下来。

"书记，不好了。"不多时，李太阿匆匆跑了回来，上气不接下气地说道，"我们查看了监控，发现在我们来的时候，徐构坐上一辆银色面包车跑了。"

纪威的脑袋轰的一下炸开了，他最担心的事情，还是发生了。

"赤霄！"纪威大喊道，"立即联系公安机关，请求协助抓捕徐构，让他们在各个交通要道、机场、高铁站、汽车站设卡，务必把徐构拦截在安澜市。"

"好的，书记。"赵赤霄应了一声，急匆匆地跑了出去。

纪威的面色已经阴沉得可以滴下水来，他坐在沙发上，努力地让自己镇定下来，思考着下一步的对策……

## 十四

接到纪威的电话，冯琦没有感到丝毫意外。

这场波及整个安澜港集团的反腐风暴，从一开始就注定会充满波折与坎坷。腐败势力不会坐以待毙，也不会主动投降，他们只会不断地负隅顽抗，最终不敌，被彻底消灭。

冯琦拿着电话，略作沉思。他的目光深远，眼神却十分坚定。对于被留置人失联、逃跑这种事情，他早已做好了预案。

冯琦拨出了一个电话，随后纪威的保密手机上，就收到了徐构的一系列信息。这些信息包含了徐构父亲、亲戚、朋友以及他平时常去地方的地址。

纪威看着这些信息，激动不已，同时心里也更加佩服起冯琦的高瞻远瞩。

目前安澜市的外出路线，已经被公安机关彻底封锁，徐构能躲藏的也就只有这些地方了。

纪威将信息转发给了李太阿，脸上再度浮现出了笑容。城门已关，剩下的就是瓮中捉鳖了。

下午五点，由纪检监察干部和公安民警组成的联合搜索队，开始按照短信上的地址，分组展开了搜寻。

徐构此时已恢复了神智，他如同一只惊弓之鸟一般，小心翼翼地躲藏在其亲戚的旧宅中。

时间一分一秒地过去，突然，一阵汽车的引擎声，吓了他一跳。他躲在窗帘后面，悄悄地向外望去，惊讶地发现纪委和公安已经找上门来了。

徐构吓得面如土色，顾不得穿好衣服，便慌忙从旧屋的窗户中跳了出去。好在是二楼，徐构只是轻微扭伤了脚。他躲藏在垃圾堆中，趁搜寻队上楼的工夫，一瘸一拐地逃出了小区。

等到赵赤霄带着公安干警进入那处老宅时，他们发现桌子上的泡面还热着，但徐构已经跑没影了。

赵赤霄立即将这个消息汇报给了纪威，纪威听完大喜过望，这至少说明徐构还未离开安澜市，尚在市区范围内逃窜。

纪威拨通了案件监督管理室的电话，要求他们立刻办理手续，请求公安机关启动"天网系统"，协助抓捕。

协助文书送到市公安局的时候，纪威已经提早一步到达了"天网系统"的指挥室。

纪威站在约两米高、五米多宽的屏幕前，看着民警顺着徐构逃走的轨迹，调出一段段监控视频，叹为观止。

这套"天网系统"，不仅涵盖了大街小巷的所有监控摄像头，还能进行比对、识别人脸。可以毫不夸张地说，只要是"天网系统"覆盖的范围内，犯罪嫌疑人几乎无处遁形。

民警操作着系统界面，不断地追寻着徐构的踪迹。最终发现，衣衫褴褛、行色匆匆、满脸恐惧的徐构，逃进了安澜港集团远洋货轮停靠场。

恰在这时，李太阿打来电话，说徐构的两部手机同时开始移动，一部向北、一部向西，请示是否前往拦截。

纪威笑了笑说道："不用了，李主任，这些都是'障眼法''烟幕弹'，是用来迷惑我们，掩盖徐构的真正行踪的。现在，让市区内的所有搜索队，都前往安澜港远洋货轮停靠场，我们来个真正的'瓮中捉鳖'。"

下午六点多，纪威带着所有搜索小队包围了远洋货轮停靠场。在李太阿的带领下，搜索小队开始逐个货仓搜寻徐构。

徐构此时已经钻到了一艘菲律宾籍货船的船舱中，他拿着平时最不待见的那部诺基亚功能机，小心翼翼地给徐虎拨去了电话。

"喂，虎子。"徐构极力压低声音说道，"是我，你大哥。"

"大哥！"徐虎大喜过望，连忙问道，"你在哪里？没事吧？纪委和公安正到处找你呢。"

"我没事。"徐构心有余悸地说道，"先别管那些，你现在赶紧把存在费维那里的钱收回来，尽快给我送过来。中国我是待不了了，现在只能往国外跑了。"

"好的，大哥。"徐虎闻言，立即给费维拨去了电话。

连续三次，电话都无人接听。直到第四次的时候，电话才被接通。电话里，传来了费维不耐烦的声音。

"哟，小徐总啊，还不准备跑路，怎么有空给我打电话啊？"费维戏谑道。

徐虎品味着费维话里的幸灾乐祸，强压着怒气说道："费总，想必我大哥的事情，你也知道了。现在我大哥让我把存在你那里的钱都提出来，希望你能帮帮忙。"

"哦，这个不行呀。"费维不假思索地拒绝道，"当初我们说好的，这些钱放我这里，算是入股，利息一月一清，本金三年一算。现在还不到两年，你们就要钱，不合规矩呀。"

徐虎被费维的话气得浑身发抖，费维这是摆明了落井下石。徐虎面色铁青，极力压制着心里的怒火，调整语气说道："费总，你看我们现在是特殊情况，真的急需这笔钱。"

"哦，好吧。"电话的另一端，费维"大发慈悲"地说道，"看在你们要跑路的分儿上，就先给你们拿十万块吧。你赶紧来，我一会儿还有个局要参加呢。过时不候啊！"

对方挂断了电话，徐虎愤怒地把手机摔在了沙发上。

"这帮白眼狼，以前我大哥得势的时候，一个个装得比孙子还孙子，现在我大哥落难了，一个个反倒装起大爷来了。"

骂归骂，生气归生气，人在屋檐下，却不得不低头。徐虎最终还是强忍着怒气去费维的公司取钱，因为徐构急需这笔钱跑路。

夜色渐浓时，天空忽然下起了小雨。雨后的柏油路面，在路灯的映照下泛着幽光。

职工散去后，原本喧嚣的停靠场忽然变得寂静，只有汹涌的海浪，拍击在海岸上，哗哗作响。

一个拎着旅行包的身影，悄悄潜入了远洋货轮停靠场。徐虎自以为自己做得悄无声息，但实际上，他刚一出现在停靠场的外围，负责查看监控的赵赤霄就发现了他。

赵赤霄通过电话把情况汇报给了纪威，请示是否拦住徐虎。纪威却会心一笑道："为我们带路的人来了，务必保证他一路畅通无阻。"

在纪威的授意下，徐虎仿佛成了隐形人一样，极其顺利地来到了徐构躲藏的货仓。

两兄弟见面，泪眼汪汪。

也许只有在这种无比落魄的形势下，才能真正看清一个人。

徐构感慨着，拍了拍徐虎的肩膀，安慰道："老弟你放心，咱逃出去后，用不了多久，又是一条好汉。"

"徐总，你怕是逃不出去了。"就在徐构畅想未来时，纪威带着搜索小队，神不知鬼不觉地出现在了货舱中。

"虎子，你出卖我？"徐构一把推开徐虎，质问道。

"我没有……"此时的徐虎百口莫辩，只能眼巴巴地望向纪威。

纪威笑了笑，说道："你弟弟没有出卖你，是我们的'天网系统'发现了你的足迹。"

纪威的话音落下，徐构手中紧握的旅行袋，顿时滑落到了地上。面对人数众多的搜寻队，徐构两腿一软，像是一摊烂泥一般瘫坐在了地上，嘴里喃喃道："完了，完了，全完了……"

专案组的纪检监察干部和公安民警迅速上前，拉起了瘫坐在地上的徐构，架着他往船外而去。

黑色的帕萨特轿车早已等待在门口，李太阿和另一名纪检监察干部把徐构按在车后座上，然后一左一右坐在了徐构的两侧。

车辆缓缓启动，徐构看着慢慢向后退去的港口作业区，眼神空洞，心如死灰……

黑色帕萨特轿车逐渐消失在视野中，纪威这才转过头，长舒了一口气。与徐构这场为期不长但曲折重重的斗争，终究是以纪检监察机关的初步胜利而告一段落。

夜晚的海风中，带着几分冷意，纪威却丝毫不觉。他深吸了一口海风，如同猛吸了口香烟一般，回味悠长。

许久没有这种扬眉吐气的感觉了！

兴奋与喜悦的心情没有持续多久，纪威便恢复了平日的沉着与冷静。审查调查工作进展得越顺利，就越要蹄疾步稳、乘胜追击，不能有任何停一停、歇一歇的懈怠。

在纪威的部署下，搜寻队剩余工作人员被重新分成了两队，分别由他自己和崔流彩带队，火速赶往徐构的住处、办公室和其他特定地点展开搜查工作。

夜色已深，安保公司的办公楼内依然灯火通明。刚刚入睡的贾聪又被喊了起来，因为他要代表安澜港集团对专案组的搜查工作进行监督。

当贾聪睡眼惺忪地来到徐构的办公室时，专案组的成员已经佩戴好了执法记录仪，随时准备开始搜查。

"贾部长，十分抱歉，再一次大晚上地把你喊了过来。"纪威将搜查令递给贾聪，并带着几分歉意说道。

"不要紧的，配合咱纪委监委的工作，是我们的义务。"贾聪匆匆扫了一眼搜查令，表面上说得十分动听，内心里早已把专案组骂了个几百几千遍。

在贾聪的见证下，专案组成员们分成了两组，一组进行搜寻，一组随后拍摄。这样不但可以提高效率，还更加有利于相互监督。

专案组搜寻得十分仔细：书柜、抽屉、键盘托、茶水柜都搜了个遍，甚至连墙壁、地板都要依次敲击一下，以便验证是否存在藏匿财物的可能。

极为专业且细致的搜查，让贾聪冷汗直冒。他咽了口唾沫，暗暗思量道：这么个搜查法，还有什么能藏得住。

最终，专案组在徐构的办公室中，搜出银行卡十二张，红包九个，每个红包中还装着五千到两万不等的现金，以及五份物流公司的股权证书。

贾聪看着几个红包上写着的姓名和"请徐总多关照"等字样，心中暗骂道："这些个大傻叉，你送钱就送钱，有必要写上名字吗？"

专案组效率很快，十几分钟就完成了对徐构办公室的搜查。

纪威拿着扣押清单再三核对，确认无误后将它递给贾聪，说道："贾部长，搜出的这些财物暂时无法进行定性，我们需要按程序进行暂时扣押，请你仔细核对下，确认无误后签上名字。"

"好的，好的……"贾聪一边答应着，一边照着清单核对了起来。在确认无误后，贾聪在"见证人"处签下了名字，并按下了手印。

专案组的工作人员，小心翼翼地把搜查出的财物装进了专用的箱子中，并按程序给箱子贴上了封条。在箱子被交到涉案财物管理部门之前，将会有两人进行专门看管。

"大家抓紧时间,去搜查徐构的住处。"纪威拍了拍手,召集其专案组的成员再开赴徐构的住处。

## 十五

安澜市是一座海滨旅游城市,以其波澜壮阔的大海和一望无际的金色沙滩而享誉全国。

徐构的住所,是距离海边不足百米的一处别墅。别墅位于海边的一处天然森林中,背靠略有起伏的山岭,面向波涛汹涌的大海,茂密的树木将造型别致的别墅遮掩了起来。这里距离市中心并不远,却又远离喧嚣,实在是一个闹中取静的好位置。

在贾聪的带领下,专案组敲开了别墅的门。因为徐构早已和妻子离婚,别墅中只有一个保姆住在这里。

为了加强对搜查工作的监督,纪威只好又安排贾聪把徐虎喊了过来。徐虎既是安保公司的副经理,又是徐构的堂弟,让他和贾聪一起监督,当真是合适不过了。

向徐虎和贾聪出具搜查令后,专案组正式进入别墅开始搜查。

一进门,专案组就被徐构别墅中的奢华装修震撼住了:别墅整体上是典型的欧式风格,奢华却不庸俗,张扬中透露着典雅。房顶的吊灯皆由整块水晶雕琢而成,家具都是名贵柚木或者沙比利木的,地面上铺着名贵的大理石地板。除此之外,别墅内还用了大量的罗马柱和欧式浮雕作为装饰。

就连见多识广的纪威都有些惊讶,他实在很难将眼前这座充满艺术气息的别墅,同那个言语粗鄙、放浪形骸的徐构联系起来。

专案组在短暂的惊叹后,迅速恢复了正常。他们依旧是两人一组,从别墅的一楼逐渐往上展开了搜查。

从来到这座别墅开始,徐虎的表情就极其不自然。这让纪威愈发确定,这座别墅里,绝对有徐构不想让别人发现的东西。

一箱箱年份茅台酒、一盒盒天价雪茄香烟、一幅幅价值不菲的名家书画、一捆捆崭新的百元大钞,琳琅满目的黄金饰品、造型奇特的玉器,燕窝鱼翅、冬虫夏草等保健品，以及难以清点的购物卡、加油卡、红包……陆续出现在搜查组面前。

各式各样的财物，陆陆续续地被搬到了客厅里。徐虎瞥了一眼这些堆满客厅的财物，脸上毫无波澜。

纪威有些诧异。

忽然，三楼的搜查组传来一声惊呼，随即慌忙喊道："纪书记，您快上来看看吧。"

纪威循声而至，在看向房间内的第一眼时，便被深深震惊到了。

这个房间设计得极为隐秘，不仔细看根本发现不了。房间内的布置也很简单，只有两排书架、一张床和一个超大的电视，电视之下还连接着一个影碟机。

但就是在这两排书架上，整整齐齐地摆放着近千张黄色影碟。

"变态！十足的变态！"纪威大骂了一声，顿时便明白了徐构"色金刚"绰号的由来。

徐虎拖着沉重的步伐也跟了上来，当他来到这个房间时，不由得长叹了一口气。

经过清点，仅在别墅中搜查出的现金，就有百万之多。徐虎瞥了一眼扣押清单，面无表情地签下了字。

"徐虎，我们还有一个搜查地点要去，需要你配合一下。"纪威直视着面色颓然的徐虎，带着些许请求地说道。

徐虎的脸色变得更加难看，当着别墅中的众人，他竟扑通一声朝着纪威跪了下来。

"纪书记，求求您，求求您别去……"徐虎涕泪俱下，哽咽着说道，"我大爷身体本来就不好，他知道我大哥的事情后，肯定接受不了。求求您，求求您千万别去……"

徐虎一边说着，一边向纪威连连磕头。

"我徐虎拿这条命跟您保证，我大爷家里，除了一些吃的和补品，没有任何值钱的东西。纪书记，我说的都是实话，求你们别去，求求你们！"

纪威闻言，心里也极不是滋味。他扶起徐虎，脸上露出一抹难色。

"纪书记,我给您写保证书,要是我大爷家藏了什么东西,我甘愿受到任何惩处。"

纪威看着徐虎,内心终于做了决断。

"你的这个请求,我不能立刻给你答复,我需要请示下上级领导。"纪威说完,拿着手机离开了别墅大厅。

电话里,纪威将目前的情况汇报给了冯琦。冯琦沉思片刻,缓缓说道:"纪威同志,我是这么认为的。惩治腐败,是我们纪检监察机关的职责。但我们的工作也要坚持政策策略、纪法情理融合。纪法是制度的体现,情理是思想的流动。在监督执纪执法中坚持纪法情理融合,对促进纪检监察工作高质量发展具有十分重要的意义。徐构父亲的情况确实特殊,我们应当灵活处理,在执纪执法中,注意找准法与情的平衡点。"

"我明白了,书记。"纪威笑道。

"徐虎,你能保证徐构父亲家中没有藏匿任何违纪违法财物吗?"纪威回到大厅,严肃地问道。

"我能保证,我绝对能保证!"徐虎连连点头,"我大爷是个十分正直的人,他对我大哥干的一些事十分反感。大哥之前给老爷子送过钱,送过黄金寿桃,东西都被他扔出来了。打那之后,我大哥只敢带着补品等吃的去看望老爷子。老爷子绝对不会允许我大哥在他家藏匿财物的,绝对不会!"

"徐虎,你听着,我们纪检监察机关虽是执纪执法的机关,但不是冰冷的机器。组织现在选择相信你,同意不去徐构父亲家搜查。但是我们希望,你没有说假话,不要辜负组织的信任。"

"不会的,我保证。谢谢您,纪书记,谢谢您……"未等纪威说完,徐虎已经激动得语无伦次。他再度跪了下来,一遍一遍地向纪威道谢。

"唉——"纪威叹了口气,无奈地摇了摇头。

"纪委的领导在吗?"别墅的门口忽然传来一声询问。

众人循声望去,只见一名坐在轮椅上的老人被人推着缓缓进入了别墅。

"大爷。"徐虎有些慌乱,连忙上前接过轮椅。

"您怎么来了?"徐虎试探着问道。

"哼!"徐构的父亲冷笑道,"那个浑小子一被抓,整个港上立马就传得沸沸扬扬，我想不知道也难！"

"唉——"老人忽然长叹了一口气，神色也变得愈发憔悴，"早就劝他走正道、走正道，他非不听，现在好了，好了啊——"

老人说着，眼泪顿时滑落了下来。

毕竟是自己的亲生儿子，又怎么可能不心疼。

"您就是纪委的领导吧？"老人擦干了眼泪，挣扎着上前，却一不小心从轮椅上滑落，摔倒在了地板上。

纪威和徐虎连忙上前，把老人搀扶回了轮椅上。

老人拉着纪威的手，声泪俱下："我对不起国家，没有把孩子教育好，让他闯下了大祸。他现在被抓起来了，是咎由自取，我不怪国家。"

老人一边说着，一边擦拭着眼泪。他从口袋里掏出一张银行卡，递给纪威说道："我这里还有些钱，都是这么些年我自己攒的，是干净的钱，算是我替孩子还上他贪污的那些。要是不够，我可以去给人补鞋、捡破烂，继续替他还，只求组织能给他一个改过自新的机会……"

纪威默默地转过身，眼泪从他的眼眶中滑落。饶是办了十几年案子的他，也不由得为之动容。专案组的其他同志见到这个场景，也都哽咽了起来。

"大爷您放心，我们纪检监察机关，一定会实事求是的。"纪威蹲下身子，将银行卡还给老人，慢慢说道。

"那就好，那就好……"老人不断地念叨着，任由徐虎推着轮椅，带他离开。

"党员、干部特别是领导干部，一定要慎独、慎微、慎初、慎终，耐得住平淡，经得住诱惑。一旦廉洁的防线失守，贪欲的洪水便会吞噬整个人生。身陷囹圄，毁掉的不仅仅是一个人，更是整个家庭……不得不慎啊！"纪威思考道。


纪威等人完成搜查、清点工作，已是午夜十一点。此时，松涛园"9·25"专案组的指挥室里，依然灯火通明。

"9·25"即9月25日，也就是对徐构采取留置措施的日子。专案组一般以留置日期来命名，一是为了保密，二是为了时刻提醒自己距离审查调查截止时间还有多少天。

纪威来到指挥室的时候，李太阿和其他专案组成员正通过监控指挥系统，密切注意着徐构的一举一动。

从日常行乐到仓皇出逃，从东躲西藏到众叛亲离，从被抓捕到被留置，徐构在这一天中，就像是坐了过山车一样，经历了太多的大起大落。

从被宣布留置的那一刻起，那个曾经嚣张跋扈到极点的徐构，就变成了一具被抽走了灵魂的行尸走肉。他面色苍白，眼神涣散，行动呆滞。从进入松涛园的那一刻起，他就像是自闭了一样，无论别人说什么，始终一言不发。

"这是精神崩溃了？"纪威指着屏幕上的徐构问道。

"这一天经受的打击太多，人一时没缓过来，现在还处于呆滞状态。"李太阿回答道。

"这很正常。"纪威没有丝毫担心，微笑着说道，"平日比较高调的人，在被留置后往往会一时接受不了。不用过分担心，这种人在短暂自闭后，会很快恢复过来。但要警惕的是，这种人往往极为固执，他们恢复正常后，会比平日里更难缠，给我们的审查调查工作带来极大的阻力……"

见纪威说得风轻云淡，众人紧绷的神经也逐渐放松下来。大家看着纪威，眼神里的敬佩之情愈发浓烈。

"同志们，祝贺你们啊。"一阵爽朗的大笑声从指挥室外传来，众人转过头望去，来人竟是省纪委副书记冯琦。

他大步流星地走进了指挥室，微笑着与众人一一握手。

"纪威同志，祝贺你取得了安澜港反腐史上的第一个'平型关大捷'啊。"冯琦握着纪威的手，大笑着说道，"了不起！"

"能打硬仗，敢于并善于'虎口拔牙'，咱们安澜市纪委监委的同志们都是好样的！"冯琦望着屏幕上半死不活的徐构，伸出大拇指称赞道。

"谢谢书记夸奖，我们市纪委监委有决心、有信心打赢这场反腐败攻坚战！"纪威掷地有声地说道。

"好，好，好。"冯琦一连说了三个"好"字，随后开口问道，"接下来，你们打算怎么做？"

纪威沉思片刻，随即缓缓说道："书记，我们是这么计划的：我们纪委监委宣传部正在撰写稿件,稍后会在我们的公众号上发布徐构被留置的信息,同时我们会让《安澜日报》等多家媒体进行转发。明天一早,全安澜市都会看到这条反腐信息,届时安澜港集团乃至整个安澜市的人,都会看到我们安南省纪委监委和安澜市委、市政府、市纪委监委的反腐决心和反腐能力……"纪威说着,胸涌万丈长虹,"我相信,届时我们反腐败工作的局面,一定会焕然一新!"

纪威的声音不大,却字字铿锵,每个字都仿佛有千钧之重。指挥室内的所有人,都为之一振。

凌晨一点,安澜市纪委监委公众号"安澜清风"上发布了一条消息:安澜港集团有限公司安保公司党支部书记、经理徐构涉嫌严重违纪违法,目前正接受安澜市纪委监委纪律审查和监察调查。

短短几行字,却有千斤之重。短短十分钟内,这条消息就被点击上千次,转发近百次。

无数人在睡梦中被电话吵醒,无数人蒙眬着双眼在极度兴奋和不可思议中点开了链接,无数人看着这条消息流下了泪水。

这条留置信息,如同是一枚深水炸弹,引爆了整个安澜市……

# 智斗『器金刚』

一

黎明，像是一柄利剑，划破了漆黑的夜，崭新的一天开始了。悬浮于天地之间的海雾，在阳光的照射下，顷刻消散一空。

寂静的街上逐渐变得热闹了起来，人潮慢慢汹涌，汽车的鸣笛声也随之喧嚣起来。

这是纪威来到安澜市以后，睡得最踏实的一夜。

留置徐构后，尽管各方面依然面临着不小的压力，但反腐败斗争的形式已经发生了根本性的转变。

成功留置徐构，就像是在敌人固若金汤的城池中，轰开了一道缺口。只要继续乘胜追击，攻陷这座腐败的城池就只是时间问题。

思及至此，纪威不由得笑了起来。

"嗡、嗡、嗡……"正在纪威思考间，他的手机再度铃声大作。

纪威看着显示屏上的"陈破山"三个字，疑惑地皱了皱眉，忐忑地按了下接听键。

"纪书记，出大事了，你快来看看吧。"电话的另一端，陈破山的声音很急迫，却又透露出一丝兴奋。

"大事？"纪威左思右想，一时间有些丈二和尚摸不着头脑。

"发生了什么事情，陈主任？你不要急，慢慢说。"纪威示意陈破山先冷静下来。

哪知陈破山非但没有冷静，反而更加急躁了起来："哎呀，书记呀，一句两句根本说不清楚，您快过来看看吧。"

"好，我马上去。"纪威听出了陈破山话中的急切，赶忙挂掉电话，顾不上洗漱、吃早饭，马不停蹄地往安澜港集团总部赶去。

一路上，纪威设想了无数种可能发生的情况，并在心里对每种情况都做好了预案。

他深吸一口气，准备应对一切突发事件。

纪威就是这样，从来都是抱最大的希望，尽最大的努力，做最坏的打算。带着些许担心和焦虑，纪威终于赶到了安澜港集团总部。透过车窗，纪威远远看到巡察组在集团总部设置的临时办公室，已经被身着安澜港制服的职工们围了个水泄不通。

纪威的心里咯噔一下，暗道一声："坏了。"

大门口的保安，看到纪威下车，远远地就打开了大门，并在纪威经过的时候，敬了一个标准的军礼。

纪威愈发诧异，却也不失礼貌地朝保安点了点头。

一路小跑，纪威终于来到了临时办公室门口。正在拼命向职工们解释着什么的马百里看到纪威，顿时眼前一亮，如同走失的孩童看到了父母一般。

他拼命地挤开七嘴八舌的人群，费了好大力气才"突围"到纪威面前。

"书记，您……总算……是来了……"马百里上气不接下气地说道。

"小马，这是怎么了？"纪威的面色有些难看，他指着拥挤的人群，小心翼翼地问道，"这是……来闹事的？"

"不是的……书记……"马百里掐着腰，喘着粗气说道，"他们……都是来……反映问题的……"

纪威闻言，长舒了一口气，一颗已经提到了嗓子眼的心瞬间放了下来。

"他们……不到七点，就来咱这里等着了。老陈主任、小陈科长、万科长、任科长……大家都在记录他们反映的各种问题……"

纪威挑了挑眉毛，笑道："那老陈主任非把我叫来，是有什么事？"

"哦，是这样的。"马百里一拍脑袋，"有几个人非要直接跟您反映问题，陈主任怕他们要说的问题很重要，又怕他们等不及走了，所以才给您打了电话。"

"原来如此。"纪威点了点头，脸上露出了一个如释重负的微笑，他拍了拍马百里的肩膀说道，"你去找行政部的贾聪部长，再问他要间会议室，然后过来跟我一起接待来反映问题的职工。"

"好咧——"马百里笑着回答道。

贾聪坐在办公桌前，满脸阴沉，心里郁闷到了极点。

一大清早，尚在睡梦里的贾聪，就接到了集团保卫科的电话，说是有几十名职工在得知徐构被留置后，直接硬闯了集团大门，要求到巡察组的临时办公室反映问题。

贾聪一听,顿时困意全无。徐构已经被留置了,若是再出什么事,"大王"还不得弄死他。

思虑至此,贾聪根本顾不得其他了。他跳下床,胡乱地把衣服套在身上,便急急忙忙地赶往集团办公楼。

当他赶到的时候,举报热情空前高涨的职工们早已经突破了保安的封锁,冲进了集团办公楼内。

贾聪好说歹说,用尽各种方法劝阻,却根本没有任何作用。

此时的贾聪才明白"大王"扶持、提拔徐构的用意,也忽然了解了之前那个嚣张跋扈、吊儿郎当的徐构的作用有多大。

若是此时徐构尚在集团,借这帮人八百个胆子,他们也不敢冲到集团总部来。

"唉——"贾聪长吁短叹着,仿佛有无穷无尽的烦心事压着他,却又无人诉说。

"咚咚咚……"一阵急促的敲门声响起。

"请进。"贾聪有气无力地回答道。

马百里推门而入,有些拘谨地说道:"贾部长,您好!纪书记请您帮忙找一间安静的会议室,他要亲自接待来反映问题的职工。"

听闻"纪书记"三个字,贾聪像川剧变脸一般,立马换上了一副喜悦的面孔,先前的愁容如同被扔到了马桶里,随着抽水按钮的按下,瞬间消失。

他满脸堆笑地对马百里说道:"好的,马科长,我马上安排。"

工作效率像是提高了数十倍,短短十分钟后,贾聪就准备好了一间位于三楼的会议室。

马百里进入会议室的瞬间,脸上浮现出了一抹难以置信的神色。会议室的桌子上,竟摆放着两盘干果,两个白瓷茶杯里也正冒着丝丝热气。

"什么时候服务得如此周到了?"马百里满脸问号。

纪威带着两名安澜港集团的基层职工走进会议室,贾聪满脸谄媚地笑了笑,然后识趣地带上门,默默离开了。

"哟,今天这待遇不低啊,小马。"纪威指着那两盘干果笑道。

"是很奇怪。"马百里脸上微红，有些局促地说道。

纪威将两盘干果端到了一旁，又用纸杯为两名职工倒了两杯热水。两名职工连忙起身接过热水，满脸抑制不住的激动。

"两位同志，你们有什么问题，现在可以说了。"纪威打开笔记本，微笑着说道。

"呃……是这样的…书记。"一名职工磕磕巴巴地说道，"我们……是集团下属……建材……公司……的职工……我们要……举报……我们经理……"

纪威冲两人笑了笑，抬起手示意他们喝口水。

"两位同志，咱不用紧张，慢慢说。"

在纪威的安慰下，两人抿了一口纸杯里的水，紧张情绪渐渐消除，神情也变得自然了起来。

"是这样的，领导。我们经理叫平裕诚，我们怀疑他跟建筑商勾结，收黑钱！"

"哦？"纪威闻言，顿时来了兴趣，继续追问道，"咱能具体说说吗？"

"我经常看到有人傍晚开着奔驰、宝马之类的豪车来接他去吃饭……"留着平头的中年男子一边说着，一边思考道，"上次中秋，我还看见卖沙子的那个老板，往他车的后备厢里搬了两箱茅台……"

纪威一边听着，一边在笔记本上仔细地记录起来。

两名职工看到纪威认真的神情，像是受到了极大的鼓舞，将他们看到的、听到的，还有道听途说的消息，全部反映给了纪威。

自始至终，纪威都保持着微笑，耐心地听着。

半小时后，两名职工实在是没有什么可说的了，于是起身离开。纪威揉了揉有些酸疼的手腕，若有所思。

这一整天，巡察组全员上阵，从早到晚，接待了几十名反映问题的基层职工。

"我过去五年写的字，都没有今天写的多。"反映问题的职工散去后，陈齐物趴在桌子上，不断地揉着自己的手腕。

任巨阙的情况也没有好多少，他看着桌上已经用完的两支碳素笔，满脸的生无可恋。

傍晚的余晖彻底隐没于漆黑的夜色里，皎洁的明月爬上了枝头。

海港区纪委监委谈话点，再度人声鼎沸了起来。巡察组的成员们虽然满脸疲惫，但眉宇之间却充斥着一丝小兴奋。

纪威抱着一箱泡面出现在众人面前，笑道："今晚的加班餐，我请了。"

众人笑了起来，小会议室里充斥着愉快的氛围。

"相信大家今天都看到了，安澜港集团职工们的反腐热情空前高涨。他们已经被我们的实际反腐行动所打动，选择相信我们，把胸中积压已久的不平事吐露给了我们。我们决不能辜负他们的信任。"纪威说着，微微动容，"要尽全力肃清安澜港集团的贪腐势力，还职工们一个风清气正的安澜港！"

纪威的话音落下，小会议室里变得鸦雀无声。众成员皆被纪威的话所打动，默默地将心中的激荡化作了工作的动力。

## 二

一夜无眠，东方破晓。

在纪威的带领下，巡察组对安澜港职工们反映的问题进行了仔细筛选、认真整理，最终形成了一份几十页厚的报告。

纪威将报告平铺在桌子上，一边打着哈欠，一边逐页核对着，生怕遗漏了哪条线索。

不多时，陈齐物和任巨阙拎着数塑料袋的包子、油条、米粥等早餐出现在了小会议室门口。

"书记，吃饭吧。"陈齐物向上提了提手里的包子，有气无力地说道。

"好。你们先吃。"纪威头也不抬地回答道，"我再核对一遍，下午去向冯书记汇报。"

陈齐物应了一声，随即往餐厅走去。

"哎，小陈，等等。"纪威忽然想起了什么，连忙喊住了陈齐物。

"一会儿，你跟小马去查看一下我们安装的那几个举报信箱。"纪威故作神秘地说道，"我有种直觉，信箱会给我们带来新的'惊喜'。"

"好的，书记，我现在就去。"陈齐物闻言，脸上的疲惫一扫而空，顷刻又兴奋了起来。

纪威无奈地摇摇头，摆摆手笑道："不急这一会儿，吃完早饭再去。"

陈齐物本就是一个十足的"工作狂"，听闻信箱里可能有举报信，哪里还顾得上吃早饭。他拉起正躺在沙发上补觉的马百里，就往信箱的位置赶去。

可怜正在与周公下棋的马百里，在尚未搞明白发生了什么的情况下，就被陈齐物连拖带拽地拉上了车。

一脸蒙圈的马百里坐在车上，哈欠连连，眼神中满是迷茫。

八年车龄的老捷达，在陈齐物猛踩油门之下，发出阵阵轰鸣，片刻后呼啸着冲了出去。

马百里没有听到纪威的"预测"，所以并未抱多大的希望。当拿出钥匙打开举报信箱时，他顿时惊讶得差点跳起来。

原本空空如也的信箱里，已经被一封封的举报信塞得满满当当。打开信箱的那一刻，无数封举报信如同雪崩一般，从信箱里滑落了出来。

马百里顿时不困了！

他转过头跟陈齐物对视了一眼，两人都看到了彼此眼中的惊愕和不可思议。

公文包被举报信塞得满满当当，两人像是丰收的农民一样，满脸喜悦地返回了海港区纪委监委谈话点。

"看来收获颇丰啊。"纪威的脸上流露出一个玩味的笑容。他指了指已经清理干净的会议桌，努了努嘴。

陈齐物和马百里举起文件包，如同农民晒粮食一般，把举报信一股脑地倒在了桌子上。

"哇！"会议室里的其他巡察组成员见状，不由得发出了一声惊呼。

陈破山走上前，随手拿起一封举报信笑道："同志们，撸起袖子继续干吧。"

众人纷纷笑了起来，疲倦感消散，干劲十足。

傍晚夕阳落山的时候，一份足有四十八页厚的新报告，出现在了冯琦的办公桌上。

看着顶着两个熊猫眼，满脸疲惫却异常兴奋的纪威，冯琦不禁摇了摇头。

"报告我先看着，给你和巡察组的同志们放一晚上假，抓紧回去休息。"冯琦的目光，如同船锚一般深深地钉在了报告上，他头也不抬地对纪威说道，"今晚绝对不能再加班了！"

说完，冯琦极不放心地抬起头，直视着纪威，又一字一顿道："这是政治任务。"

"知道了，书记。"纪威笑了笑，带上门转身离开。

难得的休息时间，纪威却一刻也没有闲着。巡察组的成员们都离开后，纪威独自坐在小会议室里，拿着报告仔细分析了起来。

此次收到的举报信和职工反映的问题虽然很多，但大多数问题都集中在某几个人身上。

纪威拿出一张 A4 纸，在上面慢慢地写下五个名字。他有种预感，除徐构以外的另三位"金刚"，绝对在这五人之中。

他的眼神愈发明亮，仿佛是黑暗中的一盏明灯，给世间带来了光明和希望。

悟禅山庄宴会厅里，眼镜男、中年男子和"地中海"男，心情沉重地坐在餐桌前。满桌的山珍海味，散发着诱人的香气，三人却提不起丝毫兴趣。

不多时，气质出众的高马尾女子，陪着一位表情严肃的老年男子款款而来。坐在餐桌前的三人看到老年男子时，慌忙起身，鞠躬问好道："'大王'。"

"大王"点了点头，缓缓落座，然后摆了摆手，示意三人坐下。三人都无比恭敬地看着"大王"，等待他的指示，那眼神如同渴求知识的小学生一般。

高马尾女子轻抚了一下高档旗袍的裙摆，挨着"大王"坐了下来。她拿起镶嵌着红蓝宝石的高档茶壶，为"大王"倒了一杯茶水。

茶水不冷不热，温度正好。"大王"端起茶杯，轻饮了一口。

"小构子的事，大家都知道了吧？""大王"长叹了一口气，痛心道，"纪委监委这帮人不是傻瓜，相反的，他们的能力和素养都是一流的。我们在自己的主场、在暗处、在占据主动的情况下，却让对方来了一手声东击西，把小构子办进去了。"

这时，"大王"摇了摇头，情绪忽然变得无比激动："这是奇耻大辱！"

高马尾女子极有眼色地为"大王"添满了茶水,"大王"端起茶杯,颇为豪迈地将杯中的茶水一饮而尽。

"现在我听说,港上的职工们都反了天,几十号人纷纷跑到巡察组的临时办公室反映问题。""大王"极其烦躁地捏着眉心,带着些许担忧说道,"他们虽然掌握不了实质性的证据,但难免会听到些什么。据我观察,负责这次专项巡察工作的市纪委书记纪威,极擅长抽丝剥茧,于微小处发现大问题。所以,大家一定要小心谨慎,务必安稳地度过剩下的专项巡察时间,决不能再犯小构子那样的错误。"

"这个纪威有那么神吗?"眼镜男撇了撇嘴,满脸的不屑。

眼镜男是一个优秀且骄傲的人,听闻"大王"对纪威如此高的评价,心中难免产生不服气的情绪。

"不可大意!""大王"盯着眼镜男,声色俱厉道。

"知道了,'大王'。"眼镜男嘴上回答着,心里却愈发不服气。他在心里暗暗发誓,若有机会,一定要跟纪威来上一场"智斗",看看到底谁才是真正的智者。

几人围在桌前,一边吃着美味佳肴,喝着年份茅台,一边讨论着接下来应对纪威的办法。

不知不觉间,夜色已深。

高马尾女子看了一眼手腕上价值百万的百达翡丽手表,然后拉着"大王"的手,娇嗔道:"'大王',时候不早了,您该休息了。"

女子说着,脸上泛起一抹少女般的娇羞,如同是含苞待放的玫瑰,看得"大王"心神荡漾。

其他三人见状,连忙起身告辞。

松涛园的留置室里,徐构四仰八叉地躺在床上,眼神呆滞地盯着雪白的天花板。

这是他被留置的第三天,也是他心态发生变化的转折点。初被留置时的恍惚和不知所措已经散去,情绪开始渐渐稳定下来。

"徐构这是怎么了?为什么还未到休息时间就躺下了?"李太阿和赵赤霄

走了进来,朝着看护民警问道。

看护民警回答道:"早上让他起床的时候,他说自己头晕,后来又说自己头疼。总之,无论怎么劝说,他就是不起来。"

"值班医生来看过了吗?"李太阿眉头紧蹙地问道。

"医生已经来看过了,说他根本没事,就是纯粹不想起来。"

徐构听着李太阿和看护民警的对话,悄悄地偷瞄了李太阿一眼,心里暗暗盘算了起来。

不起床是他的计划,目的就是激怒专案组的办案人员,诱使他们殴打自己,在恶心办案人员的同时,名正言顺地装病。

本以为李太阿会大发雷霆,最不济也得踹一踹他的床,却未曾想,李太阿非但没有生气,反倒在他的身旁蹲了下来。

"徐总,果然挺会玩儿啊。"李太阿一语双关地笑道。

这话像是戳中了徐构的某根敏感神经,徐构一下子泄了气。他翻身坐了起来,慢慢腾腾地下了床,哈欠连连地挪腾到了谈话桌前的小凳子上。

"徐构,今天我不跟你谈话,也不跟你聊别的,我就跟你强调一点,那就是这里的纪律!"李太阿的话音突然升高,吓得徐构一个哆嗦,"经省纪委监委和市委同意,你已经被市纪委监委依纪依法采取留置措施。在被留置期间,你必须积极配合好看护民警的工作,按要求作息!绝对不能出现像今天这样无组织无纪律的行为!"

李太阿说完,转过头对看护民警说道:"以后他若不起床,就卸掉他的床铺,把他拖到地上,看他怎么睡!我们要文明办案,但不代表我们会无底线地纵容被留置对象!"

李太阿面色如霜,语气如剑。

徐构闻言,见李太阿不像是在跟他开玩笑,不由得在心里暗叹了一声。他默默地低下了头,死死地盯着自己的脚尖,一言不发。

"另外,徐构,我在这里奉劝你一句,目前我们专案组已经掌握了你大量的违纪违法事实,你现在任何耍小聪明的行为,都是徒劳的。只有向组织坦白,并积极揭发检举他人,争取宽大处理,才是你最好的出路。我今天给你交个底,你爱说说,不爱说拉倒。自从你被留置后,你那些商人朋友,已经争先恐后地到专案组来自首了，他们积极地检举揭发你，把所有事情都推到了你的身上。"

看着徐构满脸的愤怒，李太阿没有给徐构任何说话的机会，说完便起身准备离开。临走时，他给徐构留下了一句颇有深意的话："出路已经给你说得很透彻了，如何选择，你自己看着办。"

徐构看着李太阿离开的背影，恨得咬牙切齿……

## 三

一场不大不小的雨，在厚厚云层的裹挟之下，直扑安澜市。

所谓"一场秋雨一场寒"，这场雨之后，安澜市的气温下降了不少。仅着衬衫的纪威，坐在早餐店的角落里，感觉身上一阵发冷。由于时间仓促，纪威只带着几件夏装就来到了安澜市，后又被繁重的工作缠住了身，一直未能回家更换衣物。

"得抽空去买一件外套。"纪威喝了一口滚烫的米粥，暗暗思索道。

一阵沁人心脾的特殊香味，不知从何处飘来，纪威刻意嗅了嗅，觉着这香味似曾相识。

不多时，香味的主人也走进了早餐店内。不知是凑巧还是刻意，她迈着款款莲步，直奔纪威的方向而来。

纪威本能地抬起头，映入眼帘的是一个气质极为出众的女子。

女子身着一袭紫色的丝绒旗袍，扎着高高的马尾；身形有些偏瘦，身材却凹凸有致；一双水汪汪的大眼中包含着万种风情，虽然眼角的鱼尾纹悄悄暴露了她的年龄，但依旧令人惊艳。

女子的着装、气质都与这家简陋的早餐店格格不入，一瞬间便吸引了店里所有人的目光。

纪威看着女子，微微蹙眉，心里暗暗警惕起来。

如果把这家早餐店比作一幅画，那么这名高马尾女子的出现，便使得这幅画极为不自然，甚至可以说是破坏了这幅画的整体布局。

事出反常必有妖。果然，女子端着一碟包子和一碗米粥，径直来到了纪威面前，柔声细语般地问道："你好，我可以坐在这里吗？"

女子俏皮地朝纪威眨着眼，眼睛里仿佛藏着一片星空，在一闪一闪地放着光芒，令人不由自主地心生怜悯。

纪威拿起一个包子，一口咬下了大半，一边咀嚼，一边含糊不清地说道："不可以。"

女子微微一愣，似是难以相信自己的耳朵。片刻后，她摇了摇头，坐在了纪威的左侧。

纪威风卷残云般地吃完早餐，起身招呼老板结账，自始至终都没有多看女子一眼。结完账，纪威强忍着寒意走出早餐店。

女子放下手中的筷子，左手托腮，眼神紧随纪威而去。直至再也看不到纪威的身影，她才收回目光。

女子脸上泛起一抹意味深长的微笑，自言自语道："有意思。"

不到八点，巡察组的成员们就早早到达了海港区纪委监委谈话点。等纪威到达的时候，小会议室里已经坐满了人。成员们看着纪威，目光中满是期待。

纪威没有丝毫寒暄，也没有丝毫拖泥带水，他笑着看着众成员，慢慢说道："看来大家都已经等不及了嘛，废话不多说，我们开始开会。"

从公文包里拿出材料，纪威一边翻着一边说道："今天早晨，冯琦书记简明扼要地说了一下他的思路……"

纪威说着，如同变魔术一样，从身后拉出一块移动白板。

白板是刚刚购买的，还散发着一股塑料味。纪威拿出一支黑色的油性记号笔，在白板上写下了两个名字。

"平裕诚。"

"邢冬。"

纪威一边写着，众成员一边读了出来。

"是的。"纪威合上笔盖，笑道，"冯琦书记看过报告后，觉得他们两人的问题线索比较具有可查性。我也是这么认为的，现在想听听大家的看法。"

纪威笑了笑，伸出手做了一个"请"的动作，然后坐在了会议桌前。

"既然书记这么说了，我就先来抛抛砖，谈谈自己的看法。"崔湛卢笑着站了起来，走到白板前，用手比画着说道，"邢冬，安澜港集团副总兼物资与贸易公司（简称"物贸公司"）经理。职工们都反映他酗酒成性，每日醉生梦死；购买劣质设备，以次充好，疑似赚取回扣；还有就是增设了本就不该存在的'短倒'业务。"

崔湛卢说完，顿了顿继续说道："平裕诚，建筑与材料公司（简称"建材公司"）经理，工学博士，享受国务院特殊津贴，是一名专家型领导。年轻的时候，曾被称为'安澜港第一笔杆子'，先后做过徐建设、梁绵韧的大秘，各项能力极强。职工们反映他存在的问题是：上班时间外出搞摄影、打乒乓球，经常让人找不到，耽误工作；把一些港上可以自己干的活，高价外包了出去；常年与在港上承揽工程的老板们勾肩搭背，疑似存在利益输送。"

崔湛卢介绍完基本情况，喝了口水，又继续说道："职工们反映问题线索的热情很高，但提供的线索都是一些表面上的情况，可查性相对较差。要想进一步补充证据材料，我们要做的工作还有很多。我的建议是，从平裕诚入手。建筑工程和材料供应行业，涉及方方面面的事情，每件事情都有利益输送的可能性。而且，建材公司与其他安澜港集团的二级公司业务联系较多，深入调查它，相当于用另一种方式扩大覆盖面，极有可能给我们带来更多线索。"

纪威听完崔湛卢的建议，连连点头，心想：不得不说，老同志看问题的眼光，还是很毒辣的。

崔湛卢说完，陈破山也站了起来："我觉得老崔说得有道理。建筑行业历来都是赚钱捞钱的热门行业，我认为，想要发不义之财的人，首要考虑的行业就是建筑与材料行业。在安澜港集团想要发这两个领域的财，绝对绕不开平裕诚。"

崔湛卢和陈破山说完后，所有人都觉得有道理，纷纷点头表示赞同。

纪威见众人都同意，便重新站起身。他擦掉邢冬的名字，然后在白板上贴上了一张照片，说道：

"既然大家的意见达成一致，那么我们接下来，工作重点就放在这个平裕诚身上。在工作正式开展之前，我要强调几点：一是我们是巡察组，不是专案组。我们的任务是发现并补充问题线索，然后移交给案件监督管理室，由他们决定谁来调查。切不可越俎代庖，直接进入调查程序。二是从这个线索开始，老陈主任、小陈、巨阙、镇岳和棠溪，你们要做好随时加入专案组的准备。"

周棠溪闻言，抬起头，有些诧异地望向纪威。

纪威解释道："因为你们本身就是常年奋战在反腐败工作一线的纪检监察干部，业务能力强，现在又熟悉线索情况，所以，当问题线索补充得差不多了的时候，你们直接参与到专案组中，能够起到事半功倍的效果。"

"哦、哦。"周棠溪恍然大悟般地点了点头，继续专心记笔记。

"三是我们虽然以补充重点线索为主，但巡察的本职工作也不能放下，日常收取举报信、跟职工进行谈话、调取相关资料和账目等工作，也不能松懈。"

众人点点头，表示同意。

经过讨论，巡察组的成员们重新分成了两组：一组由纪威亲自带领，补充核查平裕诚的相关问题线索；另一组由崔湛卢带领，继续开展巡察日常工作。

会议结束，巡察组的成员们尽皆精神抖擞。他们昂首阔步地踏上中巴车，再度前往安澜港集团总部。

会议室再度安静了下来，纪威独自站在白板前，看着平裕诚的名字，捏着下巴，眉头微蹙。

不知为何，纪威忽然生出一种预感。他感觉这位平裕诚经理将会是一个极其难缠的对手，至少比徐构要难缠百倍。

纪威又坐了下来，拿起平裕诚的资料，再度研究了起来。

为将者，讲究谋定而后动。在没有万全准备下贸然出手，只会打草惊蛇、贻误战机。这是纪威从与徐构的斗争中总结出的经验。

"留置徐构后，隐藏在安澜港集团背后的贪腐势力，必定已增强了戒备。直接大张旗鼓地充实证据，势必会遭到他们的故意破坏。现在这个局面，有些棘手啊……"纪威把身子靠在椅背上，有些疲惫地闭上了眼睛。

蓦地，一抹灵光在纪威的脑海中闪过，纪威有些激动地坐了起来。

资料上显示，这位平裕诚经理，是一个极有生活情趣的人。摄影、运动、收藏，样样爱好，样样精通。而这几个爱好，不管哪一个都十分烧钱，没有百儿八十万打底，别说精通了，就是入个门都难。

"就从这个方向作为主要切入点。"纪威一下子跳了起来,一边来回踱着步,一边自言自语道,"不能暴露直接目的,在调查的同时,还要多放几个'烟幕弹'。"

定好了大致方向,纪威的脸上再度洋溢起灿烂的笑容。

## 四

秋雨停歇,日光重临。

在和煦的午后暖阳中,安澜港集团建材公司迎来了几位特殊的客人——纪威和他的组员们。

平裕诚想象过无数次与纪威见面的场景,总觉得见面会是在专项巡察的最后几天,始终没有想到会像此时这般突然。

从纪威进门的那一刻起,平裕诚便开始仔细地打量起纪威。纪威也没有藏着掖着,也在同时打量着平裕诚。

两人虽尚未有互动,但眼神上的交锋早已开始。

平裕诚身材修长、高高瘦瘦,虽已人到中年,却没有半点肚腩赘肉。俊朗的五官,打理得一丝不苟的头发,再配上得体的银灰色西装和金丝眼镜,让他看起来仿佛是刚走完红毯的大明星,全身散发着高贵的气质。

纪威一直觉得自己是个注意形象的人,但今天见到平裕诚,竟有些小巫见大巫的感觉。

平裕诚见到纪威等纪检监察干部,神色平静,没有丝毫慌乱。他主动走上前,伸出右手,朝纪威笑道:"都说握着纪检干部的手,浑身上下都发抖。今天,这个困惑我很久的说法,我终于可以亲自验证一下真假了。"

"好一个先声夺人。"纪威暗暗赞叹道。

"平总真是幽默。"纪威笑道,"发抖的,那都是些贪腐分子。平总'光明磊落',何惧跟我们纪检干部握个手,就是拥抱亦会稳如泰山。"

说完,纪威张开双臂,做了一个拥抱的动作。

办公室里的人都笑了起来,原本有些紧张的气氛一下子轻松了起来。平裕诚见状,望向纪威的眼光中,竟然带了几分欣赏。

招呼纪威、任巨阙和马百里坐下后，平裕诚亲自为三人泡茶。

茶叶被冲开的瞬间，沁人心脾的茶香四溢而出，铺满了整间办公室。茶泡好后，平裕诚为纪威等三人各倒了一杯茶水。

纪威拿起茶杯，浅抿一口赞叹道："明前龙井，果然好茶。"

平裕诚像是忽然意识到了什么，有些尴尬地笑了笑。

"平总果然是个精致的人。"纪威不依不饶地指了指平裕诚办公室的布置笑道，"您这办公室，都快赶上小半个植物园了。"

任巨阙循着纪威的手指向四周望去，这才发现平裕诚的办公室里摆满了转运竹、巴西木、龟背竹等各种各样的绿植，满屋春意盎然。

平裕诚面对纪威看似无心的"笑谈"，脸上波澜不惊。他笑了笑，说道："都是些不值钱的花草，哪敢跟植物园的相比。只是觉得把办公室弄得有生机一些，能提高工作效率，更快地完成领导部署的工作。"

一句轻描淡写的话，就化解了纪威询问中的深意，纪威不由得对平裕诚有些刮目相看。

见寒暄得差不多了，纪威便开门见山、直切主题。他笑着问道："平总，我们这个工作性质，决定了我们无事不登三宝殿。今天过来，是想调取些材料。"

说着，纪威冲任巨阙抬了抬手，示意他把文书和资料清单拿出来。

任巨阙点了点头，将材料递给了平裕诚。平裕诚拿着文件，礼节性地瞟了一眼，随即拿起桌上的座机拨了出去："郭经理，麻烦你来一下。"

不多时，副经理郭成峰匆匆赶来。他神色有些紧张，鼻尖冒着细汗，大口喘着粗气，似乎很着急，但这份着急中又带着一丝刻意装出来的畏惧情绪。纪威打量着这位肚子微微凸起，发际线开始后移的副经理，脸上流露出一丝诧异。

"这位是我们公司的郭副经理，书记您有什么指示尽管吩咐。"平裕诚介绍道。

"平总言重了。"纪威笑道，"巨阙，你和小马跟郭经理去调阅材料吧，我在这里跟平总聊聊天。"

任巨阙和马百里点点头，起身离开，办公室里只剩下了平裕诚和纪威两人。

这正是纪威想要的。

一个人无论如何善于伪装，当他独自面对另一个人时，往往会在不经意间暴露出自己的真实性格。

纪威此行的目的，并不只是调取材料，更重要的是通过短暂的相处，判断平裕诚的大致性格，从而量体裁衣，制定一套专门针对平裕诚的核查方案。

见纪威一直盯着自己，平裕诚的脸上闪过一抹不悦的神色。

虽然时间极短，但这一抹不悦还是被纪威捕捉到了。纪威故意站起身，像一名参观者一样，漫无目的地打量着平裕诚的博古架和茶几上的摆件。

"平总的博古架上的这些紫砂壶，看着个个都不是凡品啊，一看平总就是这方面的专家。"纪威随手拿起一个南瓜造型的紫砂壶称赞道。

"哪里，哪里，书记谬赞了。那不过就是个普通的紫砂壶，书记若是喜欢，送您便是。"平裕诚嘴上说着，脸上毫不掩饰地流露出一丝笑意。

"君子不夺人所爱。再说了，我平日里连茶都不喝，这么好的紫砂壶放我手里就糟蹋了。"

纪威继续踱着步，参观着平裕诚的各种收藏，并不时评论几句。虽看似无意的话，却句句都透露着对平裕诚品味的称赞。

平裕诚挑了挑眉，面上虽无喜色，心里却有些小得意。像他这样的"高端收藏家"，最喜欢的就是别人夸他专业。

纪威抓住这个时机，像是小学生一般，虚心地请教道："平总，我看您这儿的紫砂壶不少，可否请教下，什么样的紫砂壶才算是一把好壶？"

平裕诚闻言，微微惊讶，脸上浮现出一抹得意的神色。他轻吸了一口气，像是在刻意压制自己的某种情绪。但他眸子里闪动的光芒，还是暴露了他真实的情感。

平裕诚顿了顿，故作高深道："茶壶是泡茶的核心器具，壶的大小、泥料、形制都会影响茶的香气和韵味。明代主张壶器以小为贵，壶小则香不涣散，味不耽搁……"

像是一个不得志的儒生一般，平裕诚开始侃侃而谈。纪威听得云里雾里，只能"嗯、嗯"地附和着。

见纪威听得敷衍，平裕诚顿时没了高谈阔论的兴致。

纪威尴尬地笑了笑，随即转移话题，聊起了建材公司近几年的经营情况。两个人一问一答，有一搭没一搭地讲着官话，气氛一下子沉闷了下来。约半小时后，任巨阙和马百里调取完了相关材料，纪威轻舒一口气，起身告辞。

平裕诚也起身相送，一直把几人送到了车前。

"平总，请留步。我们下次见，再见。"纪威笑道。

"再见。"平裕诚的脸上洋溢着有些虚假的笑容。

他站在办公楼前，不断地冲着轿车挥手告别，直到轿车彻底消失在视野里，才转身返回，嘴里嘟囔道："再见？谁愿跟你们这帮干纪检的再见！"

纪威看着窗外飞速向后退去的景物，有些疲惫地仰起头靠在椅背上。

纪威和平裕诚的这次初见看似和谐融洽，实则暗流涌动。在精神层面上，两人已经交锋数次。纪威在试探平裕诚，平裕诚也同样在试探纪威。

不过，此次初见也不是没有收获。至少，纪威已经可以确定，平裕诚表面上温文尔雅，实则极有魄力和手段，绝非善茬。而那个郭副经理，表面上唯唯诺诺，实则是在伪装着什么。平裕诚和郭成峰之间，似乎有着一种很微妙的关系。

除此之外，从平裕诚办公室的摆设、使用的器具和他对一些风雅器物的了解来看，此人绝对是一个极其重视生活品质、极有生活情趣的人。

这样的人，往往会痴迷于某些事物。为了达成目的，他们可以一掷千金，可以丧失底线，甚至可以不择手段。

这样的人，也往往极为自负。他们会在某些方面取得极大的成就，成为某一个领域的专家，但也往往刚愎自用、自以为是，听不进别人的劝告。这样的人，个人能力极强，心思缜密，难以对付；但同时，容易被胜利冲昏头脑，变得飘飘然。

纪威闭着眼睛，默默地在心里分析着平裕诚的行为和性格。

见微知著是他极为擅长的事情，也是他克敌制胜的法宝。

今天的种种情形，已基本验证了他先前的判断。接下来，继续按照原定计划往前推进就可以了。

思及至此，纪威的脸上流露出一抹浅笑。

## 五

加班加点甚至通宵达旦工作，是纪检监察工作的常态。看着面前厚厚的项目资料，马百里终于明白了这句话的真正含义。

自专项巡察工作开始以来，他基本上每天都会加班，甚至有好几天都加了整整一个通宵。

"嗡嗡嗡……"一旁的电话忽然响了起来，马百里看了一眼屏幕上的来电显示，抓起手机飞快地跑出了办公室。

"你们怎么又加班？你们怎么天天加班？"电话的另一端，马百里的女朋友在得知马百里又要加班后，积蓄了几天的怒火，瞬间如同火山喷发。

她不明白，为什么马百里要天天加班，为什么"八小时之外"他还有那么多工作要做，为什么他不能正常陪她……

女孩越想越委屈，觉得加班什么的都是马百里不想陪她的借口。无论马百里如何解释，她就是听不进去。

马百里不断地道着歉、不断地做着保证，可对方就是不依不饶。最终，女孩挂断了电话，徒留马百里站在角落里黯然神伤。

纪威恰巧看到了这一幕，内心五味杂陈。他默默走上前，怀着满心的愧疚，轻轻地拍了拍马百里的肩膀。

经过众成员一夜的努力，安澜港集团建材公司近十年的合作资料被分类梳理了出来。

纪威强打着精神，认真听着崔湛卢的汇报，却一直哈欠连连。

"自2013年至今，虽然有近百家企业承揽过安澜港集团的工程建设项目，但绝大部分公司都只干了些边角工程。而大头几乎都被三家公司瓜分了，它们承揽的业务量几乎占所有业务量的百分之七十……"崔湛卢脱稿汇报道。

"哪三家公司？"纪威眼神中闪过一抹光亮，瞬间困意全无。

"锐笠建设有限公司、奇峰园林工程有限公司，以及白莲花集团有限公司。"

"哪家公司承揽的业务量最多？"纪威问道。

崔湛卢偏了偏头，沉思片刻后回答道："总量上都差不多，彼此之间差距不大。"

"很好。这一夜，我们没有白熬。"纪威说着，下意识地瞟向马百里，又把目光迅速收了回来。

"崔组长，今天咱巡察组继续到建材公司进行座谈，谈话的主要方向是这三家公司的相关背景，以及公司实际控制人与平裕诚的关系。"

崔湛卢闻言，点了点头。

纪威又把目光转向了陈破山，笑道："陈组长，今天需要麻烦您带着小陈同志跑一趟市行政审批局，查一下这三家公司的前世今生。再回委里申请下手续，查一下自我们开展专项巡察以来这三家公司的老总的通话记录。"

"好的，书记。"陈破山回答道。

纪威点了点头。随后，他带着相关材料，往冯琦的秘密办公点赶去。

"'骄兵计划'？"冯琦翻看着纪威的调查方案，面露诧异。

他摘下鼻梁上的金属眼镜，用右手拇指和食指不断地揉捏着眉心，神情有些疲惫。

片刻后，冯琦重新戴上眼镜，指着桌上的方案，颇为郑重地问道："这个计划，你有几成把握？"

纪威沉思片刻，随后坚定地回答道："七成！"

"好。"冯琦思考片刻后，像是下了很大的决心，最终拍板道，"我同意你的方案。"

冯琦说着，慢慢地站起了身，他凝视着纪威，情绪有些激动："虽然我同意，但切记谨慎行事。这个案子的一切线索都系于这份有些冒险的计划上，一旦失败，我们可就前功尽弃了。"

纪威郑重地点了点头，说道："请书记放心，我一定谨慎行事。"

纪威离开市纪委办公区不久，第八审查调查室主任李纯钧就收到了案件监督管理室移送的案件线索。

经过集体讨论、线索研判后，第八审查调查室全员出动，开赴松涛园专案组办公室，与纪威完成了会师。

此次专案组的阵容极为强大，除了第八审查调查室的全体成员外，还有专门从巡察组抽调过来的陈破山和周棠溪。

空前的阵容，爆发出了空前的力量，但他们要面对的困难也是空前的。好在有纪威亲自坐镇，众人的畏难之心，也逐渐平复了下来。

安澜港集团反腐史上又一场具有重大转折意义的会议，就此拉开帷幕。这场会议从上午十一点，一直开到了下午三点。

专案组的成员们忍耐着辘辘饥肠，全神贯注地听取、记录着纪威的部署。不知不觉间，忘记了时间的流逝。

"好了，此次的调查方案就是以上这些。大家各就各位，务必保证每个环节都不要出任何差错。"纪威拍了拍手，最后总结道。

专案组成员们极有默契地点了点头，眼神中充满了胜利的光芒……

当天傍晚，奇峰园林工程有限公司董事长郝峰、白莲花集团有限公司董事长白晓莲，以及锐笠建设有限公司总经理戴礼，就接到了市纪委监委的谈话通知。

三人都是安澜市建筑行业中的领军人物，对于近期安澜市发生的大大小小的事情，自然都了如指掌。

在专项巡察安澜港集团，尤其是"色金刚"安保公司经理徐构被留置这么一个敏感的节点上，接到纪委请"喝茶"的通知，不得不令人产生联想和猜测。

"铃铃铃……"

正蹲在礁石上，拿着单反相机拍摄海浪的平裕诚，再度被电话铃声打断了创作的兴致。

他有些气急败坏地扔下相机，按下了接听键。

"我的姑奶奶，您又有什么事啊？"平裕诚对着电话发起了牢骚。

"看来其他人已经给你打过电话了。"电话的另一端，白晓莲说得风轻云淡。

自徐构被留置那天开始，她就已经预见了这一天的到来。

"不就是纪委请'喝茶'吗？多大点事，你们应付应付就好啦。"平裕诚说得极为轻松。

"哈哈哈……"白晓莲反倒笑了起来，"我的平大经理，看来你一点不担心啊。"

"我又不是徐构那个智障，我自己做的事，早就被处理得干干净净了。你们就让纪委只管问，问出任何事都算我输。"平裕诚胸有成竹地挂断了电话，拿起单反相机继续拍摄了起来。

被粗暴挂断电话的白晓莲有些微怒，她紧握着电话，脸上浮现出一抹邪魅的笑容。

晚饭时分，戴礼和郝峰先后来到了松涛园。在李纯钧的安排下，两人分别被交由陈破山和第八审查调查室副主任沈工布进行谈话。

正如平裕诚预料的那样，戴礼和郝峰虽然态度极其谦恭，语调也十分温和，但对于谈话组问及的问题，却答非所问，或者直接闭口不谈。

"这帮家伙！"李纯钧有些恼火。

纪威却淡然地笑了笑，说道："自专项巡察开始以来，他们通过自己或他人的电话跟平裕诚通话了几十次，估计早已订立好了'攻守同盟'，不配合我们谈话太正常了。"

李纯钧闻言，微微点头，脸色渐缓。

"白晓莲还没来吗？"纪威问道。

"已经到园门口了，棠溪出去接她了。"李纯钧回答道。

正在两人说话间，走廊里响起一阵高跟鞋的踢踏声。

纪威抬起头，看见一个身着靛紫色套裙的女子缓缓走来。女子风姿绰约，身材婀娜且举止端庄，全身散发着成熟女性的魅力，令人眼前一亮。

"这就是白晓莲。"一旁的李纯钧说道。

纪威有些惊讶，因为这白晓莲正是不久前在早餐店主动搭讪他的那名女子。

白晓莲经过纪威身边时，像是故意地冲纪威点了点头。

纪威剑眉紧蹙。

白晓莲踩着高跟鞋，莲步款款地进入谈话室后，好奇地打量着四周。在周棠溪的再三催促下，她才皱了皱眉，收回了好奇的目光。她从口袋里拿出一张纸巾，一遍又一遍地擦拭着面前的皮凳，瞥见周棠溪不悦的脸色后，才勉强地撩起裙摆坐在了皮凳上。

自始至终，白晓莲都没有表现出丝毫慌乱，一看便知是个经历过无数"大场面"的人。

"白总还真是个讲究人啊。"周棠溪揶揄道。

白晓莲闻言，如同情窦初开的少女被人撞破了秘事一般，尴尬地笑了笑："对不起领导，习惯了，抱歉，抱歉……"

她一边说着，一边对着陈破山吐了吐舌头。

面对白晓莲的"卖萌"攻势，周棠溪一阵窝火。她清了清嗓子，话语中带着几分严厉地问道："白总，我们今天请你过来，你应该知道是因为什么吧？"

"哎呀，我不知道呢。"白晓莲继续撒娇道。

周棠溪一阵无语，摇了摇头说道："白总，我看在谈话前，我需要跟你强调两点：第一，我们不是领导，你可以称呼我们为'同志'；第二，我们现在是代表组织跟你谈话，希望你用正常的说话方式来进行回答。"

"好啊，这位女同志。"白晓莲像是故意挑衅般地冲周棠溪眨了眨眼睛。

"这是哪里找来的奇葩啊。"周棠溪满脸黑线，几近抓狂，心里暗道。

纪威坐在指挥系统前，盯着巨大的电子显示屏，暗暗思考着白晓莲的行为。

作为一名身价上亿的建筑公司老总，白晓莲绝不可能是一个只会装可爱的"小女子"。她今晚的种种行为，大概率都是她装出来的，为的就是惹火谈话人员，让这次谈话不了了之。

思虑至此，纪威淡淡地笑了笑。他按下桌上的话筒，对着麦克风说道："棠溪，白晓莲在故意激怒你，不要上她的当。"

纪威富有磁性的声音，通过便携式耳麦传入到了周棠溪的耳中，像是夏日里的一阵微风，把处在愤怒边缘的周棠溪拉了回来。

周棠溪拿起面前的水杯，轻抿了一口，缓了缓情绪说道："白总，我再跟您强调一遍，好——好——说——话！"

周棠溪一字一顿，语气依然平和，但在场的人都能听得出她话中的怒意。常年办案铸就的强大气场，在这一刻全部释放了出来。白晓莲猝不及防，吓得微微哆嗦。

白晓莲见自己的计策失败，自嘲般地耸了耸肩，语气终于恢复正常："那么，这位同志，您要问我什么？"

白晓莲像是瞬间变了个人一样,气势陡然大增,霸气十足。

如果说,刚才的她是一只小白兔的话,那么此刻的她就是一条美女蛇。

"好可怕的女人。"指挥室里,纪威看着这一幕,暗暗心惊道。

白晓莲突如其来的气场,非但没有震撼到周棠溪,反倒激发了她的好胜心。周棠溪向来喜欢具有挑战性的事物,太容易的谈话通常提不起她的兴趣。简单和困难之间,她往往选择迎难而上。

看着战意十足的周棠溪,白晓莲愣了一下。她没想到,自己引以为傲的"气场攻势",竟然对周棠溪没有起丝毫作用,不由得对周棠溪另眼相看。

"白总,我们在梳理资料时,发现贵公司与安澜港集团建材公司的业务往来不少。所以,我们想请问你,在贵公司与建材公司业务往来过程中,有没有发现其存在什么违规行为?"周棠溪直截了当地问道。

"没发现。"白晓莲摩挲着自己的美甲,极为敷衍地回答道。

"您确定吗?"周棠溪面色一凛,继续说道,"白总,我有必要提醒你,在接受组织谈话时,做伪证、说假话可是要被追究责任的。"

白晓莲闻言,沉默片刻后继续说道:"别人怎么样,我不知道,反正我和我的公司一直都奉公守法。"

"果真吗?"周棠溪拿出一摞材料,笑道,"据我们的调查,贵公司近年来被罚款的次数可不少……"

白晓莲死死地盯着周棠溪手上的材料,面色有些慌张。她刚想开口解释什么,却被周棠溪打断了。

"白总,您是个有着七窍玲珑心的奇女子,我们想问的事情,想必您也心知肚明。我们打开天窗说亮话,不比这样打哑谜来得痛快?"

白晓莲的脸色微变,周棠溪脸上的笑意愈发浓重。

"我……真的……不知道……"白晓莲回答得有些勉强。

"棠溪,时间差不多了,不要再与她纠缠了。别忘了我们今晚'声东击西'的真正目的。"耳麦中,纪威的提醒声再度传来。

"那好吧,既然您这么说了,那我们今天的谈话,就到此结束。希望您回去之后能仔细回想一下,有什么事情可以直接联系我们。"

周棠溪的态度瞬间发生了巨大的变化,引得白晓莲心中诧异不已。

带着满脸狐疑，白晓莲被周棠溪送出了谈话室。

三名老板陆续被其家人接走后，专案组再度集结。纪威笑着对李纯钧说道："接下来，该联系我们的贾聪部长了。"

"明白。"李纯钧的脸上闪过一抹坏笑，他心领神会地拨出了电话……

## 六

贾聪已经快被"午夜凶铃"折磨得神经衰弱了。近二十天来，每当他刚刚进入梦乡时，电话必定会准时响起来，就像今晚一样。

带着极大的怨气，贾聪坐起身来，一把抓起手机。瞥了一眼来电显示，发现是一个陌生的号码，他的怒气值瞬间飙升到了极点。

贾聪恶狠狠地摁下了接听键，怀着不满的情绪脱口而出："谁呀？也不看看几点了，有什么重要的事，非得这个点打电话！"

"实在不好意思，贾部长。"电话的另一端，李纯钧带着几分歉意说道，"我是李纯钧，之前与您见过一次面。"

"哦，是李主任啊。"贾聪马上在脑海里检索起来，"您这么晚了打电话，是有什么事情吗？"

"对不起，贾部长。根据领导安排，我们现在需要对咱安澜港集团总部的一间宿舍进行搜查，需要请您配合一下。"李纯钧公事公办地说道。

"哦，好的，一定配合。"贾聪脖子一紧，忽然有种不好的预感。

挂了电话，贾聪依然心有余悸，额头上布满了细密的汗珠。

贾聪长吸一口气，努力地让自己平静下来。他盘膝坐在床上，脑海里像放电影一样，飞速地闪过集团各个房间的情况。

忽然，脑海中灵光一闪，继而他缓缓地笑了起来。

"平总，纪委忽然要到集团搜查，我认为他们是冲着您的那间'储藏室'去的。"贾聪拿起手机，给平裕诚拨了过去。

"让他们搜，东西我早就转移走了。"电话的另一端，平裕诚满不在乎地说道。

"明白。"贾聪挂掉电话，长舒一口气。

李纯钧等人赶到安澜港集团总部时，已是晚上十一点。专案组的成员们一下车，贾聪立马热情地迎了上去。

"李主任，您来了。"贾聪伸出右手，与李纯钧握在了一起。

"贾部长，大晚上的把您喊过来，实在抱歉啊。"李纯钧笑道。

"不要紧，配合咱纪委调查是每个公民应尽的义务嘛。"贾聪表现出了极高的觉悟。

"表情过于浮夸，喜笑之色溢于言表。果然如同纪书记预料的那样，这帮家伙早就已经串通好了。"李纯钧品味着贾聪的言语表情，暗暗思索道。

"贾部长，这是搜查令，我们现在需要对平裕诚经理之前的宿舍进行搜查。"李纯钧把搜查令递给贾聪，慢条斯理地说道。

"可以，没问题。"贾聪接过搜查令，象征性地瞟了一眼，然后便带着李纯钧等人，往平裕诚之前的宿舍而去。

平裕诚在成为建材公司经理之前，曾先后担任徐建设、梁绵韧的秘书，为方便加班处理材料，集团在总部大楼附近给他安排了一间宿舍。

在长达八年的时间里，平裕诚每次深夜加完班后，都会在这间狭小的宿舍里躺一躺。或许因为这份特殊的感情，直到他担任建材公司经理后，集团仍然没有将这间宿舍收回去。

每个月平裕诚都会到这间宿舍待上个把小时，似乎是对以前那段奋斗岁月的怀念。

贾聪拿着那把锈迹斑斑的备用钥匙，轻轻地打开了房门。

众人向房内望去，发现房内除了一张床、一个衣柜和两排博古架外，没有其他任何东西。

令李纯钧惊讶的是，这间许久无人居住的宿舍，竟然窗明几净，一尘不染。

"开始搜查。"李纯钧望着空空如也的房间，面色忽然阴沉了下来。他戴上执法记录仪，和专案组成员一起开始了搜查。

毫无悬念，他们一无所获。

望着李纯钧有些颓然的表情，贾聪极力压制着内心的小得意。

李纯钧装作垂头丧气的样子，礼节性地冲着贾聪点了点头，便带着搜查组离开了。

望着灰溜溜离开的李纯钧等人，贾聪放声大笑了起来。

"戏不错呀，李主任。"上车后，周棠溪戏谑道。

"戏好不好，咱不敢说。"李纯钧也笑了起来，"至少那位贾部长被咱哄过去了。"

"只是可惜了，那么多受贿证据，都被平裕诚转移走了。"周棠溪长叹一口气说道。

"这个线索，可以说是个'百年老线索'了，早已没有了调查的实效性。书记安排我们此行的目的，并非真的来搜平裕诚收受的'雅贿'。"李纯钧解释道。

"哦？"周棠溪的双目中，泛起一抹神采，"那书记的用意是……？"

李纯钧并未直接回答，而是指了指太阳穴，笑道："说出来就没意思了，你需要自己思考。"

"烦人。"周棠溪撇了撇嘴说道。

伴随着一缕黑烟，专案组乘坐的轿车发动，而后渐渐消失在了夜色中。

贾聪笑容满面地拿起电话，给平裕诚拨了过去。

"纪委的人都走了？"平裕诚懒洋洋地问道。

"是的，平总。"贾聪笑道，"兴冲冲地来，灰溜溜地走，搜了个寂寞。"

"哼！"平裕诚冷笑一声，"就他们那点手段，也配做我的对手！"

"是的，平总。他们就好比王朗与诸葛亮舌战，不知道自己几斤几两。"贾聪连连附和道。

电话另一端的平裕诚闻言，脸上微微一笑。

他向来以"智将"自居，最喜别人把他比作诸葛亮。贾聪的这句马屁，可谓拍得十分到位。

"干得不错，有机会我会跟'大王'说的。"平裕诚笑道。

"多谢平总美言啊。"贾聪连连道谢。

挂了电话，平裕诚的心里却升起一个疑团。

白晓莲、郝峰、戴礼三人前脚被叫去谈话，专案组后脚就到宿舍搜查，要说这两件事之间没有关联，平裕诚打死都不相信。

"一定是有人出卖了我，但会是谁呢？"平裕诚眉头紧锁，百思不得其解。

遥远的天边露出了鱼肚白，朝阳正在铅色的云层下积蓄着力量。不管昨夜发生了什么，新的一天已悄然来临。

简洁明亮、装修奢华的开放式厨房中，飘荡着查理德·克莱德曼的经典曲目《玫瑰色的人生》。平裕诚正随着悠扬的钢琴声，一边跳动，一边研磨着咖啡。

他是个可以随时随地将日子过成诗的人，即使知道市纪委监委正在调查他，心情也没有受到丝毫影响。

浓郁的咖啡味道，不多时便充满了整个房间。平裕诚闻着咖啡的芳香，一脸陶醉。

三杯咖啡分别摆在了白晓莲、戴礼和郝峰的面前，平裕诚端着一个由整块玉石雕琢而成的杯子，笑意晏晏地看着三人。他向前伸出手，示意三人尝尝他自己亲手研磨的咖啡。

戴礼和郝峰对视了一眼，几乎同时端起了面前的马克杯，牛嚼牡丹一般地喝了一大口，差点吐了出来。

实在是太苦了！

平裕诚煮的是纯咖啡，一般人需要加糖或者加奶，才能勉强入口。

望着两人的狼狈相，白晓莲不禁笑了起来。

平裕诚一大早就把他们喊来，岂能就是让他们来喝上一杯咖啡。

白晓莲心里暗暗嘲笑着戴礼和郝峰，随即转过头，继续观察着平裕诚的表情。

真是个精致的美男子！阳光映衬下的平裕诚，脸部轮廓更加立体，再加上冷峻的表情，显得愈发有魅力，白晓莲不由得在心里赞叹一声。

"我说平总，您大清早地把我们叫来，怕不是专门请我们来喝苦咖啡，看我们笑话的吧？"戴礼回味着满口的苦涩，忍不住问道。

平裕诚没有答话，而是自顾自地品味着咖啡。他的目光在三人身上依次扫过，那目光让三人不禁感到不寒而栗。

"昨晚发生了什么，三位心知肚明。"平裕诚喝了一口咖啡，继续说道，"今天把您三位请来，就是想表明一下我的态度，我可以不追究，但是诸如此类的事情，绝对不能再发生。"

"平总，我们可没有出卖你。"戴礼忙解释道。

"就是，平总，不信您可以去查，我郝峰要是跟纪委说了什么，天打雷劈！"郝峰也变得激动起来。

平裕诚摆了摆手，示意两人少安毋躁，继而缓缓说道："说了也好，没说也罢。刚才我说过了，下不为例。"

郝峰和戴礼两人还想要解释什么，再度被平裕诚制止了。

两人未再多说什么，因为他们清楚平裕诚的性格。只要他认定的事情、做出的决定，就决不允许别人再反驳、更改。

白晓莲自始至终都只是安静地坐在一旁，脸上挂着笑意，静静地观看着这一出"好戏"。

默默地咽下难喝的苦咖啡，三人起身告辞。

平裕诚没有阻拦，更没有起身相送，而是静静地坐在阳光下，思索着什么。

## 七

一张两指宽、五指长，散发着浅淡檀香的米黄色纸条，再度出现在了纪威的面前。

纪威看着纸条上的"地脚货"三个字，眼神中闪过一抹亮光。

"这是在哪里发现的？"纪威有些激动地问道。

"今天早晨，我们打开举报信箱的时候，就看见这张纸条在一堆举报信的最上面，看样子应该是早上刚放进去的。"马百里回答道。

"嗯，这件事情一定要注意保密。"纪威点了点头说道，"小马，麻烦你找一下崔组长，请他过来一下。"

"好的，书记。"马百里应了一声，起身离开。

不多时，崔湛卢拿着笔记本匆匆跑来："书记，您找我？"

"哦。崔组长，请坐。"纪威站起身，关上了办公室的门。

"您看看。"纪威将纸条递给了崔湛卢，随即问道，"崔组长，您曾在住建系统工作多年，能否为我解答一下这个'地脚货'到底是什么？"

崔湛卢接过纸条，仔细查看了起来。

沉思片刻后，崔湛卢缓缓说道："这个所谓的'地脚货'，说白了就是矿石、煤炭等物资的残留。"

"残留？"纪威愈发不理解。

"打个比方。"崔湛卢挥了挥手，继续解释道，"平裕诚的建材公司有一项重要的业务，就是铁矿石、煤炭等大宗散装货物的转运。"

纪威认真地听着，随即点了点头。

"这些货物从别处运到安澜港作业区后，并不能立刻被转运，而是需要在港口的货场暂时存放，待工作人员联系好合适的运输队后，才能够被运走。"

崔湛卢顿了顿，继续说道："这些散装货物、材料，在卸载、存放、装车装船的过程中，难免会出现损耗。港区的道路上，装载机、翻斗车、倒运器械上，还有货场的堆放处，都会留存铁矿石、煤炭的残渣。这些分类收集后再重新堆放的残渣，就是'地脚货'。"

"这些残渣能有多少？"纪威不解道。

"哎，书记，可不能小看。"崔湛卢连连说道，"根据我们近几天座谈的情况看，光是铁矿石的'地脚货'，每年就有上万吨。"

"这么多？"纪威张大了嘴巴，满脸的难以置信。

"官方数字是这样，真实数字恐怕远远不止。"崔湛卢补充道。

"那这么多的'地脚货'，平裕诚是怎么处置的？"

"他们号称'来源于货主，用之于货主'。尽管这些'地脚货'在品相、纯度等方面要远远差于标准货物，但依旧能达到使用标准。建材公司于2013年制定了一套制度，用这些'地脚货'来对一些损耗较大的客户进行亏吨补货。"

纪威闻言，脸上浮现出一抹玩味的神色："崔组长，您是这方面的专家，对于'地脚货'这个事，您是怎么看的？"

"哈哈哈……"崔湛卢笑了起来，"再好的制度，也管不住想要去打破它的人。何况，平裕诚制定的这个制度，本身就是存在漏洞的。"

"哦？"纪威忽然来了兴趣。

崔湛卢从公文包里取出一份材料，递给纪威说道：

"之前在座谈的时候，我就感觉这个事情有蹊跷，于是就顺道调取了'地脚货'的补货流程。按照这个流程，客户发现货物有亏损，可以向建材公司提出补偿申请。公司商务处在接到申请后，会找一线业务员进行核实，核查属实后将其提交给平裕诚，他签字后就可以补货了。"

"也就是说，只要平裕诚和一个一线业务员串通，那么便可以随意进行补货，对吧？"纪威笑道。

"理论上是这样的。"崔湛卢回答道。

"真是个好政策。"纪威不禁一阵无语。

"唉——"纪威长叹一口气，继续说道，"崔组长，既然如此，就辛苦下您，顺着这条线索继续补充证据吧。"

崔湛卢点点头，欲言又止。

"怎么了，崔组长？"纪威见状，随即问道。

"书记，请允许我直言。"崔湛卢继续说道，"'地脚货'这个事情上，绝对有大问题。但我认为，补充证据的意义不大。"

纪威品味着崔湛卢的话，随即点了点头："的确，时间久、手续全，要补证难度很大。但是——"纪威突然笑了起来，"越是这样的线索，我们越要去补证啊。"

"书记，我没听错吧？"崔湛卢满脸不解道。

"崔组长，您忘了我们的'骄兵计划'了吗？"纪威笑道。

"原来如此。"崔湛卢像是忽然想起了什么，随即也笑了起来，"书记，那我马上去补证。"

"等你好消息。"

纪威身体后倾，完全靠在了椅背上，流露出了难得的放松。

仲秋时节，天高海阔，是拍摄海洋的好时节。乘船飘摇于无边无际的海面上，举起相机，便可尽情拍摄大海的多姿，着实是一件惬意的事情。

至少，平裕诚此时此刻就很享受这份惬意，远离了喧闹的港区，忘却了繁杂的案牍，尽情恣意于拍摄创作上。

跟白晓莲等三人谈完话后，平裕诚便联系了远洋公司，让他们专门派出一艘远洋船，将他拉到大海上，进行"海摄"。

每年这个时候平裕诚都会提出这个要求，远洋公司的负责人虽然为难，但为了不得罪他背后的那位"大王"，也只能睁一只眼闭一只眼。

平裕诚的拍摄设备极为"专业"：佳能顶级单反相机 EOS-1D X Mark Ⅲ，十几个"长枪短炮"的镜头，两个专业三脚架……除此之外，还有零零散散几大包各种配件，足足需要三个人才能勉强拿得过来。

工欲善其事，必先利其器。在器物的选择上，平裕诚一贯追求极致。或者说，不求最好，但求最贵。

平裕诚这边恣意尽兴，副经理郭成峰那边却犯了难。

早上，郭成峰刚到公司，崔湛卢就带着马百里、孙光青等人杀了过去，直截了当地表示要查看"地脚货"的补货记录。

郭成峰哪敢自作主张，连忙打电话请示平裕诚。而彼时的平裕诚已然漂泊在大海之上，电话根本打不通，郭成峰急得直跺脚，只能找各种借口进行拖延。

初始之时，崔湛卢一行人还能耐心等待，但当两个小时过去后，几人的耐心逐渐耗尽。

望着崔湛卢越来越难看的脸色，郭成峰无奈之下，让人把补货记录抱了过来。

孙光青给郭成峰出具了调取证明后，一行人带着补货记录，返回了海港区纪委监委谈话点。

经过一番梳理，崔湛卢等人发现，自 2013 年以来，有全国各地近百家公司补充过"地脚货"。但进一步梳理后，他们发现了一件"蹊跷"的事：郝峰的公司每年只有两次的转运货物记录，但每年要补充四至五次"地脚货"。

很明显，这里面肯定有问题。

纪威看着梳理结果，眉头紧蹙。他沉思片刻后，将材料递还给了崔湛卢，随即缓缓部署道："按程序移交线索，让纯钧主任对记录上的一线业务员以及郝峰进行谈话。"

崔湛卢点了点头，带着马百里往市纪委监委办公楼而去。

虽是秋日，出海归来的平裕诚却满面春风。此次出海，不可谓收获不大，在短短的半日里，平裕诚拍下了五六百张大海的照片。其中，他自认为是精品的，有数十张。

平裕诚很高兴。

远洋船拉着悠长的笛声返回的时候，岸边的堤坝上已经站满了迎接平裕诚的人。

平裕诚站在甲板上，昂首挺胸，像极了得胜归来的将军。远洋船靠岸的那一刻，戴礼、郝峰等一众商人立马迎了上去，平裕诚被他们众星捧月一般围在中间，周围的称赞声不绝于耳。

"平总，这趟海拍，想必是收获颇丰吧？"郝峰笑道。

"老郝，你看你这句话说的。平总拍的哪张照片不是艺术精品，照我看，平总要是也去参与评奖，获个那什么策奖，那也是很轻松的事。"

…………

各种各样的"彩虹屁"，在平裕诚的耳畔飘荡。平裕诚非但没有反感，反而很享受地听着，有些飘飘然。

"都安排好了吗？"平裕诚转过头，向郭成峰询问道。

"都安排好了。放心吧，平总。"郭成峰战战兢兢地回答道。

虽然经理和副经理只相差一级，但平裕诚和郭成峰的身份地位却是云泥之别。平裕诚就像是一位高高在上、大权在握的帝王，而郭成峰则像极了服侍他的太监，整日唯唯诺诺地活在平裕诚的阴影之下，不敢有丝毫忤逆。

实际上，这些都只是表象。

郭成峰这个人，表面上看老实、胆小、没什么想法，只会被动地执行平裕诚的决定；而实际上，多年以来他躲在平裕诚的影子里，做了很多连平裕诚都不知道的事情。

"平总，您看我们中午吃火锅，还是吃海鲜？"郭成峰弯着腰，极尽谦卑地问道。

平裕诚仰起头，沉思片刻，指了指郝峰道："郝峰不是拍着胸脯说，以后喝羊肉汤都他请客吗？"

"我请，那必须我请！"郝峰闻言，连忙接过话茬，高兴地说道，"咱早有约定，凡是喝羊肉汤，那就必须我请，你们谁也不能抢。"

"哈哈哈……"众人大笑了起来。

平裕诚让人小心地把他的拍摄器材送回去，然后在众人的簇拥下，上了郝峰那辆悬挂着"安 L58888"的黑色迈巴赫轿车。

平裕诚对于吃饭喝酒并不讲究，这位身价千万的国企经理，仅用一碗简单的羊肉汤，就将午饭打发了过去。他拿起纸巾擦了擦嘴，然后指了指南边的某处，问郭成峰道："那边也安排好了吗？"

"已经安排好了，平总。"郭成峰连连回答道。

"吃得有点饱，一会儿我们去活动下筋骨，怎么样？"平裕诚环视了一圈询问道。

一众老板连连拍手叫好，大声喧哗的声音引得其他顾客连连皱眉。

戴礼更是一边拍着自己硕大的啤酒肚，一边表情夸张地说道："什么抽烟喝酒、按摩桑拿，那都不健康。我呀，就喜欢跟着平总做点健康的运动。"

"哈哈哈……"放肆的笑声再度回荡在整个餐馆。

一行人迅速出发，乘车来到了一处小区。他们将车辆停在了小区的地下车库内，乘电梯直上顶楼，一行人咋咋呼呼地走进房内。

这处房产本是一处正常的住宅，在平裕诚的授意下，郝峰将其买下来进行了一番改造，将除承重墙外的其他墙体全部砸通，然后按照乒乓球馆的标准，把这里建设成了一处私人球馆。

房间内摆放着三张乒乓球桌，每一张都价值不菲。除此之外，进门处还摆放着一排柜子，一应俱全地摆放着球、球拍、毛巾等相关用品。柜子旁边，还专门放置了一组真皮沙发，供下场的人休息。

这处房产平时极少有人来，只有在平裕诚"技痒"的时候，这里才难得有一丝热闹。

平裕诚拿矿泉水漱了漱口，原地小跑两下，算是做了一下准备活动。他用目光扫过一众老板的面庞，然后指着戴礼说道："老戴，你先来。"

戴礼连连答应，抓起乒乓球拍，来到了平裕诚的对面。平裕诚发球，戴礼接球，黄色的乒乓球像是一只调皮的小精灵，在两边球桌上方来回跃动。

双方你来我往，大战数十回合，最终以戴礼的落败而告终。

戴礼有些丧气地摇了摇头，冲着平裕诚笑道："平总不光拍摄水平一流，就连这乒乓球水平也比我们强太多了。"

面对戴礼的夸赞,平裕诚却并不感冒。

在方才的乒乓大战中,戴礼明显在故意放水,而且都是在关键时刻放水。这些平裕诚都看得一清二楚,他不反感别人的夸赞,但是极其反感别人拿他当傻子。

见平裕诚面无表情,戴礼撇了撇嘴,瞬间收声,不再多言。

"郝峰,你来吧。"平裕诚又指着郝峰说道。

"得嘞。"郝峰反复转动着乒乓球拍,大步流星地站到了桌前,笑道,"平总,这次我一定要战胜你。"

"那就看你本事了。"平裕诚终于面露一丝喜色。

相对于戴礼的浮夸表演,他更喜欢郝峰的"真情流露"。

郝峰挥拍入桌,反手发球,平裕诚接住,打了回去。双方前跳后跃,左右挪腾,你来我往。不过,明眼人都能看得出,尽管平裕诚"杀招"不断,球局的节奏却始终掌握在郝峰手里。郝峰始终牢牢控制着球的落脚点,时远时近,既让平裕诚打得过瘾,又不让他觉察出自己在放水。

二十几个回合后,平裕诚已渐渐吃不消,郝峰才故意卖了个破绽,将球高高击飞。

"唉……"郝峰叹气道,"就差一点啊。"

平裕诚高兴地笑了起来,他挥动着球拍,像是个高兴的孩子。

"不错了,老郝,这次你就差这一球就赢了。估计你再练几天,下次我就打不过你了。"平裕诚说着,扔下球拍,往沙发上坐去。

郭成峰连忙跑上前,递上已经拧开盖子的矿泉水。平裕诚接过水,一口气喝下大半瓶。郭成峰又递上洁白的毛巾,平裕诚擦干脸上的汗水,将毛巾抛回给郭成峰,又拿起水小口喝了起来。

自始至终,郭成峰就像是一个勤快的球童。平裕诚打球时,他就站在球台旁边帮着捡球;平裕诚休息时,他就在一边递水、递毛巾……态度极为谦卑,一众经商的老板见状都连连蹙眉。

"嗡嗡嗡……"就在这时,郝峰的电话响了起来。

看着屏幕上的陌生号码,郝峰本能地将其挂断,对方却极有毅力,无论他挂断几次，都会再度打过来。

郝峰心头怒起。

"喂，你谁啊？就不能等等再打吗？"郝峰带着几分怒气说道。

"对不起，郝总。"电话的另一端传来一个颇有磁性的男声，"我们这边是市纪委监委，请问您现在在哪里？方便的话，请您即刻来一趟海港区纪委监委谈话点，我们有一些情况，需要向您了解一下。"

听到"市纪委监委"五个字，郝峰一下子紧张了起来。虽然不是第一次接受谈话，但是郝峰心里还是产生了一丝恐惧感。

挂掉电话，郝峰有些失神地望向平裕诚："平总，您看……"

平裕诚极其不耐烦地挥了挥手："估计是'地脚货'的事，你放心去。"说着，平裕诚的脸色忽然阴冷了下来，"记住，什么该说、什么不该说，你要处理好。"

"知道了，知道了……"郝峰连连点头。

郝峰离开后，平裕诚再也没有了打球的兴致。他匆匆解散了球局，沉思片刻后，把郭成峰叫到了跟前："走，我们去谈话点门口蹲着，看看郝峰谈完话后出来时候的情况。"

## 八

明亮的谈话室里，郝峰握着温热的纸杯，茫然四顾。

李纯钧拿着凉水壶，为其添满水，笑道："郝总，你又不是第一次接受谈话，我怎么觉得你比之前更紧张了？"

"没有，没有……"郝峰擦了擦额头上的汗，虽嘴上这么说，心里却反复咒骂着。

眼下对他而言，是一个极为关键的时期。安澜港第八生活区建设工程的招标即将开始，面临着巨大财务危机的他，迫切地需要这笔工程款来填补亏空。这也是他近段时间以来，反复巴结讨好平裕诚的根本原因。

郝峰此时心里很忐忑，并非因为接受谈话本身，而是担心平裕诚因此胡乱猜疑，导致即将到手的工程"鸡飞蛋打"。

"李主任，我那边还有不少事情亟待处理，咱有什么事情能尽快问吗？"

"哦，哦，好的。"李纯钧连连点头。

"郝总，我们今天叫您来，是想请您谈一下近年来贵公司补充'地脚货'的相关情况。"

"果然和平总预料的一样。"郝峰的心里，不禁对平裕诚产生了一丝佩服。

"时间太长，记不住了。"郝峰连连摇头。

"郝总，麻烦你大体想一下每年的次数吧。"李纯钧不依不饶。

见没有那么容易糊弄过去，郝峰偏着脑袋，开始回想了起来："这几年，每年都得补充个四五次吧，具体数量我记不住了。"

"四五次？"李纯钧故作惊讶状，"可是，根据我们的调查，您每年也就在货场存放两次货物，怎么会补充那么多次呢？"

"嘿——"面对李纯钧步步深入的追问，郝峰没有丝毫慌乱，他打了个哈哈，笑道，"那有什么奇怪的。你们这些领导不懂。我每次存放转运的都是硼砂，硼砂很轻，在运输过程中容易损耗，存放在货场里也容易被海风吹跑，所以损耗量特别大。再者说了，'地脚货'是日积月累起来的，可不是随时就有的。所以，建材公司才会每年分四五次将缺我的货补给我，这很正常。"

郝峰的解释无懈可击，几乎找不出一点破绽。

"果然如同纪书记所料，平裕诚早已与身边的老板们串通好了，只要是我们调查的事情，他们总能拿出一套几近完美的说辞。"李纯钧暗暗思量道。

"原来是这样。"李纯钧做出了一副恍然大悟的表情。

见李纯钧点到即止，并没有继续追问，郝峰的脸上终于露出了一抹笑容。做完笔录，签好相关手续，李纯钧亲自将郝峰送出了谈话点。

"郝总，给您添麻烦了。"李纯钧伸出右手，和郝峰握在了一起，说道，"感谢您的大力配合。"

"哪里，哪里……"郝峰亦握着李纯钧的手，笑道，"配合咱纪委调查，是咱公民的义务嘛。"

"感谢，感谢……"李纯钧满脸笑意地说道。

这时，那辆挂着"安L58888"车牌的迈巴赫轿车，停在了两人面前。

"我公司的车来接我了，那我就先走了。"郝峰冲着李纯钧挥手道，"您请回吧。"

李纯钧亦挥手笑道:"好的,郝总,一路平安。"

直至郝峰的车消失在岔路口,李纯钧才转身返回谈话点。

不远处的平裕诚看着这一幕,脸色阴沉如水。

"这个吃里爬外的家伙!"手中的矿泉水瓶,在平裕诚用力的攥握下,逐渐扭曲、变形,一如平裕诚此刻的心情。

"书记,你怎么知道平裕诚一定会来暗中盯梢?"李纯钧站在纪威身旁,看着平裕诚乘坐的车辆越行越远,忍不住问道。

纪威长叹一口气,转而缓缓说道:"之前,我在查办案件过程中,遇到过一个类似性格的人。他和平裕诚一样,自负、多疑、以自我为中心、听不进别人的意见。自从深入观察、分析平裕诚的日常行为后,我有种感觉,平裕诚跟当时的那个人是一类性格,所以才制定了现在这个'骄兵计划'。"

"厉害!"李纯钧伸出大拇指,发自内心地佩服道。

"那书记,我们下一步怎么办?"李纯钧忽然有了些许小期待。

"一方面继续留意郝峰的行动,另一方面留意下那个郭成峰,总觉得这家伙没有表面上那么简单。"纪威沉思片刻说道。

"收到。"李纯钧领命而去,信心满满。

"十一"假期悄然而至,安澜港集团作为生产性企业,仍在正常运转。为此,巡察组也没有休息,全员战斗在工作岗位上。

按照既定的方案,巡察组按部就班地补充着线索和证据,但一连两天都没有取得任何进展。

原本热情高涨的巡察组成员们,像是被泼了一盆冷水,顿时颓然下来。纪威也开始佩服起平裕诚的手段来。所有问题线索,无论大小,凡是对他不利的,都已经被他处理得干干净净。巡察组乃至审查组拼尽全力,也未能找到一点实质性证据。

调查平裕诚的行动,一下子陷入了僵局。

众成员们急得火急火燎,纪威却依旧稳坐钓鱼台,没有丝毫慌乱。

看着巡察组连连吃瘪,贾聪的心情变得超级好。他感觉,因徐构被留置而产生的负面情绪已经渐渐散去，安澜港这片天下，还是他们说了算。

"这平总，当真无愧'小诸葛'的称号啊，果然厉害！"贾聪跷着二郎腿，抖动着身子，暗暗思索道。

平裕诚这边依旧波澜不惊。在他心里，纪威率领的纪检监察队伍，不过是一群"虾兵蟹将"，对付徐构那样的莽夫还行，真要是跟他这样的"智将"对阵，那必定是不堪一击、一溃千里。

他微笑着从橱柜抽屉里拿出一个锦盒，小心翼翼地打开。锦盒里是一个拳头大小的紫砂壶，出自江南名家之手。别看这么小的一个壶，价值却高达四五十万元之多。

这把壶是郝峰昨天送来的，他美其名曰是给平裕诚的收藏"大花园"中再添一朵花。但平裕诚明白，郝峰的目的就是承揽安澜港第八生活区的建设工程。

本来平裕诚打算把这个工程交给白晓莲，但看在壶的面子上，他改变了想法。

"咚、咚、咚……"门外传来一阵缓慢的敲门声。

平裕诚连忙把紫砂壶收进抽屉，简单整理了一下桌面，才说道："进！"

郭成峰拿着一摞材料推门而入，他恭敬地将材料递给平裕诚，有些紧张地汇报道："平总，这是港八区的项目材料，以及几家有意向的投标公司的资料，请您过目。"

平裕诚接过材料，简单翻了翻又将材料递了回去。他摆了摆手，说道："这个工程给郝峰吧，记得提醒他这次给的分成要稍微多点。"

平裕诚轻描淡写的一句话，就决定了三个亿的工程项目的归属。

"巡察组还在这儿，该走的流程还是要走一走，别让他们又挑出毛病来。"平裕诚又嘱咐道。

"好的，平总，您放心。"郭成峰说完，小心翼翼地带上门离开了。

平裕诚看着郭成峰离开的背影，摇了摇头，笑了笑。

从2010年开始，郭成峰就一直给他当副手。无论是当初在集团总部，还是现在在建材公司，无论是公事还是私事，这些年来，郭成峰都为他出了不少力。

不过他也没有亏待郭成峰，郭成峰暗地里干的那些事，他多少知道一点。

考虑到郭成峰这些年没有功劳也有苦劳，他便没有深究。只要郭成峰做得不太过分，他还是能包容的。

不为别的，至少这郭成峰，他用着放心。

郝峰很快就知道了这个好消息。当郭成峰打来电话祝贺时，他高兴得差点跳起来。

"郭总，晚上小聚一下，让我好好地感谢您一下。"郝峰大笑着说道。

"好，好，好……"郭成峰也是大笑连连。

挂了电话，郭成峰暗暗盘算道："这次该问他要多少钱合适呢？"

时间在郭成峰的等待中，很快来到了晚上。一辆不起眼的黑色大众轿车，停在了建材公司不远处的小超市门口。

这也是郭成峰特意叮嘱的。他让郝峰来接他时，开一辆低调点的车，不要太过招摇。

见路上行人不多了，郭成峰才戴着口罩，如同做贼一般，从办公楼里鬼鬼祟祟地溜了出来。他拉开车门飞快地钻了进去。

"开车，走！"郭成峰向前摆了摆手，冲郝峰说道。

郝峰不禁一阵无语，就是来接他吃个饭而已，他用得着搞得这么神秘吗。本是正常的饭局邀请，这一下弄得跟特务接头似的。

轿车一路向北疾驰，来到了海滨度假区附近的一处小渔馆。这里是郭成峰最喜欢的地方，地方僻静、碰不到熟人，关键小饭店的味道亦不差。

点完菜，进入小鱼馆里唯一的一间包间坐定后，郭成峰才把口罩摘了下来。

"郭总，您这也太小心了。"郝峰的脸上浮现起一抹嫌弃之色。

"特殊时期，小心点好，小心点好……"郭成峰端起茶水，一饮而尽。

"这次真是太感谢您了。要不是您告诉我，平裕诚对我已经有意见了，我这三个亿的工程就要泡汤了……"

酒菜上齐后，郝峰端着酒杯，恭敬地敬了郭成峰一杯酒。

"老弟客气了。"郭成峰笑道，"平总生性多疑，那天你接受完谈话后出来时，他跟我就在谈话点门口看着。你跟纪委那个人握手的场景，可把他气得不轻。"

"可不是吗。要不是经您提醒，我又花了四十多万买了把紫砂壶给送过去，只怕这个工程就又给了白晓莲那个娘们。"

郝峰说着,再度端起酒杯:"来,郭总,老弟再敬你一个,聊表感激之情。"说完,端起酒杯一饮而尽。

这场纯粹表示感谢的饭局,并没有持续多久。约一个半小时后,郭成峰就有了几分醉意。

见喝得差不多了,郝峰于是安排司机送郭成峰回去。

轿车穿过繁华的市区,最终停在了郭成峰的小区门口。郝峰扶着郭成峰下了车,临别时,掏出一张银行卡塞进了郭成峰的手里。

"老兄的帮助,老弟铭记于心,一点小心意,聊表感激之情。"郝峰说道。

见到郝峰递来的银行卡,郭成峰的酒一下子醒了。他象征性地推托了几下,然后在郝峰的再三"感谢"下,才将银行卡揣进了兜里。

"老弟真是太客气了。"郭成峰笑着冲郝峰挥手道,"时间也不早了,回吧,回吧……"

"今天是个好日子,心想的事儿都能成……"郝峰的车渐渐消失在了视野里,郭成峰这才哼着歌往家中走去。

他摸着口袋里那张薄薄的银行卡,眼神炽热……

## 九

清晨的天空,忽然下起了毛毛雨。

郭成峰穿着雨衣,戴着口罩,蹑手蹑脚地出了门。昨夜的他一夜无眠,满脑子都是郝峰给他的那张银行卡。他迫切地想要知道,卡里到底有多少钱。

此时此刻,别说是毛毛小雨,就算是瓢泼大雨,也阻挡不了他去查看余额的脚步。

自行车在他的脚下奔驰如飞,几次险些撞上环卫工的三轮车,他也丝毫不在意。郭成峰此时已无心去想什么注意安全的事情了,他恨不得能一下子瞬移到自动取款机(ATM)旁。

终于来到了银行门口,郭成峰把自行车随手一扔,就钻进了放置自动取款机的小隔间里。由于心情太过急切,他丝毫没有留意到旁边的小隔间里,有两个人正看着他。

插入银行卡，输入银行卡背面标注的密码，按下"余额查询"界面，郭成峰焦急地等待着自动取款机的显示。

几秒钟后，余额显示了出来。

郭成峰擦了擦眼睛，立马凑上前。

"一个零、两个零、三个零……"郭成峰聚精会神地数着，"五十万！"他一拍手，高兴得差点跳起来。

"郝峰这小子，还真是够意思。"郭成峰在心里给郝峰竖起了大拇指，"他可比白晓莲、戴礼大方多了。"

"啦啦啦啦啦……"郭成峰哼着快乐的小曲，在心里盘算了起来，"拿十万给小翠，再拿十万回去应付家里的黄脸婆，最后那三十万，当然是作为私房钱存起来……"

说干就干，郭成峰熟练地从手机里调出了两个银行账号，分别转过去了十万元。而后他抽出卡，小心翼翼地将卡放进了上衣的内兜里。

类似的事，郭成峰干过无数次，每次都没有任何风险，所以他没有丝毫担心，胆子也随之越来越大。在他看来，市纪委监委也好，市委巡察组也好，他们调查的都是平裕诚这些惹人注目的蛟龙蟒蛇，像他这样的虾兵蟹将，连被调查的资格都没有。

殊不知，正是这侥幸心理让他阴沟里翻了船。

海港区纪委监委谈话点，纪威静静地听着崔湛卢和孙光青的汇报，面露喜色。

"郝峰中标—宴请郭成峰—赠送银行卡，是这么个顺序吧？"纪威听完汇报后总结道。

"是的，书记。"崔湛卢笑道，"郭成峰这家伙，一大清早还特地去银行查看了余额，并转了几笔钱。"

"哦？"纪威脸上的笑意更加浓重，"这位郭总还是急性子。"

"马上联系银行，调取郭成峰查看余额的视频。"纪威笑道，"别忘了顺道查一下他的银行账户，看看他那两笔钱究竟转到哪里去了。"

"明白。"崔湛卢和孙光青笑着离开了。

纪威长舒了一口气,喜色渐渐爬上了眉梢。

"如此一来,便有了充足的证据来留置郭成峰了。"纪威暗暗思考道,"真是智者千虑,必有一失。平裕诚将之前的一切违纪违法证据进行了抹除或遮盖,却唯独忘了他的这位郭副总。"

不多时,崔湛卢和孙光青抱着厚厚一摞银行流水单,返回了谈话点。孙光青拿出一个U盘交给了纪威。纪威将U盘插入电脑,双击打开,一段清晰的视频呈现在了三人眼前。

"咱这位郭副总,面部表情还挺丰富嘛。"三人大笑着说道。

"银行卡的开卡账户名是郝峰,今天早晨郭成峰用这张银行卡转了两笔钱出去。一笔十万转给了他的老婆,另一笔十万转给了一个叫冯翠翠的人。"崔湛卢顿了顿,继续说道,"我们分析认为,这个冯翠翠八成是他的情妇。"

"嗯,有道理。"纪威点了点头笑道,"马上把这些线索材料按程序移交,同时让所有巡察组成员把巡察重心由建材公司转向物贸公司。"

纪威说着,缓缓站起身来,刻意强调道:"注意提醒大家,在撤离建材公司的时候,一定要表现出垂头丧气又无可奈何的表情。我们要让平裕诚觉得我们巡察组在与他的'智斗'中失败了。"

"明白。"崔湛卢的脸上泛起一抹坏笑。

平裕诚站在办公室的窗前,看着巡察组一个个垂头丧气地离开,心花怒放。虽然这场"智斗"持续的时间不长,交手的次数也不多,但最终还是他赢了。"当浮一大白。"平裕诚笑道。

"晚上安排个局,我们庆祝下。"平裕诚拿起座机,简明扼要地说道。

"好的,平总。""双喜临门"的郭成峰大喜过望。

这段时间以来,巡察组调这材料、调那材料的,可把他折腾得不轻。如今"瘟神"被送走,他终于可以睡个踏实觉了。

挂掉电话后,平裕诚把头靠在椅背上,闭上双眼,陷入了沉思。不知为何,他总觉得巡察组撤走这件事哪里怪怪的,但又想不出到底是哪里奇怪。思来想去,他还是决定谨慎行事。

"不排除纪威会杀一个'回马枪'啊。"平裕诚暗暗思考道。

平裕诚拿起电话,拨出郭成峰的号码。电话接通后,他严肃说道:"今晚的局先取消掉,我总感觉巡察组撤走,像是纪威刻意迷惑我们的'烟幕弹',我们还是得小心点。"

郭成峰被平裕诚的"善变"搞得有些迷糊,愈发不理解他葫芦里究竟卖的什么药,但还是习惯性地听从了平裕诚的话,取消了饭局。

接下来,巡察组进驻到了物贸公司,开始了一系列新的日常巡察工作。

见巡察组确实没有杀"回马枪"的迹象,平裕诚那颗悬着的心,终于放回到了肚子里。

他找来郭成峰笑道:"这段时间,让该死的巡察组搞得都有些烦闷了。你让戴礼准备下,陪我去趟苏州,听说秦大师正在那里办紫砂壶巡展,我要去看看。"

"好的,平总。我马上通知他。"郭成峰连连答应。

郭成峰走后,平裕诚愈发得意起来。他望着松涛园的方向,喃喃自语道:"纪威,你也不过如此嘛。"

戴礼的行动效率极高,从接到郭成峰电话,到完成所有出行的准备工作,仅用了一个小时。

下午三点,戴礼和他那辆车牌号有好几个"8"的埃尔法商务车,准时出现在了建材公司的大门口。

平裕诚没有携带任何行李,只带了一部手机,便阔步进入了商务车里。诸如行李、住宿、餐饮之类的琐事,根本就不用他操心,戴礼自会处理好一切的。

"没什么大事,就别联系我了。"临行前,平裕诚对郭成峰说道。

郭成峰连连点头,一直目送着商务车消失在视野中,神情虔诚而恭敬。

平裕诚离开安澜市的消息,第一时间被纪威得知。他站起身望着窗外,目光如炬。

"收网!"

这一刻，在他心里压抑许久的负面情绪，被彻底地释放了出来。

在纪威的部署下，李纯钧带领第八审查调查室的同志们立即行动，前去带郭成峰和郝峰。

海边一处富丽堂皇的别墅中，郝峰反复翻看着刚刚签署完成的建筑合同，大笑连连。拿下这个工程，意味着他不但能还清前期欠下的高利贷，而且还能大赚一笔。

志得意满的他，迫切地想把这份喜悦分享给他的朋友们。而他的朋友，自然也包括这次帮了大忙的郭成峰。

"喂，郭总啊，再次感谢您的鼎力相助，咱晚上到小渔馆再庆祝下？"郝峰大笑道。

五十万到手的郭成峰，此刻心里也美滋滋的。两人一拍即合，遂约定晚上一醉方休。

山中无老虎，猴子便是"大王"。

平裕诚南下后，建材公司便由郭成峰当家。没有了约束的郭成峰，立刻撕下了伪装的面具，露出了"庐山真面目"。

兢兢业业、任劳任怨的形象，瞬间被他抛到了脑后。一向挨到晚上七点才下班的他，不到五点便开车离开了公司。

郭成峰哼着小曲，优哉游哉地行驶在路上，满脸春风得意。他丝毫没有发现，一辆黑色的帕萨特轿车始终不急不慢地跟在他的车后。

郭成峰驾车穿过市区，一路向北，在小渔馆门前的空地上停下了车。

黑色帕萨特轿车紧随而至，随即停在了郭成峰的面前。

第八审查调查室的李纯钧、沈工布、商墨阳三人迅速下车，如同神兵天降般地出现在了郭成峰面前。

郭成峰满脸诧异，凭直觉他知道对方来者不善，却又不知该如何应对。

"郭成峰，我们是安澜市纪委监委的工作人员，现在有一些情况需要找你了解一下，麻烦你配合一下我们的工作。"李纯钧亮出工作证，说道。

看着工作证上醒目的党徽和国徽，郭成峰一下子恍然大悟，他惊讶得张大了嘴巴。

那一瞬间他大脑一片空白，只觉得天旋地转，头晕目眩，只觉得腿脚发软，似乎随时都有可能倒下。李纯钧接下来说了什么，他一个字也没有听到。

见郭成峰精神恍惚，李纯钧冲沈工布和商墨阳使了个眼色。两人会意，迅速上前，一把扶住了即将要晕倒的郭成峰，然后一左一右把郭成峰架进了车的后座上。

李纯钧关闭了两侧的车门，然后坐到了车的副驾驶座上，示意司机开车。

黑色的帕萨特缓缓起步，郭成峰转过头看了一眼迅速向后退去的风景，面如死灰……

## 十

夜晚的松涛园，依旧灯火通明，办案人员进进出出，如同白天上班一样。

郝峰坐在留置室里，目光涣散，精神恍惚。

过去短短的几个小时里，他的人生如同过山车一样，接连发生了数次转折。他已经记不清自己是如何来到松涛园的了，只记得他与郭成峰约好在小渔馆聚会，但当他到达的时候，没有看到郭成峰，反而看到三名身形魁梧的市纪委监委工作人员向自己走来。

之后的事情，他就没有了记忆，只感觉自己像是灵魂出窍了一般，轻飘飘的。等到再回过神时，他已经换好了留置人员统一的衣服，坐在了留置室里。

"唉——"郝峰长叹一声，眼神里充满了绝望。

"滴——"留置室的门发出了一声响动。郝峰抬头望去，发现是李纯钧和陈破山走了进来。

郝峰对李纯钧的印象极佳。虽然只见过几次面，但在他的印象里，李纯钧一直是一名谦谦君子，温文尔雅。

此刻的郝峰，见到李纯钧，就像是抓住了一棵救命稻草。他无比激动地站了起来，想上前与李纯钧打个招呼，却被留置室内的看护民警拦了回去。

"同志，请你回到座位上坐好，留置室内禁止随意走动。"看护民警如同机器人一般，面无表情地说道。

李纯钧走上前，冲着看护民警点了点头："警察同志你好，我们现在要对郝峰进行讯问。"

看护民警会意，转身离开，临走时不忘将留置室的门紧紧关闭。

"郝总，还能适应吧？"李纯钧一如既往，面带笑容地问道。

"李主任啊，您救救我吧，我外边还有好多事需要处理，求求您，放我出去吧……"郝峰涕泪交下地说着，突然又站了起来，扑通一声朝着李纯钧和陈破山跪了下去。

他连连叩首，不断地哭喊着。

"郝总，你这是干什么？"李纯钧连忙上前，把郝峰重新扶到了方凳上。

"李主任，您发发善心，救救我吧，救救我吧……"郝峰不断地呢喃着。

"郝峰，我要跟你讲明白，你因涉嫌行贿，现已被市纪委监委依法留置。不是随便谁说一声，就能把你放出去的！你要明白你现在的情况！"李纯钧见状，厉声道。

这话像是一声霹雳，让原本精神崩溃的郝峰恢复了正常。

他抬起头，泪眼婆娑地望着李纯钧和陈破山。片刻思考后，他把心一横，紧咬着牙关问道："李主任，那我现在要是全力配合，能减刑不？"

"犯罪分子有揭发他人犯罪行为，查证属实的，或者提供重要线索，从而得以侦破其他案件等立功表现的，可以从轻或者减轻处罚；有重大立功表现的，可以减轻或者免除处罚。"李纯钧极其熟练地背诵出了相关法条，"这是刑法里规定的。郝总，你可要把握好机会啊。"

"好！好！我说！"

郝峰抬起手臂，将泪水和鼻涕胡乱地往袖子上一抹，如同竹筒倒豆子一般，供述起他这些年来的违纪违法行为："我和平裕诚是在2013年认识的，那时候他刚当上建材公司经理。为了巴结他，从他那里揽点活，我特意找到了郭成峰，让郭成峰帮着牵牵线，引荐引荐。"

"那你是怎么认识郭成峰的？"李纯钧发问道。

"我跟郭成峰是一个镇上的，我俩是初中同学。"

李纯钧点了点头，示意他继续说下去。

"从2014年春节起，我就开始给平裕诚送钱送物。基本上每年过年和中秋节，都会给他送购物卡和海参票，他通常会推辞几下，然后就随手把它们扔进抽屉里，看着并不怎么在意。"

"在哪里送的？面值金额各是多少？"陈破山问道。

"都是在他办公室里送的。开始时，因为跟他不熟，摸不着他的脾气，也不敢送得太多。2014年春节，送了他价值一万元的购物卡和五千元的海参票；中秋节，送了价值五千元的购物卡和三千元的海参票。2015年春节、中秋节也是如此。当时就是纯粹为了跟他搞好关系，给他留个好印象，便于以后从他那里揽点工程，但这些购物卡和海参票，就像打水漂了一样，没有起丝毫作用。"

"继续。"李纯钧平静地说道。

郝峰拿起面前的软杯喝了一口水，继续说道：

"一直到2015年底，安澜港区有一条路需要重修，我记得工程总价大概有三千万。我当时很想承揽这个工程，于是就找到郭成峰，让他给支支招。郭成峰就建议我去南方买几把名家大师的紫砂壶，送给平裕诚。我当时不大相信，抱着半信半疑的态度，到宜城买了两把郑大师制作的紫砂壶，一把价值二十万元，一把价值三十万元。我是在平裕诚办公室里送给他的，记得当时平裕诚非常高兴，收下紫砂壶后，很痛快地就将修路工程给了我。之后的这些年里，我大概陆陆续续又送了七把紫砂壶给他，每把紫砂壶的价值都在三十万元以上。除此之外，我还到上海给他买过一次单反相机和配件，总价值在二十万元左右……"

李纯钧静静地听着，不时在笔记本上做着记录。

"平裕诚怎么确定你们送他的紫砂壶是真是假？"陈破山问道。

"平裕诚号称'器金刚'，对紫砂壶非常有研究。真壶假壶，他一看便知。宜城的十大紫砂壶制作大师，他都认识。"郝峰边说边回忆，"而且一般买壶的时候，他都会要求我们抱着壶跟制作壶的大师合个影，便于他分类收藏。"

李纯钧闻言，转过头和陈破山对视了一眼，挑了挑眉。

"你再说说'地脚货'的事。"陈破山说道。

"这个事，就纯粹是帮平裕诚的忙。"郝峰说着，神情渐渐舒缓，"平裕诚这个人做事极其小心。中共十八大以后，党和国家反腐力度空前，再通过做假账的方式套取资金或者违规报销，早晚会出事。为了名正言顺地弄一笔钱供他使用，他就找到我，让我每年到货场存两次货，然后顺理成章地补几次

'地脚货'。他当时是这么对我说的,"郝峰一边回忆着,一边模仿着平裕诚的口吻,"一年卖上几批'地脚货',以后我们搞招待啊,喝个羊肉汤啊,也方便一些。"

"一年卖上一百多万的'地脚货',就为了喝个羊肉汤?"陈破山惊讶道。

"当然不是。他就是找了个由头把钱套出来,放在我这里供他使用。"郝峰解释道。

"每年套取的这些钱,都用在什么地方了?"李纯钧问道。

"都用来买紫砂壶、摄影器材,以及旅游什么的。"郝峰说着,忽然又想起了什么,赶紧补充道,"哦,对了,还有六十五万被用来买了一套房子。"

"房子?"李纯钧眉头紧锁地问道。

"在黄海第二小区。"郝峰回答道,"当时为了方便他打乒乓球,就在那里买了一套房子,然后改造成了乒乓球室。"

"房款是你支付的吗?"李纯钧追问道。

"是我支付的,刷的我的卡,但房子登记在了平裕诚的妻姐名下。"郝峰回答道。

"他的妻姐?"

"是的,她是安澜港集团的一个保洁员,已经退休了。"郝峰道。

李纯钧的眼神中闪过一抹喜色,他把这条信息工整地记录在了笔记本上,并画上了一个五角星。

"现在这个'小金库'里,还剩多少钱?"

"基本没有了。平裕诚杂七杂八的消费很多,这一年一百来万根本就不够他零花的,我每年还得往里贴补几十万。"郝峰说着,忽然有些委屈。

"其他呢?你还知道他其他的违纪违法事实吗?"李纯钧做完记录,继续追问道。

郝峰仰起头,思考片刻后,继续补充道:"一些建材公司的自建项目里,平裕诚经常用虚增工程量、虚列成本的方式来套取工程款,光我知道的他套取的工程款起码就有近千万元……"

"还有吗?"

"我目前就想起这些,李主任。我再想起来,再跟您汇报。"郝峰有些着急地说道。

"很好,郝峰,你现在积极配合的态度和行为都很好。我会跟领导汇报你的情况的,一旦查明你说的都属实,组织会考虑给你宽大政策的。"李纯钧笑着说道。

"谢谢组织,谢谢领导……"郝峰闻言,激动得语无伦次,一颗悬着的心终于放了下来。

在李纯钧的引导下,郝峰彻底向组织敞开了心扉,继续供述了他向郭成峰和其他安澜港集团管理人员行贿的违纪违法事实。

这次讯问,从晚上八点,一直持续到了晚上十一点半。

李纯钧抬头看了一眼笔记本显示屏上的时间,然后合上笔记本,缓缓说道:"郝峰,今天我们就谈到这里,这样你先休息,明天把你说的这些都写下来。另外,我明天会安排办案人员来取笔录,你也一定要配合好。"

"一定,一定,我一定配合好!"郝峰站起身,连连鞠躬道。

郝峰这边的讯问进展得十分顺利,郭成峰那边同样如此。在铁一般的事实面前,郭成峰也放下了对抗心理,主动向组织交代了自己和平裕诚的违纪违法事实。

凌晨一点,纪威坐在专案组指挥室里,听取着李纯钧和沈工布两个小组的汇报,面带微笑。

这一天,他们取得了巨大的突破,距离留置"器金刚"平裕诚,只差最后的"临门一脚"。

## 十一

太阳经过一夜的修整后,重新升起在了地平线上。灿烂的阳光点燃了大地的激情,唤起了一天的希望。

又是一夜无眠,纪威脸上的黑眼圈愈发浓重,精神却没有丝毫萎靡,反倒有一丝兴奋。

他站在办公室的窗前,看着冉冉升起的太阳,胸中涌起万丈豪情。他深吸一口气,努力让自己平静下来,等待着决战时刻的到来。

"书记,已完成所有证据材料的补充,请您过目。"李纯钧走了进来,他从文件包里拿出一摞材料,递给了纪威。

天还未亮,李纯钧和沈工布就分别带人前往市不动产登记中心和建设银行,调取了郝峰所供述的那套房产的登记信息、付款记录和其他书证材料。纪威仔细地翻看着相关书证材料,双眉紧蹙,直至看完最后一页时,冷峻的脸上终于露出了一抹笑容。

"已发函请公安部门配合,对平裕诚采取了边控措施,防止他往国外出逃。"李纯钧说道,"另外,我们也正通过'天网系统',密切监视平裕诚的行踪。"

"好的,李主任,辛苦了。"纪威拍了拍李纯钧的肩膀,笑着说道。

不知为何,平裕诚自离开安澜市后,一直心神不宁,仿佛冥冥之中,有个声音一直在告诉他要出大事一样。他本以为是近日来一直紧绷着神经的原因,等到了苏州,这种感觉就会消散,可真正到了苏州之后,这种心慌非但没有消失,反倒愈发强烈。

平裕诚漫步在甲冠天下的拙政园中,想借助江南水乡的小桥流水化解内心的慌乱,但心中的潮水却更加汹涌起来。

平裕诚按着胸口,神色苍白。

"怎么了,平总?"戴礼连忙上前问道。

"没事,可能是最近没有休息好,有些心慌。"平裕诚回答道。

"哎呀,平总,治疗心慌,我最有经验了。"戴礼笑了起来,"咱去吃个饭、喝个酒,再去做个足疗,什么心慌都被治好了。"

戴礼抖了抖脖子上的大金链子,虚假的笑容中又多了一丝猥琐。

"已经安排好了,戴总。"正在两人谈话间,戴礼的秘书匆匆跑来说道。

"那正好。"戴礼做了一个"请"的动作,"平总,咱走?"

平裕诚被戴礼这么一闹,心慌的感觉瞬间消弭了大半。

"走!"平裕诚笑了笑,苍白的脸上泛起一抹笑容。

碧螺虾仁、猪油年糕、袜底酥、松鼠鳜鱼、鲃肺汤……一道道地道的苏州特色美食,被端了上来。

平裕诚坐在主宾的位置上,文雅地品尝着一道道美食,并不时点评一番。

戴礼坐在平裕诚一侧，不时站起来弯着身子为平裕诚夹菜，并对平裕诚的点评和讲解拍手称赞，硕大的面庞上挂着夸张的笑容。

戴礼的女秘书坐在平裕诚的另一侧，一边抛着媚眼，为平裕诚夹着菜，一边用她那双细长的美腿蹭着平裕诚的双腿。

丝丝电流传遍平裕诚的全身，仅剩的一丝心慌，也已消失了。

十五年的茅台酒逐渐见底，酒过三巡的三人，面色如同煮熟的螃蟹，眼神也变得游离起来。

女秘书媚眼如丝，不停放电，强大的电流让平裕诚逐渐沦陷。

戴礼假模假样地扶着脑袋，连称酒醉，十分知趣地起身离开。临走前，他将一张房卡递给了女秘书。

戴礼内心很清楚，平裕诚每次出游都会点名让他陪同的原因，并不是他服务得周全，也不是他舍得一掷千金。这些，郝峰和其他人也能做到，甚至能做得更好。而他之所以备受平裕诚青睐，就是因为他的女秘书。

思及至此，戴礼有些得意地笑了笑……

一夜荒唐之后的平裕诚，面色红润，容光焕发，昨日的心慌犹如敝屣，彻底被他抛到了脑后。他再度如同一名得胜归来的将军一般，自信地出现在了众人的面前。

"平总，九点钟司机送我们去紫砂壶展的现场，您看可以吧？"戴礼走上前，半弓着身子，小心翼翼地问道。

"可以。"平裕诚心情大好，十分随意地应了一声。

秦大师是宜城十大制壶师之一，在紫砂壶界颇具盛名。平裕诚是他的忠实粉丝，不管工作多忙，只要是他的壶展，必定会想方设法参加，豪掷几十万买壶。

壶展的现场，平裕诚如同专业研究人员一样，对一把把壶进行着点评。女秘书像是一只温顺的小猫一样，挎着平裕诚的胳膊，耐心地倾听着，并不时点点头。

平裕诚很享受这种"指点江山"的感觉，尤其是在佳人相伴的情况下。

平裕诚在一把把紫砂壶之间穿梭着，不时发出一声声赞美。戴礼挺着啤酒肚，宛如一只大企鹅一样，紧跟着他的步伐，并不时像学富五车的学者一般，点头赞同。

片刻后，平裕诚被一把四四方方、造型特别的紫砂壶吸引住了目光。他看着这把壶，眼神前所未有的炽热，如同一个饥饿了数月的人，忽然看到一盘烤肉一样。

这把壶的器形别出心裁，呈正四方形；平盖无把，一隅开孔作流；壶身刻梅花一周，盖面线刻变体云龙纹。

平裕诚被这把壶深深迷住了，久久难以移开目光。

戴礼的心思八面玲珑，察言观色的本事亦丝毫不弱。他看到了平裕诚眼神中的渴望，随即心领神会，转身离开。

等到他再回来的时候，那把四四方方的紫砂壶，已经被他抱在了怀里。

"平总，希望您喜欢。"戴礼将已经打包好的紫砂壶递给平裕诚，谦恭地说道。

平裕诚的双目中满是欣喜，他迫不及待地接过紫砂壶，紧紧地将它抱在了怀里，如同是得到了世间最珍贵的宝物一般。先前与他无比亲昵的女秘书，被他晾在了一边，再度成了敝屣。

"戴总破费了。"平裕诚摩挲着紫砂壶，连连大笑道。

"哎呀，难得平总有看得上眼的，这点钱算得了什么。"戴礼大笑着说道。

一把紫砂壶花了三十万，戴礼虽然有些肉疼，但觉得这笔钱花得值得。只要把平裕诚哄高兴了，这三十万他可以几十、几百倍地赚回来。

乘兴而来，尽兴而归。

买完紫砂壶后，平裕诚高兴地踏上了归途。高速公路两旁单一的风景，此时在平裕诚看来也别有一番韵味。

车子驶入安澜市境内，平裕诚才拿出手机，长按开机键。先前他怕有人来电打扰他看壶展的兴致，便关掉了手机。

他重新开机，蓦地发现他的微信上，足足有三十多个未接的语音电话。

"烦躁。"平裕诚看都没看一眼，便选择了一键清空。

市公安局指挥中心，李纯钧坐在巨大的监控系统前，聚精会神地注视着。

待发现平裕诚的踪迹后,他立即拿出手机给纪威拨了过去。

"书记,平裕诚乘坐的商务车已驶过了山枫区,正往海港区而来。"李纯钧看着巨大屏幕上缓缓移动的亮点汇报道。

"没有什么异常吧?"纪威问道。

"目前没有发现异常,平裕诚应该还不知道郝峰和郭成峰被留置的消息。"李纯钧谨慎地回答道。

"很好,继续监视。"纪威挂掉手机,转头又拿起座机拨了出去,"工布,该你们行动了。"

正义的旗帜再度飘扬了起来,两辆黑色的帕萨特轿车一前一后,如风般驶出了松涛园。

埃尔法商务车驶入海港区境内的时候,平裕诚的右眼皮忽然不住地跳动了起来,心慌的感觉再度如同海啸般席卷而来。

"该死!"平裕诚大骂一声,一拳狠狠地砸在了车门上。

"怎么了,平总?"戴礼一脸茫然地回头问道。他心道:"平裕诚这个孙子,一天天变脸比翻书还快!"

平裕诚不耐烦地摆了摆手,示意戴礼不用管他。

戴礼自讨了个没趣,便转过了头,不再多言。

商务车驶过安澜港口作业区,平裕诚看着海面上闪动着的点点金光,内心忽然平静了下来。

"戴总,让师傅靠边停车吧,我想下去走走。"平裕诚开口说道。

戴礼一时之间愈发摸不准平裕诚的心脉,也不敢违背他的意思,只好让司机停下车,把平裕诚放了下去。

"你们先走吧,我一会儿自己回去。"平裕诚说道。

"好的,平总。您多小心,需要人来接您,随时给我打电话。"戴礼满脸堆笑道。

平裕诚挥了挥手,径直离开了。

"真难伺候!"戴礼关上车门骂了一声,又恶狠狠地骂了句脏话,连忙让司机开车离开。

大冷天的,他可不想在这里陪平裕诚挨冻。

安澜市的沙滩,以细腻柔软闻名全国。平裕诚踩在沙滩上,心里愈发安宁。

他漫步在沙滩上,思量起这几天的心慌,喃喃自语道:"难道是纪威趁着我不在,又搞了什么动作?"

思及至此,平裕诚后背一阵发凉。若真是如此,那么他此刻危险了!

平裕诚慌忙拿出手机,给贾聪拨了过去。

"哎哟,我的平总,您可算是接电话了!"电话刚一接通,平裕诚就听到了贾聪着急忙慌的呼喊声。

"怎么了?你慢慢说。"平裕诚咽了一口唾沫,再度一阵心慌。

"都火烧眉毛了。"贾聪着急道,"郭成峰经理和郝峰都被留置了!"

"什么!"

平裕诚闻言,瞬间有种天塌了的感觉。他的双手不断地颤抖着,电话顿时从手中滑落,重重地摔在了沙滩上。

"喂,平总……喂,平总……喂?"贾聪的声音,从电话里传来,平裕诚却丝毫没有听到。

郭成峰和郝峰同时被留置,那么就意味着,被留置的下一个对象便是平裕诚自己。

平裕诚的大脑顿时一片空白,他无比痛苦地抱着脑袋,瘫坐在沙滩上,精神恍惚……

## 十二

平裕诚不见了!

在这个关键节点上,突然发生了这样的事,不由得让纪威心头一惊。

他深吸一口气,努力地让自己冷静下来,大脑高速运转着,思考着每一种可能。正在此时,李纯钧的电话打了进来。

"书记,调查清楚了,平裕诚是在港口作业区偏南的位置下的车,沈工布正带人在那一带搜寻。"李纯钧汇报道。

"嗯。"纪威点了点头,沉思片刻后说道,"让沈工布他们继续找,同时再安排人去他的家里、朋友处还有其他他常去的地方都找找。"

纪威顿了顿，又补充道："纯钧主任，辛苦你继续协调公安人员利用'天网系统'进行搜索。"

"好的，书记，我马上安排。"李纯钧答道。

"平裕诚，你到底躲到哪里去了？"纪威的眉头拧成了一个"川"字，他站起身，看着窗外喃喃道。

然而，事情的转机很快出现——

李纯钧通过"天网系统"逐街逐巷地搜索，很快就发现了平裕诚的踪迹。令李纯钧大吃一惊的是，根据当前系统显示，平裕诚此刻所在的位置，竟然是海港区纪委监委谈话点门口！

"什么？！"纪威接到电话后，满脸的不可思议。

"莫不成这平裕诚是要跟我们演一出'灯下黑'的戏码？"纪威思索道。

黑色的帕萨特轿车在马路上飞速行驶着，片刻后便抵达了海港区纪委监委谈话点。

此时的平裕诚正如同梦游一般，呆站在谈话点门口，满脸的不知所措。轿车尚未停稳，纪威就焦急地拉开车门，跑了下来。轿车的惯性，让他打了个趔趄，差点摔倒。

与此同时，李纯钧也从市公安局赶到了海港区纪委监委谈话点门口。

平裕诚转过头，直视着纪威，缓缓开口道："纪书记，我来自首。"

平裕诚如同娇羞的少女，说话声音很低，之前那种指点江山、激扬文字的豪情，顷刻间不复存在。

李纯钧站在纪威身后，惊讶得张大了嘴巴，满脸的难以置信。

纪威却面色一凛，眼神如剑。

在即将留置他的节骨眼上选择自首，这对平裕诚来说，是最好的处理方式，也意味着平裕诚可以获得组织的宽大处理。

"当真是好算计！"纪威暗骂一声道。

"怎么，书记不接受我的自首吗？"平裕诚看着纪威，缓缓说道。

"组织接受任何人的自首。"纪威冷冷地应了一声，随即安排李纯钧等人将平裕诚带上车，返回松涛园。

留置室早已准备好，相关手续也已全部准备齐全。

平裕诚按照规定流程体检、换衣服之后，最终被带到了留置室里。

看着面前的小桌、头顶的灯光，以及无处不在的监控摄像头，平裕诚悬着的心反而被放回到了肚子里。

虽然没能避免被留置，但他此次的自首行为和接下来主动交代问题、主动检举他人的行为，将会为他减不少年的刑。

"既然事已至此，这反倒是最好的结果了。"平裕诚在心里盘算道。

想着想着，平裕诚再度精神恍惚起来。他的心里一阵悔恨，恨自己为什么要离开安澜市、为什么要关机、为什么要得意忘形、为什么要轻视纪威……

两名全程陪着平裕诚的看护民警，开始为他讲解起留置室里的相关要求。平裕诚只看到民警在动嘴巴，并不时辅以动作，但民警说的什么，他一句也没有听进去。

"聪明反被聪明误啊！"忽然，平裕诚像是想通了什么，他大喊一声，如同魔怔了一般，双手不断地大力拍击着桌子。

"同志，请你控制好情绪！"看护民警大喝一声，随即制止了平裕诚的失控行为。

在民警的强制下，平裕诚依旧没有恢复神智。他趴在审讯桌上，又哭又笑，如同精神失常了一样。眼泪和鼻涕同时从他的眼睛里、鼻子里流了出来，弄得满桌都是，脏得令人作呕。

"怎么了？"纪威和李纯钧在指挥系统的监控屏幕上看到这一幕，连忙跑了过来。

平裕诚一见到纪威，瞬间清醒了过来。他变得无比激动，颤颤巍巍地站起身，指着纪威笑道："纪威，你厉害啊！我输了，输得心服口服！"

纪威看着平裕诚狼狈的模样，无奈地摇了摇头。

"你从一开始就没打算调查我本身，对不对？从一开始，你就把调查的重点放在了郭成峰身上，对不对？之后又出现了郝峰，让你更坚定了你的方向，对不对？"平裕诚说着，忽然又如同精神病发作一般地大笑了起来，"'上兵伐谋'，原来你用的是'骄兵之计'啊！纪威，你行！我栽了，我认！"平裕诚说完,如同瞬间被抽走了所有的精气神一样,一下子跌坐在了方凳上。

纪威看着平裕诚,未发一言,只是让看护民警多留意他的举动,等他情绪稳定些,他们再过来对他进行讯问。

连续地高负荷运转,让纪威的身体有些吃不消了。看完平裕诚后,实在撑不住的纪威回到宿舍,准备小休一会儿。

前一分钟刚躺到床上,后一分钟就打起了呼噜。

这一睡,就是十几个小时。直至第二天的上午,纪威才在急促的电话铃声里,艰难地睁开了眼睛。

"喂,纯钧主任。"纪威疲惫地说道。

"书记,平裕诚交代了,全交代了!"电话的另一端,李纯钧的声音异常兴奋。

纪威一下子清醒了过来。他猛地起身,坐到了床上:"什么?纯钧主任你再说一遍。"

"昨天您回去休息后不久,平裕诚就恢复了正常。晚上我和工布去跟他讲了讲自首的政策,没想到平裕诚一下子想开了。"李纯钧有些骄傲地回答道,"他不但供述了自己的违纪违法问题,而且还主动检举揭发了'酒金刚'邢冬的违纪违法问题……"

"太好了。"纪威双手一拍,笑道,"纯钧主任,做得好!你们等我,我马上过去。"

顾不得洗刷,更顾不得整理衣服,纪威像一支利箭离弦而去。

指挥室内,纪威翻看着李纯钧的讯问笔录,脸上挂满了笑意。

"这下,我们就能加快案件推进节奏了。"纪威笑道,"走,纯钧主任,我们再去与平裕诚谈谈。"

"好的,书记。"李纯钧紧随纪威而去。

留置室里,平裕诚正按要求学习着《中国共产党章程》和《中国共产党纪律处分条例》。

经过昨天那一阵精神失常后,平裕诚仿佛宣泄尽了内心的愤懑和不甘,开始接受现实,积极配合起组织的审查调查。

纪威看着脱胎换骨一般的平裕诚，脸上流露出了些许欣慰。

"平总，今天好些了吗？"纪威问道。

"谢谢书记关心，都已经好了。"平裕诚有板有眼地回答道。

"被留置这件事，百分之九十九的人在初始之时，都会难以接受，这可以理解。"纪威的脸上带着一丝笑意。

平裕诚忽然老脸一红，似乎是在为昨天的荒唐行为而羞愧。

"有什么需要，尽管告诉办案人员。只要是合理的要求，我们会尽可能地满足你。"纪威关心道。

"谢谢书记，我尽量不再给大家添麻烦。"平裕诚说着，仿佛又恢复了往日的姿态。

纪威看着平裕诚，欣慰地点了点头，话锋一转，言归正传道："平总，我有几个问题需要请教您，希望您能知无不言。"

"我尽量。"平裕诚点点头说道。

"社会上传说的'四大金刚'，除了你和徐构，还有谁？"纪威的目光忽然变得锐利了起来，他直视着平裕诚，开门见山地问道。

平裕诚忽然笑了起来，似乎是对纪威的这个问题早有预料一般："'色金刚'是徐构，'器金刚'是我，'酒金刚'是邢冬，'财金刚'是田锐。"

听到平裕诚的回答，纪威既淡定，又诧异。

淡定的是，邢冬在预料之中，因为现有的举报材料已经足以证明他的身份；诧异的是，田锐竟位列其中，因为这个人几乎没有什么存在感，也没有任何举报指向他。

平裕诚似乎是看穿了纪威的想法，淡淡地说道："邢冬破事一大堆，你们肯定已经掌握了不少证据；而田锐这个老狐狸，做事小心翼翼，你们想要抓住他的把柄，只怕是很难哪。"

纪威笑了笑道："还得请平总指点迷津。"

"我不知道。"平裕诚摇了摇头，说道，"田锐这个老狐狸，他的事不会让任何人知道。我本身就跟他不对付，他更不可能跟我说，我也不会去刻意打听他的事。"

纪威直视着平裕诚的眼睛，发现他说得颇为诚恳，不像是在说假话，便不再追问。

"那么，你谈一谈那位神秘莫测的'大王'吧。"纪威道。

感受到纪威投来的如剑般锐利的目光，平裕诚把头低了下去。片刻后，他摇了摇头，缓缓道："纪书记，恕我暂时不能告诉你。'大王'对我恩重如山，出卖'大王'，我过不了自己心里那关。"

李纯钧有些生气，刚要发作，却被纪威制止住了。

"平总，我们能理解你，可以给你一些时间，但请你不要让我们等太久。"

平裕诚惊讶得猛然抬起头，难以置信地看着纪威，嘴边喃喃道："谢谢，谢谢……"

纪威点了点头，起身离开。

平裕诚却在这时开口道："纪书记，给您一个忠告：小心白晓莲这个女人。"

纪威一愣，继而点了点头，未再追问什么。因为他知道，即使他问，平裕诚也不一定会说。一味地强求，反倒会适得其反。

走出留置室，纪威长舒了一口气，脸上浮现出一抹微笑。寒露之后，寒气渐浓，风中已有了几分凛冽的味道。此时纪威的胸中，却涌起了万丈豪情。

随着与平裕诚"智斗"的结束，这场反腐败斗争的胜利天平，终于开始向正义的一方倾斜……

# 强攻『酒金刚』

一

繁星满天，湖面上波光粼粼，金光点点，仿佛是上苍撒下了一片碎银。

寒露时节，海风轻拂，海雾流转；虽有着些许寒意，却让人有种说不出的惬意。

悟禅山庄的人工湖边，白晓莲挎着"大王"的胳膊，慢慢地散着步。

今天的她没有像往常一样，扎起高高的马尾，而是随意地披散着头发，那秀发像是一帘倾泻而下的黑色瀑布。

今夜星空很美，风也温柔，又有佳人相伴，但这位神秘莫测的"大王"却始终阴沉着脸。

继"色金刚"徐构之后，"器金刚"平裕诚又被留置，又一次在安澜港集团内部掀起了轩然大波。

如果说，上一次徐构被留置纯属"大意失荆州"，那么，这一次平裕诚被留置，则完全出乎他的预料。他至今仍然难以相信，那个运筹帷幄、以"小诸葛"自称的平裕诚，会在这场"智斗"中败北。

思及至此，"大王"长叹了一口气。

白晓莲就像是一个忠实的听众，自始至终都默默地陪在"大王"身边，不让自己发出一丝声响。她知道，"大王"这样的"大人物"，需要的仅仅是安静的陪伴，而不是喋喋不休，更不是自作主张。

"天凉，我们回去吧。"白晓莲说道。

看着白晓莲那双水汪汪的大眼睛，"大王"的心仿佛都被融化了。

"好。""大王"点了点头，跟随白晓莲来到了卧室。

躺在价值数十万的按摩椅上，"大王"半眯着眼睛，享受着白晓莲堪比专业按摩师一般的按摩手法。

或许只有在这一刻，"大王"疲惫的心灵，才感受到了一丝慰藉。

白晓莲的双手，在"大王"的太阳穴上来回揉按着。"大王"的眉头，随着白晓莲的按揉时而紧皱，时而舒展。

白晓莲俯下身子，香甜的呼吸直喷到了"大王"脸上。"大王"的烦心事，仿佛在这一瞬间烟消云散了。

他猛地睁开了双眼，抓住白晓莲的双手忽然用力。白晓莲像是一个受到了惊吓的公主一般，被拖拽到了"大王"的面前，"大王"侧过身，一下子压了上去……

太阳冉冉升起，又是一日之晨。

昨夜，"大王"将压力化为动力，尽数释放在了白晓莲身上。晨起之时，他如获新生一般地重新睁开了双眼。

白晓莲拆开一件崭新的白衬衣，为他穿上并仔细地整理好了领口、袖口。"大王"看着镜子中的自己，重拾信心。他拎着文件包，阔步往楼下而去。经历过无数大风大浪、几十年体制浮沉的他，又岂会轻易被打垮。

白晓莲目送着"大王"乘车离开，那张乖巧的脸如同变魔术一般，换上了另一副表情。

"姐，我们接下来怎么办？"白晓莲那壮如铁塔的弟弟白龙，凑上前来问道。

"不急，静观其变。"白晓莲面无表情地说道。

一家悲伤，自有一家欢喜。

留置了平裕诚之后，巡察组群情振奋，干劲十足，虽然工作依旧繁重。

早上八点不到，海港区纪委监委谈话点的会议室里就已经坐满了人。他们都在等待着纪威，或者说等待着下一步的工作部署。

八点一刻，纪威阔步而入，自带春风。众人挺直了腰杆，坐直了身子，皆面带微笑地看着他。

"看来大家已经迫不及待了嘛。"纪威挨着会议桌坐下，环顾一圈，笑道，"那我们就正式开始今天的会议。"

接着，他开始主持会议："留置平裕诚，是我们取得的又一次胜利，省纪委监委冯琦书记和市委、市政府的领导都给予了我们高度评价。希望大家不骄不躁、高歌猛进、乘胜追击，彻底铲除安澜港集团的贪腐势力。"

纪威说完，面色一凛，继续说道："同时大家也要清醒地认识到，留给我们的时间，仅剩下不到二十天。如果我们不能在这最后的时间里，找出并留置那位神秘的'大王'，那么，这次的专项巡察行动，依然是失败的。"

众人闻言，不约而同地点了点头，表情严肃。

"大家要化压力为动力，我相信我们一定能取得最终的胜利。"纪威的话，再度鼓舞了众人。

此时此刻，众成员的双目中，仿佛有一团熊熊烈火在猛烈燃烧着。

"下面，我们进入正题。"纪威站起身，将那块已经擦干净的白板拉了出来。他从文件袋里拿出了一张相片，将它贴到了白板上，并指着照片说道："照片上这位，是安澜港集团有限公司副总经理兼物贸公司经理邢冬。关于他的有关情况，下面请崔组长来介绍一下。"

崔湛卢点了点头，拿出早已准备好的材料，走上前介绍道："邢冬，海佐省人，大学毕业后进入安澜港集团工作，是安澜港集团的元老之一。根据目前的信访举报和座谈情况来看，这位邢副总的问题不少。比较典型且具有一定可查性的问题主要有以下几条：一是每日醉生梦死，几乎一天喝三顿；经常处于醉酒状态，影响正常工作。二是与一些供应商来往密切，经常出入老板们的私人会所，并收受其所送的茅台酒。三是采购的工作用具、机械等物品的价格严重高于市场价，疑似收受回扣。四是增设本不应存在的'短倒'业务，疑似存在利益输送……"

听完崔湛卢的介绍，纪威满意地点了点头，笑道："看来这几天崔组长带着大家也取得了不小的收获嘛。"

受到表扬的崔湛卢，脸上也流露出了一个笑容，他继续补充道："书记，我们这几天通过座谈发现，这位邢副总在安澜港的威信极差，几乎人人都对他有意见，更有人作诗嘲讽他。"

"哦？"纪威来了兴趣，笑着问道，"怎么嘲讽的？"

崔湛卢歪着头，回想片刻，慢慢吟道："秃头副总天天醉，满身酒气来开会。喝得作风变了味，边贪污来边受贿。"

"哈哈哈……"众人听完，皆大笑了起来。

"很生动、很形象。"纪威笑着说道，"找一找这位诗人，务必请他为我们提供一些线索。"

"好的，书记。"崔湛卢笑着点了点头。

巡察组顺着崔湛卢提供的初步信息，展开了激烈的讨论，一套逻辑严密、可查性强的方案逐步成形。

纪威这边紧锣密鼓地部署着新的核查工作，"大王"那边也没有闲着。来到办公室后，"大王"反锁了办公室的门，并告知贾聪，没有特别重要的事，尽量不要来打扰他。

"大王"点上了一支烟，如同品尝佳酿一般地深吸了一口。随后他半躺在了那张真皮老板椅上，在心里分析起当前的形势来。

市纪委连续大获全胜，势必会乘胜追击。依照当下形势，必须打乱他们的调查节奏，延缓他们的调查速度，从而安稳地度过这剩下的日子。

想到这里，"大王"打定主意，拿出电话给白晓莲拨了过去："晓莲，你现在暂时停掉手里的一切业务，带着你手下的公关小姐们，全力去接近、拉拢纪威，务必将他拉下水。他是这次专项整治工作的具体负责人，只要拿下他，我们便可以高枕无忧了。"

白晓莲默默地听着，随即回答道："放心吧，'大王'，人家马上去处理。"

听着电话里白晓莲娇滴滴的声音，"大王"不禁又是一阵心猿意马。

挂了电话，"大王"的眉毛再度紧蹙起来。不知为何，他忽然对邢冬产生了极大的担忧。这个家伙这些年来纵情声色，只怕早已忘却了政治斗争的残酷性，倘若被纪委盯上，只怕没几天便会一溃千里。

"嗯，必须提醒下这小子。""大王"拿出电话，给邢冬拨了过去。

"嘟、嘟、嘟……"

"大王"一连拨了三通电话，电话里均是无人接听的忙音。

"啪！""大王"顿时勃然大怒，一把把电话摔在了地上。

"这个浑蛋，早晚醉死在酒坛子里！""大王"大骂了一声，随即拉开办公室的门，大声喊道，"贾聪！贾聪！"

听到"大王"召见，贾聪一路小跑而来。他敲了敲门，回应道："'大王'，您吩咐。"

"大王"脸上依旧余怒未消，他恶狠狠地对贾聪说道："你去物贸公司守着，只要邢冬这个家伙一到公司，立马拉他来见我。"

"好的，好的，您放心。"贾聪唯唯诺诺地点头说道。

"去吧。""大王"摆摆手道。

贾聪闻言，如蒙大赦，立即一路小跑而去。

重新关上门，半躺在椅子上，"大王"从抽屉里拿出了一串和田白玉念珠。他一边数着珠子，一边在心里重新盘算起来：

"邢冬是个'定时炸弹'，指不定哪天就会爆炸。现在他已经被纪威盯上了，想保他基本已是不可能的了。好在他知道我的事情并不多，即便他被留置也不会对我产生太大的影响。

"田锐这个老狐狸，城府甚至比平裕诚更深，人也更加低调。市纪委想要发现他的存在都很难，更别说调查他。这家伙，我不担心。

"至于白晓莲，从跟她在一起，我就一直防着她。即使她的事儿被查出来了，也影响不了我。因为她从安澜港赚取的每一分钱，我自己都没有直接插手，没有证据能证明她的钱和我有关系。"

"还是得跟长贵打个招呼，做好最坏的打算啊……""大王"自言自语道。

## 二

在纪威的主持下，巡察组成员们围绕邢冬相关问题线索的核查补证，纷纷提出了自己的看法。

纪威静静地听着，并不时在笔记本上做着记录。等大家的观点都发表得差不多了，他才微笑着合上笔记本，作出最后总结。

"刚才大家的观点，都很有代表性。"纪威笑着说道，"尤其是崔组长提出的'对比法'，我觉得极具可行性。"

纪威说着，慢慢地站起身，踱步到了窗边，长叹一口气说道："无论是哪个年代、哪个公司，采购岗位的油水都是极大的。这个岗位权力大、手上流过的资金多，极易产生腐败问题。所以，刚才崔组长提出从采购业务入手，利用'对比法'进行调查补证，我觉得极具可操作性。"

接着，纪威环视一圈说道："大家有什么想法，可以提出来，我们再议一议。"

众人纷纷点头表示同意。

"那好,既然大家的意见达成一致,那我们就兵分三路,先暗中就采购业务展开核查。"纪威打开笔记本,看着已打好的草稿,部署道,"第一组,棠溪和巨阙,你们去百货公司核查每年节礼的采购情况;第二组,湛卢组长和光青,你们去劳保用品公司核查劳保用品的采购情况;第三组,镇岳和我,我们一起去琅琊市核查下机械采购的情况。"

见众人都无异议,纪威继续说道:"其他人继续对物贸公司开展日常巡察,如发现新的线索,及时相互沟通。与此同时,从现在开始,棠溪和镇岳你们俩除了参与部分巡察任务外,还要随时准备参与到专案组去。"

纪威的话音落下,意味着这次部署会议结束。众成员纷纷起身离开,奔赴新的战场。

"书记,我们何时出发去琅琊市?"刘镇岳站起身来问道。

"不急。"纪威摆摆手笑道,"出发前,我们先会一会这位'酒金刚'。"

此时,"酒金刚"邢冬正耷拉着脑袋,站在"大王"办公桌前,不敢发出一丝声响,像极了犯了错误的小学生。

"巡察组都已经进驻你的物贸公司了,你还像个没事人似的,天天喝得酩酊大醉,你是生怕巡察组找不到你的问题是吗?你的脑子是被驴踢了吗?""大王"伸出左手食指,狠狠地戳在了邢冬那锃亮的大脑门上,怒气冲冲地骂道。

邢冬笔直地站着,身体不敢有丝毫晃动,默默接下了"大王"的滔天怒火。

"你呀,我说你点什么好!"怒骂了邢冬十几分钟后,"大王"的怒气终于发泄得差不多了。

他坐回到老板椅上,猛地喝了一口茶水,指着邢冬道:"马上去给我把屁股擦干净,不然被巡察组、市纪委咬住了,可别怪我没有提醒你!"

邢冬连连点头,那唯唯诺诺的样子,像是一个受了委屈又不敢发泄的小媳妇。

"滚吧!""大王"大手一挥,下了"释放令"。

邢冬长舒一口气,轻手轻脚地带上门,逃一般地离开了。

带着满肚子怨气,邢冬恶狠狠地拉开了车门。

"邢总,我们去哪里?"司机礼貌地问道。

"还能去哪里,回公司!"邢冬怒吼着,把从"大王"那里受的气,又尽数发泄在了司机身上。

司机无奈地笑了笑,摇摇头,不再多言。

邢冬余怒未消,却又无处发泄,遂从车后座的缝隙中掏出了一个矿泉水瓶子。

瓶子里装着透明的液体,仅从外表看,它与普通矿泉水并无不同。邢冬拧开瓶盖,一股浓郁的酒精味道,瞬间盈满整个车内。

司机见状,连忙拿出口罩戴上,生怕四处逸散的酒分子进入到口鼻中,从而被交警测出酒驾。

"啊——"邢冬喝了一口矿泉水瓶中盛装的不明液体,脸上立即流露出了陶醉般的表情。

"何以解忧,唯有杜康!"邢冬笑了起来,方才被"大王"训斥而产生的怒火,瞬间消散一空。

邢冬的心情逐渐好了起来,他拿着矿泉水瓶,连连畅饮,像是品尝着世间最甜美的甘露。

转眼之间,矿泉水瓶就见了底。

"铃铃铃……"邢冬西服口袋中的电话,急促地响了起来。邢冬拿出电话,看都没看一眼,便按下了接听键。

"哎呀,邢总,您去哪里了?巡察组的领导们都在公司等你呢。"未等邢冬说话,物贸公司财务主管王松便急匆匆地说道。

"巡察组……去了?"邢冬顿时清醒了一些,他正了正身子,连忙问道,"纪书记……亲自……去了?"

"是啊,邢总,纪书记已经在公司等您多时了。"王松急忙说道。

"好,我……知道了……你……陪着书记稍坐,我……马上……就到。"邢冬口齿不清地一边拿官话回应着,一边催促司机加快速度返回公司。

邢冬马不停蹄地往公司赶的时候,纪威正在查看一份报告。这份报告写得很夸张，几乎是要把物贸公司夸上了天。

纪威翻看着报告，连连咋舌，随后有些不可思议地朝王松问道："2013年至2015年期间，安澜港集团直属27家公司总营业收入为400亿，仅你们物贸公司的收入就达到200亿？"

看着纪威满脸的怀疑，王松骄傲地仰起头笑道："书记，您有所不知，这几年，我们公司在邢总的带领下，犹如芝麻开花——节节高。不仅过去的几年成绩显著，今年公司营收预计能占整个集团营收的百分之六十。"

纪威注视着王松的每一个微动作，留意着他说每句话时的音调和眼神，没有发现一丝异样。

"难道这些数据都是真的？怎么感觉像是造假的？"纪威在心里暗暗思索道。

"书记，久……等，久……等了……"邢冬恰在此时返回了公司，人虽未至，声却先至。

紧随声音而来的，还有一阵浓重的酒气。

酒气自是从邢冬身上散发而出，并于空气中散开，熏得众人连忙拿袖子遮住了口鼻。

"这位'酒金刚'果然名不虚传！未见到人，先闻到酒味了。"纪威在心里暗骂了一声。

"哎呀，书记……去……集团汇报……耽误了。招待……不周，多……见谅，多……见谅啊……"邢冬跟跟跄跄地走了进来，自来熟地握住了纪威的手。

一阵酒糟混着汗臭的味道，直扑口鼻，呛得纪威差点吐了出来。

强忍着胃里的翻江倒海，纪威迅速地与邢冬礼节性地握了握手，连忙后退数步。

连连调息后，纪威才勉强抬起头来。他迫不及待地打量着邢冬，想要看清这位"酒金刚"到底长什么模样。

邢冬的个子极矮，也就一米六多一点；因常年酗酒，身材发福，走样严重，凸起的肚子像是身怀六甲的孕妇的肚子；眼神阴鸷，让他看起来像是盯着猎物的秃鹰；头发稀疏，两边稍多点而中间掉光，典型的"地中海"发型；硕大的酒糟鼻，几乎占据了半个脸庞；两腮因为刚喝完酒，显得透红。

纪威面色渐渐冷峻起来，脸上的神情写满厌恶。邢冬却丝毫未发觉，反而一个劲地往纪威的面前凑。

"纪书记，我……跟你说……我一见你，就觉得……你像书里说的……陌上……人……如玉，君子……世……无双……"

见邢冬的酒劲和"诗性"都上来了，王松连忙把邢冬往后拉，同时尴尬地朝纪威笑了笑。

纪威回以笑容，表示理解。

"在这样的人手底下干，真是太不容易了。"刘镇岳在心里暗暗地对王松表示同情。

"但凡有盘花生米，也不至于醉成这样啊。"纪威也在心里吐槽了一句。

"王主管，看来我们今天是无法与邢总谈一谈了，希望您稍后劝劝邢总，让他改日尽量接受一下我们其他同事的座谈。"见邢冬已经快醉成一摊烂泥了，纪威于是嘱咐了王松几句，转身离开。

"唉——"王松目送着纪威离开，转过头看向已经躺在沙发上打起呼噜来的邢冬，满脸无奈地长叹了一口气。

## 三

"你们怎么看？"返回的路上，纪威朝着刘镇岳和马百里问道。

"'酒金刚'，名不虚传！"刘镇岳伸出大拇指，大笑了起来。

"这位邢总，确实是比较有个性。"一向沉默寡言的马百里也发表了自己的看法。

纪威笑了笑，没有说话。

邢冬之所以做出今日的行为，要么是因为本性如此，要么是因为他故意藏拙示弱。很显然，此时藏拙没有任何意义，那么就只能说明，邢冬本性如此。

这与职工举报信上，对邢冬"每日醉生梦死，耽误工作"的检举恰好吻合。

"确实是一朵奇葩！"纪威回想着邢冬方才的种种行为表现，也不由得摇头苦笑了起来。

"看来这位邢总,已经把他最真实的一面展现给了我们。"纪威转过头对刘镇岳说道,"那么,再继续观察这位邢总,也就没什么意义了。通知各小组迅速展开核查工作吧。"

"好的,书记。"刘镇岳点点头说道。

匆匆吃过午饭,刘镇岳按程序申请了外出的车辆,然后和纪威一起迅速踏上了前往琅琊市的路途。

纪威要找的这家公司名为"琅琊市机械销售有限公司",是一个私营企业。工商部门提供的资料显示,这家公司非但不是什么"五好"企业,反倒偷税漏税、骗取贷款、赖账不还、以次充好等恶劣行径一样没落下。

"邢冬和这样一个'下三烂'企业合作了五六年,这里面若是一点事没有,那就奇了怪了。"纪威眉头紧皱道。

轿车一路疾驰,终于在下午三点钟到达了目的地。

简单整理了一下仪表,又简单对刘镇岳嘱咐了几句后,纪威拿着文件包走下车,同刘镇岳径直进入了琅琊市机械销售有限公司的营业厅。

"两位先生下午好,我是销售部经理赖颇,请问有什么可以帮助您的吗?"刚一进门,销售部经理就热情地迎了上来,满脸笑容地问道。

"哦,赖经理,你好。"纪威也笑了起来,他同样热切地伸出手,跟赖颇握在了一起,"我们是安澜市山枫区船务公司的,我姓纪,这是小刘。"

"哦哦,纪总,您好。"听到纪威自报家门,赖颇脸上的笑容变得更加灿烂起来。

"您这边请。"感觉到纪威满满的采购诚意,赖颇连忙把纪威带到了贵宾室,并冲外面喊道,"小钱,赶紧泡茶,有贵客,泡最好的铁观音。"

刘镇岳有些尴尬地冲赖颇笑了笑,然后有些拘束地坐在了沙发上。

赖颇作为销售经理,每日的工作就是与人打交道,眼光是何等毒辣。刘镇岳这个细微的动作,被他看在了眼里,他在心里升起一抹疑惑。

"纪总,您今天过来,是因为看上了我们的哪款机器?"赖颇笑着把茶水推到纪威和刘镇岳面前,满脸堆笑道,"虽是第一次见面,但我看到您,就有种一见如故的感觉。今天我做主,只要是您看上的机械,都给您打八折。"

纪威看着赖颇无比"真诚"的眼神，淡淡地笑道："那就提前谢谢赖总了。"

"嘿，都是小事。"赖颇摆了摆手笑道。

纪威冲刘镇岳点了点头，刘镇岳从公文包里拿出了一份材料，双手递给了赖颇。

赖颇接过材料，简单地扫了一眼，满面的笑容如同烈日炙烤下的冰块一般，瞬间消散一空。

纪威看着赖颇的表情，愈发坚定了内心的想法。

"纪总，这是……？"赖颇看着刘镇岳递过来的材料，有些难以置信地问道。

纪威笑了笑，清了清嗓子，继续说道："前几日，我们去了一趟安澜港集团港口作业区，看着他们用的机械不错，就想也采购一批，问了一下他们，他们推荐了您这里。"

赖颇闻言，疑惑的眉头才终于舒展开来。

"嘿，我说呢。"赖颇笑道，"这种型号的机械，属于我们公司的'特制版'，一共卖出去三批。我还在想你们是怎么知道的。"

赖颇说着，脸色微变。只见他贼眉鼠眼地环顾四周一圈，然后伸过头，趴在纪威的耳畔小声道："不过纪总，弟兄说句掏心窝子的话，不建议你买这型号的机械。"

"哦？"纪威的脸上流露出一丝玩味的笑容，"还请赖总解惑。"

赖颇闻言，再度伸过头来，故意压低声音道："这种机械，一般是专门坑国企的，就像你们那儿的安澜港集团。"

纪威故作惊讶，同样压低声音说道："老兄，您再仔细说说。"

"哎呀，老弟啊，"赖颇做出一副你不懂我的表情，继续压低声音道，"国企呀，你懂的，人傻钱多的主，买东西只买贵的，不买对的。这种机械就是专门用来坑他们钱的。"

"哦？"纪威露出恍然大悟的表情，坏笑道："兄弟，我懂。"

赖颇也指着纪威笑道："明白了就好。"

纪威笑着拿起纸杯喝了口茶，继而主动凑到赖颇面前，问道："正巧聊到这里了，那么请老兄给弟弟解个惑。安澜港集团从咱这买一台这样的机械，得吃多少回扣啊？"

见纪威是个"行里人"，又跟他聊得很投机，赖颇于是弯下身子，伸出右手的四根手指比画道："这个数。"

纪威满脸震惊地问道："一台机械他们就才吃四千元的回扣呀？"

"唉，老弟，得再加个零。"赖颇笑道。

"哦哦。"纪威点了点头，说道，"一台机械十六万元，他们吃四万元的回扣，这帮人够黑的。"

赖颇闻言，不赞同地摇了摇头："国企有的是钱，但那是国家的，弄到自己口袋里，那才是自己的。不趁着在位的时候多搞点，等退了休，再想搞钱，可就没机会喽……"

赖颇说着，有些得意地望向纪威，却不承想纪威面色一凛，狠狠地拍了一下桌子。

"这帮蛀虫！"纪威大怒道。

纪威突如其来的画风转变，让赖颇极不适应。他有些诧异地望着纪威，小心翼翼地试探道："纪老弟，你这是咋了？"

"谁是你老弟！"刘镇岳拍案而起，亮出纪检监察机关的工作证，微怒道，"我们是安澜市纪委监委的工作人员，现就安澜港集团物贸公司在贵公司采购机械一事，对你进行正式谈话调查！希望你能配合我们的工作！"

赖颇看着刘镇岳工作证上鲜红的印章，顿时满脸问号："刚才还和我聊得好好的小老弟，怎么瞬间就变成纪委的了？"

"赖老兄，我们继续聊聊吧。"纪威看着有些呆滞的赖颇笑道。

"我不知道，我什么都不知道，我刚才都是胡说的，是为了跟你吹牛胡编乱造的……"赖颇蜷缩在沙发上，耍起了赖。

纪威却不慌不忙，他蹲下身子，看着赖颇笑道："那既然赖总你不配合，我就只能把你带回安澜市纪委监委留置点进行谈话了。"

一听纪威来真的，赖颇立马慌了神。他一下子从沙发上翻了下来，拽着纪威的衣服，有气无力地说道："我配合。"

赖颇耷拉着脑袋，像是一个输得倾家荡产的赌徒，与先前眉飞色舞大谈捞钱之道的那个他，形成了极为鲜明的对比。

在赖颇的配合下，纪威和刘镇岳了解到邢冬的物贸公司在五年的时间里，总共从这里订购了三次机械。每次订购十台，账面上的采购价格为每台十六万元。每台机械邢冬都要吃掉四万元的回扣，累计回扣金额高达一百二十万元。这些回扣，邢冬并未直接索要现金，而是由这家公司的老板以茅台酒的形式返给他。

"这个邢冬！"刘镇岳左手握拳，狠狠地砸在了桌子上。

"那个……领导，"看着怒气冲冲的刘镇岳，赖颇小心翼翼地说道，"我就是个干活的，这些事都是我们领导安排我干的，真的不关我事。"

"理解。"纪威神秘莫测的笑容，让赖颇的心里愈发没有底。

取完笔录时，已是繁星满天。纪威和刘镇岳顾不得咕咕叫的肚子，为赖颇进行了心理疏导。在纪威的教育和安慰下，赖颇不但认识到了自己的观点是错误的，同时也放下了自己的心理包袱。

"两位领导，若是需要我出庭做证，我一定全力配合。"赖颇信誓旦旦地保证道。

纪威和刘镇岳看着赖颇的表情，脸上流露出一个欣慰的笑容。

"不虚此行。"

车辆缓缓起步，纪威看着窗外漆黑的夜空，满面笑容……

## 四

"大王"简直要气炸了！

纪威那边三路大军披荆斩棘、势如破竹，一路攻城拔寨，眼看就要把他们逼入绝境。而自己这边的"大将"邢冬，却依旧夜夜笙歌、酩酊大醉，丝毫没有意识到危机的降临。

"我当初怎么就瞎了眼，提拔了这么个废物！"一向冷静沉着的"大王"，在听到贾聪的报告后，不由得勃然大怒。

"啪！"

名贵的紫砂茶杯，被"大王"狠狠地扔在了地上，摔了个稀巴烂。即使如此，"大王"暴怒的情绪依旧没有得到平复。

他背着手，在书房里来回踱着步，急得像是热锅上的蚂蚁。

"他们现在已经掌握了哪些证据，打听到了吗？"五分钟后，"大王"踱步的速率渐渐放低，他转过头向贾聪问道。

"具体证据不清楚，但据盯梢的弟兄们反映，他们去了劳保用品公司、百货公司，纪威还亲自带人去了琅琊市的机械销售公司。"

"嘶……"

"大王"像是牙疼般地倒吸了一口凉气，有些颓然地坐在了老板椅上。他用手肘撑着桌子，双手紧紧按着太阳穴，喃喃道："大事不妙啊。"

"那我们怎么办？"贾聪的脸上也写满了焦虑。

此时此刻，他与"大王""四大金刚"乃是一条绳上的蚂蚱，不论是谁被留置了，都有把他扯出来的风险。他已经没有了退路，必须和他们一起全力以赴，渡过这场难关。

"大王"没有回答贾聪的问题，他像是一尊雕像一般，保持着同一个姿势，纹丝不动。

贾聪焦急地站在一旁，豆大的汗珠从他的额头上不断地滑落下来。十几分钟后，"大王"终于抬起了头，脸上挂着一种说不出的无奈。

"你去把王松给我找来。"说完这句话，"大王"像是耗尽了全身的力气，整个人一下子变得虚弱起来。

很显然，这个决定，他做得无比艰难。

讽刺的是，正是他的这个决定，直接导致了"酒金刚"邢冬、"财金刚"田锐的双双落马。

"这是要弃车保帅？"贾聪一边往外走，一边在心里疑惑道。

不多时，收到接见通知的王松，就来到了安澜港集团总部。他的心里无比紧张，又无比激动。

从二十五岁起，他就在安澜港集团工作，从普通工人一路干到了如今的物贸公司财务主管。

作为一个没钱、没背景、没关系的"三无"人员，能混到如今的地步，王松觉得自己已经突破了原始阶层，心里很是骄傲。

但人性往往有个共同点，就是不知足。

此番"大王"召见，说不定就是自己"更上一层楼"的信号。思考至此，王松愈发激动。

他仔细地整理了一番自己的仪容仪表，怀着忐忑的心情，跟着贾聪来到了"大王"办公室的门前。

贾聪敲了敲门，得到允许后，将王松引导进"大王"的办公室，随后知趣地带上了门，缓步离开。临走时，他在心里默默地叹了一口气。

"老王啊，几年没见，你看着沧桑了。""大王"亲自为王松倒了一杯水，跟他聊起了家常。

王松连忙起身接过"大王"递来的纸杯，神情愈发紧张。虽是坐着，但仅有小半边屁股沾着沙发；四肢僵硬，双手更是无处安放……

面对"大王"的询问，王松更是紧张得不知道该如何回答。

看着局促不安的王松，"大王"只是笑笑，他向来威严无比的双眸中，竟破天荒地透露出些许怜悯，如同一个高高在上、掌握生杀予夺大权的君王，在感慨一个底层小吏的人生海海。

这极不寻常。

"孩子都本科毕业了吧？""大王"笑着，继续问道。

"是的……老大工作……了，老……二，正……在……读研……"面对"大王"的"关心"，王松一时间不知道该如何是好，他哆嗦着嘴唇，磕磕绊绊地回答道。

"不用紧张，今天咱俩就是随便聊聊。""大王"的笑容愈发慈祥，王松一时间有些受宠若惊。

两人有一搭没一搭地聊着，基本都是"大王"在问，王松在答。

在这个过程中，王松的心情渐渐平和下来，但他不时就要抿一口水的动作，折射出他依然很紧张。

约十分钟后，"大王"忽然站起了身，他站在巨大的落地窗前，身姿挺拔。王松看着阳光映衬下"大王"那金光闪闪的背影，眼神充满敬畏，如同平民看到了帝王。

而"大王"确实是这座港口的"帝王"。

"巡察组盯上了你们公司的事情，你知道吧？""大王"转过身，面色忽然变得冷峻了下来。

王松被这突如其来的转变，吓得一个哆嗦，嘴皮子愈发不利索："知……知……知……知道……"

"大王"注视着王松，眼神愈发冰冷，如同是一只饥渴的豺狼，在打量着自己的猎物。

王松仅与"大王"的目光对视了一秒，就像触电了一般，迅速把目光收了回来，身体忽然不受控制般地打着哆嗦。

"现在有确切消息，巡察组已经掌握了邢冬采购劣质物资、机械，收取供应商回扣的证据，情况对我们很不利。"

"大王"说着，缓缓坐回到了座位上，用右手食指和中指来回敲击着桌子，一下接一下……

敲击声如同死亡鼓点，在王松的心里震动着，每一下都让王松心惊胆战。

"为了不让纪委发现'那件事'，我们需要一个有担当的人，把'吃回扣'的事情扛下来。""大王"说着，如同利刃一般的阴冷目光，再度扫过王松全身。

王松的心像是出征的鼓点，怦怦跳个不停；他脸色苍白，整个人如坠深渊……

"当然，有担当的人也不会白白担当，我这个人向来敬重英雄。""大王"说着，缓缓拉开抽屉，拿出一个蓝色的文件夹递给了王松。

王松的手颤抖得愈发厉害，他哆嗦着接过文件夹，缓缓打开。

文件夹里是一份股权书，是安澜市山枫区裕乘船务有限公司的股权书。

"这份股权书，起码价值两千万，这是你五辈子都挣不来的财富。只要你愿意当这个英雄，它就是你的……""大王"的话，如同惊雷一般在王松的脑海中响起。

王松愣愣地看着股权书，呆若木鸡。

他已经彻底迷茫了，根本做不出任何决定。

一边是被留置，面临牢狱之灾的悲惨生活；另一边，却是几辈子都赚不来的财富。

王松的精神彻底垮掉了，他不知道自己究竟该如何抉择，就像是一个被囚禁的罪犯，正面临着"砍左手"或者"砍右手"的两难决定。

"不用立刻给我答复，你可以回去仔细想一想。""大王"拍了拍王松的肩膀，"善解人意"地说道。

王松呆滞地点了点头，失魂落魄地逃离了"大王"的办公室。

"大王"站在高高的办公楼上，看着王松远去的背影，眼神阴鸷。

"你再去加把火。""大王"转过身，扫了一眼又被他叫来的贾聪，冷冷地说道。

"我……我马上去。"那一瞬间，冷汗从贾聪的后背涌出，顷刻便打湿了他的后背。

直至返回家中，王松依旧没能缓过神来。他甚至都记不起来自己究竟是如何回的家。

王松躺在床上，如同患了失心疯一般，时而大笑不止，时而痛哭流涕。这次谈话，宛如晴天霹雳，击垮了他的理智。

王松的妻子同样被王松的行为吓得有些神经质。她小心翼翼地躲在门口，看着发疯一样的王松，不敢靠近一步。

"丁零——"门铃声恰巧在此时响起，吓了两人一大跳。

王松的妻子定了定神，又壮了壮胆子，才蹑手蹑脚地去开门。

来人正是贾聪，他看着王松的惨状，心道："'大王'果然料事如神，王松真的崩溃了。"

"嫂子，王哥还好吧？"贾聪明知故问道。

"嘘——"王松的妻子故作神秘，小心翼翼地说道，"不知道怎么了，他一回来就成了这个样，可把我吓坏了。"

贾聪略作安抚，随后说道："嫂子，你先出去转转，我来劝劝王主管。"

贾聪的妻子有些疑惑地看着贾聪，随即说道："要不，我还是留下吧，给你打个下手也好。"

"相信我，嫂子。"贾聪鸠占鹊巢，连说带拉地把王松的妻子赶出了门。

"贾部长，你能行？"王松的妻子仍旧不放心。

贾聪笑了笑，随后砰的一声关上了门。

"王主管，没事吧？"贾聪笑着走上前问道。

"我不坐牢，我不坐牢……"王松大哭了起来。

贾聪连连上前，拍着王松的背笑道："没人让老兄你坐牢。社会上的兄弟们都说了，只要你好好配合，纪委还是能给予宽大处理的……"

王松抬起头，眼神空洞地看着贾聪："你说的都是真的吗？"

贾聪的眼神里，闪过一抹光亮，如同流着口水的狐狸，看到了一只小母鸡。

他寻了个板凳坐了下来，点上了一支烟，缓缓说道："我的王主管，'大王'都亲自找你了，你觉得这件事是装疯卖傻就能糊弄过去的吗？"

王松闻言，手中的动作顿时一滞。

"这件事，你同意也得同意，不同意也得同意，早已经由不得你。帮邢总顶个包，就能拿到两千万，这是多少人求都求不来的事。"

贾聪说着，眼神中闪过一抹凶狠，吓得王松一个哆嗦。

"要是敬酒不吃吃罚酒的话，'大王'的手段，想必你是知道的。那时，两千万你铁定是拿不着了，而且这个锅照样还得你背。"

"哈哈哈……"王松再度发疯一般地狂笑了起来。他指着贾聪，怒道："你们这帮人，早晚遭报应的！"

贾聪任由王松骂着，脸上波澜不惊："给个痛快话，去还是不去？"

"我去！"王松恶狠狠地把枕头扔到了地上，歇斯底里地大喊道，"我他妈去！"

"很好。"贾聪笑了笑，起身离开。

"今天这'替罪羊'是我，明天说不定就是你，贾聪！"眼见贾聪离去，王松忽然大喊道。

贾聪的脚步停了一瞬，身体也莫名地颤抖了一下。

但仅仅一瞬间，贾聪就恢复了过来。他不再理会王松，开门离开……

## 五

昨夜的一场秋雨，将安澜市的天空洗刷得更加湛蓝。阳光和煦，一如纪威此刻的心情。

早晨八点，海港区纪委监委谈话点的会议室里，就已经坐满了人。

纪威看着每个人脸上洋溢的笑容、双目中饱含的期待，同样笑了笑，开门见山道："看来大家都打了大胜仗，那么我就来看看大家缴获的'意大利炮'吧。"

"哈哈哈……"众成员纷纷笑了起来，会议室里一下子充满了活跃的气氛。

"嗯、嗯——"崔湛卢清了清嗓子笑道，"既然书记发话了，那么就由我这个老将先出来抛块砖吧。"

他一边说着，一边拿出了早已准备好的材料，慢条斯理地汇报了起来：

"按照港口职工们提供的线索，我和小孙同志前往劳保用品批发公司，以购买工作手套的名义，向售货员进行了问价。售货员回答，购买这种工作手套，要发票的话，两块四一副；不要发票的话，两块二一副。倘若一次性购买超过两千副，她可以跟经理申请，争取两块一一副……"

未等崔湛卢汇报完，纪威的脸色就阴沉了下来："普通人购买，最贵才两块四一副。他邢冬每年一次性购买十万副，单价却是三块四，他是把物贸公司当成自己的提款机了吗！"

纪威说完，剑眉紧蹙，怒气攀升，数息之后才平复下来。

他缓和了下语气，继续说道："不好意思，崔组长，您继续。"

崔湛卢继续说道："同样的情况，还有安全帽的采购。根据目前的核查情况来看，每个安全帽，邢冬起码吃了五块钱的回扣。"

"嗯。"纪威点了点头，面向周棠溪问道，"棠溪，你们组那边的核查情况怎么样？"

周棠溪拿出准备好的汇报材料，汇报了起来："我跟老任去了安澜市百货批发公司，采取了与崔组长一样的问价方式进行了核查。我们发现物贸公司每年采购月饼、白酒等工会福利物品时，也都存在虚报价格、以次充好等问题。"周棠溪说着，抬头望向纪威，"我们在与售货大姐聊天的过程中，还得知百货批发公司的老板为了承揽这个大生意，每逢中秋、春节都会给邢冬送两箱茅台酒和其他礼物，这些礼物都是由财务主管王松代收的。"

"王松？"纪威喃喃道，"看来，我们可以建议审查调查室把王松作为线索的突破口。"

纪威说完，严肃的脸上终于浮现起一抹笑意："这次核查大家都做得不错，可以按程序将线索移交给案件监督管理室了。"

纪威顿了顿，略带歉意地继续说道："大家最近都累坏了，按理来说，应该让大家休息休息、缓一缓，但现在时间紧迫，希望大家再坚持一下。"

看着纪威脸上越来越浓重的歉意，众成员纷纷表示能够理解和坚持。

崔湛卢更是笑道："我们辛苦点不要紧，只要能铲除安澜港集团背后的贪腐势力，再累点我们也开心。"

"好、好、好……"纪威微笑着点了点头，"既然如此，大家就再辛苦一下，继续核查所谓的'短倒'业务的相关情况。"

众人郑重地点了点头，随即投入到了新的核查工作之中。

"嗡嗡嗡……"纪威的手机，恰在此时响起。

纪威瞥了一眼屏幕上显示的名字，一种不好的预感袭上心头。片刻，他才深吸一口气，缓缓按下接听键。

"纪书记，物贸公司的财务主管王松来自首了。"电话的另一端缓缓道。

"什么！"纪威大惊。

举报线索的进一步核查，才刚刚有点眉目，王松就到市纪委监委来自首，要说这里面没有问题，纪威是绝对不会相信的。

"看来，是那位幕后'大王'又出手了啊。"纪威很快便想明白了事情的因果。他有些疲惫地把头靠在了后座的靠背上，面色沉重。

冯琦站在窗前，望着安澜港的方向，思绪如飞。

"咚、咚、咚。"三声均匀的敲门声，打断了冯琦的思绪。

"进。"冯琦应了一声，缓缓转过身。

"书记。"纪威推门而入，手上抱着一摞厚厚的材料。

"有新进展了？"冯琦指着材料问道。

"早上那会儿，有了较大进展，但这会儿又没了。"纪威叹了一口气，一屁股坐到了沙发上。

冯琦接过材料，仔细地阅读起来。

"弃车保帅啊。"不久后,冯琦抬起头,叹了一口气,随即问道,"纪威啊,你是怎么看待这件事的?"

"很简单。"纪威比画着手势说道,"我们这次的突击核查,进一步补充完善了证据,让安澜港幕后的贪腐集团十分忌惮。他们很怕我们继续追查下去,所以把王松作为'替罪羊'推了出来。一是为邢冬顶罪,让这些事就此过去;二是延缓我们的调查进度,耗尽剩余的巡察时间。"

"确实如此。"冯琦忽然笑了起来,"纪威啊,马克思主义哲学讲,任何事物都具有两面性。我们换一个角度来看待这件事,面前的问题便会迎刃而解。"

纪威的眼眸瞬间明亮了起来:"书记,我都急得团团转了,您就别卖关子了。"

冯琦脸上的笑意变得更加浓重,他坐到沙发上,缓缓说道:"安澜港集团那位幕后'大王'此举,无非是想保住邢冬。而在此之前,我们调查留置'色金刚'徐构、'器金刚'平裕诚的时候,他都没有这么做。那么这便说明,邢冬应当掌握着那位'大王'不想让我们知道的事情。"

"原来如此。"纪威脸上的阴霾顿时消散一空,他拍手笑道,"我们只要留置了邢冬,便能知道那位神秘莫测的'大王'的真面目,甚至掌握他违纪违法的直接证据。"

"就是这样。"冯琦的目光忽然变得深远起来,他喝了口水,继续说道,"还有一点,他们把王松推出来做'替罪羊',说明他们信任王松,而这个王松肯定也掌握着邢冬的其他违纪违法证据。那位幕后'大王'此前肯定也对王松进行了威逼利诱,利诱还好,威逼的话,肯定会在王松心里种下仇恨的种子。这也是我们需要抓住的一点。"

"书记,您不直接办案子,真是审查调查战线上的一大损失。"纪威笑道,"您就说怎么办吧,我肯定不折不扣地执行好。"

冯琦"嗯"了一声,面色一凛,部署道:"第一,王松就算不是直接受贿人,也肯定跟这些吃回扣的事脱不了关系,我建议立即留置王松,并由办案经验丰富的李太阿、商墨阳来审讯王松,力求在三天之内突破他;第二,继续核查'短倒'这一问题线索,看看能不能找到新的突破口;第三,我们要充分践行群众路线,继续与基层职工进行座谈,从中发现有关那位幕后'大王'的蛛丝马迹……"

冯琦一边说着,纪威一边仔细地记录着,并不时点头表示同意。此时此刻,纪威才深深感受到冯琦胸有丘壑、腹有良谋的过人之处。

数小时后,精神恍惚的王松被带进了留置室。

从"大王"威逼利诱他为邢冬背锅开始,他就已经做好了被留置的心理准备。

王松认为,留置不过就是被关起来,咬咬牙挺一挺就过去了,自己能够承受那份压力与孤独。

但当他真正来到留置室后,压抑的氛围和环境,还是让他瞬间崩溃了。

"我这是在哪儿?我为什么会在这里?……"半日的时光里,王松就像是善于思考的哲学家,不停地扪心自问着。

纪威来到专案组的指挥室时,李太阿、商墨阳正围坐在监控屏幕前,紧盯着王松的一举一动。

"王松的情况怎么样?"纪威指着屏幕上的王松问道。

李太阿、商墨阳连忙起身,回答道:"王松的心理素质比较差,从进入松涛园开始,他就一直精神恍惚。我们专案组进行了研判,认为今天不宜跟他谈话。"

"嗯。"纪威赞同地点了点头,并做出了一个开枪的动作,笑道,"不要紧,可以让子弹再飞一会儿。"

指挥室里的众人,被纪威幽默的话逗笑了起来,心中的畏难情绪也在这一刻烟消云散。

"密切注意王松的一举一动,一旦时机成熟,立即对王松进行突破谈话,要力求在最短的时间里,把他心中藏着的事情挖出来。"纪威严肃道。

"书记,您放心。"李太阿点头说道,"我们一定在三天内拿下王松。"

望着李太阿满脸的决然,纪威的心里闪过一丝欣慰。

顾不得喝上一口水,更顾不得歇一歇,纪威再度马不停蹄地奔向安澜港集团。

留给他的时间已经不多了……

## 六

晚秋的海风,带着些寒意。纪威和刘镇岳并排站在港口的一处高地上,看着忙碌的作业区,听着海浪的呼啸声和机械的轰鸣声,心中感慨万千。

勤劳质朴的安澜港人用自己的辛勤和汗水,创造了数十亿的财富。而隐藏在港口内部的硕鼠们,却利用手中的权力巧取豪夺,肥了自己、亏了国家。思及至此,纪威怒从胸起。他再一次告诉自己,一定要迎难而上、重拳反腐,还这座港口一个朗朗乾坤。

受到纪威的感染,刘镇岳的情绪也变得激动起来。他默默地攥紧了拳头,同样像是在表明着什么决心。

"呜、呜——"远处的大海上,传来一阵阵悠扬的汽笛声。满载货物的轮船,停靠在了码头上,一箱箱货物被巨大的机械臂搬运了下来。

几十辆小型货运车像是一群蚂蚁一般,朝着集装箱冲了过去,将集装箱里的货物分散拉走。

"那就是所谓的'短倒'业务吧?"纪威指着那几十辆小货车问道。

"是的,书记。"刘镇岳点了点头,补充道,"这个所谓的'短倒'业务,其实完全是多此一举。几条传送带就可以解决的事情,他们却花高价向社会购买服务。"

纪威闻言笑了起来,他转过头,颇为郑重地向刘镇岳问道:"镇岳啊,你从冰箱里拿出一块肥肉,再放回去,如此反复,你会发现什么问题?"

刘镇岳被这突如其来的问题弄得有些蒙,他摇摇头说道:"书记,我不明白。"

看着刘镇岳的一脸茫然,纪威也不再卖关子,而是笑着说道:"你的手上有'油水'啊。"

"哈哈……"刘镇岳扑哧一声笑了出来,边笑边说道,"我明白了,书记。这'短倒'业务,就是冰箱里的那块肥肉啊。"

"然也。"纪威也笑了起来。

"书记,可算……找到您了……"正在两人谈笑间,马百里上气不接下气地跑了过来。

"怎么了，小马？慢慢说。"纪威问道。

"有几个物贸公司的……一线职工……听说我们在座谈……'短倒'的问题，主动找过来……说有问题要向您……当面反映……"马百里一边喘着大气，一边说道。

"哦？"纪威脸上的笑意变得愈发浓重，"这是好事情啊，说明了安澜港集团的职工们对我们的信任。走，我们快去听听。"

三人转身离开，三步并两步地赶了回去。

一进小会议室的门，纪威就看到三名身着深灰色制服的安澜港职工，有些拘束地坐在会议桌前。

"不好意思，各位，让你们久等了。刚才有些事情出去了。"纪威主动上前，伸出手跟三名职工握在了一起。

三名职工有些疑惑地望向马百里："马领导，这位是……？"

"什么马领导，您几位叫我'小马'就行。"马百里笑着介绍道，"这位就是你们要找的纪书记。"

"哦，哦，纪书记。"三名职工连连向纪威鞠躬。

纪威连忙阻止："几位老兄，这可万万使不得。"

见到纪威如此平易近人，三名职工的心里泛起一抹暖意。

"几位老兄，喝水。"纪威接过马百里手中的水壶，依次给三人面前的纸杯添满了水，笑道，"您几位有什么问题，可以尽管跟我反映。"

纪威脸上的笑意，如同是冬日里的一抹暖阳，让三名安澜港职工差点感动得落下泪来。

"书记，咱市纪委重拳反腐，把徐构、平裕诚这帮蛀虫都抓了进去，我们都深受感动，也想为港上的反腐事业出点力。"为首的一名老大哥有些激动地说道，"昨天听说咱在查'短倒'的事，于是弟兄们就想着也过来反映点问题。"

"欢迎啊。"纪威笑道。

"那我们就说了。"这位老大哥有些紧张地捧起纸杯，轻轻抿了一口，缓缓说道，"我们一直觉着这个'短倒'业务就不应该存在，也跟邢总他们反映了很多次，但都石沉大海。后来才听说，承揽'短倒'业务的公司，其实就是邢冬自己的。"

"哦？"纪威瞬间来了兴致，"老兄，您再详细说说。"

"具体的我们哥几个也不知道。听很多人说，干'短倒'业务的那个公司，老总是个女的，好像是邢冬的情妇。"

老大哥说完，顿了顿，又有些害怕地补充道："都是听说的，也可能不对，想着可能对领导们的调查有帮助，就想过来说说。要是说得不对，领导们可别责怪啊。"

老大哥满脸的憨厚中，带着些许认真，另外两名职工亦是如此。

"老兄，您这是说的哪里的话。您能来提供线索，我们就已经感激不尽了。您放心，这条线索，我们会查下去的。"

得到纪威肯定的回答，老大哥变得更加激动。

"除了这个事，还有个事，我觉得也有必要跟书记您反映反映。"老大哥继续说道。

"您请说。"纪威笑道。

"我听公司的领导说，财务主管王松也被留置了，是有这回事儿吗？"老大哥疑问道。

"嗯。"纪威点了点头。

"王松这个人，其实本质上不坏。他为人厚道，不管谁有个难事找他，他都乐意帮忙。那些不好的事，都是邢冬让他做的，我可以替他担保，那绝对不是他的本意。"老大哥说着，眼眶中竟然泛起了泪花，"我从一上班就跟着他干，我清楚他是个什么样的人，还请领导们给他个机会……"

纪威闻言，脑海里闪过一丝智慧的光芒。他试探着问道："老兄，看来您跟他关系不错啊。"

"几十年的交情了，可以说我比他家嫂子都了解他。"老大哥一边擦拭着眼泪，一边回答道。

"原来是这样。"纪威略作思考，笑道，"我们也知道他可能有冤屈，也想挽救他。但他似乎是铁了心，想把罪责揽到自己身上。既然您跟他关系这么好，方便帮我们劝劝他吗？"

"怎么劝？"老大哥蓦地抬起头，直视着纪威，情绪激动地说道，"书记，您只管吩咐，只要是我能做到的，我一定好好干！"

纪威面色一凛，严肃地说道："您看这样行吗？您把要说的话都说出来，我给您拍个视频，然后拿给王松看，希望他能悬崖勒马，不要在错误的道路上再走下去。"

"那太行了！"老大哥一拍手，声音突然增大，"书记，您就告诉我该说些啥吧。"

"也没什么要求，您就帮我们劝劝王松，实话实说就行。"纪威道。

"没问题，书记。虽然咱没上过镜，但是咱有真情实感。"老大哥笑道。

"好、好……"纪威说着，拿出手机，打开了摄像功能。

"这就开始了啊。"老大哥有些茫然地望着手机镜头，连忙整理了下衣服，沉默了数秒后，才缓缓开口道，"王松大哥，我是你老弟宋红旗。今天我过来向纪书记反映'短倒'问题，也跟书记汇报了你的情况，书记让我劝劝你，不要再拗下去了。我和弟兄们也希望大哥你好好跟纪委领导们一五一十地把事情说明白。我们相信纪委领导们肯定会给你一个公正的处理，千万不要被邢冬这帮孙子当枪使了，他们做的坏事不应该让你背锅。"

宋红旗说到这里，微微动容："我刚上班就跟着大哥你，你当时就告诉我，我们现在有饭吃、有衣穿，都是因为国家的好政策，我们要努力工作，为国家作贡献。可是，大哥啊，三十年后的今天，你这又是怎么了呢……"

眼泪像是决堤的洪水，从宋红旗的眼眶流出，他哽咽着继续说道："大哥，弟兄们都希望你好好的。等你回来，我们再喝个痛快……"

视频没有拍摄完，宋红旗已泣不成声。纪威关掉了摄像头，从口袋里掏出了一包纸巾，递给了宋红旗。

十几分钟后，宋红旗的情绪才终于平复了下来。他拉着纪威的手，恳求道："书记，我大哥真的是个好人，求求您，一定救救他！"

说着，宋红旗就给纪威跪了下来。纪威连忙把他扶了起来，并郑重地说道："惩前毖后，治病救人，本身就是我们纪委监委的职责。宋大哥您放心，我们一定竭尽全力挽救王松！"

"谢谢您，谢谢您……"宋红旗千恩万谢地离开了，纪威的心里却久久不能平静……

## 七

午后,纪威在松涛园中的健身步道上,缓缓跑动着。他是一个慢跑爱好者,平日只要工作不忙,必定会跑上个把小时。

纪威认为,慢跑是一件有益于身心的运动,既能锻炼身体、增强体质,也能够让人放下烦恼、开阔思维。

他一边跑着,一边思考着与王松谈话的方案。多年的办案经验告诉他,只要拿下了王松,那么邢冬这座"碉堡",便会不攻自破。

"嗡嗡嗡……"口袋里的手机响了起来,电话是李太阿打来的。

"书记,王松在睡了一觉又缓了一上午后,情绪基本趋于稳定。现请示下您,是否可以对王松进行谈话?"李太阿请示道。

"可以,你们先与他谈着,我随后就到。"纪威说完,转头便往专案组的指挥室跑去。

纪威赶到的时候,李太阿已与王松展开了谈话。

"王主管,感觉好些了吗?"李太阿问道。

"谢谢领导关心,已经缓过来了。"王松低头看着自己的脚尖,颇为老实地回答道。

看着王松局促的模样,李太阿打从心底发出了一声叹息:"唉!邢冬这帮家伙,当真是把老实人往死里欺负啊。"

王松自是听不到李太阿的这句心里话,此时此刻他的内心已被恐惧与迷茫所填满。

"王主管,咱今天就正常聊聊天,你不要害怕。"李太阿说着,脸上浮起一抹微笑。

王松有些诧异地抬起头,看到李太阿脸上的笑意,心中一暖。

在王松的潜意识中,被纪委留置便意味着"上刀山、下火海",再不然就是要遭受"十大酷刑"。而李太阿如同和煦春风般的谈话方式,让他大为诧异。

"难不成酷刑还在后边？"王松在心里诧异道。

李太阿的目光忽然变得深邃起来，如同自带了透视功能，瞬间便看穿了王松内心的真实想法。

"王松，我知道你在想什么。"李太阿严肃道，"我们纪委监委讲求文明办案，讲求人文关怀。外界那些乱七八糟的传言，你不必当真。"

王松闻言，脸上满是惊讶之色。

"难不成这个人会'读心术'？"思及至此，王松的脸色变得愈发难看。

李太阿观察着王松的一举一动，随即便猜到了王松的想法。他笑道："王主管，我要是会'读心术'，就不跟你废这个话了。"

听到李太阿再度说中了他的心思，王松惊讶得嘴巴张得老大。

指挥室里，纪威看着这一幕，不禁笑了起来："我看啊，现在不管太阿主任怎么解释，王松都不相信他不会'读心术'了。"

其他人闻言，也不禁大笑了起来。

"咱们言归正传。"李太阿忽然发现话题有些跑偏，连忙纠正了回来，郑重其事地问道，"王主管，你来自首说，在采购机械、物品的过程中以次充好、吃回扣的事情，都是你做的。这些话都是实话吗？"

此时的王松，依然坚信李太阿是会"读心术"的，于是他迅速低下头，不敢直视李太阿的眼睛，更加不敢回答。

李太阿见状，无奈地笑了笑。

"敢情这王松是认定我会'读心术'了。"李太阿在心里自嘲道。

思及至此，李太阿对其搭档商墨阳使了个眼神。商墨阳立刻会意，他点了点头，开口说道："王主管，我不会啥'读心术'，你可以抬起头来看着我。"

王松有些害怕地抬起头，怯生生地看了商墨阳一眼，然后再度迅速低下了头。

"王主管，在你迷茫的这段时间里，我们也没有闲着。机械销售公司、百货批发公司还有劳保用品公司的老板，我们都找过了。他们都承认与你们公司做了交易，把手套、机械、福利品等货物以远高于市场的价格卖给了你们，并按照一定比例，给予了你们回扣。这是你们无论如何也抹除不了的事实……"

商墨阳说着，与李太阿对视了一眼，声音突然拔高："但是——返点对象并不是你王松，而是你的顶头上司邢冬！"

王松闻言，浑身一哆嗦，脑袋几乎缩到了桌子底下。

"是返给我的，返给我的……"王松不断呢喃着，声音小得如同蚊子哼哼。

李太阿笑道："王主管，据我们了解，你是一个滴酒不沾的人，你要那么多茅台酒干什么？"

"我……"王松一时语塞，不知道该怎么回答这个问题。

李太阿见到王松的窘态，并未乘胜追击，而是慢慢地开导起王松来。他长叹了一口气，缓缓开口道："王松同志，看到你这样，我真的是替你不值。"

王松有些难以置信地抬起头，诧异地盯着李太阿，不为别的，只为"同志"这两个字。

在王松的观念里，这两个字是有着特殊含义的。党内人员，无论职务高低、权力大小，一律互称"同志"。

"王松同志，你是党和国家花费几十年时间培养的干部，是曾经为港口建设作出过巨大贡献的人。按理来说，再过几年，你会光荣地退休，安享晚年。但是现在呢，你这是在干什么！你这是在包庇贪腐分子，是在与组织做对抗，是在掩盖港口一天天衰落下去的原因！难道你就忍心看着自己亲手建造的安澜港集团，就这样一点一点被蛀虫'群噬'干净吗？"

李太阿的话，字字如雷，在王松的耳畔炸响。

强烈的自责和对港口的热爱，让王松的内心产生了自责与内疚。

"是啊，是港口给了我衣食无忧的生活，是港口让我实现了人生的价值……而我呢，我这些年又干了些什么……"王松扪心自问，眼泪在不知不觉间滑落了下来。

李太阿绕开桌子，走到王松面前，给他递上了一张纸巾。

"老王啊，"李太阿满脸同情地说道，"组织知道你是不得已才为邢冬背锅的，也知道你的内心亦饱受煎熬。组织想拉你一把，把你拉出泥潭。"

李太阿说着，轻轻拍了拍王松的肩膀，继续说道："不光是组织，你那些曾经并肩奋斗过的同事，你曾经带过的徒弟，还有许许多多的港口人，都不相信你会与邢冬之类同流合污。"

王松再度抬起头，泪眼蒙眬地望向李太阿："李主任，你说的都是……真的吗？"

"当然是真的。"纪威恰在此时推门而入，他从手机上找出给宋红旗录制的那条视频，按下了播放键。

宋红旗那洪钟般的嗓音，清晰地传入了王松的耳中："王松大哥，我是你老弟宋红旗。今天我过来向纪书记反映'短倒'问题，也跟书记汇报了你的情况，书记让我劝劝你，不要再拗下去了。我和弟兄们也希望大哥你好好跟纪委领导们一五一十地把事情说明白……"

王松看着屏幕上的宋红旗，再也抑制不住内心的情感，他像一个诚心悔过的孩子一般，号啕大哭起来。

比起女人的哭声，男人的哭声，往往更具有感染力。无论是身处留置室的纪威、李太阿和商墨阳，还是在指挥室观看着监控屏幕的其他办案人员，都心头一软，无比动容。

## 八

大哭了一场的王松，如同重获新生。也就是从这一刻起，王松彻底放下了心里的包袱，向组织敞开了心扉。

"李主任，您刚才说得都对。采购吃回扣的事，都是邢冬做的。自始至终我一分钱也没拿，我只是每次去帮邢冬把茅台酒搬了回来。刚才是我骗了您，我向您检讨。"

看着哭肿了双眼、语无伦次的王松，李太阿宽慰道："知错能改就是好同志。不过现在，你要把你知道的情况，都一五一十地向组织坦白。"

"我一定知无不言。"王松的眼神中透露出前所未有的坚定。

"供货商送的茅台酒，邢冬都存放在哪里？"李太阿问道。

"一部分放在他家的地下室里，还有一部分存放在白晓莲的悟禅山庄。"

"悟禅山庄？"李太阿诧异道，"为什么会存放在那里？"

"我也不知道，不过我发觉'四大金刚'好像特别热衷于去那里聚会，我送邢冬去过好几次。"王松回答道。

"好，你继续说。"

"那些供货商与邢冬达成了协议，我们公司从他们那里高价采购，多出来的钱，他们和邢冬五五分成。不过，邢冬基本不要钱，而是要求他们把钱折算成茅台酒。在我的印象里，他是从2013年开始这么干的，这么些年他大概得收了供货商几百箱茅台酒……"

李太阿闻言，点了点头。

王松拿起面前的纸杯，浅浅地喝了一口水，继续坦白道："除了吃回扣，邢冬用来敛财的途径，还有'短倒'业务。说实话，我一直觉得'短倒'业务压根就不应该存在。之前在公司的会议上，也有其他主管这样提出来过，但不论谁提，都会被邢冬骂得狗血喷头。后来我们才知道，承揽'短倒'业务的公司是邢冬的情妇杨小英开的，幕后老板正是邢冬本人。每年我们公司都会支付给杨小英近千万的款项，而这些钱最后也进了邢冬的腰包……"

王松说着，似乎又想起了什么，脸上的愤怒之色愈发浓重。他咽了一口唾沫，像是下了很大的决心一般，狠狠地咬着牙，继续开口说道："纪书记、李主任，我跟组织坦白，邢冬这些年吃回扣、收年礼，甚至是搞'短倒'，这些都不是最过分的。最过分的是他搞了个'融资俱乐部'，像是一个吸血鬼一样，变着花样从港上吸血。"

"融资俱乐部？"纪威和李太阿对视了一眼，两人都看到了彼此眼中的震惊。

"你具体说说。"纪威有些激动。

王松活动了一下双腿，慢慢地回忆了起来：

"大约在2012年的时候，我们公司的发展遇到了瓶颈，当时就想着要转型、要扩展业务。邢冬当时还不是现在这个样子，还是一个积极进取的人。于是他就跑到南方考察，想看看走在发展前列的大城市是怎么发展的。也就是在那期间，他认识了佰埔公司的老总古越雷，古越雷就给他出了个'融资性贸易'的主意。两人一拍即合。这个损公肥私的融资俱乐部就是从那时开始建立的……"

王松如同竹筒倒豆子般，事无巨细地向组织坦白着，纪威和李太阿却听得一头雾水。

"老王啊，融资性贸易是什么意思？你解释得再详细些。"李太阿问道。

王松仰起头，略作思考，继续说道："它以业务贸易为名，有合同、有发票、有货单，从形式上看完全没有问题，但实际上走单走票不走货，货单转了一圈，又回到了原地，说白了就是空买空卖。"

"那他们这样做有什么好处？"李太阿听得越发迷糊。

常年从事金融、国企领域反腐败工作的纪威，自然明白其中的关节，他笑道："民营企业与国企联合，民企借用国企的良好银行信用，通过控制上下游客户拿到贸易融资，让国企的授信资金变作他用。在这个空买空卖的过程中，国企的贸易额度也得到了扩大。"

"是的，书记，就是这么个事。"王松听完，对纪威的敬佩之情愈发浓烈，他向纪威伸出大拇指道，"而要想参与到融资贸易中来，得给邢冬足够的好处才行。我曾听邢冬说过，这些民企每次获得融资，就要将总额的百分之十返给邢冬。"

"那这可不是个小数字啊。"纪威叹道，"假设每年两亿的融资额度，他邢冬岂不是要吃两千万的返点？"

王松点点头道："只多不少。"

"真是好手段。"纪威笑道。

"这个所谓的融资俱乐部都有哪些人？"李太阿问道。

"我知道的有佰埔公司的古越雷、万邦公司的秦万邦，还有锐笠建设有限公司的戴礼，他们是这个俱乐部的常客。除此之外，其他大大小小的公司起码还有十几家。"

纪威倒吸一口凉气，愤怒地问道："十几家公司，数亿的资金担保，难道他邢冬就不怕出事吗？"

"确实像书记您说的，2015年的时候，就有个公司资金链断裂了，最后还是集团承担的损失。也就在那之后，邢冬变得小心起来，只与他信任的几家公司进行融资性贸易，其他不熟的公司来找他，他一律不理会。"

"这么大的资金担保，难道集团的财务公司就没有发觉到有风险？"纪威追问道。

"哦，对了，"王松一拍脑袋，像是忽然想起了重要的事情，连忙补充道，

"这些风险，财务公司自然很快就发现了。不过，财务公司的经理田锐发现了这个生财之道后，非但没有制止，反倒主动帮助邢冬掩盖。后来我听说他也让人成立了个公司，加入了进来。"

"这就说得通了。"纪威拍着手说道，"两人狼狈为奸，一同从这个虚假贸易中吸血，于是其他人自始至终都没发现这里面有问题。"

"确实是这样。"王松点头说道。

在纪威和李太阿的引导下，王松将他所知道的事情全盘托出，包括"大王"威逼利诱他为邢冬顶罪的相关情况。

纪威和李太阿听到王松供述"大王"的名字时，皆身躯一震，满脸不可思议。

两人极有默契地没有继续深究"大王"的有关问题，而是引导着王松继续说下去。

谈话结束时，纪威略作思考，宽慰道："老王，你今晚向组织坦白的一些问题，属于组织尚未掌握的问题，按照规定你是可以从轻或减轻处罚的。你放心，我会把这个事情如实向领导汇报的。"

王松闻言，灰暗的眼眸中泛起一抹光彩，他一时间感动得说不出话来。

直到纪威、李太阿等人走后，他才望着三人的背影，喃喃道："谢谢组织、谢谢组织……"

王松的和盘托出，让案情一下子明朗起来。

纪威和李太阿走出留置室时，脸上不禁洋溢起一丝小激动。他们如同迷路的旅人，在山重水复间忽然看到了一条宽阔大道，柳暗花明后，瞬间信心大增。

得知了事情的真相，剩下的便是固定证据了。

李太阿深知此事的重要性和急迫性，主动请缨道："书记，事不宜迟，我带着赤霄他们去固定证据吧。"

纪威略作思考，点了点头说道："那就辛苦你了，李主任。"

李太阿同样点了点头，未发一言，便匆忙地带着赵赤霄和刘镇岳朝着物贸公司疾驰而去。

纪威站在留置楼前，望着冒着黑烟奔驰而去的帕萨特轿车，心中再度涌起万丈长虹……

## 九

傍晚六点，正是安澜市的晚高峰，原本宽阔无比的六车道马路，顷刻间被堵得水泄不通。

赵赤霄和刘镇岳看着前方密密麻麻的汽车洪流，急得直跳脚。李太阿却双手抱怀，将头靠在了椅背上，闭目养起了神。

每临大事有静气。这是李太阿从多年的审查调查实践中，获得的宝贵经验。

晚高峰堵车是客观存在的困难，已非主观能动性可化解。与其着急上火消耗精力，反倒不如养精蓄锐、枕戈待旦。

在李太阿的榜样作用下，赵赤霄和刘镇岳也渐渐平静下来。他们学着李太阿的样子，头靠椅背蓄养起精神来。

帕萨特轿车像是一只垂老的蜗牛，一点一点地向前挪动着。二十几分钟后，终于驶出拥堵路段，继续飞驰起来。

三人到达物贸公司的办公楼时，已经接近晚间七点。此时物贸公司早已下班，整个办公楼独剩一个窗口还亮着灯。

"主任，还有人在，我们快过去吧。"赵赤霄急切道。

李太阿望着这一抹光亮，脑海中忽然浮现出邢冬那喝得东倒西歪的形象。

一道亮光在他的脑海中闪过，李太阿连忙阻止赵赤霄道："不急，我们回车里再等等。"

如同丈二和尚摸不着头脑，赵赤霄和刘镇岳对视了一眼，互相看到了彼此眼中的疑惑。

李太阿没有解释，反而冲两人笑道："听我的，先回车上。"

"可是，主任……"赵赤霄还想说什么，却被李太阿打断了。

"赤霄，不要急，让子弹飞一会儿。"李太阿故作神秘道。

李太阿让司机把车开到了物贸公司对面的停车场里，他拿出手机设下了一个闹铃，然后靠着后背，打起了瞌睡。

赵赤霄和刘镇岳尽管一肚子疑问，但看到李太阿成竹在胸的样子，也逐渐放下心来。

"丁零零，丁零零——"

闹铃声准时响起，李太阿如同蛰伏了许久的猛虎一般，一跃而起。

"赤霄、镇岳，干活了。"

赵赤霄拿起手机，看了一眼屏幕上的时间，已经是晚上九点。

"现在物贸公司还会有人吗？"赵赤霄担忧道。

"应该没人了。"李太阿坏笑了起来，"这个点，估计该喝高的已经都喝高了。"

"原来如此。"刘镇岳瞬间懂了李太阿坏笑中隐含的深意，也笑了起来。

"什么情况？"赵赤霄望着两人，仍旧一头雾水。

"给我们的邢总打电话。"李太阿道。

"明白。"刘镇岳拿起手机，找出邢冬的号码拨了过去。

"嘟嘟嘟……"

刘镇岳一连拨了三通，均无人接听。

"看来已经喝大了。"李太阿笑了起来。

"原来如此。"此时此刻，赵赤霄才如梦初醒，"主任，你突然不急不慢，就是想等邢冬喝大了再去调取材料，以减少这个过程中的阻碍吧？"

李太阿没有回答，只是笑着点了点头。

"高，实在是高！"赵赤霄朝着李太阿伸出了大拇指。

刘镇岳又拨了一通，仍是无人接听。

李太阿见状笑道："既然邢总不接，那么我们就只能再麻烦我们的'联络员'了。"

"了解。"刘镇岳找出贾聪的号码，轻车熟路地拨了过去。

贾聪是真的要崩溃了！

他预料半夜肯定有人找他，于是选择了提前睡觉，能休息一会儿是一会儿。但事情就是那么不凑巧，他前脚刚躺下，后脚刘镇岳的电话就打了过来。

"我×！"贾聪大骂了一声，恶狠狠地把枕头摔在了地上，发疯一般地抓着自己的头发，"还有完没完！还有完没完！纪委这帮人晚上都不睡觉吗！"

气归气，恼归恼，工作不能撂挑子。

贾聪从一个小职员能一步步走到今天，除了因为站对了队之外，最重要的一点就是他极具敬业精神。

深吸一口气，贾聪让自己逐渐平静了下来。

片刻后，他像换了一种人格一般，接起了刘镇岳的电话："刘科长，晚上好，请问有什么指示？"

听到贾聪平和的回答，刘镇岳有些诧异地回答道："实在不好意思，贾部长。这么晚了又得麻烦您。"

"不要紧，习惯了。"贾聪阴阳怪气道，"您指示。"

"不敢指示。"刘镇岳道，"我们这边有个紧急任务，需要到物贸公司调取一些材料，但我们联系不上邢总，所以只能麻烦您了。"

"这个点儿，你们能打通邢冬的电话，那才是活见鬼了。"贾聪在心里嘀咕了一句。他接着一边穿衣服一边回答道："不麻烦，请你们稍候，我马上到。"

"好的，贾部长，一路小心。"刘镇岳礼貌地挂断了电话。

二十分钟后，贾聪驾驶着他那辆崭新的奥迪 A6L 疾驰而来。

"李主任，你们久等了。"

看着有些狼狈的贾聪，李太阿的心里忽然升起一阵愧疚感。

"大晚上的把您喊过来，实在抱歉啊。"李太阿主动走上前，向贾聪伸出了右手。

"您说的哪里的话，都是工作嘛。"贾聪握着李太阿的手，心里一暖，冲着李太阿笑道，"我已经通知了物贸公司的尹主管，他一会儿就来。"

"好的，好的。"李太阿连连点头。

不多时，尹主管匆匆赶来，将三人领进了物贸公司的办公室内。

"尹主管，请你提供一下清单上的材料。"赵赤霄向尹主管出具文书，严肃地说道。

尹主管有些犹豫地瞥了贾聪一眼，见贾聪双眼微闭、轻轻点头，才放心地接过文书，前往资料室查找。

这一幕被站在旁边的李太阿尽收眼底，他在心里暗暗思索道："这贾聪弄不好也有问题，不过现在没有时间搭理他。眼下最重要的，是用书证印证王松的供述。"

贾聪察觉到李太阿看自己的眼神有些异样，心中也不禁犯起了嘀咕："这李太阿的眼神怎么瞅着不正常？"

就在两人互相怀疑时，尹主管抱着一摞厚厚的材料，从资料室走了出来："各位领导，你们要查阅的资料都在这里了，请过目。"

赵赤霄接过沉甸甸的材料，心中莫名地升起一抹怒气：谁能想到这么多合同、发票、货单……竟然都是空买空卖的假账目！

李太阿看了一眼材料，淡然地说道："贾部长、尹主管，这些资料我们就先拿回去了。大晚上的给你们二位添麻烦，再次抱歉。"

"李主任，这是哪里的话，都是工作嘛。"贾聪的脸上依旧是万年不变的职业假笑。

尹主管看着李太阿离开的背影，脸上泛起一抹担忧，他想要跟贾聪说明什么，但本着多一事不如少一事的原则，又把快到嘴边的话硬生生地咽了回去。

天空忽然飘起小雨，世间的一切开始变得朦胧起来。寂静的马路上忽然爆发出一阵汽车引擎的轰鸣声，继而一辆黑色的帕萨特，犹如黑夜中的一支利箭，呼啸着破空而去。

不到二十分钟，黑色帕萨特便返回了松涛园。赵赤霄和刘镇岳急匆匆地下了车，各抱着一摞材料往专案组的查账室而去。

不多时，查账室的长条桌就被一本本贸易资料所铺满。李太阿、赵赤霄、刘镇岳等人分坐两侧，仔细地查阅着每一笔贸易的记录。

不远处的茶水柜上，凌乱地摆放着一盒盒桶装方便面，旁边还放着一整盒速溶咖啡和一包已经拆开的安澜绿茶。

"熬夜三神器"齐聚，便意味着今夜再度无人入眠。

从回到松涛园的那一刻开始，李太阿等人便全身心地投入贸易资料的查阅和梳理中。饿了就泡包方便面垫一垫肚子，困了就冲杯咖啡或者泡杯绿茶提提神。

纵然工作任务急，工作强度大，但查账室里的每一个人都没有一丝抱怨。

黎明时分，嚣张了一整夜的雨，终于有些不情愿地停了下来。

在李太阿的带领下，查阅小队披荆斩棘、挑灯夜战，终于在此时完成了查阅任务。

早晨七点，纪威刚返回松涛园，便马不停蹄地往查账室赶去。刚下电梯，他就听到查账室里传来此起彼伏的呼噜声。

看着趴在长条桌上呼呼大睡的查阅小队，纪威忽然感到自己的喉咙像是被什么堵住了……

## 十

天空重新放晴，橘黄色的朝阳映照着纪威的面庞。

纪威紧握着李太阿撰写的查阅报告，剑眉紧蹙，他的身体不由得微微颤动着，仿佛报告里的一词一句都在刺痛着他的神经。

"报告里的情况都确认过了？"纪威还是有些难以置信。

"是的，书记。"李太阿叹了一口气，缓缓说道，"我们专案组反复确认过，没有问题。"

通宵加班让李太阿的神色有些疲惫，他顿了顿，继续补充道："根据王松的供述和目前调阅的材料，已经可以证实自2012年起，邢冬采取这种空买空卖的虚假贸易方式，将安澜港集团的巨额授信资金转移到体外运转，在让物贸公司业务量猛增的同时，自己也收受了融资企业巨额的贿赂……"

纪威听完，缓缓站起身，望着窗外的朝阳，长叹了一口气。他沉思许久，才缓缓说道："你们把其他证据材料补充完善好，下午我去向冯琦书记作个汇报。"

"好的，书记。"李太阿回答道，"赤霄和镇岳已在早餐前出发去了东岛港，对一些证据进行进一步的巩固完善，预计午饭前就能将具体情况反馈回来。"

"好。"纪威有些失神，怔怔地应了一句。

赵赤霄和刘镇岳的工作效率极高，他们前后仅用了短短五个小时的时间，就完成了全部调查补证工作。

当李太阿看着手中的补证材料时，脸上的疲惫顿时一扫而空，只见他大手一挥，冲两人笑道："你们俩先去休息，初核报告我来写。"

时间在键盘的敲击声中，一点点流逝着。下午三点，那份汇集了整个专案组辛勤与汗水的初核报告，最终出现在了冯琦的桌上。

"真是胆大包天！"冯琦听完汇报，右手紧握，狠狠地砸在了桌面上，"这帮'蛀虫'，还有什么是他们不敢干的！"

"确实胆大包天。"纪威点了点头，轻声附和道。

冯琦平复了一下情绪，缓缓说道："我同意你们对邢冬立案并采取留置措施。你们现在马上制定带人方案，同时密切关注邢冬的行动，随时做好带人准备。"

"明白，我马上落实。"纪威说着，眼神瞬间明亮起来。

那辆黑色的帕萨特轿车再度轰鸣着引擎，驶出了松涛园的大门。在它之后，还跟着一辆暗金色的商务车。

两辆车的目的地不言而喻，正是邢冬的大本营——物贸公司办公楼。纪威坐在帕萨特轿车的后座上，看着窗外飞速向后退去的景物，怔怔出神。

此番留置邢冬，将会是继留置徐构之后的又一个重要节点。邢冬是安澜港集团的副总，又是四大金刚中的"酒金刚"，拿下他便意味着此次专项整治工作又向前迈进了一大步。

"希望一切顺利。"纪威把头靠在了座椅背上，闭上眼睛，喃喃道。

每周一的下午，物贸公司都会例行召开周会，邢冬会在这个会议上，听取各部门负责人的工作汇报。

周会之所以设在下午而非上午，是因为邢冬每个周末都会彻夜狂欢、放飞自我，喝得人仰马翻、不省人事，直到周一的中午才能彻底醒酒。

专案组到达物贸公司时，周会正在照常进行。纪威按照既定的带人方案，将车辆隐藏在了不远处的停车场里。他带着李太阿、赵赤霄和刘镇岳，悄悄地潜入了物贸公司的办公楼，静静地等待冯琦的指示。

会议室里的邢冬，有些精神萎靡，在听取手下主管汇报时，竟打起了瞌睡。物贸公司的众主管们对此已见怪不怪了，他们兀自汇报着，至于邢冬听没听进去，那就不是他们能左右得了的了。

时间在众主管们冗长的汇报中，一点一点流逝着。纪威每隔两分钟便会看一眼手机，只等冯琦传来省纪委监委同意的消息，便立即进入拿人。

邢冬趴在会议桌上，不知不觉进入了梦乡。在梦里，他看到一条长河在自己的脚边缓缓流过，但河里流淌着的，不是水，而是他最爱的酱香酒。

梦里的邢冬大喜过望，赶忙蹲下身子，掬一捧美酒，放在鼻前仔细地嗅着。但就当他要把手里的酱香酒饮下去的时候，一切都消失了，纪威忽然出现在了他的面前，而他的手腕上，不知何时多了一副明晃晃的手铐。

邢冬猛打了一个激灵，瞬间从梦中惊醒，"地中海"脑袋上布满了一层细密的汗珠。

会议室里的众人满脸蒙地看着邢冬，几个胆子大的甚至已经窃窃私语起来。

邢冬惊魂未定，他瘫坐在椅子上，脸色如死人般苍白。

恰在这时，走廊上响起一阵密集的脚步声。

正是纪威带着李太阿、赵赤霄和刘镇岳走在走廊上，脚步踏地，砰砰作响。赵赤霄感到有一股正气自他的脚下生出，扩散向四面八方。

按照既定的带人方案，几人一进会议室就堵住了邢冬的所有退路：赵赤霄堵住前门，刘镇岳堵住后门，纪威和李太阿则直奔邢冬而去。

望着神兵天降一般的纪威，邢冬脑子完全乱掉了，一时之间竟有些分不清现实与梦境。邢冬使劲地摇了摇头，试图让自己清醒过来。

纪威却完全没有给邢冬反应的时间，他和李太阿快步向前，把邢冬围在了中间。

"邢冬同志，我们是市纪委监委的工作人员，现在有些情况需要找你了解一下，麻烦你配合一下我们的工作。"

纪威说完，从公文包里拿出文书和签字笔，放在了邢冬的面前。

看着文书上硕大的"留置通知书"五个大字，邢冬顿时吓得面如土色。

"我一定是还在做梦，一定是在做梦……"邢冬像是羊痫风发作一般浑身颤抖，嘴里不断地喃喃着。

"啪——"为了证明这不是真的，邢冬一巴掌打在了自己的脸上。火辣辣的疼痛感告诉他，这一切都是真的。

也就是在这一瞬间，所有的幻想破灭，邢冬如坠深渊。

"邢总，请签字啊。"李太阿把签字笔塞到了邢冬手里。

邢冬像是被抽走了灵魂一般，眼神空洞。在李太阿的再三催促下，他才颤抖着手，哆哆嗦嗦地在通知书上签下了"邢冬"两个字。

纪威看着签得歪歪扭扭，要多难看有多难看的签名，不由得皱了皱眉头。

李太阿拿出印泥，让邢冬按手印。邢冬怔怔地伸出大拇指，在印泥里一压，然后又按到了自己难看的签名上。

也就是在这一刻，邢冬看着血红色的手印，方才如梦初醒，忽然哇的一声大哭了起来。

纪威把签字画押的通知书收进文件包，然后冲赵赤霄和刘镇岳招了招手。

两人会意，立即小跑上前，一左一右钳制住了邢冬的双臂，欲把他带往楼下。

邢冬下意识地停止了哭声，想要自己走，才发现自己已浑身瘫软，连站都站不住了，只能任由刘镇岳和赵赤霄把自己架了出去。

帕萨特轿车和商务车早已经停在了楼下，李太阿快速上前打开了商务车的车门，刘镇岳和赵赤霄紧随其后，把邢冬塞了进去，然后一左一右地坐在了邢冬的两侧。

车辆缓缓起步，邢冬转头望向自己经营多年的"大本营"，再度哇的一声哭了出来。

邢冬被带走后，原本死气沉沉的会议室顷刻间炸开了锅。从震惊中清醒过来的物贸公司的众主管，争先恐后地趴在了会议室的窗边，不停地向下张望着，满脸的难以置信。

邢冬被带走的这震撼一幕，如同一块陨石猛然坠入到平静的湖面中，再度掀起了轩然大波。

坐在帕萨特里的纪威回头望向物贸公司办公楼，嘴角不禁扬起一个笑容，他要的就是这个效果。

当众带走邢冬，一方面是为了扩大影响，强化"不敢腐"的震慑，或者说是为了给物贸公司的中层们现场上一堂生动的警示教育课；另一方面，则是为了释放市纪委监委必将对贪腐问题"一查到底"的信号，彻底打消其余腐败分子的侥幸心理，告诉他们唯有自首才是最好的出路。

纪威沉思片刻，拿出手机给市纪委监委宣传部部长雷悦拨了出去："雷部长，可以发布邢冬被留置的消息了……"

# 奇袭『财金刚』

一

　　一场冷空气突袭安澜市，天空中阴云密布，冷风呼啸。此刻"大王"的心情，要比窗外的天气更加恶劣。

　　自从得知纪威在调查邢冬后，他就有种预感，邢冬被留置只是个时间问题。但他仍然希望邢冬能够多撑一会儿，多耗一耗专项巡察组所剩不多的时间。为此，他甚至不惜亲自上阵，把王松作为替罪羊交了出去。

　　但是他万万没有想到，邢冬竟然如此没用，在纪威的猛烈攻势下，支撑了没几天，便被打得丢盔弃甲、一败涂地！

　　"真是个废物！"思及至此，"大王"心中的怒火，顷刻便烧了上来。他狠狠地跺了跺脚，仿佛他踩踏的不是地板，而是邢冬那个废物。

　　"'大王'，气大伤身啊。"白晓莲见状，连忙走了过来，她轻抚着"大王"的胸口，安慰道，"'大王'，邢冬被留置已经是不可更改的事实，您就别在这件事上费神了。当务之急，应是尽快定策应对市纪委接下来的调查。"

　　美人如水，目送秋波。

　　在白晓莲的宽慰和劝说下，"大王"的情绪逐渐平复下来。他不再焦急，却依然眉头紧蹙。

　　"邢冬被留置，势必会交代出虚假贸易的事情，也必然会牵扯出田锐。以市纪委和纪威的能力，只怕用不了多久，他们便会查实田锐的违纪违法事实，将他一并留置。届时我手下的"四大金刚"，便算是全军覆没了。

　　"徐构、平裕诚、邢冬被留置，对我都没有太大影响。因为我除了每年收点他们的'孝敬费'外，几乎没有其他把柄被他们掌握。

　　"而田锐不同，他是安澜港集团的财务公司经理，也是我的智囊，不仅知道这些年我通过非法手段，帮助白晓莲承揽工程项目、敛取大量财富的事实，甚至还知道梅长贵的存在。一旦田锐被留置，那么我也就危险了。"

　　想到这里，"大王"不禁一阵头皮发麻。

　　"田锐必须得保啊。""大王"自言自语道。

白晓莲听到"大王"的话，细长的柳叶眉微微上挑，脸上飞快地闪过一抹忧愁。

此时此刻，她和"大王"的心情一样。徐构、平裕诚、邢冬之流，她巴不得他们都被市纪委抓起来。但对于田锐，她有着不一样的情愫。

她如今的金钱与地位，与其说是"大王"给的，倒不如说是田锐给的。是田锐在她最困难的时候，向她伸出了援手，让她一步步走到了今天。

"'大王'，那我们该怎么帮帮田总？"白晓莲破天荒地多了句嘴，主动而又迫切地问道。

沉浸在深思中的"大王"，并未察觉白晓莲脸上不自然的表情。他略作沉思，缓缓说道："先让田锐自己擦擦屁股，把能遮掩的先遮掩起来，不能遮掩的让他赶紧找个'替死鬼'来承担。"

"大王"说着，忽然转过头，眼睛直勾勾地盯着白晓莲，严肃道："其次，晓莲，你需要赶紧带着你手下的公关小组与纪威接触，要想尽办法把他拉到我们这边来，最次也要让他就此打住，不要再继续查下去了。"

白晓莲被"大王"突如其来的情绪变化，吓得一哆嗦。她缓了缓神，才点头道："'大王'，您放心，我马上去办。"

"大王"长呼一口气，满脸惆怅。他缓缓躺下，把头枕在了白晓莲细白的大长腿上，疲惫地说道："你把情况告诉一下田锐，让他赶紧处理。我有些累，想睡一会儿。"

相对于"大王"的忧心忡忡，田锐则要显得风轻云淡得多。他是一个老谋深算的人，从专项巡察组进驻的那一刻起，他便开始着手谋划；为了以防万一，他甚至做好了最坏的打算。

眼下邢冬被留置，虽然会把他咬出来，但是他并不担心。因为他很自信，只要他死不承认，市纪委绝对找不到任何实质性证据。

"纪威，我也想跟你过过招啊。"

想到这里，田锐忽然摇了摇头，笑了起来……

田锐这边气定神闲、信心满满，邢冬那边却万念俱灰、失魂落魄。

从在留置通知书上按下那枚鲜红的手印开始，邢冬便陷入了一种绝望的情绪之中。他整个人变得浑浑噩噩，找不到东西，摸不着南北，如同身处无法挣脱的梦魇一般。

指挥室里，李太阿望着监控屏幕上如同被抽走灵魂一般的邢冬，有些担心。

纪威却胸有成竹地摆了摆手，笑道："有一种人，在领导岗位上的时候，吆三喝五，官气十足；一旦被留置，便会因天差地别的环境而心理失衡，进而精神崩溃。不过，他们这种状态，一般不会持续太久，稍晚点便会恢复过来。"

李太阿闻言，稍稍放下心来。

"李主任，我们的时间很紧迫，这边就靠你继续盯着了。"纪威看了一会儿邢冬，便起身离开。

临走时，纪威做了一个抄网的动作，饱含深意地笑道："还有另一条大鱼等着我去捕呢。"

纪威的幽默，如同是冬日的暖阳、夏日的凉风，顷刻间便化解了专案组的焦虑。

李太阿的心情也平复了下来，他同样幽默地保证道："书记您且放心前去，同志们一定在最短的时间内，拿下那一摊'烂泥'。"

纪威彻底放下心来，他摆了摆手，大步离开。

黑色的帕萨特再度飞驰着驶出松涛园，纪威看着远方天空，眼睛前所未有的明亮。他脸上流露出一抹笑意，同时在心里思索着接下来的调查方案。

"嗡嗡嗡……"

手机的振动声，再度打断了纪威的思绪。纪威拿起手机，缓缓按下接听键。

"书记，贾聪部长带着一名老人来到了巡察组的临时办公室，说是有一封信要交给您。"崔湛卢慢条斯理地说道。

"老人？"纪威有些疑惑地问道。

"对，一名八十多岁的老人。"崔湛卢顿了顿，补充道，"贾聪说是邢冬的母亲。"

"邢冬的母亲？"纪威有些惊讶，一下子警惕了起来。

"老太太说要当面见您，她有一封信要托您转交给邢冬。"

"信？"纪威愈发警惕起来,"崔组长,你们密切关注着,我十分钟后便到。"

"我们正在五楼会议室接待老太太,书记您请放心。"

"好。"纪威应了一声。

黑色帕萨特轿车在纪威的担忧中,火速到达了安澜港集团总部。门卫在看到那辆既熟悉又让人恐惧的轿车后,连忙按下了开门键,并郑重地朝轿车敬了一礼。

纪威此刻心事重重,根本没空欣赏门卫那标准的敬礼。未等轿车停稳,纪威便打开车门跳了下去。

来到安澜港集团总部一楼大厅,恰逢两部电梯都停在顶楼。纪威见状,哪还顾得上等电梯,不及多想便抓着扶手,沿着楼梯飞快地往楼上奔去。

纪威气喘吁吁地跑上五楼,来到会议室门口,抬眼便看到一位身着单衣的老人,面色沉重地坐在沙发上。

见纪威进来,崔湛卢和贾聪连忙起身。纪威礼貌地冲两人点了点头,便朝老人身边走去。

"您就是纪书记吧?"老人颤颤巍巍地站起身,对着纪威说道。

纪威连忙上前搀扶,同时笑道:"大娘您好,我是纪威。"

老人闻言,身体一颤,似乎随时都可能磕倒,纪威连忙把她扶到沙发上。

"纪书记……"邢冬的母亲哽咽着,抹起了眼泪,"作为一名老党员,我对不起您,对不起国家,没有把孩子教育好,让他走上了腐败的道路……"

纪威微微动容,忙递上一张纸巾。

老人接过纸巾,擦干眼泪,道出了她此行的目的:"我知道邢冬犯下了大错,不求组织能宽恕他……"邢母说着,再度哽咽起来,"只求……只求书记您……能帮我带封信……给他……"

邢母从口袋里掏出了一个信封,郑重地把它交到了纪威的手上。老人饱含热泪,竟拉着纪威的手,缓缓地跪了下来。

"大娘,这可使不得!"纪威连忙弯下身,把邢母重新扶回到沙发上。

"书记……邢冬……咎由自取……判多少年……都应当……"邢母哽咽道,"但我能不能……请求您……一定要……挽救他……让他出来后……重新做个好人……"

悲凉的情绪，瞬间感染了在场的所有人。

不知不觉间，纪威也流下了眼泪。

"大娘，您放心。我们一定尽全力挽救他！"纪威郑重其事地承诺道。

"谢谢……谢谢……"邢母在众人的注视下，千恩万谢地离开了会议室。

纪威望着老人凄凉的背影，感慨万千。邢母的信，虽仅有薄薄几张纸，纪威却感到手中如有万钧之重。

一个正气浩然的声音，忽然在纪威的脑海中响起："我们的纪检监察工作，是执纪执法的过程，也是'惩前毖后，治病救人'的过程。要始终保持'惩'的力度，也要发挥'救'的效能，把教育人、改造人、挽救人作为我们的目的……"

## 二

一个人，无论年纪多大，无论取得了多大的成就，也无论成了多高级别的领导干部，他在父母眼里依旧是个孩子，依旧被父母担心和牵挂着。

留置室内，邢冬捧着薄薄的信纸，看着娟秀的字体，感受着字里行间的担忧和关心，如同一个犯了错误的孩子一般，伏在桌上号啕大哭了起来。

哭声里，满是自责和悔恨。

纪威和李太阿坐在谈话桌前，静静地看着他，一言不发，眼里满是同情。

不知过了多久，邢冬终于停止了痛哭。他抬起头，泪眼婆娑地看着纪威，试探着问道："纪……书记，我娘……还有没有……让您带……什么话？"

"让我一定挽救你，让你出去后做个好人。"纪威长叹了一口气，回答中带着些许沉重。

"娘啊——"邢冬闻言，把信盖在了脸上，情绪再度失控。

薄薄的信纸，被邢冬的泪水打湿，信上的字也被泪水浸得模糊不清。

纪威长吸了一口气，像是做了什么重要的决定一般，面色凝重。他缓缓站起身，右手握拳，高高抬起，狠狠地砸在了谈话桌上。

"邢冬！"纪威大喊道。

突如其来的大喝，吓得邢冬一个哆嗦。他颤颤巍巍地抬起头，有些畏惧地望向纪威。

纪威恨铁不成钢地指着邢冬,轻喝道:"你的母亲,一个老党员,一个八十多岁的老人,听闻自己的儿子被组织留置后,拖着年迈、病重的身体,找到组织,不为别的,只求组织能够挽救你,帮你找回初心,将来重新做个好人……"

"而你呢!"纪威话锋一转,语气愈发凌厉,"醉生梦死,贪图享乐,为满足一己私欲,置国家财产安全于不顾;还欲掩盖罪行,对抗组织调查……你所做的这一切,哪一点对得起你母亲的教育,哪一点对得起老人的期盼!"

"事到如今,你仍不知悔改,面对组织谈话,心存顾虑,跟组织兜圈子。"纪威指着墙上的党旗,怒斥道,"你的初心何在?你的党性何在?"

一番话语,字字如雷,轰在了邢冬的心坎上。

邢冬低着头,佝偻着身子,强烈的愧疚感,让他几乎要钻到桌子底下去了。

纪威绕开谈话桌,慢慢地走上前,拍了拍邢冬的肩膀,缓缓道:"邢冬,你也曾是一个有党性、有抱负、有能力的有为青年,难道就打算这么一直堕落下去?"

如有一道光穿过层层乌云,直射到邢冬的灵魂深处,在这一刻,他仿佛得到了上苍的指引,完成了自身的救赎。

他抬起头,望向纪威,恍如隔世。

邢冬看着面前的纪威,目光中带着些许畏惧。他哽咽着,缓缓说道:"纪书记,我知道错了……"

声如蚊蚋,这却是邢冬态度的实质性转变。

一番痛哭后,邢冬终于下定决心,完全向组织敞开了心扉,如实供述起自己的违纪违法事实。

"书记,我向组织坦白,我在担任安澜港集团副总兼物贸公司经理期间,利用各种手段,敛取了大量钱财……"

纪威眉头微皱,看着邢冬,缓缓说道:"好,那你就详细地说一下。这次一定要如实供述,决不能有一点隐瞒。"

邢冬点了点头,一边回忆着,一边竹筒倒豆子般地供述起来。

"我敛财的手段其实比较简单,就跟组织核查的一样,无外乎利用手中的权力,像吸血鬼一样吸食安澜港的血。百货批发公司的老总是我的朋友,我让他以高于市场几倍的价格,把一些低劣货物卖给港上,挣得的差价,我们俩五五分成。机械采购也是如此……"

"那劳保用品呢?"刘镇岳开口问道。

邢冬闻言,局促了起来,动作举止间竟有些不好意思。

"劳保用品公司是用我表嫂的名字注册的,它的实际控制人其实就是我。至于手套、安全帽、保安服等一系列消耗品,多少钱买、多少钱卖,其实都是我说了算。这些年,光这几项采购,我就从中捞取了几百万。"

"这些钱,那几个公司的老板都是怎么给你的?"纪威问道。

"我没有要钱,都是让他们记好账,把钱换算成茅台酒给我送来。这些年,起码收了他们七百箱茅台酒。"

"七百箱!"刘镇岳的脸上满是震惊之色。

纪威闻言,心里也泛起丝丝涟漪。但他没有在茅台酒的问题上深究,反倒示意邢冬继续说下去。

"再一个就是'短倒'业务,"邢冬挠了挠他"地中海"式的脑袋,继续说道,"其实我也知道,这个业务压根就没有存在的必要。但这个业务确实挣钱,一天就能挣好几千块,一年下来就是几百万。这个利润太诱人了,所以,无论谁说,我都没有把这个业务撤掉。为了不让别人查出来,我特地把'短倒'公司的法人变更成了我在国外的哥哥。有事就由他打电话给这边的负责人,遥控安排工作……"

纪威朝着邢冬点了点头,算是认同了邢冬的话。

邢冬说到这里,脸色忽然变得沉重了起来。他拿起面前的纸杯,喝了一口水,继续缓缓开口道:"当然,相对于融资性贸易而言,'短倒'也好,高价采购吃回扣也好,都是小儿科。融资性贸易一笔的抽成就能有上千万!"

邢冬的脸上忽然泛起了一抹小得意,纪威、李太阿和刘镇岳的心里,却掀起了万丈狂澜!

一笔融资性贸易,就能抽成上千万,这是一个多么可怕的数字!

纪威努力克制着心中的震惊,波澜不惊道:"继续说。"

邢冬咽了咽口水,开始仔细地回忆了起来:

"大约是在 2012 年的时候吧,我刚当上物贸公司的经理。那个时候的我,还不是现在这样,还很积极,很上进。当时公司的发展进入了瓶颈期,我心里着急,就想到江浙沪一带去看看,考察一下南方港口的发展模式。

"在上海考察的时候,我认识了古越雷,因为是老乡,聊起来格外亲近。从他的嘴里,我第一次听说了'融资性贸易'这个说法。起初的时候,我也是不相信的,但古越雷一直反复跟我说,这种贸易是'双赢'的,大家都有得赚。于是,我就在他的鼓动下,尝试开展了第一笔贸易。

"一番空买空卖后,公司的贸易额确实扩大了,古越雷的公司也融到了资,我也分到了二十万的抽成,大家都获得了好处,皆大欢喜。之后,我便一发不可收,同时跟多家公司开展这种假贸易,获得的抽成也越来越多。"

纪威冷哼一声,笑道:"天上会掉下馅饼来,哪有这么好的事情。"

邢冬闻言,再度低下了头,心情再度沉重了起来:"书记,确实如您所言,大部分公司都是没有问题的,能够如期把钱还上。但也有好多公司融资后进行了投资,结果投资亏损,便还不上钱了。我只好继续找别的公司,拆东墙补西墙……"

"你说你啊,邢冬!"纪威忽然变得很激动,他站起身,指着邢冬怒道,"这一番操作,你们这些'蛀虫'是吃肥了,可是国家呢?这些亏损,最后不都是由安澜港集团来偿还!"

邢冬把头埋得更低了,几乎是要钻到桌子底下去了。

纪威平复了一下心情,顿了顿继续问道:"这件事,仅凭你一个人完不成吧?这种信用担保形式的融资,财务公司经理田锐应该也参与了吧?"

邢冬闻言,颇为震惊地抬起头。他看着纪威,眼神里满是敬佩。

"书记,真让您说着了。我和古越雷进行第二次融资性贸易的时候,田锐就发现了这个问题。这个家伙狡猾得很,他非但没有揭穿我们,反倒主动找到我,要求也分百分之十的抽成。因为没有他的配合,我们完不成这个事,于是也就让他入了伙。"

"果然如此。"纪威的眼中闪过一丝光芒。

心中的顾虑打消后,邢冬像是变了一个人一般,如实供述了这些年以来自己犯下的违纪违法问题。

刘镇岳一边听着,一边做着记录。太阳下山的时候,竟记满了十几页纸。

见邢冬交代得差不多了,纪威遂鸣锣收兵。临走时,他走上前,拍了拍邢冬的肩膀,眼里饱含真诚地说道:"老邢,你今天的表现,组织都看在眼里。你的这种行为属于如实供述自己的违纪违法问题,其中有些问题还是组织未掌握的问题,这属于立功行为,我会如实向组织汇报的。"

邢冬闻言,眼眶里再度流下了泪水,他发自内心地朝着纪威鞠了一躬,嘴里喃喃道:"组织还没有放弃我这个'罪人',谢谢组织,谢谢书记……"

回到指挥室,纪威立刻部署起任务来:"太阿主任,你带着镇岳和赤霄,火速按照邢冬的供述补充证据和证言。同时,格外留意与田锐相关的内容,力求从证人那里打开一个突破口,我们兵不血刃地拿下'财金刚'田锐。"

纪威突然迸发出的豪情,感染了专案组的众人。大家气势如虹,迅速地投入到了补证工作之中。

看着士气高涨的专案组成员们,纪威轻轻扬了扬眉。他大步流星地往一号楼的会议室而去,那里有一个重要的会议在等待着他……

## 三

夜色深沉,松涛园依然灯火通明。无论是留置楼里,还是办公楼里,都有人在进进出出地忙碌着。

纪威坐在会议室的长桌前,仔细地翻阅着手中的材料。崔湛卢和周棠溪分坐两侧,静静地等待着纪威的下一步部署。

片刻后,纪威放下手中的报告,有些无语地苦笑道:"按照材料中的说法,咱的这位'财金刚'田总,是一只一毛不拔的'铁公鸡'啊。"

周棠溪也笑了起来,她点点头说道:"根据职工座谈情况和近日来对他的观察来看,确实是这样。"

"报告上写得还比较含蓄,实际情况有过之而无不及。"崔湛卢也笑了起来,"这个人的自私自利在港上是出了名的,时时、事事、处处他都想着占些便宜。逢年过节工会发福利,米面粮油什么的,他总爱找些理由多拿一些,连打扫卫生的保洁员都瞧不起他。平日里就更有意思了。他自己有一辆泡过水的老破雪铁龙，还经常心疼油钱而舍不得开，下了班要么蹭同事的车，要么就声称有工作要处理，打车回家再拿着小票回单位报销……"

崔湛卢把田锐的种种行为一一列举，听得纪威连连摇头："且不说非法收入，单说工资，他年薪百万，也不至于抠成这样啊。"

三人对视一眼，不由得苦笑起来。

"嗡嗡嗡……"纪威的手机再度振动起来。

"喂，镇岳。"纪威按下接听键。

"书记，您还在松涛园吗？我们这边谈下了几个重要证人，获得了一些有关于田锐的情况，李太阿主任让我过来跟您汇报一下。"刘镇岳说道。

"我在一号楼的小会议室，你过来吧，我在这里等你。"纪威挂掉电话，脸上的笑意愈发浓重。

他忽然有种预感，刘镇岳所要汇报的情况，极有可能成为打开田锐这把锁的关键钥匙。

不一会儿，刘镇岳拿着材料匆匆而来，崔湛卢和周棠溪起身离开。两人临走时，纪威特意嘱咐他们，继续留意田锐的日常动向，尤其是喜欢去哪里吃饭、常跟哪些人交往等。

崔湛卢和周棠溪领命而去，刘镇岳又把材料交到了纪威手里，像是背课文一般流利地汇报了起来。

"根据我们与几名企业老板谈话所得到的信息，基本可以证实邢冬所说的都是实话。他和田锐建立的融资俱乐部里，确实有数十名民营企业老板。"

纪威点了点头，问道："今天谈话的这几位老板，态度都怎么样？"

"态度都很好。我们接连留置了徐构、平裕诚和邢冬，让他们看到了我们的反腐决心，也彻底打消了他们的侥幸心理。对于我们的谈话取证，他们都表现得十分配合。"刘镇岳说着，脸上泛起一抹笑容。

纪威也笑了起来，他站起身，望向黑暗中矗立的那一盏明灯，如同自言自语般说道："那就好，说明我们的工作得到了安澜市大多数人的认可。"

刘镇岳笑着点了点头，继续汇报道："今天所取证的这些民企老板中，有一个叫秦万邦的，提供了一条重要的线索。"

"秦万邦？"纪威的眸子瞬间变得明亮起来，他有些期待地问道，"什么线索？"

"这个秦万邦，先后跟邢冬合作了两笔融资性贸易，总共数额为两千两百万，按照邢冬和田锐制定的规则，他送给邢冬和田锐每人二百二十万。秦万邦给田锐的抽成，是通过送银行卡的形式，分两次给他的，一次一百万，一次一百二十万。我们对这两张银行卡进行了调查，发现其中一张卡上已经没有钱了，另一张卡上还有三万两千元，年初的时候，这张卡还被使用过。我们专案组对此进行了讨论，认为这张余额还有三万两千元的银行卡，极有可能还在田锐手里。"

"三万两千元。"纪威嘴里喃喃着，大脑开始疾速转动了起来。

田锐很抠，连开车加油的钱都不舍得花；爱占小便宜；别人送的银行卡里还有三万两千元……

一条条关于田锐的信息开始在纪威的脑海中汇聚，它们犹如一块块红砖，慢慢地搭出了建筑的框架。

忽然，一束灵光在纪威的脑海中闪过，一个大胆的计划浮上心头。

刘镇岳看着纪威胸有成竹的笑容，忽然也变得信心十足。

虽然纪威到安澜市纪委监委就职的时间只有一个多月，但他所表现出的职业素养和业务能力，已经征服了与他接触过的每一个纪检人。

"书记，您这是有新的调查计划了？"刘镇岳笑道。

纪威剑眉微微上挑，笑着说道："镇岳啊，明天我们来上一出引蛇出洞。"

当夜，纪威便把第二天的行动方案汇报给了冯琦。冯琦思考片刻后，爽快地批准了。

"原则上，我们的案件查办要坚持稳字当头，徐徐推进。现在情况特殊，时间不等人，采用原则性与灵活性相结合的方法，也不是不可。"冯琦喝了口茶，继续说道，"但绝对不能操之过急，还是稳妥为先。"

"我明白，书记，请您放心。"纪威站起身回答道，"文经我手无差错，事经我办请放心。"

冯琦望着纪威转身离开的背影，脸上洋溢着和煦的笑容。

第二天的阳光，如期照射到大地上。

早上八点，纪威、任巨阙、刘镇岳等人乘坐着那辆黑色的帕萨特轿车，直奔安澜港集团总部而去。

自邢冬被留置后，田锐就一直心神不宁。他深知邢冬的脾性，本就意志不怎么坚定的邢冬，进了留置室，只怕用不了多久，便会把事情和盘托出，把他牵扯进来。

这几天，巡察组正式进驻他的财务公司开始核查账目。他便知道，这是要对他下手了。

尽管早已经做好了万全的准备，但面对纪委监委的调查，他心里仍不踏实。

况且今日，纪威亲自到来，愈发让他警惕起来。

在贾聪的引荐下，纪威终于见到了传说中的"财金刚"——田锐。

纪威笑着走上前，一语双关地说道："田总您好，我是纪威，久仰大名，今天终于有幸得见。"

田锐闻言，心中不禁咯噔一下。被市纪委书记"朝思暮想"，这可不是一件好事啊。

硬着头皮，田锐心中有些抗拒地与纪威握了手。

纪威打量着田锐，心中微微惊讶。

田锐年过半百，满脸的憨厚，像极了一个刚刚下田归家的老农民，属于那种扔在人群里就再也找不到的平庸之辈，完全没有一个手握几十亿资金的经理该有的气度。

纪威打量田锐时，田锐也在打量着纪威。从他的表情中同样可以判断出，纪威的相貌与他心中所想的亦大相径庭。

场面忽然安静了下来，空气中流动着一抹若有若无的硝烟味道。最擅长察言观色的贾聪见状，连忙打起了圆场。他走上前，满脸堆笑地冲纪威说道："纪书记，我们先去会议室稍坐，您想调阅的账目资料，马上让人给您拿过来。"

纪威微笑着点了点头，跟随贾聪往会议室而去。

通过这短暂的会面，纪威愈发坐实了心中的想法。田锐表面上是一副憨厚老实相，实则城府极深。他眼神中不时流露出的一抹狠劲，嘴角笑意中蕴含的疑心，无不从侧面证明他处变不惊的良好心理素质。

"或许今天这个场景，早已在他的脑海中预演过多少次了。"纪威在心里暗暗思索道。

来到会议室，纪威与田锐分坐在会议桌两侧。双方都没有主动说话，但都在积蓄力量等待着对方先出招。

纪威表现得很平静，田锐的心里却犯起了嘀咕。

从巡察组进驻安澜港集团开始，田锐就在暗中观察纪威，从他的一举一动、一言一语中分析他的性格。

在田锐之前的认知里，纪威是一个温文尔雅、行事有度的人。在之前调查徐构、平裕诚和邢冬的过程中，他都表现得很平和，哪怕面对徐构的无理挑衅，他也没有做出任何过激的反应。但是这一次，田锐明显感到纪威的态度要比之前强硬了许多。

"难道，邢冬那个软蛋已经全撂了？"田锐在心中嘀咕道。

纪威看着田锐的表情，忽然笑了起来。他冲着刘镇岳轻轻地点了点头，刘镇岳立马会意，从文件包中拿出了一张调取账目的清单，递给了田锐。

"田总，这是我们之前拟定好的调取清单，我们要调取的账目资料全都在这里了。"刘镇岳笑道。

田锐接过清单，轻轻扫视了一眼，旋即吓得一身冷汗。因为调取清单上的每一笔账目，都涉及他所抽成的融资性贸易。

"看来邢冬这个猪队友，真的已经全撂了！这个浑蛋！"田锐在心里骂道。

纪威如同看穿了田锐的心思一般，饱含深意地笑道："田总，看您面色深沉，可是有什么情况想提供给我们？"

突如其来的话，让田锐再度心头一惊。他的额头上冒出了细密的汗珠，数秒之后他才缓缓说道："书记，您误会了，我这脸上的表情天生就这样。"

说完，田锐尴尬地笑了笑。

田锐立即安排财务人员将巡察组要调取的账目资料送到会议室。

很快，财务人员就抱着资料走了进来，田锐连忙招呼财务人员把资料放到桌上，笑着对纪威等人说道："书记，您先看账，我还有点事要处理一下，有事您再喊我。"

纪威微笑着点了点头，算是表示同意，田锐随即逃一般地离开了会议室。

"这是心里有鬼啊。"

纪威看着田锐狼狈的身影，不禁摇了摇头，轻轻笑了起来……

## 四

回到办公室的田锐，依旧心有余悸。他一屁股坐在自己那张寒酸的办公椅上，两根手指使劲地捏着眉心，脸上写满了焦虑和忧愁。

"这纪威果然厉害，气场十足，眼神锐利，就连说话也是暗有所指，难怪徐构他们几个都先后栽在他手里……"田锐心里暗暗叫苦。

纪威这边却稳坐钓鱼台，丝毫不着急。任巨阙和刘镇岳不慌不忙地翻看着手中的账目，看似专注，实则两人都神游物外。

见时机差不多了，纪威冲任巨阙使了个眼色，并把头轻轻转向门外的方向。任巨阙立马会意，他拿起手机，悄悄地定下了一个五分钟后的闹铃，然后又一脸无事地把手机放回到了桌子上。

五分钟后，任巨阙的手机铃声大作。任巨阙立马抓起手机，匆匆往外跑去。在卫生间里，他装作在与人通话的模样，自言自语了起来。

又过了五分钟后，任巨阙满脸慌张，急匆匆地返回了会议室。他趴在纪威的耳畔，小声言语了数句。

纪威一边听着，一边不断地点头。

"好，做得不错。"听完耳语后的纪威，忽然一拳打在了桌面上，然后严肃地说道，"这帮蛀虫，真是太可恶了！马上让人去银行，把他们的账户全部冻结掉，尤其是这帮行贿的老板，他们的账户更是一个不能落下，防止他们把钱卷跑。"

纪威有些激动地说着，却又忽然停了下来。因为刘镇岳指着旁边财务公司的工作人员，对他使了个眼色。

不多时，已经完成"表演"任务的纪威等人，草草鸣金收兵了。

他们走后，田锐叫来一直在会议室里搞服务的工作人员，颇为谨慎地问道:"纪威方才大声说了什么?"

工作人员感受到田锐话里的阴冷,不由吓得一哆嗦,她声音有些发颤地回答道:"好……好像是……要去……冻结……行贿老板的……账户……"

田锐闻言,不禁倒吸了一口凉气。

冻结账户按理来说跟他没有什么利益牵扯,但当他不经意间摸向自己的口袋时,忽然想起了秦万邦送他的银行卡里,还有三万两千元没有取出来。

田锐不禁一阵心疼。这可如何是好?去取出来吧,怕被纪委的人发现;不去取吧,"辛辛苦苦"收的抽成没到手,又有些心疼。

怀着这份矛盾的心情,田锐一整天都处在恍惚之中。

终于挨到了下午下班,顾不得其他的田锐,连忙打了一辆出租车,朝着自己居住的破旧小区飞奔而去。

回到家,田锐便一头扎进了地下室,从墙上的一处破洞中掏出了一张银行卡。

这银行卡正是秦万邦送给他的那一张。

田锐把银行卡攥在手里,心中的矛盾感愈发强烈。他失魂落魄地回到卧室,愣愣地看着手中的银行卡。

不知过了多久,田锐的情绪稍稍平静了下来。他蹲在床前,从床底拿出了一个小猪造型的储钱罐,又从上衣兜里拿出了几枚硬币。

这几枚硬币是他前几天乘坐集团的公车时,在后座的缝隙中找到的,估计是之前乘车的人不小心遗失的。见无人看见,田锐便把这几枚硬币装进了自己的口袋里。

田锐拿着硬币,开始一枚枚地往投币口投硬币。随着硬币掉进储蓄罐中,一阵阵金属撞击声响了起来,清清脆脆,颇有质感。

对田锐而言,这声音魔幻而悦耳,似乎具有某种难以言明的魔力。不知道从什么时候开始,田锐就一发不可收地爱上了这种声音。此后,只要田锐心情不好的时候,他就会往储蓄罐里投硬币,享受钱币碰撞声所带来的快感。

正是这一阵阵的金属撞击声,让田锐下定了决心。那三万两千元是他的抽成,是他的财富,他必须得在纪委冻结账户之前,把钱取出来。

田锐是个行动派，决定要做的事情绝不拖延，从来都是说干就干。

纵然很想要这三万两千元，但田锐并不傻，他没有被金钱冲昏了头脑。他在行动之前，特意做了准备。他从柜子里找出了一件连帽风衣，又找出了一个鸭舌帽和一个口罩。穿戴完毕的田锐，站在镜子前看着裹得严严实实的自己，终于露出了一个满意的笑容。

一直熬到凌晨一点，"全副武装"的田锐，才在小区门口扫了一辆共享单车，晃晃悠悠地往银行而去。

负责在田锐小区门口盯梢的刘镇岳和任巨阙看到这一幕，兴奋地直拍大腿："还真被纪书记猜中了，田锐这家伙果然是舍命不舍财。"

"那是，纪书记什么时候猜错过。"刘镇岳满脸的骄傲。

黑色的帕萨特轿车，像是一只幽灵一般，无声无息地跟在田锐的身后。跟随的距离不远不近，轿车上的人仅仅能模糊地看到田锐的背影，却又不至于跟丢。为了防止被田锐察觉到，轿车还特意熄灭了车灯。

田锐一路上无比紧张，却又很有信心。因为他坚信，这个点儿了，纪委的人早就洗洗睡了。

田锐把共享单车蹬得飞快，不多时便来到了一家街道支行门口。之所以选择这里，是因为这里比较偏僻，平日来人就极少，更不用说这个时间段。

警惕地左右环视一番，发现四周空无一人后，田锐才放心地钻进了自动取款机间。怀着无比忐忑的心情，田锐将银行卡插进了取款机里，又在无比焦虑的心情下输入密码，按下余额查询键。

当他看到屏幕上清晰地显示着三万两千元的余额时，一颗悬着的心终于落回到了肚子里。

接下来该怎么取钱，田锐又陷入了一番盘算。

因为是跨行取现，每笔都要收取一定的手续费。田锐的大脑开始飞速地运转起来，几分钟的时间，他便计算出了最佳的取款方式。

输入取款数额，按下确认键，听着机器里传来的点钞声音，田锐全身的血液都沸腾了起来。在田锐的心里，什么美人、美酒、古玩玉器，那都是虚的，什么也不如现金来得实在。

一番操作之后，田锐终于把银行卡里的钱取得干干净净。看着装得鼓鼓的手包，田锐的脸上满是灿烂的笑容。他随手一抛，那张方才还被他视若珍宝的银行卡，被精准地扔进了一旁的垃圾桶中。

田锐长舒一口气，抱着装满现金的手包，愉快地拉开了自动取款机间的玻璃门。

但是，就在下一刻，他的笑容就僵在了脸上。因为他看见自动取款机间的外面，有三个人正坏笑地看着他。

这三个人正是纪威、刘镇岳和任巨阙。

看到纪威朝自己一步步地走来，田锐脸色大变，他想硬着头皮跟纪威打个招呼，却发现自己如同失声了一般，一个字都说不出来。

"田总，跟我们走一趟吧。"纪威冲着田锐说道。

装着三万两千元的手包忽然从田锐怀中滑落，田锐也忽然瘫坐在了地上，嘴里不断地喃喃着："完了，全完了……"

## 五

田锐曾在脑海中多次推演与纪委监委"斗智斗勇"的场景，却不想正面交锋尚未开始，纪威就来了一波"斩首行动"，将反腐的利剑横在了他的脖子上。

坐在廉政谈话室里的田锐连连叹息，同时又满脸的不服气。

"偷袭算什么好汉，有本事拉开架势'真刀真枪'地干一场！你纪威这样做，简直是不讲'武德'！"田锐在心里不断地骂道。

此时的纪威根本没有时间搭理田锐，他需要迅速完善材料，把对田锐采取留置措施的申请，报送省纪委监委和市委。

冯琦翻看着纪威报送过来的留置申请，满脸笑意。

"这招'引蛇出洞'效果不错。"冯琦笑着称赞道。

"这次能成功查出田锐的违纪违法事实，最重要的原因还是书记您的支持。"纪威说得很诚恳，"说实在的，我们的计划，是有一定冒险性的；若非您力挺，我们还真放不开手脚。"

冯琦闻言，面色渐渐严肃了下来，他望着窗外郑重地说道："这也启示了我们，无论是日常监督，还是监督检查、审查调查，我们都要坚持原则性与灵活性相统一的原则，既不能违反规定，也要打开思路，寻求完成工作的最优路径。"

纪威品味着冯琦的话，若有所思。

冯琦顿了顿，继续说道："我们专项巡察的时间，已经所剩不多。我希望，你们安澜市纪委监委的同志能够再添一把火、加一把劲，直捣黄龙，把安澜港集团内部的那位'大王'也一并拿下。"

仿佛有一副重逾千斤的担子，压在了纪威的肩膀上。但顽强的斗志、坚定的信念和强烈的责任心，让他把这副担子担了下来。

"书记，请您放心，我们一定全力以赴。"纪威郑重道。

"难为你了，不过，我相信你们一定可以。"冯琦笑道。

两个小时后，省纪委监委传回了批复：同意对田锐立案审查调查并采取留置措施。

拿到批复后，纪威匆匆告别了冯琦，再次乘坐着那辆黑色的帕萨特轿车，返回松涛园。

李太阿和任巨阙按要求对田锐宣读了留置决定，田锐看着决定书上鲜红的印章，像一只提线木偶一般地签字、按手印。

经过体检、换衣之后的田锐，最终被带进了留置室。

田锐看着眼前这个全是软包的留置室，如同进了大观园的刘姥姥一般，好奇地上看下看。

不同于徐构的怨恨、平裕诚的无奈、邢冬的惊恐，田锐进入留置室时，非但没有表现出一丝悔恨或者恐惧，反倒是满脸轻松与不屑。

他看着面前温文尔雅、满脸憨厚的任巨阙，不屑的神情愈发浓重。

任巨阙捕捉到了田锐的这个微妙表情，心里不禁有些诧异。多年的办案经验告诉他，田锐一定是已经做了什么准备，所以才会如此有恃无恐。

"这注定又是一场难打的仗啊。"任巨阙不禁在心里暗叹了一声。

就在这时，田锐忽然转过头望向了任巨阙，灰蒙蒙的眸子里满是阴森，又闪烁着些许狡黠。他看着任巨阙，忽然不怀好意地笑了起来。

这是挑衅，赤裸裸的挑衅！

任巨阙觉得自己的血压噌的一下升了上去，他狠狠地攥着拳头，指甲几乎都要剜进了肉里。

田锐看着满脸怒气的任巨阙，愈发变本加厉。他跷起了二郎腿，轻轻拍打着面前的小桌，懒洋洋地说道："我说，就算我被留置了，至少也要给杯水喝吧。"

任巨阙极力地克制着自己的情绪，告诉自己不能冲动。

"水，我们肯定要保障好的。"任巨阙看着面前挑衅意味十足的田锐，话锋忽然如剑般直刺而下，"但是在此之前，我必须给你讲讲留置室里的纪律！"

突如其来的厉喝，让田锐心头一惊。此时他才知道，眼前这个人，虽然面相憨厚、温文尔雅，但绝不是一个好欺负的主儿。

"这田锐当真'只知菩萨低眉，不知金刚怒目'。"指挥室里，纪威看着这一幕，不禁笑道。

"让看护民警过去把巨阙他们叫出来，我们开个专案组会议。"纪威指着屏幕说道。

看护大队的民警将任巨阙等人替换了出来，又一场决定案件走向的、至关重要的、具有重大转折意义的会议，就此展开⋯⋯

## 六

世间之事，方向第一，努力次之，审查调查工作同样如此。正确的调查方向，是成功查办案件的基石。

纪威一直坚信这个道理，并一以贯之。

"田锐的情况，想必大家都已经看到了。"纪威抬起头，环视了一圈专案组的成员们，继续说道，"截至目前，这个家伙一直是油盐不进，采取装傻充愣的方式跟我们进行'软对抗'。除了被我们人赃并获的这两笔钱外，田锐对其他问题拒不交代，而且态度极为恶劣！"

纪威说着，狠狠地拍了拍桌子："这是何等的狂妄！时至今日，仍然没有认识到自己犯下的错误，仍然企图以耍泼皮来掩盖自己的罪行，仍然对组织的关心一笑而过。对于这种近乎无药可救的人，"纪威的声音突然拔高，会议室里所有的人此刻都抬起头看向了他，等待着他的下一步部署，"我们就要'以证促供'，让他心服口服！"

纪威的话语像是一根撑天之柱，从天而降，重重地砸在了众人心头，让众人不由得为之一振。

"好一个'心服口服'！"会议室的门忽然被推开了，冯琦满面笑容地走了进来。

会议室里的所有人立马起身，面向冯琦回以笑容。冯琦摆了摆手，示意大家不要拘束，然后在纪威的身旁坐了下来。

"不好意思，打扰大家开会了。"冯琦笑道，"不过我也算来得巧，听到了纪威同志这一番令人热血沸腾的话。"

纪威有些不好意思地笑了笑，冯琦却轻轻地拍了拍他的肩膀。

"我今天过来，最主要的目的就是来看看大家。"冯琦说道，"这段时间，大家夜以继日、连轴转，都很辛苦，在这里我跟大家道声谢。"

冯琦说着，脸上浮现出一抹歉意。

片刻之后，他继续说道："一个多月以来，大家经过一番磨炼，都取得了巨大的进步。从一开始的一筹莫展，到被动交锋、反复胶着，再到现在的主动出击、一举拿下，大家都在实战中，磨砺了自己的意志力和业务能力。"

冯琦说着，目光如同和畅的清风一般，拂过每一名办案人员的肩头。

"但现在，大家还不能松劲歇脚，更不能疲劳厌战。行百里者半九十。安澜港集团内部最大的腐败分子依旧在幕后兴风作浪，所以我们要披荆斩棘、一鼓作气，把胜利的旗帜插到山顶上去。目前，留给我们的时间已然不多了，希望大家再接再厉、再传佳音！"

"啪啪啪……"密集而响亮的掌声，在会议室里响彻起来。

冯琦站起身，冲着每一个办案人员点头致意，随后在众人的目送下，离开了会议室。

一直到冯琦的身影彻底消失在楼道里，众办案人员才回到座位上重新坐好，一颗颗激动的心久久难以平静。

许久后，纪威清了清嗓子，重新部署起案件调查推进方案。

"我跟巨阙分析了一下田锐的心理，一致认为田锐持如此态度的最主要原因，是他在徐构被留置后，就已经做了某些准备，认为我们绝对找不到他的赃款藏匿处。"

纪威的话音刚落下,刘镇岳便补充道:"确实如此,我们搜查组在对田锐的住宅、车辆、办公室、近亲属和朋友处等多个地点进行搜查后,依然一无所获,几乎没有发现任何现金以及其他贵重物品。我们也认为,田锐的违纪违法所得,必然已经被他藏匿。"

"确实蹊跷。"任巨阙捏着下巴,慢条斯理地分析道,"根据我们目前掌握的信息,这个田锐光是这些年'抽点'的非法所得,就至少有两千万。而现在这些钱,一没有相关转账记录,二没有用于投资或入股,三没有用来购置固定资产或贵金属,四是我们没有找到现金。这些钱就像是被丢进了海里一样,真是奇了怪了……"

本是无心的一句话,却让纪威忽然想到了什么。他一边用右手的食指、中指一下又一下地敲击着桌子,一边思考着。

会议室里的众办案人员见状,紧张得大气都不敢出,生怕弄出一丁点响动,打断了纪威的思绪。

原本"热闹"的会议室,一下子安静了下来,只有纪威的敲击声和钟表的指针声,在空旷的房间里回荡着。

不知过了多久,敲击桌子的声音停了下来。

纪威蓦地抬起头,却发现大家都在直勾勾地盯着自己看,眼神里满是热切与期盼。

纪威有些不好意思地笑了笑,随即没有任何拖泥带水,立马跟众人说出了自己的思考:"根据我们的调查,每次'抽点',田锐要么收受现金,要么收受银行卡再取现,最终的落脚点都在现金上。两千万的现金,起码得有二百三十公斤重,所以,田锐不可能轻易地进行大规模转移,他一定有一个隐秘且安全的地方,专门用来存放现金。"

听完分析的众人,连连点头,纷纷对纪威的分析表示同意。

纪威也点了点头,继续说道:"既然有了调查方向,那么下一步,大家就要集中精力分析田锐的活动范围和经常接触的人,力求在最短的时间里,把田锐苦心藏匿的赃款给挖出来!"

纪威的话一锤定音,为工作的开展指明了方向。专案组的众人纷纷摩拳擦掌，迅速投入到了新的调查工作之中。

安排完"田锐案"专案组这头的工作，纪威没有片刻休息，立即马不停蹄地往专项巡察组设置在安澜港集团总部的临时办公室赶去。

会议之前，纪威接到了崔湛卢的电话，说是安澜港集团的"二把手"——总经理徐建设亲自找到了他，说有重大问题线索要反映。

纪威有种预感，徐建设要反映的问题绝对不会是小事，甚至有可能带来惊天震撼。

黑色的帕萨特轿车一路疾驰，片刻后便来到了专项巡察组的临时办公室。纪威如同一阵飓风，以最快的速度爬上楼梯，跑到办公室门口推开了门。

办公室内，崔湛卢、周棠溪和徐建设分坐两侧，正在谈着话。

三人见到纪威纷纷起身，纪威迅速地关上了门，摆摆手道："不用客气，先谈事。"

崔湛卢把记录的谈话内容递给纪威，并解释道："徐总此来，主动坦白了自己工作作风粗暴、理论学习走形式、干预员工招聘等问题……"

纪威接过笔记本，脸上不禁流露出一丝失望。

徐建设坦白的这些问题，属于很多领导干部存在的共性问题，确实客观存在，也确实应该被专项巡察组重视，但不是纪威目前想了解的问题。

徐建设看着纪威的表情，心里也猜了个七七八八。他站起身，直视着纪威，十分严肃地说道："纪书记，我在这里跟您发誓，我徐建设在安澜港三十年，要说存在的问题，那大大小小肯定有不少。但您要说贪污腐败这些原则性问题，我徐建设敢拍着胸脯说，我没有！近期专项巡察组的政策宣讲，让我认识到了自身存在的问题。这些年，一直重业务轻党建，确实是我的不对，所以才有了我今天这出主动交代。"

看着徐建设满脸的真诚，纪威郑重地点了点头说道："我相信徐总您所说的，也对您的此举表示大力支持。"

"谢谢您，纪书记。"徐建设心里一暖，由衷地说道。

"另外……"徐建设顿了顿，有些犹豫地说道，"我想检举一个人……"

纪威闻言，瞬间睁大了眼睛。

徐建设的这句话，他不知期盼了多久。

"这些年，我也一直在反思港上经济量连年增加，效益却越来越差的原因。"徐建设说着，又犹豫了片刻，最后才像是下了很大的决心一样，缓缓说道，"反复思考和暗中调查后，我知道，一切都是董事长梁绵韧在捣鬼，他就是安澜港的'幕后大王'，是让安澜港集团濒临破产的罪魁祸首！"

徐建设说完，长舒了一口气。多年积蓄的怨气，今日终于得以吐出。

"哎呀，徐总，这么重要的问题，您怎么现在才说呢？"崔湛卢拿着笔记本，一边记录，一边问道。

徐建设尴尬地笑了笑，缓缓说道："这些年，对安澜港集团的专项整治工作，可真是不少；每次都是大张旗鼓，但每次都是不了了之。所以，一开始我认为咱专项巡察组，也不过是来走走过场。直到纪书记您动真碰硬，留置了徐构，我才知道，咱市纪委监委这次是下了极大的决心，要挽救安澜港集团。不过那时，我虽然看到了大家的决心，但仍然担心咱斗不过梁绵韧和他剩下的'三大金刚'。一直到今天，书记您留置了田锐，彻底剪除了梁绵韧的羽翼，我才下定决心来检举梁绵韧。"

听完徐建设的叙述，纪威非但没有生气，反倒十分认同地拍了拍徐建设的肩膀。

徐建设此时已经毫无保留地向组织敞开了心扉，他颤抖着双手，从随身的文件包里拿出了一叠材料，交到了纪威手上。

"纪书记，这是这几天我总结的梁绵韧的相关问题线索，现在呈交给您，希望也能为安澜港集团的反腐工作出一份力！"

纪威走上前，紧紧地握住了徐建设的右手，深情地说道："徐总，您的这份材料，真可谓'雪中送炭'啊。"

徐建设动情地点了点头，一时竟激动得说不出话来……

七

上下齐心，自然势如破竹。在正确调查方向的指导下，田锐藏匿现金的窝点很快浮出了水面。

事情的转机出现在对田锐轨迹的分析上，任巨阙和刘镇岳根据交警部门提供的卡口记录，发现田锐每隔一段时间，便会前往山海镇的一处小渔村——三台村，而且一待就是大半天。

这引起了专案组的高度重视。

调查资料显示，田锐是外省人，是毕业后由国家统一分配到安澜港集团的；他的妻子也是外省人，在安澜市同样也没有任何亲属……

种种证据表明，田锐的这一异常行为，绝对不会是去小渔村度度假那么简单。

任巨阙和刘镇岳很快就拟定好了调查方案，并在第一时间将方案呈报给了纪威。纪威的看法与他们两人一致，三人迅速组建成了一个临时调查小组，乘坐着那辆黑色的帕萨特轿车，火速赶往三家台展开调查工作。

为了方便开展工作，纪威特意发函给山海镇纪委，请他们派遣一名工作人员协助调查。

山海镇位于安澜市的东北部，与东岛市相邻。小镇面积不大却拥有着安澜市近六分之一的黄金海岸，每年立夏至秋分时节，小镇都会接待来自全国各地的数百万游客，是安澜市的一张旅游名片。

纪威坐在车里，看着窗外不断向后退去的沿途美丽景色，心情逐渐放松了下来。

"书记，我们现在走的这段路，那可了不得。安澜市一半的山与海的景色都在这里了。这里有露营基地、渔船码头、阳光海岸、骑行栈道等一堆景点。"任巨阙望着窗外，像是一名热情的导游一样，为纪威介绍了起来。

纪威看着窗外的景色，笑道："那等忙完了这阵子，巨阙你带我来转转。"

"转转自然是没有任何问题。"任巨阙笑了起来，"看这形势，就怕忙完这阵子还有下一阵子。"

任巨阙的风趣幽默，引得车里的众人大笑了起来，原本车内的紧张氛围一下子缓解了不少，临时调查小组的三人在笑声中重新补足了工作的动力。

在山与海的风景旖旎中，轿车很快抵达了三台村。山海镇纪委书记王玄重早已到达，正站在村委会门口等待着纪威一行。

轿车停稳，纪威等三人开门下车，王玄重连忙迎上前。

纪威脸上洋溢着笑容，主动伸出手与王玄重握在了一起。

"王书记，今天可要给你添个麻烦了。"

"书记，您这是哪里的话，上级给我们安排任务，是对我们工作的认可。再说了，能配合咱市里的案件调查，对我自身业务能力的提高，也有极大的帮助。"王玄重有些拘谨地回答道。

"那好，既然这样，我们可就把你编入我们的临时调查小组了。"纪威笑了起来。

"求之不得。"王玄重笑道。

四人在村支书的引导下，来到村党委会议室坐下。未等纪威安排，王玄重就把村民名单、村房屋所有权登记册、电费水费缴纳清单等数份资料，摆在了纪威的面前。

纪威微微挑眉，有些难以置信地望向王玄重，眼神里浮现出一抹赞许之色。因为王玄重已经准备好的这些材料，正是他想要调取的。

"看来乡镇纪检监察干部虽然人数相对较少，但业务能力一点不差啊。"纪威在心里默默为王玄重点了个赞。

"现在村里房屋的售卖、租赁情况，你了解吗？"纪威面向王玄重问道。

王玄重闻言，胸有成竹地回答道："书记，您来之前，我已向村支书进行了了解。本村共有房产113套，因为产权原因，不能进行售卖，只能租赁。其中沿街村房租赁出去了23套，被用作了商店、饭店等经营性场所；其他不沿街的村房租赁出去了42套，都经过装修后开起了民宿；还有4套，好像是被人租去自住，但租户一般就夏天过来度度假，没有常住的。"

纪威闻言，脸上赞许的神色更加浓重。王玄重的这番调查，可谓是节约了他们大半天的时间。

"这四处房屋的房主现在能找到吗？"纪威直接开门见山地问道。

"可以的。"王玄重点了点头说道，"这四处房屋的房主都还住在村里，让村支书打个电话叫一下，他们应该很快就能赶来。"

纪威有些激动地拍了拍王玄重的肩膀，笑道："王书记，你这摸排工作做得真是太扎实了！"

王玄重有些不好意思地挠了挠头，半天才支支吾吾道："都是……我应该做的……"

在村支书的帮助下，四处房屋的房主先后赶了过来。任巨阙拿出田锐的照片，分别让房主辨认。

前三位房主在看过照片后，都摇了摇头，表示没见过。

纪威有些失望，但还是期待着最后一位房主能给他们带来惊喜。事实证明，得道多助，天助正义。

最后一位房主虽然姗姗来迟，但他仅仅瞟了一眼照片，便拍着大腿笑道："这不就是租我房子的老田吗！"

纪威大喜过望，但仍然强行压制了激动的情绪，谨慎地再三确认道："老兄，您再看看，可别认错了。"

"绝对认不错！"房主大手一挥，"我租给他的房子，就在我家隔壁。你要说这个老田，人也很奇怪，租了房子之后倒是常来，隔个十天半个月就过来坐坐，一待就是半天，但从不在这儿住，一到晚上就走了……"

房主的这番话，与之前调查的田锐的活动轨迹基本吻合。这也让临时调查小组认定田锐几千万的违纪违法所得，就藏在这里！

纪威、刘镇岳、任巨阙三人互相对视了一眼，都看到了彼此眼神中闪耀着成功的喜悦。

纵然心里已经似有火山在喷发了，脸上却依旧波澜不惊。

"老兄，方便带我们过去看看吗？"纪威试探着问道。

"方便，哪有什么不方便的。"房主是个直性子，无比爽快地答应道。

一行人跟着房主大哥，沿着宽阔整洁的街道往村内走去。纪威看着村里家家户户盖起的二层小楼，看着村民脸上的笑意，不由得也发自内心地笑了起来。

转过几个弯，几人从主路走到了小胡同里。房主大哥来到一处二层小楼前停了下来，然后指着两扇厚重的防盗门说道："这就是老田租我的房子，旁边是我家。原本两处房子是一模一样的，老田租下后，又是装防盗门，又是装监控，又是修院墙，又是改水电……把这里弄得跟个碉堡似的。"

纪威循着房主大哥的指向，仔细地打量起面前的这处房子来。看着门口及院内密密麻麻的监控摄像头，纪威的心里已经有了九成把握：田锐的违纪违法所得，就藏匿在这里！

目标确定后，一行人迅速返回了村委会办公室。纪威安排刘镇岳和王玄重留下蹲守，防止有人趁机将房子里的东西转移；自己则和任巨阙前往冯琦的秘密办公点，把调查情况向冯琦进行汇报。

"你们了不起啊，纪威！"冯琦听完汇报后，赞许道，"不到两个小时，你们就迅速地锁定了目标，简直让人难以置信！"

纪威有些不好意思地挠了挠头，如实汇报道："这次是我们的运气比较好，山海镇纪委书记王玄重才是头功！"

"王玄重？"冯琦微微偏头，回忆道，"听说过，业务能力很强，做事也很踏实。"

这次轮到纪威难以置信了："书记，乡镇的纪委书记您也知道？"

冯琦扶了扶眼镜，缓缓说道："我早来了一个月，除了调查线索，还详细地了解了一下咱们安澜市的纪检监察铁军。人数不多，但有能力、能干事的人不少。纪威啊，你作为这支铁军的'指挥官'，一定要做到将要知兵。倘若不知道他们的工作能力、擅长及不擅长的方面，还怎么领兵打仗。"

一番简单的话，让纪威对冯琦有了新的认识。

如果说他是冲锋在前、所向披靡的"将"，那么冯琦就是稳坐中帐、运筹帷幄的"帅"！

"另外，"冯琦话锋一转，继续说道，"我同意咱的搜查方案，但建议将搜查安排在晚上。"

"晚上？"纪威有些疑惑。

"三台村毕竟是旅游特色村落，虽然现在过了旅游旺季，但来来往往的人还是不少，我们大张旗鼓地去，必然会造成一定影响，弄不好还容易引起舆情……"冯琦解释道。

"书记，您说得对。"纪威点了点头，随即说道，"我完全同意您晚上开展搜查的建议。"

"那好。"冯琦也笑了起来，"我就期待你们的'战果'了。"

办公室里传来了愉快的笑声。

所有人员严阵以待，静静等待着黑夜的到来……

## 八

夜风掀起狂澜，波浪拍打在岩石上，绽放出朵朵浪花。纪威站在礁石的一旁，遥望着远处渔船发出的点点光亮，静静等待着行动时间的到来。

秒针片刻不停，终于带动着时针指到了数字"10"上，纪威最后看了一眼手表，拿出手机，发出了行动的信号。

黑色帕萨特轿车在前，三辆商务车在后，整个车队整齐而又小心地往三台村的方向行进着。

距离村口还有一百米时，四辆车先后停了下来。车上的专案组成员迅速下车，自然地分成了三组，又分别沿着不同的路线，往田锐租住的村房而去。

纪威已经先一步到达，和他一起来的还有安澜市公安局的开锁专家。

"通知贾聪和田锐的妻子了吗？"纪威问刘镇岳道。

"已经通知了，应该马上就到。"刘镇岳回答道。

"没有引起不必要的事情吧？"纪威有些不放心。

刘镇岳挠了挠头，有些无奈地说道："这方面书记您不用担心，上车前已经让贾聪把手机关机并交了上来。只是……"

"只是什么？"纪威问道。

"只是贾聪这家伙以为要留置他，上车的时候鬼哭狼嚎的。"刘镇岳一边回忆着，一边情不自禁地笑了起来。

"嗯。"纪威点了点头，笑道，"这家伙，再不抓住机会自首，那被留置就只是时间问题。"

两人正说话间，贾聪和田锐妻子在任巨阙等办案人员的引导下寻了过来。

纪威见状，忙走上前，略带歉意地说道："贾部长，田太太，实在不好意思，这么晚了把您二位喊过来。"

贾聪品味着纪威说话的语气，眉头微微上扬，一颗悬着的心终于放了下来。他连忙谄笑着说道："书记，这是哪里的话，配合纪检监察工作，是我的责任。"

相对于贾聪的热情，田锐妻子的脸色则要冰冷得多："田锐人都被你们抓起来了，你们还要干什么！"

说完，田锐妻子别过了头，不再理会纪威。

纪威并未生气，反倒对田锐妻子的心情表示了极大的理解，毕竟人家丈夫是自己亲手留置的，不给自己好脸色也是情有可原。

"贾部长，田太太，今天请你们二位来，是请你们来做个见证。"纪威说着，朝刘镇岳轻轻偏了偏头。

刘镇岳会意，立即从公文包里拿出了搜查令，递给了贾聪。

贾聪看着文件上鲜红的"安澜市监察委员会"的公章，愣了愣神，有些疑惑地望向了纪威。

"经过调查，我们怀疑这处村房是田锐藏匿受贿款的地方……"纪威解释道。

"不可能！"未等纪威说完，田锐妻子便厉声怒喝道，"这个地方我听都没听说过，怎么会是我们家老田藏钱的地方？你们这是血口喷人！"

纪威直视着田锐妻子，注意、分析着她说话时的语气、表情和动作，微微惊讶。因为从她说的这段话中可以初步判断，田锐妻子说的都是实话。

"田太太，您的意思是，您之前不知道田锐租下了这处村房？"为了进一步确认，纪威立即问道。

田锐妻子抬起头，打量着面前的院落，思量片刻，斩钉截铁地说道："你们纪委可别乱扣帽子，这个地方我听都没听过！"

纪威眉头微微上扬，心中高兴道：看来田锐藏匿赃款的地方，连他妻子都不知道。这样一来，便排除了赃款被转移的风险了。

几人谈话间，其他办案人员陆续赶来，纪威见状便也不再等待，转过头对一旁的民警说道："苏警官，劳驾您开门吧。"

"好的，纪书记。"苏警官拿出工具，蹲下身子麻利地开始开锁。

一旁的办案人员见状，纷纷打开执法记录仪的开关，并将记录仪挂在了自己的左胸上。

"按照之前的方案，两人一组，一人搜查，另一人全程录像，要坚决杜绝对搜查过程不录像的工作行为。"纪威郑重说道。

"啪嗒！"在众人的注视下苏警官不负众望，仅用了两分钟时间，就打开了大门上设置的三道门锁。

"行动！"纪威上前推开了大门，下达了作战指令。

"贾部长，田太太，"纪威叫住两人说道，"接下来，也请您二位全程监督我们的搜查行动。"

"一定履行好职责。"贾聪的谄笑中带着些许期待。

"哼！"田锐的妻子则冷哼了一声，快步走了进去。

田锐租下的这处房产面积不小，但搜查的难度并不大。因为五间民房中，只有靠西的一间被田锐精心修缮过，其余的四间都是一副摇摇欲塌的样子。

"咱们先搜这间。"刘镇岳戴上橡胶手套，往最西边的那间而去。

在开锁专家的帮助下，又有两把复杂的门锁被顺利打开。任巨阙扶正胸前的执法记录仪，随后对刘镇岳比画了个"OK"的手势。

刘镇岳深吸一口气，用力推开了门。

正是这一推，让专案组拿到了击溃田锐心理防线的关键性和决定性证据。

刚进入房间，任巨阙和刘镇岳就被眼前的景象震撼住了。两人倒吸了一口凉气，互相对视了一眼，都看到了彼此眼中的难以置信。

只见在这个房间的墙壁上，丝毫不加掩饰地镶嵌着十几个保险柜，每个保险柜的钢板都有十多厘米厚。

"看来又要麻烦我们的开锁专家了。"任巨阙笑了起来。

在众人的簇拥下，苏警官走进了屋子。他瞥了一眼满墙的保险柜，竟笑了起来。

"不好开吗？"纪威有些担心地问道。

"不是的，书记。"苏警官解释道，"我是笑这屋子的房主，花了冤枉钱，买了些华而不实的东西。"

"哦？"纪威挑了挑眉毛，有些期待地问道，"那能开吗？"

"小菜一碟，一分钟一个。"苏警官拍着胸脯笑道。

在众人热切目光的注视下，苏警官拿着专业的工具，不费吹灰之力便打开了一个保险柜。

伴随着一声"啪嗒"的声响，众人的目光完全被保险柜吸引了过去。

纪威走上前，轻轻地拉开了柜门。

"哇——"

柜门拉开的瞬间,屋内的众办案人员不由得发出了一声惊呼。因为不算大的保险柜里,密密麻麻地塞满了红色的百元大钞。

纪威戴上手套,亲自把一捆捆带着银行封条的现金拿了出来。

刘镇岳也立即走上前,协助纪威展开了清点。任巨阙则扶稳了执法记录仪,专注地拍摄了起来。

第一个保险柜内的现金清点完,整整一百零三万元。纪威有些疲惫地站起身,冷峻的目光在其他保险柜上一一扫过,他长叹了一口气,摇了摇头,慢慢地走出了房间。

纪威寻了个马扎,在院子里坐了下来。他仰起头,看着天空中闪烁的群星,心中泛起无限惆怅:"这么多的不义之财,得损害了多少国家利益……"

房间内,众办案人员热火朝天地忙碌起来,让本就不大的房间显得愈发拥挤。

每个人各司其职,开锁、取钱、清点、搬运、录影……如同流水线上的工人流水作业一般。一捆捆现金重重叠叠,被码得整整齐齐,房间中央的那座"钱山"也越来越高……

如此多的现金被集中起来,就像是一阵飓风突然袭来,让人根本无法抵御它的冲击力。

半小时后,房间内的保险柜全部被掏空了。纪威走了进来,看着那座半人多高、极具视觉冲击力的"钱山",脸色愈发难看。

"按照既定的工作方案,十分钟前,我已经跟安澜银行进行了沟通,现在他们的工作人员正在赶来的路上。"任巨阙说道。

纪威面无表情地点了点头,问道:"这些钱有多少?"

"根据我们的清点,现在大概有两千一百零三万。"任巨阙回答道。

"唉——"纪威长叹了一口气,再度走了出去。他没有看到,一旁的贾聪望着这巨大的"钱山",目光中充盈着贪婪。

十分钟后,安澜银行的工作人员准时到达。带队的是安澜银行纪委书记毕万山,在他身后还有八名提着验钞机的工作人员。

"毕书记,大晚上的添麻烦了。"纪威强行挤出一丝笑意,有些不好意思地说道。

"书记，您这是哪里的话，这也是我们的工作。"毕万山带着些许困意笑道。

专业的人做专业的事，效率自然也是极高的。

安澜银行的八名工作人员，在专案组成员的监督下，仅用了两个小时就清点完了所有现金。最终的数额和专案组清点的完全一致：两千一百零三万。

看着一摞摞现金被银行的工作人员装进银白色的金属保险箱，然后又一箱箱地搬到运钞车上，田锐妻子的心理防线终于彻底崩溃了。

她做梦都没想到，田锐竟然背着她偷藏了这么多钱。

怒气像是火山喷发一般占据了她的整个胸腔，她瘫坐在地上，双手握拳，不断捶打着地面，歇斯底里地骂道："田锐，你这个王八蛋！"

满载着现金的运钞车，在众人的注视下缓缓驶离。纪威看着手中那张薄薄的单据，却感到如有万钧之重。

"书记，其他房间没有任何财物。"任巨阙汇报道。

"嗯。"纪威点了点头，脸上终于扬起了微笑。他大手一挥，做出了个胜利的手势，笑道："班师回园！"

## 九

凌晨三点的松涛园，再度热闹了起来。纪威带着众办案人员，昂首挺胸地回到了专案组的会议室。

"纪威同志，祝贺你再度大获全胜啊。"冯琦捧着一杯绿茶，满脸笑意地说道。

纪威忽然一愣，有些难以置信地望向冯琦，满脸惊讶。

"书记，您这是在这儿等了我们一晚上？"纪威问道。

"无妨。"冯琦轻轻抿了口茶，风轻云淡地笑道，"你们冲锋在前，夜以继日，我在这儿等等又有什么大不了的。"

纪威看着冯琦，心里忽然有种说不出的暖意。

"让我看看咱的'战果'？"冯琦指着纪威手里的单据，笑着说道。

"哦，书记，给您。"纪威如梦初醒，连忙将手中的清单递给了冯琦。

明亮的灯光下，冯琦看着单据最后的那个数据，面色逐渐冷峻了下来。

"两千多万！他胃口不小！"冯琦把单据重重地拍在会议桌上，面色铁青，"都腐败成这样了，还在跟组织耍心眼，这个田锐简直是烂透了！"

纪威的两条剑眉微微上挑，目光中带着些许疑惑。

"是这样的，纪书记。"一旁的李太阿连忙解释道，"先前我们又与田锐进行了一番谈话，无论是跟他讲政策、讲道理、讲出路，还是跟他讲党性、讲原则，这个家伙始终都油盐不进，坚持说自己没有其他的问题，把我们气得够呛，而且……"

"而且什么？"纪威的脸色也阴沉了下来。

"白天的时候，齐物同志曾因田锐态度不好，批评了他几句。哪知这个家伙怀恨在心，等我们都休息了之后，忽然说有重要的事情要汇报，而且点名要找齐物同志。"李太阿顿了顿继续说道，"齐物今天累坏了，但听说田锐有事情汇报，又爬起来进了留置室，问田锐有什么情况要说。哪知那田锐哈哈一笑，说没有情况要说，只是要把齐物喊起来，让他也睡不安稳。"

纪威闻言，不怒反笑："确实很猖狂，不过他先前有多猖狂，天亮后就会有多狼狈。"

众人看着纪威成竹在胸的笑容，胸中的"意难平"顷刻间消散一空，他们的脸上也都洋溢起笑容，想让时间加速，让黎明的曙光快些到来。

"看来田锐今天这出戏，乃是他'最后的倔强'了。"冯琦同样满脸期待地笑了起来。

远处的天边，终于露出了鱼肚白。昼夜轮换，新的一天如期而至。

未及八点，匆匆吃了几口早饭的众专案组成员，就汇集到了指挥室中。他们的脸上写满了期待，静候着接下来这场大戏的开场。

八点一刻，又熬了一整夜的纪威，终于在众人期盼中姗姗来迟。

"哟呵，人到得挺全啊。"纪威环视了一圈，微微有些诧异。

"书记，今天就让我给您打辅助吧。"陈齐物走上前，主动请缨道。

纪威看着一脸坏笑的陈齐物，忽然明白了过来："齐物啊，你这样颇有些'官报私仇'的味道。"

被点破心思的陈齐物，老脸一红，有些不好意思地笑了笑："主要是想灭一灭他的嚣张气焰。"

"可以理解。"纪威笑着拍了拍陈齐物的肩膀，"但必须依纪依规，不能有不当言行。"

"保证遵守纪律规矩。"陈齐物大喜过望，连忙拍着胸脯保证道。

此时的田锐还沉浸在昨日戏弄陈齐物的喜悦之中，浑然不知他人生的绝望，已经在路上且马上就要与他见面。

看到纪威和陈齐物走进留置室，田锐的脸上似乎有一抹喜色一闪而过。留置室的日子太无聊了，他迫切需要自己找点"乐子"来打发时间，而他要找的"乐子"，便是戏弄办案人员。

"田总，这两天感觉怎么样？"纪威在田锐的面前坐了下来，询问起了田锐。

"挺好的。"田锐狡黠地笑了笑，"身体倍棒，吃嘛嘛香。"

说着，田锐不怀好意地看了陈齐物一眼。

陈齐物感受到了田锐眼神中的挑衅意味，却装作没看见，自顾自地打开笔记本，像是在做着记录前的准备。

"果然很嚣张。"纪威品味着田锐的眼神，默默在心里说道。

纪威的面色逐渐变得凝重起来，他直视着田锐，眼神锐利。

田锐仿佛感觉到有一柄利剑破空而来，直刺向他的心脏，不由得吓得一阵哆嗦。

"田总，场面话我就不跟你多说了。下面，我们谈谈你的问题。"

"什么问题？我还有什么问题？"未等纪威说完，田锐便连连打断道，"我之前已经跟组织交代过了，我是收了秦万邦的钱，但我不是都已经全部交代清楚了吗？"

"田总，除了收受秦万邦所送钱财外，你就没有其他问题了吗？"纪威双手交叉，抱在胸前，似笑非笑地看着田锐。

"没有了，没有了……"田锐连连摆手。

"根据秦万邦的证言，他只送给了你二百二十万。那么，其他那两千一百零三万是怎么来的，田总你不应该说说吗？"纪威将身体靠在椅背上说道。

"请开始你的表演。"纪威在心里默默补了一句。

听到"两千一百零三万"这个数字,田锐的身体明显哆嗦了一下。他的面色一下子变得铁青,心里升起一股不好的预感。

"难道纪威已经找到我藏在三台村的钱了?"田锐暗暗思考了起来,"不可能,绝对不可能……"

纪威看着已经陷入自我怀疑之中的田锐,转过头,冲着陈齐物使了个眼色。

陈齐物会意,连点鼠标,调出了昨夜搜查三台村村房的视频。

"田总,给您看一段视频吧。"陈齐物把电脑屏幕转向田锐,笑着说道。

田锐满心狐疑,那股不好的预感愈发强烈。

当他看到那间无比熟悉的村房被打开,保险柜里的钱被搬出来时,血压噌的一下就升了上来,内心的愤怒亦抑制不住了。

"纪威,你们怎么敢的!"田锐忽的一下站了起来,用右手食指指着纪威,仿佛下一刻便会冲过来。

两名看护民警在监控上看到这一幕,立即冲了进来,把田锐按回到方形皮凳上。

为了以防万一,陈齐物也连忙关闭了视频,时刻警惕着田锐的一举一动。

"不要紧。"纪威冲着民警摆摆手,示意两人不用紧张。

看护民警半信半疑,带着疑惑望向了纪威。纪威再度点点头,示意没有问题。

民警走出了留置室,田锐的情绪也逐渐平复了下来。

"我认栽。"田锐既心痛又无奈地说道。

纪威摇了摇头,似乎是对田锐的话不认同,他直视着田锐继续说道:"田锐,你始终没有明白组织的用心。无论是巡察也好,审查调查也罢,组织都不是针对谁,或者说不是为了整谁,组织的最终目的都是希望通过一系列措施,让安澜港集团这个巨人重新站起来。至于你,无论是留置前,还是此时此刻,组织都在竭尽可能地挽救你,只是你自己不相信,一直选择与组织对抗罢了。"

田锐品味着纪威的话,若有所悟地低下了头。

"纪书记,您说……我还有机会吗?"不知过了多久,田锐才重新抬起头,怯生生地问道。

"只要诚心悔过，积极补救，组织不会放弃任何一个同志。"纪威直视着田锐的眼睛，一字一顿道，"如实交代自己的违纪违法问题、积极退赃退赔、主动检举他人……这些都属于从轻或减轻处罚的情节。"

田锐闻言，像是抓住了最后的救命稻草，他满脸焦急地说道："纪书记，我交代，我坦白，我检举……"

在铁证面前，田锐不得不放弃了最后一丝侥幸，开始配合起专案组的工作来。仅用了一上午的时间，他就讲清了"两千一百零三万"现金的来源。

除此之外，田锐还交代了不少有关"大王"和其他人的问题线索。

两天两夜未合眼的纪威顾不得休息，连忙将有关于"大王"的问题线索进行汇总，形成了一份内容翔实的情况报告，并亲自向冯琦进行了汇报。

冯琦一边翻看着报告，一边连连叹息："偌大的一个国企巨人，竟然就这样被一点点'啃食'殆尽，真是令人发指！"

"好在咱省纪委监委和安澜市委的决心坚定，我们巡察及时，还有补救的机会。"纪威决然地说道。

"是啊。"冯琦重新坐回到椅子上，缓缓道，"亡羊补牢，为时未晚。"

纪威笑着点了点头。

"现在敌军的四大先锋已经先后被擒，敌军主帅估计也已阵脚大乱，接下来，就是我们一鼓作气直捣黄龙的时候了。"冯琦看向纪威，目光殷切。

纪威重重地点了点头，眼神坚定。他站起身，神情毅然地望向东南方向。

迷雾正一点点散去，最终的决战即将到来！

# 决战『幕后王』

一

　　天气忽然转冷，似乎来了寒流。阵阵劲风，把行人冻得浑身直抖。

　　今夜的悟禅山庄格外寂静，连风吹过树梢的声音都清晰可闻。

　　梁绵韧站在大大的落地窗前，看着漆黑的夜空，面如寒霜，一如他此刻的心境。

　　四大爱将先后在与纪委监委的斡旋中折戟沉沙，一个个被留置。眼下，他这个安澜港的"土皇帝"，就像是一只待宰的羔羊，指不定哪天纪威就会带人突袭而至，把他也一并带走了。

　　思及至此，笼罩在梁绵韧心头的那朵乌云，变得越发厚重。

　　他一手抱在胸前，一手捏着自己的下巴，在装修奢华的侧厅中踱来踱去。凌乱的步伐折射出他内心此刻的躁动与慌乱，一声声叹息昭示着他的彷徨与不安。

　　白晓莲坐在一旁的沙发上，静静地看着这个曾经高大如山的男人，一言不发。她的脸上写满了忧虑，眸子里再也没有了往日的神采。

　　"早知这纪威如此厉害，当初就不该给他提供线索。"白晓莲的心中充满了悔恨，可事已至此，她也不知道自己究竟该怎么办了，只能把所有的希望寄托在眼前这个曾经如王如帝般的男人身上。

　　不知过了多久，梁绵韧终于停下了慌乱的脚步。他的呼吸渐渐平稳，脸上也渐渐恢复了往日的神采。

　　白晓莲的眸子亮了起来，她有种预感，那个她曾经无比崇拜的男人回来了。

　　"纪威的交往圈子、生活习惯、个人爱好都摸清了吗？"梁绵韧转过头望向白晓莲，言语间自然地流露出一种令人恐惧的威严。

　　"先前已经打探过了。"白晓莲小心翼翼地回答道，"他在安澜市的熟人很少，更没有要好的朋友，平日里不是在查案，就是在查案的路上。除了极少的几次晨跑之外，这个人基本没有什么个人娱乐活动……"

　　白晓莲一边说着，一边嘟起了嘴，像是在跟梁绵韧撒娇。

"世界上竟然有这样的人。"梁绵韧的眸子里升腾起一团火焰,仿佛随时要把一切焚烧殆尽。

"哦,对了,"白晓莲似乎又想起了什么,她冲着梁绵韧眨了眨眼,略带俏皮地说道,"之前打听到,他有一个大学同学,是安澜市本地人,纪威刚来的时候跟他吃过饭。"

"哦?"梁绵韧忽然来了兴趣,"什么同学?你说详细点。"

"好像是叫胡利,是一个小建材公司的小老板,之前我们跟他合作过一次。"白晓莲缓缓说道。

"好。"梁绵韧轻轻拍了下巴掌,继续问道,"这个胡利是个什么样的人,打听过了吗?"

"还能是什么人?"白晓莲佯装嗔怒道,"跟大多数男人一样,贪财、好色!"

"太好了!"梁绵韧大喜过望,心头忽然生出一计。他面露喜色道:"明天一早你就去找这个胡利,不管给他多少钱,务必让他把纪威约到山庄来。"

"'大王',您这是要干吗?"白晓莲不解道。

"我不相信这世界上会有人不爱钱,何况是这帮穷得叮当响的纪检干部。"梁绵韧说着,伸出胳膊搂住了白晓莲的脖子,"明天就让纪威来,让他开价。只要他能放我们一马,他要多少我们给多少。"

"这能行吗?"白晓莲的脑海中浮现起了纪威的身影,一种来自本能的判断告诉她,这个方法大概率不会成功。

"成与不成,总得试试。"梁绵韧的手开始变得不安分了起来,"这么多年了,我还真就没见过钱到跟前能忍住不拿的人……"

胡利经营的建材公司,是一个仅有十几名员工的小微企业,日常业务就是承揽一些大公司看不上的"边角工程"。由于资金有限,胡利将办公地点设置在了安澜市城区的最北边,靠近城郊接合部的地方,四周几乎没有什么像样的建筑。

一大清早,白晓莲就按梁绵韧的吩咐,来到了胡利的公司门口。她从早晨七点一直等到九点,才陆续有员工过来开门上班。

白晓莲坐在豪华的考斯特商务车中,看着胡利那破破烂烂的办公地点,心中不禁一阵鄙夷。

若不是有求于胡利，她这辈子都不会跑到这"偏远"的地方来，等上这么长时间。

思及至此，白晓莲心中对胡利的厌恶又增加了几分。

十点一刻，胡利才开着他那辆崭新的宝马轿车，不急不慢地来到了公司。

白晓莲抬起手腕，看了一眼她那只价值几十万的豪华手表，咒骂道："这都几点了才来上班！工作都不积极，难怪干了这么些年，还是个小包工头！"

嘴上虽然这么说，心里虽然反感，但白晓莲还是收拾好了心情，换上了那张娇柔可爱的笑脸，迈着款款莲步，朝着胡利走了过去。

"胡总，你怎么才来啊？我都在这里等了你一上午了。"白晓莲发挥着自己独特的"夹子音"，朝着胡利半撒娇地说道。

"哟，白总！"胡利打量着眼前这个娇滴滴的美女，惊讶地喊了一声，"白总，是有什么事情吗？还劳烦您亲自过来。"胡利有些摸不着头脑。

"哎哟——"白晓莲笑着拍了拍胡利的肩膀，"没事就不能来看看胡总你了吗？"

白晓莲一边说着，一边朝胡利抛了个媚眼。

胡利哪里见过这阵仗，顿觉骨头一酥，仿佛随时都可以跪倒在白晓莲的石榴裙下。

看着胡利有些痴傻的表情，白晓莲的眼眸中闪过一丝精芒，她要的就是这个效果。

"胡总，你就打算让我跟你在这寒风中聊天吗？"白晓莲故意做了个娇弱的表情，身体朝向胡利靠了靠。

一阵檀木般的幽香飘进了胡利的鼻腔中，让他从自己的美梦中醒了过来。他连连摆手，谄媚道："哪能啊，白总里面请。"

说完，胡利就在前面引导着白晓莲进入公司。

白晓莲冲着司机点了点头，一个不大不小的银色箱子被交到了她的手上。

白晓莲进到了胡利的会客室坐定，胡利大献殷勤地跑东跑西、烧水倒茶，极为兴奋。

"我说，胡总，无事不登三宝殿，咱们直接谈事吧，你就别忙活了。"白晓莲一刻也不想在胡利这里多待，于是赶忙示意胡利关上门。

胡利听话地把会客室的门关好，恭敬地坐到了白晓莲的对面，一双眼睛直勾勾地盯着白晓莲那姣好的面容，脸上流露出猥琐的笑容。

"嗯、嗯——"白晓莲微怒地清了清嗓子，让胡利再一次清醒了过来。

"今天来找胡总呢，是要跟你谈一笔小生意。"白晓莲笑着说道，"这笔生意呢，全安澜市只有你胡总能做，所以我今天亲自过来找你。"

胡利闻言，更加摸不着头脑了。自己有几斤几两，他还是有数的。

"白总，不知是什么生意？"胡利搔了搔后脑勺，瞥了一眼白晓莲的胸前。

白晓莲捕捉到了胡利的这一举动，微微皱了皱眉头。她没有直接回答胡利的问题，而是把带过来的银色箱子放在了桌子上。

"不急，我们先谈谈报酬。"白晓莲笑着把箱子打开，然后把箱子推到了胡利面前。

一捆捆整齐的人民币，瞬间把胡利的脸映照得红扑扑的。看着这整箱的钱，胡利的眼神变得愈发贪婪起来。

白晓莲的嘴角绽放出一抹若有若无的笑意，很显然她的目的达到了。

"这是五十万现金。"白晓莲的眼神突然变得魅惑起来，她的笑容像是盛开的罂粟花一般，死死地勾住了胡利的魂魄，"事情也不难，只要胡总把纪威书记，也就是你的老同学约出来，我们一起吃个饭，这整箱钱就是你胡总的了。"

胡利此刻已经被金钱和美色冲昏了头脑，他拍着胸膛，冲白晓莲保证道："白总放心，我跟纪威那关系杠杠的，您就瞧好吧！"

白晓莲脸上的笑容愈发妖艳，她站起身，轻轻地俯下身子，趴在胡利的耳畔，轻声道："那今天晚上，我就在悟禅山庄恭候胡总您的大驾光临了。"

这一瞬间，胡利感觉自己的灵魂仿佛飘了起来，他本能地握住了白晓莲的纤纤玉手，呼应道："一定来。"

白晓莲迅速地把手从胡利的手中抽离，一副厌恶的表情在她的脸上一闪而过，但嘴上还是软绵绵地说道："那就不见不散了。"

白晓莲起身离开，胡利看着她婀娜多姿的背影，沉醉道："不见不散。"

胡利打来电话时，纪威正在会议室里跟李太阿、赵赤霄等人商量接下来的调查方向。

手机嗡嗡响起，纪威扫了一眼屏幕，本能地将电话挂断。可谁知胡利像是打了鸡血一般，锲而不舍地玩起了"夺命连环call"。

纪威无奈，只得暂时中断了会议，走出会议室按下了接听键。

"我说，胡利，你今天是怎么了？玩命般地给我打电话。我这边正开会呢！"纪威有些生气。

"哎呀，我的纪大书记。"胡利听出了纪威话中的怒意，连忙讨好地说道，"我这不是也有急事找你吗。"

"有事快说，他们还等着我开会呢。"纪威道。

"既然你在忙，那我就先不说了。"胡利耍了个小把戏道，"你先说你在哪里，晚上下班后我去接你，咱一起吃个饭，到时候我再跟你说事。"

"你今天是哪根筋搭错了？"纪威微怒道，"我这边特别忙，哪有时间跟你吃饭。有事说事，没事我挂了！"

"别别别……"电话另一端的胡利着急了，"不是我约你吃饭，是白莲花投资有限公司的白总托我约你吃饭，我牛都吹出去了，你可不能不给我面子。"

"白总？"纪威忽然想到了什么，试探性地问道，"白晓莲？"

"对，就是她。你们认识？"胡利下意识地问道。

"见过，不熟。"纪威的大脑飞速运转了起来，"她没说找我什么事？"

"没说，就是让我务必把你约出来。"胡利故意隐瞒了五十万酬劳的事情。

纪威拿着电话，沉思片刻后回答道："好，下午你来市级机关办公区的停车场接我。"

"当真？"胡利高兴得差点跳了起来，"那咱可就定死了，谁反悔谁是小狗。"

"好了，我先忙了。"纪威眉头微皱，挂断了电话。

"看来，这梁绵韧打算亮明牌了。"纪威自言自语道，"得把这个情况跟冯琦书记汇报下。"

二

有鸿门宴，才有机会看项庄舞剑。

纪威爽快地答应了胡利的邀请，一方面是想看看梁绵韧及其团伙葫芦里到底卖的什么药，另一方面则是想从侧面印证一下平裕诚、邢冬和田锐的供述是否属实。

参加这场鸿门宴是为了更好地调查。但为了避免违反相关纪律，纪威还是把这个情况向冯琦进行了汇报，并做好了备案工作。

冯琦听完后，对纪威这种孤胆英豪的行为表示了赞赏，同时提醒纪威一定要注意安全，遇到特殊情况及时打电话请求支援。

领导的支持和关心，极大地鼓舞了纪威。别说是一场鸿门宴，就是龙潭虎穴他也要闯一闯。

下午五点半，胡利的宝马车准时出现在了市级机关办公区的停车场。六点一刻，"全副武装"的纪威才慢慢悠悠地走下楼，上了胡利的车。

看到纪威准时赴约，胡利欣喜若狂，恨不得抱着纪威亲上一口。只要他把纪威送到悟禅山庄，那么那五十万红艳艳的票子，就是他的了。

一路上，胡利都表现得无比热情。

"老纪，空调的温度合适不？"

"车门的储物柜里有水，渴了你可以喝点。"

"这个车速不快吧？"

面对胡利表现出的"无事献殷勤"，纪威始终面色平淡，对于胡利的话，也是有一句没一句地回应着。

他现在没有心思与胡利闲聊，满脑子都在模拟接下来与梁绵韧短兵相接的场景。

二十几分钟的路程转瞬结束，当看到悟禅山庄那低调又不失奢华的大门时，胡利毫不掩饰地狂笑了起来。

这五十万赚得也太容易了！

狂喜之下的胡利猛踩油门，宝马车一阵呼啸，转眼便来到了山庄的正厅门口。

梁绵韧和白晓莲早已在门口等候多时。车辆还未停稳，梁绵韧就小跑着上前，为纪威拉开了车门。纪威大感诧异。

巡察之初，梁绵韧是何等倨傲，怕是市委、市政府领导亲至，也没有这个待遇。而现在梁绵韧表现得如此殷勤，只能说明他已经意识到了自己即将穷途末路，再不行动，只怕会步"四大金刚"的后尘。

想到这里，纪威信心大增，目光变得更加坚定。

"纪书记，又见面了。"梁绵韧主动伸出手与纪威握在了一起，就像是见到了久别重逢的老友。

白晓莲乖巧地站在一旁，冲着纪威微笑点头致意。

纪威冲两人笑了笑，算是回礼，却并未言语。

"里面请。"梁绵韧并不在意，依旧满脸笑意地引导着纪威往厅内走去。

走进厅内的瞬间，一股淡淡的沉香之气，扑鼻而来。纪威隐约觉得这香气有些熟悉，却一时又想不起来到底在哪里闻到过。

带着些许疑惑，纪威来到了一处红木雕花的拱形门口，这里正是梁绵韧和白晓莲平日里招待贵宾的餐厅。

步入餐厅的瞬间，纪威便被眼前的富丽堂皇震惊到了。

餐厅的墙面主要由黄花梨木制作而成，上面用红酸枝作装饰；墙面上挂着的书画，皆出自古代名家之手。餐厅由金丝楠木做成的屏风分隔成两部分：一边放着餐桌，另一边摆放着黄花梨沙发和茶几。无论是餐具还是茶具，皆是由上等的青瓷制成的。每一个摆件、每一幅书画、每一把椅子，甚至是桌上的杯碟碗筷，无不透露着奢华。

饶是连胡利这样整天混迹于生意场的小老板，都忍不住连连赞叹。

看着纪威的表情，梁绵韧忍不住面露喜色。从纪威的表情中，他可以大致判断出：纪威是个没怎么见过世面的"穷干部"。

"书记，咱这边请。先喝口茶，饭菜稍后就上来。"

梁绵韧引导着纪威来到茶几前坐定，两个身着青花旗袍、面带微笑的女孩立即上前，在茶几上娴熟地操作起精致的茶具来。

热水与茶叶一相遇，一股沁人心脾的香气四散开来。

纪威看着茶杯中根根直立、芽叶舒展、色泽翠绿的茶叶，若有所思。

"纪书记，请。"梁绵韧端起茶杯，示意纪威品尝。

出于礼貌，纪威端起茶水，轻抿了一口。嘴唇与茶水接触的瞬间，一股清爽的醇香在嘴中炸开，茶水咽下去后，回甘浓郁。

纪威回味着茶水的清气，觉得整个人都神清气爽，思路清晰。

"果然是好茶。"纪威忍不住赞叹道。

"这是今年的明前龙井。"白晓莲在一旁言笑晏晏地补充道，"书记若是喜欢，一会儿走的时候可带上几斤。"

"可不敢。"纪威连连摆手，"你这一杯茶的价钱都赶上我半月的工资了，再给我几斤，我可无福消受。"

纪威说得郑重其事，白晓莲也未再多言，只是微笑地看着纪威，眼眸里带着一种特殊的情愫。

气氛一下子变得有些尴尬，好在这时一个女孩跑过来鞠躬笑道："白总，菜品已经备好，请问现在可以上菜了吗？"

白晓莲闻言，转头看向梁绵韧，像是在向他进行请示。梁绵韧微微点头，笑道："上吧。"

四人移步到了餐桌前，一道道精美的菜肴被服务员们端上了桌。

不得不说，这次的菜肴，白晓莲准备得极为精心。不仅有帝王蟹、澳洲龙虾、鱼子酱等名贵食材，还有安澜西施舌、莲山野鸡等本地特色。其他食材虽然普通，却也是经过精心挑选的：红烧猪肘的野猪是散养在山枫区的山上的、红烧对虾的虾是提前从远洋捕捞船上预订的、海蛎子豆腐汤的牡蛎是下午才从海岩上敲下来的……

胡利看着满目的美食，不禁咽起口水来，双目中皆是饕餮的贪婪。

服务员打开了两瓶十五年的茅台酒，将每个人面前的分酒器斟满。白晓莲对着服务员微微示意，服务员便知趣地点了点头，轻轻地关上门离开了。

"纪书记，准备得有些仓促，您多担待。"白晓莲指着满桌菜品谦虚地说道。

"欸……"纪威连连摆手，"白总太谦虚了。实不相瞒，我工作这么多年了，还是第一次见到这么多高档菜肴。"

"书记这是表扬我了。"白晓莲笑了起来。

"书记，动筷吧。"梁绵韧招呼起纪威来。

纪威却摇了摇头，笑着说道："所谓'拿人手短，吃人嘴软'，梁董事长今天如此盛情，又备下了价格不菲的酒菜，肯定是有什么事情要找我。您若不提前告诉我，我这顿饭可就吃不安生了。"

梁绵韧的脸色一下子阴了下来，他没有想到纪威会如此直白地把事情挑明。既然对方已经拉开了阵仗，那么自己也绝对不能认尿。

"胡总，侧厅里有一幅张大千的画，让晓莲带你去鉴赏一下可否？"梁绵韧暗示了白晓莲一眼，随即笑着对胡利说道。

胡利虽然贪财，但不傻。他知道这是梁绵韧让他回避了，于是赶忙笑着跟白晓莲离开了餐厅。

偌大的餐厅里，只剩下了梁绵韧和纪威两人。

梁绵韧终于卸下了所有伪装，又变回了那个高高在上的安澜港帝王："纪书记，现在这里只有你我二人，我们也没必要再藏着掖着了。事已至此，我们开门见山如何？"

"洗耳恭听。"纪威淡淡地说道。

看着一脸严肃的纪威，梁绵韧竟笑了起来："纪书记，您开个价吧，多少钱您才能放我一马？"

饶是已经做了充足的思想准备，当听到梁绵韧的话时，纪威浑身还是如同触电般微微一震，思维也暂停了片刻。

"梁董事长，您这是什么意思？"片刻后，恢复过来的纪威问道。

梁绵韧眉头微微皱起，脸上显现出一丝不悦。

梁绵韧心道：这纪威真是不识抬举，我都已经这么"低三下四"了，他竟然还如此装傻充愣，实在是可恶！

就在这时，不放心梁绵韧的白晓莲又回到了餐厅。看着脸色阴沉的两人，白晓莲瞬间明白了个大概，一双水汪汪的秋水眸子望向梁绵韧，似是在请示着什么。梁绵韧微微点头，算是同意了。

白晓莲满脸堆笑地在纪威的身旁坐了下来，她拉了拉纪威的手，用一种娇滴滴的声音问道："纪书记，既然您不说，那么就让我来出个价可以吗？"

蘸着杯中的十五年茅台，白晓莲在桌布上一笔一画地写下了"1000"的字样。

白晓莲写下的"1000"，自然不是指1000元，而是指1000万元！

这一点，纪威自然是明白的。

见状，他迅速把手从白晓莲的手中抽离，轻笑了一声说道："梁董事长真是好大手笔,我这一顿饭赶上平裕诚、田锐之流半辈子的努力了。"

听到纪威提起自己的爱将,梁绵韧的面色变得愈发阴沉,空气中已能嗅到火药的味道了。

白晓莲连忙过来打圆场:"纪书记,您觉得多少合适,您随便提。我们就是砸锅卖铁也一定把钱凑齐。"

"白总您真幽默。"纪威忙站起身,打了个哈哈,装作没有听懂,"您这里这么大,胡利可别迷路了,我得去找找他。"

"啪!"纪威离开餐厅后,梁绵韧再压制不住心中的愤怒,把面前那瓶十五年的茅台酒狠狠地摔在了地上。

"纪威,别以为你就胜券在握了!既然你敬酒不吃吃罚酒,可就别怪我心狠手辣了!"

## 三

纪威离开后,梁绵韧依旧怒气难消。美酒佳肴在前,他却没了任何胃口。起身回到客房,他半躺在落地窗前的躺椅上,看着漆黑的夜色,眉头紧蹙。

从今天这场饭局来看,纪威不仅不识抬举,而且毫无诚意,是个油盐不进的主。

想着想着,梁绵韧的怒气就一下子飙升到了最高点,他的眼中闪过一丝难得一见的凶光。

"既然你自己找死,那就别怪我手黑了。"梁绵韧抬起头,看了一眼远方,自言自语道,"还真以为我拿你们这帮干纪检的没有办法?"

就在梁绵韧思考着如何设计纪威的时候,纪威也在脑海中如同回放电影般,思考着刚才发生的事情。

此次"单刀赴会"虽然有些冲动和冒险,但迫使梁绵韧几乎打了明牌,也算不虚此行。而且从梁绵韧的态度中,纪威敏锐地发现:梁绵韧今夜的举动虽属无奈,这却仍旧不是他的最后底牌,更多的像是一种试探。

思考至此,纪威不禁倒吸一口凉气。他忽然有种预感,似乎有一张黑色的巨网正笼罩在自己头上,随时都有可能落下来。

眼前的局面近乎透明,"擒王之战"即将打响,必须保证不出现一丝一毫的意外。他要做的,除了时刻小心谨慎之外,更重要的是加快调查速度,尽快坐实梁绵韧的违纪违法事实。

一路上,胡利都在小心地驾驶着车辆,未发一言。他知道,梁绵韧、白晓莲和纪威之间肯定有什么事情,而且绝对是大事。直觉告诉他,最好不要掺和进这些事情里,有些事情不是他这种小包工头能掺和的。反正五十万已经到手了,其他的爱咋咋地,他并不关心。

宝马轿车在松涛园的门口缓缓停下,纪威下车走了进去。临走前,纪威郑重地对胡利说道:"胡利,今天的情况,你也看到了。作为老同学,我还是要劝你一句,若是你和安澜港、白晓莲之间有什么不正当来往,要尽早跟组织说明,争取占据主动。若是等纪检监察机关找你,那性质可就不一样了。"

胡利品味着纪威的话,轻轻地点了点头。

回到宿舍,纪威第一时间把今晚的情况向冯琦进行了汇报,并说出了自己的一些猜测。

冯琦听完后,对纪威的猜测表示认同,并嘱咐纪威:越到最后阶段,越要小心行事。

纪威郑重地点了点头,把冯琦的嘱咐铭刻在了心里。

这一夜,无论是冯琦、纪威,还是梁绵韧,俱皆辗转反侧、难以入眠。三人几乎同时嗅到了硝烟的味道,决战前的紧张与不安让人难以入眠……

午夜时分,安澜市降下了一场雨。这场雨淅淅沥沥,一直持续到了天亮时分。空气中又增添了几分寒意,深秋的味道也愈发浓重了。

一阵猛烈的冷风吹开了窗户,丝丝冷雨飘进了纪威的房间。

刚刚睡着没多久的纪威,被这阵冷风冻得一阵哆嗦,不得不顶着两个浓重的黑眼圈,起身把窗户关好。

纪威坐回到床上,却再度睡意全无。他拿起手机,看了一眼显示屏上的时间,已是早上五点。他摇了摇头,开始穿衣服、洗漱,准备晨跑。

既然被冻醒了,那就索性不睡了。

冷雨尚未停歇,冷风亦吹得正欢,却丝毫没有影响纪威晨跑的兴致。在他看来，越是这样恶劣的天气，越能够磨炼一个人的意志。作为一名纪检监察干部，若是连与恶劣天气对抗的勇气都没有，那还谈何履职尽责、担当作为？

沿着园区小路上铺设的塑胶跑道，纪威一圈又一圈地奔跑着。身体在动，思维也没有落下。

徐构、平裕诚、邢冬、田锐、贾聪、白晓莲、梁绵韧……一个个人物、一件件线索、一笔笔事实，像是一颗颗行星一般，在他的脑海中转动了起来。

"目前已经可以完全确定安澜港集团腐败势力的'幕后大王'，就是'一把手'梁绵韧本人。目前已经知晓的梁绵韧的主要违纪违法问题也有不少，诸如收受下属贿赂，为特定关系人白晓莲承揽安澜港集团的业务提供便利并从中牟利，滥用职权造成国家资产损失，对抗组织调查，等等。但现在掌握的这些问题的证据，仅有证人证言，是绝对不够的。倘若是没有实质性证据来佐证这些证言，只怕很难彻底拔除梁绵韧这颗安澜港集团最大的毒瘤。该上哪儿去调查，固定这些证据呢？"纪威再度犯了难。

"嗡嗡嗡……"手机再度振动了起来。

纪威从口袋里掏出手机，发现是个陌生号码。带着些许疑惑，他按下了接听键："喂，你好。"

"哎呀，纪书记，您还是这么客气。"电话的另一端传来一个熟悉的女声。

"不好意思，没有存您的号码，请问您是……？"纪威继续问道。

"书记真是贵人多忘事，昨天晚上咱不是才见过面吗？"

"白晓莲？"纪威有些难以置信。

"书记，您终于想起我来了。"白晓莲笑了起来。

听到对方承认了自己的身份，纪威本能地产生了一丝警惕："白总，您这么早来电话是有什么事情吗？"

"哎哟，书记，看您说的。没有事就不能跟您聊聊天、问候问候吗？"白晓莲在电话里朝纪威撒起了娇。

"对不起，白总，我这里很忙，您要是没有什么事情，我就先挂了。"纪威的语气逐渐变得冷峻起来。

"哎哟，书记，您可真没有情趣。"白晓莲继续撒着娇，"昨天您视金钱如粪土的举动，真的是太帅了！这么多年，能在这么多钱面前依旧保持初心的，我只见过您一人……"

"都是痛快人,直说吧,白总。"面对白晓莲滔滔不绝的赞美,纪威冷哼了一声,有些不耐烦了。

"这个纪威真是不识抬举!"白晓莲在心中暗骂了一声,却依旧笑着说道,"书记,您征服了我。我要向您举报梁绵韧……"

纪威霎时一愣,有些匪夷所思地偏了偏头,大脑瞬间"卡机"了。

"白晓莲要举报梁绵韧,我没有听错吧?"纪威在心中自言自语道。

"书记,您别不信,其实之前,我就已经向您提供一些线索了。"白晓莲已经猜到了纪威的想法,迅速抛出了一个重磅炸弹,"之前,巡察组收到的那些小纸条,其实都是我安排人送过去的,就是那些带着檀香味的纸条。"

纪威一下子想起了什么,他满脸难以置信地确认道:"白总,我没有听错吧?那些纸条是您投递的?"

白晓莲品味着纪威话中的语气,知道鱼儿已经成功上钩了。她满脸得意地笑道:"书记,我就这么告诉您:您若是信我,想拿到梁绵韧违法犯罪的证据,您就再来一趟悟禅山庄;若是不信,您就当我打这通电话是在乱发神经。"

不等纪威回答,白晓莲就毫不犹豫地挂断了电话。她转过头,一双水汪汪的大眼睛笑成了两弯新月。她钻进梁绵韧的怀里,撒娇道:"'大王',怎么样?我这通电话打得不错吧?"

此时的梁绵韧心事重重,他没有理会白晓莲的撒娇,也没有深思"小纸条"的事,只是简单地应付道:"这招'欲擒故纵'用得不错。"

被挂断电话的纪威满脸迷惑,思维也渐渐混乱了起来:"这白晓莲到底要干什么?纸条怎么会是她递送的?这个女人到底还隐藏着多少秘密?……"

寒风拂过纪威的面庞,却未能让他冷静下来。突如其来的庞大信息量,将他打了一个措手不及。

思考许久也未能得到答案的纪威,顾不得吃一口早饭,便直奔冯琦的秘密办公点而去。

冯琦来到办公室,刚把钥匙插在门上,还未转动,就看到了匆匆赶来的纪威。

"这是又有新情况了?"冯琦笑着打开门,招呼纪威进来。

纪威坐在沙发上，将早上白晓莲的话毫无保留地向冯琦进行了汇报。

当局者迷，旁观者清。

冯琦听完，托着下巴沉思片刻后，慢条斯理地分析了起来："其一，既然白晓莲能够准确描述举报纸条的大小、样式，那便说明这纸条真的是她递送的；其二，她既已举报过徐构和平裕诚，那么再举报梁绵韧也是合情合理的，我觉得你可以去与她接触一下；其三，在与白晓莲接触的同时，也要做好应急预案，万一这是她给我们挖的陷阱，我们要提前做好'反陷阱'准备。"

三条分析朴实无华，却像是一剂强心针，让纪威重新找回了动力和方向。

"谢谢书记，我明白了。"纪威站起身笑道，"我这就回去准备一下。"

冯琦站起身，拍了拍纪威的肩膀，笑道："心里时刻装着工作、积极推进工作是好事，但也要注意自己的身体。出发之前，你应当先去吃个早饭……"

纪威闻言，有些不好意思地笑了起来，他郑重地点了点头，随后起身返回松涛园。

## 四

黑色的帕萨特轿车像是一支离弦的箭，快速行驶在公路上。纪威转过头，将视线移向窗外。

霜降时节，树叶枯黄，开始凋零，不禁让人唏嘘感伤。而纪威却没有受到丝毫影响，此时的他，满脑子都是如何与白晓莲斗智斗勇，哪里还顾得上伤春悲秋。

不知道为什么，纪威总觉得白晓莲此举太过于反常，甚至说它就是一场谋划好的阴谋。他有种预感，白晓莲已经挖好了陷阱，正等着他掉下去。

"必须做好万全的准备。"纪威沉思良久，长叹一口气，自言自语道。

轿车拐过一个大弯，缓缓驶入松涛园。孙光青正站在大门口，等待着纪威的到来。

这便是纪威的"后手"。

"小孙同志，又要让你跟我去闯一次'龙潭虎穴'了。"纪威一边招呼孙光青上车，一边调侃道。

"也就跟着书记您才能去见识见识这些'大场面'。"孙光青也笑了起来。

"密拍设备都带齐了吗?"纪威问道。

孙光青把携带的黑色背包递给纪威,解释道:"除了我常用的设备之外,其他的设备,一样带了一个,书记您过目。"

纪威接过背包,打开看了一眼,只见不大的背包内静静躺着四五种形状各异的设备。

"准备得很周全啊。"纪威笑道。

"工欲善其事,必先利其器。"孙光青笑了笑,又继续汇报道,"所有设备都是满电状态,前面的小袋里还有备用电池,书记您请放心。"

纪威的眼眸里,流露出一丝赞许。他点了点头,继续问道:"小孙同志,你觉得依照今天这个情况,我用哪种设备比较合适?"

孙光青沉思片刻回答道:"我建议书记您同时使用纽扣式和眼镜式两种密拍设备,双管齐下更加保险一些。"

纪威点了点头,在孙光青的帮助下,把两个设备同时佩戴在了身上。

轿车飞驰前行,不多时便到达了悟禅山庄。孙光青看着眼前这座低调而又不失奢华的私人别苑,不禁赞叹连连。

白晓莲这次没有站在大门口迎接,而是站在主卧的落地窗前,窥视着门口的一切。当她看到纪威如期而至时,嘴角不禁露出了一个狡黠的笑容。

"鱼儿最终还是上钩了。"她看着缓缓走进来的纪威,内心微动。想到接下来即将发生的事情,久经风尘的白晓莲竟微微脸红了起来。

"阿龙,清退无关人员,一切按照计划行事。"白晓莲吩咐道。

"放心吧,姐。我一定办得利利索索的。"白龙恭敬地回答道。

白晓莲口中的"无关人员",指的自然是孙光青。在纪威和孙光青两人迈入大厅的瞬间,孙光青就被白龙拦了下来。

"纪书记,对不起。我们白总只让您一个人进去,这位领导需要跟我去茶室暂坐。"魁梧的白龙就像是一座铁塔,他看着两人,面无表情地说道。

"是这样的,"纪威解释道,"我们纪检监察机关接受举报人提供的线索,必须由两名工作人员一起进行,所以我们需要一起进去。"

"那我管不着。反正白总就让您一个人进去，这位领导不能进。"白龙的态度十分强硬，丝毫不让步。

纪威无奈，只得拿出电话给白晓莲拨了过去，但一连拨了三通，电话皆无人接听。

此时此刻，纪威已经可以完全确定白晓莲此次邀请的目的，举报梁绵韧是假，设计陷害他是真。

"既然对方已经布下了天罗地网，那我不介意再来一次'单刀赴会'！"想到身上的两套密拍设备，纪威的底气一下子充足了起来。

"那好吧。"纪威做出一个为难的表情，"小孙，你就先回车里等我吧。"

孙光青有些担心地点了点头，转身返回车上。

纪威让孙光青返回车上，而不是去山庄的茶室，是出于保护孙光青的考虑。独自一人深入敌人的老巢，必须步步为营。

"这下我可以进去了吧？"纪威问道。

"还不行。"白龙依旧摇了摇头，机械地说道，"还得请您把手机、智能手表等电子设备交出来。"

"什么？！"纪威面露怒色，"这是不是过分了？"

白龙把头高高地扬了起来，故意不与纪威对视："这是我们白总的命令，有什么问题您可以问她，我只能遵照执行。"

纪威的剑眉微微蹙起，他知道此刻就算是给白晓莲打电话，也是无济于事。对方既然已经设下了这些要求，就肯定不能让他打破。

为了获得有关梁绵韧的问题线索，纪威强忍着怒气，把手机和智能手表交给了孙光青。

纪威冲白龙摆了摆手，像是在说"这样可以了吧"。

白龙依旧面无表情，他又从身后拿出了一个金属探测仪，开始在纪威周身扫描起来。

纪威的心一下子提到了嗓子眼上，两套密拍设备眼看就要暴露了。

白龙拿着扫描仪，不断地在纪威的周身晃动着，仪器检测到金属，不时发出"吱、吱、吱"的响声。

白龙疑惑地拍了拍发出响声的地方，却并没有发现任何可疑的设备，只得摆摆手示意纪威进去。

紧绷的神经终于放下，纪威松了一口气，心道："幸好小孙选的设备足够隐蔽，要不然铁定会被搜出来。"

见纪威顺利进入，孙光青也松了一口气。但现在还不是休息的时候，他引导着司机在最靠近主厅的地方将车停了下来。

孙光青目不转睛地盯着主厅，一旦发现有任何异常，他便要迅速冲过去支援纪威。

再说纪威这边，进入主厅之后，纪威左看右看都没有发现白晓莲的身影。这时，一名身着青花旗袍的服务员走上前，说道："白总正在游泳池里游泳，她请您到那里去。"

纪威的一双剑眉皱成了一个"八"字，他心里不禁诧异道："这白晓莲葫芦里到底卖的什么药？"

在服务员的引导下，纪威终于见到了白晓莲。此刻的她正如同一条游鱼一般，在泳池里畅游着。

蓝紫色的氛围灯，映照着池里的水，让周边的氛围变得神秘而暧昧。

白晓莲伸展着手臂和长腿，在泳池内扭摆、沉浮，有些偏小的泳装将她的身材完美地展现了出来。

看到纪威到来，白晓莲连忙游了出来。凹凸有致的曲线，"波涛汹涌"的胸前风光，让纪威不禁脸色微红，连忙把头转了过去。

白晓莲看着纪威窘迫的表情，脸上浮现出一抹小得意，这正是她要的效果。娇弱的人设、姣好的面容和魔鬼般的身材，一直是白晓莲"攻城略地"的有力武器。她靠着这三项自身条件，先后游走于多名安澜港集团高层之间，最终成功获得了"一把手"梁绵韧的青睐，从一个最底层的信贷员摇身一变，成为如今身家过亿的白莲花投资有限公司的实际控制人。

对于自己的"发迹史"，白晓莲丝毫没有觉得羞耻，反而十分骄傲。

自从上次接近纪威未果后，她就一直憋着一口气。她发誓一定要让纪威臣服于她的石榴裙下，一洗当时的耻辱。所以，当梁绵韧提出"搞臭"纪威的损招时，她大力支持，而且主动请缨。

就在纪威背过头的间隙，白晓莲已经上了岸。她对着周围的人摆了摆手，几名服务员立马识相地离开了。

偌大的游泳馆只剩下了纪威和白晓莲两个人,白晓莲盯着纪威,眼神炽热。

"纪书记,您怎么背着身啊?"白晓莲摆出胜利者的姿态,调笑道,"是我不好看吗?"

"白总,请您先换件衣服吧,我们可以稍后再谈。"高度的警惕性让纪威意识到事情不好,他撂下一句话,迈着大步准备离开。

"纪书记,您别走啊……"白晓莲连忙追了上来,拉住纪威的手,开始阻止纪威离开。

"白总,请你放手。"纪威大力挣脱了白晓莲,快速去开门。

白晓莲眼见"猎物"要跑,立即扑上前抱住了纪威。她的双臂死死地抱住纪威的腰,把脸贴在纪威的背上,两眼几乎要喷出火来。

纪威一个转身,迅速掰开白晓莲的双手,目光与白晓莲对视在了一起。此刻白晓莲的双目已经被欲火烧得通红,而欲火背后隐藏着的是阴毒与邪恶,那样子比妖魔鬼怪更令人恐怖,吓得纪威一个激灵。

就在这个瞬间,白晓莲直扑了上来,钻进了纪威的怀里。这一次,纪威不再留任何情面,他双手发力,一下子把白晓莲推开。

白晓莲砰的一下坐到了地上,勃然大怒,她大声质问道:"纪威,我不漂亮吗?"

"请你自重!"纪威说完,头也不回地离开了。

"纪威,你会付出代价的!"白晓莲披头散发地捶打着地面,声嘶力竭地骂了起来。

回到车上,纪威长舒了一口气,暗叹一声:"有惊无险。"

但他不知道的是,刚才发生的事情,已经全部被白晓莲录了下来,她打算恶意剪辑一下这段视频,让纪威身败名裂……

## 五

原本平静的安澜市一下子沸腾了!

市纪委书记出轨美女老总的新闻，一下子登上了安澜论坛的头条。无数不明真相的"吃瓜群众"，本着看热闹不嫌事大的心态，纷纷转载跟帖。短短半个小时的时间里，跟帖评论数就达到了恐怖的上万条！

而这条帖子晒出的所谓的确凿证据，正是白晓莲抱住纪威的两张照片。在这个"有图有真相"的信息时代，这两张照片的威力，可谓是"核弹"级别。

就在广大市民议论纷纷的时候，当事人纪威正坐在冯琦的秘密办公室里，悠闲地喝着绿茶。他翻阅着帖子下的留言，脸上挂着淡淡的笑容，仿佛帖子里的内容跟他没有一点关系。

"你倒是心大。"冯琦看着完全无所谓的纪威，无奈地摇了摇头。

纪威拿出一个U盘交给冯琦，笑道："早料到他们会用这么下三烂的招数，已经提前做好了应对措施。"

冯琦把U盘插进电脑里，一段能完整还原事情经过的视频慢慢地播放了出来。

看完视频后，冯琦轻舒了一口气。

"得赶紧让宣传部做个澄清，防止事态进一步扩大。"冯琦道。

纪威仰起头，沉思片刻，继而郑重地说道："书记，我觉得可以等一等。"

"等一等？"冯琦先是一愣，继而笑道，"你这是又有什么新计谋了？"

"书记懂我。"纪威笑了起来，"梁绵韧、白晓莲他们之所以搞这么一出，就是想利用舆论的压力，让我疲于应付，甚至是被降职或者被免职，从而没有足够的精力继续调查他们的违纪违法问题，他们好安稳地度过最后的时间。一旦我们粉碎了他们的这个阴谋，他们必然会再实施另一个阴谋。届时他们在暗，我们在明；他们出招，我们应对。这样对我们来说，压力会很大。而一旦他们得知我被免职了，便会放松戒备，这样更加利于我们的调查。"

冯琦听完纪威的建议，沉思片刻，缓缓说道："从工作的角度来说，你的这个建议很好，有利于工作的进一步开展；但是对你个人而言，被宣布免职对你以后的发展多多少少会有一定影响。"

纪威听完，不禁心里一暖。

"书记啊，不一定非要免我的职嘛，只要宣布别人暂代我的工作，且我这几天不出现在明面上，他们便会认为我被免职了。"纪威笑着解释道。

"真有你的！"冯琦伸出大拇指，笑道，"就这么办。"

纪威点了点头，笑道："除此之外，还得让省纪委监委的老同事们来一趟安澜，帮我演一出戏。"

"需要我帮忙联系吗？"冯琦问道，"所剩时间不多了，我们可耽误不起啊。"

"不用了，书记。"纪威故作神秘地笑道，"老周和小谭正在休假，现在恰好在东岛，就请他们来一趟帮帮忙。他们过来估计也就两三个小时。"

纪威顿了顿，脸上闪过一丝坏笑："不过书记可能得麻烦你一下，毕竟我马上就要接受'调查'，不方便出面了。"

"需要我做什么？"冯琦听完，满脸郑重地问道。

"他们此来，虽然是来帮我们的忙，但实际上却是以私人身份来的，不能以公务理由招待他们，所以只好由书记您私人招待他们了。"

"嘿——"冯琦笑了起来，"不就私人请个客吗，这种麻烦，我很乐意啊。"

"哈哈哈……"两人一起笑了起来。

下午四点，省纪委监委的两名领导如期而至。为表重视，安澜市纪委常务副书记、监委副主任吕长鸿亲自到高铁站接回了两人。

两人自上车后，就一脸郑重，一副公事公办的样子。

自始至终，他们都没有说明此行的目的。但越是这样，很多人就越猜测他们是因为纪威的事情而来的。

"两位主任，你们一路辛苦，先到接待室尝尝我们的安澜绿茶吧。"吕长鸿笑道。

"不用了，时间有限，我们还是先处理公事吧。"老周一脸严肃。

"好吧。"吕长鸿有些无奈地说道，"那我带你们去吧。"

纪威的办公室位于办公楼的最东侧，吕长鸿将两人领到门口，摆了摆手，示意这就是纪威的办公室。

两人冲着吕长鸿点了点头，然后敲门进入。

"老周、小谭。"见到昔日的老同事，纪威的脸上浮起一抹笑容，但两男子却是一副公事公办的态度。

为首的老周从公文包里拿出一份文件，递给纪威说道："纪威同志，我们是安南省纪委监委的工作人员，根据网上舆情信息及目前的调查情况，经省纪委监委研究决定并报省委批准，现暂停你安澜市纪委书记、监委主任职务。请你做好工作交接，接受组织进一步调查。"

纪威接过文件，粗略地扫了一眼，就迅速签收了，未再多说什么。他倚在窗边，神情平静，仿佛早已知晓了这个结果。

老周走上前，拍了拍纪威的肩膀，然后摇了摇头，满脸无奈。

"搞得还挺正式。"纪威请两人坐下，笑着说道。

"那可不。"老周终于卸下"伪装"，笑了起来，"你纪大书记吩咐，弟兄们可不得装得像一点儿。"

"哈哈哈……"纪威努力压制着自己的笑声，生怕被人听到。

"就这么干坐着？"老周挑了挑眉，环视一圈道，"我跟小谭这个级别的演员出场，你起码不得管上一杯著名的安澜绿茶啊。"

纪威挠了挠后脑勺，颇为尴尬地笑了笑："不瞒你们，我来安澜市纪委监委上班后，在这个办公室坐班不超过一周，一直在外边跑。你要喝茶，我这屋里还真没有。"

"得了吧，我信你个鬼。"老周满脸不信，站起身，拿出平时办案搜查的精细度，在纪威的办公室里搜罗起来。

"还真没有啊。"老周搜罗了半天，一无所获。他望向纪威，满脸的难以置信。

"你这书记当的……"老周笑道。

"下次吧，等这个专项整治工作干完，我正儿八经地在这里坐班了，一定备好茶，请你们来品鉴。"纪威笑道。

"不过话又说回来。"老周话锋一转，问道，"这究竟是个什么案子，值得冯琦书记和你这么重视，连我们都被你拉来当'群演'了？"

纪威无奈地笑了笑，将右手食指搭在嘴唇上，做了一个无可奉告的表情。

"得！"老周一拍手道，"看来是得保密，理解。"

三人压低着声音，在纪威的办公室里畅聊着。

十几分钟后，纪威抬起头，看了一眼墙上悬挂的钟表，面带歉意地说道：

"老周，小谭，实在不好意思，你们难得休个假，又把你们喊来帮忙。"

"都是为了工作，我们理解。"老周站起身来，笑道，"不过我和小谭此番'本色出演'，你们安澜市纪委监委可得管盒饭啊。"

纪威强忍住笑意，低声道："冯琦书记私人宴请你们，放心吧，亏不了你们二位男主角。"

老周点了点头，对着小谭笑道："咱俩今晚必须狠狠宰冯琦书记一顿！最少也要吃一斤梭子蟹。"

两人重新换上那副公事公办的表情，转身开门离开。

临走时，老周刻意地用力摔了一下门。

事实证明，冯琦和纪威的这招"瞒天过海"，十分奏效。

老周和小谭前脚离开纪威的办公室，梁绵韧这边后脚就收到了消息。自从把诬陷纪威的帖子发出去后，梁绵韧就开始密切关注市纪委监委的动向。

当听说省纪委监委来人与纪威进行谈话的时候，他就知道自己的计划成功了。

"唉——"梁绵韧长舒一口气，身体后倾，半躺在了那张老板椅上，满脸放松。

"总算把这个油盐不进的家伙整下去了。"梁绵韧喃喃自语道。

"咚、咚、咚……"门外传来一阵急促的敲门声。

梁绵韧警惕地坐起身，喊了一声："进来。"

"好消息啊，'大王'。"贾聪满脸笑容，急匆匆地推门而入。

若放在以前，贾聪做出这种不稳重的行为，挨训是必然的了。但是今天梁绵韧高兴，便没有与贾聪计较。

"什么消息？"梁绵韧摩挲着手中那本《鬼谷子》的封面，笑着问道。

"刚刚，巡察组的崔湛卢打电话过来，说他们那边由于工作调整，现在由他负责这次的专项巡察，若是有什么事直接与他对接就好，没有特殊情况就不要联系纪威了。"

"很好！"梁绵韧大喜过望，他一拳砸在名贵的红木办公桌上，丝毫没有掩饰自己的真实想法，"这场斗争，终究还是我赢了！"

"祝贺'大王',还是'大王'技高一筹。"贾聪连忙献上自己的赞美。

"还是不能掉以轻心。"梁绵韧努力压制着心中的狂喜,试图让自己冷静下来。

片刻之后,他才恢复了往日的沉稳,吩咐贾聪道:"这个消息暂时还不要传出去,要让大家继续小心谨慎。把剩下的几天度过去,才算是真正的胜利。"

"好的,'大王',请您放心。"贾聪连连点头,恭敬地退了出去。

"纪威,跟我斗,你到底还是嫩了点!"

梁绵韧站起身,看着远方繁忙的港口作业区,胸中再度涌起万丈豪情……

## 六

这一晚,悟禅山庄的宴会厅里再度响起了躁动的音乐声。为了庆祝今天的这场"历史性"胜利,白晓莲特意开了一瓶价值百万的罗曼尼·康帝。

"干杯!"梁绵韧将白晓莲拥入怀中,两人举杯畅饮。

"'大王',还是您技高一筹,我们终于把这个讨厌的纪威搞了下去。"白晓莲恭维道。

"是人就有弱点。"梁绵韧有些得意地笑了笑,"他纪威不爱钱、不好色、不爱名,但他是个工作狂。纵然他知道我们可能下套坑他,但为了调查我们,他还是忍不住来了。"

"所以说,还是'大王'您更加运筹帷幄啊!"

两人再次举杯,梁绵韧笑道:"挨过去剩下的几天,这安澜港还是我们的安澜港,翻不了天。"

"嗯、嗯。"白晓莲抱着梁绵韧的脖子,像是一个涉世未深、天真烂漫的小女孩一般连连点头。

"还有一件事。"梁绵韧喝了一口红酒,面色阴沉地说道,"你明天告诉长贵,让他继续往前推进'那件事',不用再顾及纪委的调查了。"

"'大王',要不……再等等?"白晓莲的脸上闪过一丝担忧,"反正距离专项巡察结束也没有几天了。"

"哈哈哈……"梁绵韧忽然大笑了起来，他大手一挥，得意地说道，"纪威都被整下去了，谁还有心思盯着我们。不用担心，让长贵继续弄就行。"

白晓莲无奈地点了点头，端起酒杯，一饮而尽，而心头的担忧却久久萦绕……

梁绵韧这边扬扬自得、美酒笙歌，殊不知市纪委监委那边已经秘密地展开了新的部署。

晚上十点，就在大家都结束一天的工作开始休息的时候，松涛园廉政谈话楼的某间会议室，又重新亮起了灯。

这是一场保密程度极高的会议。冯琦亲自召集人员，参会的人员只有五人，除了冯琦之外，还有纪威、崔湛卢、李太阿和李纯钧。

安澜市纪委监委所有办案力量的"指挥官"齐聚一堂，要商讨的内容，自然是如何在最后的几天时间里拿下梁绵韧。

"崔组长，就由你先谈谈这几天的信访和座谈情况吧。"冯琦对着崔湛卢说道。

"好的，书记。"崔湛卢拿着早已准备好的材料汇报了起来，"我们整理了近期的信访材料，以及职工在座谈中反映的问题，发现主要有以下几个问题反映较为集中：一是梁绵韧用人唯亲，在安澜港集团内部搞'小山头'，重要岗位上安插的都是自己的人；二是大搞'一言堂'，经我们调查，在长达十年的时间里，安澜港集团很多重要事项的决定，都是梁绵韧一人拍板即可，根本没有召开党委会、集团议事会，导致很多项目亏损严重；三是长期和白晓莲保持情人关系，并帮助白晓莲实际控制的白莲花投资有限公司承揽了两个多亿的工程项目；四是生活奢靡，梁绵韧以白晓莲的悟禅山庄为据点，大兴奢靡之风；五是失职渎职，安澜港集团内部存在的多个问题，之前都有人提出来过，但都被梁绵韧扔在一旁，最后不了了之……"

崔湛卢汇报完后，几人的脸上都浮现出了一抹怒色。

冯琦轻轻点了点头，又把目光转向了李太阿。李太阿清了清嗓子，汇报道："根据我们近期的调查，发现梁绵韧妻子的许多开销，都是由白晓莲的弟弟白龙支付的。这也从侧面说明，白晓莲从安澜港集团所赚得的钱，有一部分是由梁绵韧实际使用的。"

李纯钧也汇报道："我们也在调查中发现，梁绵韧妻子所驾驶的奥迪Q5轿车，虽然登记在梁绵韧名下，但当时是由白龙刷卡支付的。"

"白晓莲、白龙……"冯琦轻轻敲击着桌面，像是在思考着什么。

片刻后，他看向纪威，问道："纪威同志，针对目前的情况，你有什么计划？"

纪威轻轻点了点头，沉思数秒后说道："根据目前的情况，我们已经可以完全确定，白晓莲既是梁绵韧的情人，也是他监守自盗的代理人。只要拿下她，我们便可以兵不血刃地拿下梁绵韧。"

众人闻言，纷纷点头表示赞同。

冯琦环视四周一圈，继续说道："既然大家都这么认为，那么我们再讨论一下拿下白晓莲的问题。"

纪威闻言，主动发言道："书记，我反倒觉得拿下白晓莲并不困难，甚至可以说手到擒来。"

"哦？"冯琦闻言，不禁眼前一亮，"既然如此，那么纪威你就具体谈一下吧。"

纪威点了点头，继续说道：

"根据之前平裕诚、邢冬、田锐的证言，我们知道白晓莲在安澜港集团承揽业务，基本上可以说是不费吹灰之力。要拿下工程项目，有梁绵韧打招呼，平裕诚、邢冬等人出力，结算工程款时有田锐大开绿灯，基本上用不着上下打点那一套。但是，通过这段时间我与她的接触，我发现白晓莲是个十分会来事儿的人。礼，别人可能不收，但她不可能不送。综上，我们有充分的理由怀疑，白晓莲有向多名安澜港集团的中层领导干部行贿的嫌疑。"

纪威的观点掷地有声，引发了与会几人的思考。

"我同意纪书记的观点。"片刻后，李太阿首先表态道。

"我也同意。"

"我也同意。"

冯琦满意地点了点头，心道：在案件查办这方面，纪威同志当真从来没让人失望过。

"既然大家都同意,纪威同志,你就继续说一说下一步的工作打算吧。"冯琦笑道。

"我是这样想的,书记。"纪威郑重地说道,"第一,要以最快的速度梳理白晓莲的公司在安澜港集团承揽的所有工程项目;第二,对这些工程项目的发包公司负责人进行谈话,最好是能本着'惩前毖后,治病救人'的原则,唤醒他们的党性和法纪意识,让他们承认自己的错误;第三,若谈话结果证实白晓莲确实涉嫌向多名领导干部进行行贿,则绝不姑息,坚决对其立案审查调查。"

"纪威有一点说得很好。"冯琦缓缓道,"我们不能为了办案而办案。巡察也好,办案也好,专项整治也好,我们最终的目的还是推动问题的解决,重塑或者优化安澜港集团的干事创业环境,救活这个'港口巨人'。'惩前毖后,治病救人',在我们这里,决不能成为一句口号。"

众人闻言,纷纷低下头,陷入了沉思。

"大家还有什么想法,可以提出来,我们再议一议。"冯琦再度环视一圈,笑着说道。

见无人再发言,冯琦一锤定音道:"既然大家都没有意见,那我们就按照纪威同志提出的方案,抓紧时间向前推进。"

会议结束,崔湛卢、李太阿和李纯钧各自返回,开始着手准备明天的谈话工作。

冯琦和纪威漫步在松涛园的步道上,踏着月光,缓缓而行。

"可能要委屈你一下了,暂时住在园里,非必要不能露面。"冯琦说道。

"书记,您这是说的哪里的话。"纪威笑了起来,"难得有个'休假'的机会,我当真是求之不得。"

冯琦闻言,也笑了起来。

"哦,对了,书记。"纪威像是忽然想起了什么,连忙说道,"我昨天忽然觉得有件事有些蹊跷。"

"哦?"冯琦一下子来了兴致,"说说看。"

"昨天,我在分析梁绵韧的生活习惯时发现,梁绵韧在长达五年的时间里,几乎没有因私出远门的情况,可见他不是个喜欢出去玩的人。而这次的香港招商周，他却亲自去了。"

纪威说完，抬起头看向冯琦。

"说下去。"冯琦连连点头。

"按理来说，这种招商活动，不需要他这个'一把手'亲自去参加，所以我觉得这件事挺蹊跷。"

"有道理。"冯琦剑眉微皱，顺着纪威的思路继续分析道，"一个无利不起早且不爱出远门的人，突然动身去了香港，那么便说明这件事有利可图，而且是巨利。"

"是的，书记。我就是这么认为的。"纪威继续说道，"原本在专项巡察期间，他可能会把这件事隐藏起来，徐徐图之。而现在，负责这项工作的我被'免职'了，他的胆子必然会大起来。"

"很好。"冯琦赞叹道，"纪威同志啊，你这种发散性思维，当真是我们的一笔宝贵财富！"

"书记，您过誉了。"纪威有些不好意思。

"你放心吧，这件事我亲自盯着，一旦有什么风吹草动，我们马上商量对策。"

厚厚的云朵一点点散去，银辉般的月光洒遍人间。两人抬起头，看着夜空中的这轮皓月，心情大好……

## 七

这是贾聪睡得最安稳的一夜。手机不吵闹，半夜无人找，一觉到天亮。自从纪威被"免职"后，贾聪那颗已经提到了嗓子眼上的心，又重新放回到了肚子里。他不用再每天提心吊胆，生怕哪天被纪委的人给带走了。

一大清早，神清气爽的贾聪哼着小曲来到办公室，照例开始了他一天的工作。

面对仍在积极开展工作的巡察组，贾聪第一次发自内心地冲他们笑了起来。在他的认知里，没有了纪威的巡察组，就像是被抽掉了脊梁骨的猛虎，不过是外表凶悍罢了。

贾聪在办公区域溜达了一圈，在确认没有什么问题后，便坐回到了办公桌前，愉快地刷起了抖音。

上午九点，一阵急促的敲门声，扰乱了贾聪的好心情。贾聪眉头微微皱起，有些不悦地喊了一句："谁呀？进来！"

推门而入的人正是李纯钧，贾聪看着他，双腿竟然不自觉地颤抖了起来。

"李……李主任……"贾聪结巴地问道，"有什么……需要……效劳的吗？"

"哦，不好意思啊，贾部长。"李纯钧疑惑地看着贾聪，递过去一份名单笑道，"上午我们打算与两名中层干部谈谈话，需要麻烦您负责一下接送工作。"

"好的……李……主任……您客气了……"贾聪颤抖着双手，接过李纯钧递来的名单，好奇地看了一眼。

"去松涛园谈话吗？"数分钟之后，贾聪终于恢复了正常，警惕地问道。

"嗯，去松涛园。"李纯钧未再多言，朝着贾聪点了点头，转身离开。

贾聪看着名单，心里忽然生出一种不好的预感。他走到门口确认李纯钧走了之后，连忙关紧办公室门，拿起手机给梁绵韧拨了过去。

"喂，'大王'，有个紧急情况需要跟您汇报下。"贾聪努力压低着声音，小心翼翼地说道。

"怎么了？"梁绵韧充满威严的声音传来。

贾聪闻言，吓得一个哆嗦，手机差点从手中滑落："是这样的，方才市纪委的李纯钧交给我一份名单，让我把名单上的两个人送到松涛园接受谈话。"

"哪两个人？"梁绵韧的语气愈发冰冷。

"通信公司经理单锲、后勤部主管焦省。"贾聪回答道。

电话另一端的梁绵韧停顿了片刻，像是在思考什么，约莫半分钟后，才缓缓说道："估计是纪委那帮人查到了什么，找这俩人问问，让他们管好自己的嘴即可。"

"'大王'，我们用不用提前做什么准备？"贾聪鼓起勇气，小心翼翼地问道。

"不用！"梁绵韧斩钉截铁地说道，"纪威这条'过江龙'都让我们给弄下去了，剩下这一群虾兵蟹将能翻起什么风浪来。"

说完，梁绵韧便挂断了电话。

贾聪吐了吐舌头，暗暗后悔自己不该多这句嘴。

联系上单锲和焦省，贾聪指挥着一辆银色的商务车，往松涛园的方向驶去。

车子即将驶入松涛园，贾聪转过头，对着两人威胁道："'大王'可是专门嘱咐了，让你们两人管好自己的嘴。什么该说，什么不该说，希望你们有数。乱说话的话，后果你们自己掂量。"

单锲和焦省听完，忽然感到脖子后面一凉，心情变得更加沉重了起来。

商务车在廉政谈话楼前停下，刘镇岳、商墨阳和两名抽调的同志早已等候在了楼前。刘镇岳冲贾聪点了点头，然后四人两两一组，分别把单锲和焦省带进了不同的谈话室。

负责与单锲进行谈话的是刘镇岳小组。刘镇岳看着坐在谈话桌前，双腿战栗、惴惴不安的单锲，脸上浮现出一抹笑容。

刘镇岳用纸杯接了一杯温开水，轻轻放在了单锲的面前，宽慰道："单经理，你不用过度紧张。今天找你过来，是想了解一些情况。"

单锲闻言，脸上的表情稍稍好看了一些。

"当然，组织也掌握了一些关于你个人的问题……"刘镇岳顿了顿继续说道，"所以，希望你能够开诚布公、实事求是地向组织敞开心扉，以自己的实际行动求得对你本人而言最好的结果。"

刘镇岳的开场白既春风化雨，又柔中带刚，在化解了单锲恐惧情绪的同时，也表明了自己的立场。

单锲拿着纸杯，双手不断颤抖，费了好大力气，才把纸杯送到自己嘴边。

看着仍旧没有镇定下来的单锲，刘镇岳并不着急。他走上前，帮单锲把纸杯中的水添满，然后跟他聊起了日常工作。

不得不说，刘镇岳的谈话方式十分奏效。他从单锲熟悉的业务方面入手，由点及面，逐渐让单锲放下了心里的恐惧和警惕，慢慢地恢复了正常心态。在这个过程中，单锲也对刘镇岳有了一个大致的了解，防备心理也开始减弱。

见时机差不多了，刘镇岳开始切入正题。

"单总，刚才我已经说过了，我们今天找你过来的原因，是想针对一些你个人存在的问题,与你进行谈话。"刘镇岳脸上的笑容渐渐消失,神色开始变得郑重起来,"希望你能配合我们。"

单锲抬起头,恰好对上刘镇岳锐利的眼神,顿时吓得把头埋到了桌子底下。

"看来这个单总属于技术型领导,业务能力极为出众,但性格偏向于谨小慎微,甚至是胆小怕事……"刘镇岳看着单锲,回想着方才他的种种行为,心中已经对他的性格有了一个大致的判断。

"单总,您不用害怕,也不用紧张。"刘镇岳开始"对症下药",说道,"你可以把这次谈话当成是一次'政治体检',有什么想向组织坦白的,现在可以一一说出来。"

单锲有些难以置信地抬起头,他看着满脸真诚的刘镇岳,眼神中充满了疑惑。

"谁都可能犯错误,犯错误不可怕,只要勇于承认、知错就改,还是好同志。"刘镇岳继续说道。

单锲的脸忽然变得通红,他把手臂支撑在了桌子上,像是在做着心理斗争。

"我们纪检监察机关的工作,不光是重拳反腐、拍蝇猎狐,更重要的是惩前毖后、治病救人。"刘镇岳循循善诱道,"我们现在代表组织与你谈话,就是给你机会,让你主动承认自己的错误、主动检举揭发他人……当然,组织也会根据你的具体表现,合理运用'四种形态',从轻或减轻对你的惩处……"

单锲闻言,忽然抬起头,直勾勾地盯着刘镇岳。

"领导……您说的……是真的?"单锲难以置信地问道。

刘镇岳的脸上再度浮现出一抹微笑,他指了指头顶上的数个摄像头,说道:"我在这里跟你说的话,指挥室里的领导都能听到。倘若我在跟你谈话的过程中,有任何不妥当的地方,领导们会及时提醒我。"

单锲循着刘镇岳的手势,环视了一圈头顶,当他看到那一个个圆形的摄像头时,心中的顾虑和疑惑终于放了下来。

"领导,我相信你。"单锲抓起面前的水杯,像是下了很大的决心一般,一饮而尽。

"我向组织坦白,希望组织能对我宽大处理。"单锲咬着牙说道,"先说说我个人的问题。我这个人比较谨慎,或者说是比较胆小,不大敢收别人的钱。以前手底下的职工逢年过节都跑到我办公室给我送卡送券,我觉得不好,就把卡啊券啊什么的都给他们送了回去。我在这里向组织保证,我当经理这些年,没有收过一张卡、一张券!"

单锲说完,抬起头看了刘镇岳一眼。刘镇岳点了点头,示意他继续说下去。

得到鼓励的单锲,完全向组织敞开了心扉:"不过,我也向组织坦白,有时候职工塞给我几瓶酒、几袋土特产什么的,我嫌麻烦,没有退回去,就带回家了。"

刘镇岳冲着单锲笑了笑,继续鼓励着他。

"要说我收过的钱,那只有三次,而且都是白莲花投资有限公司的白晓莲送的。"

刘镇岳闻言,眉头微微上挑,连忙说道:"你说详细点。"

单锲微微偏头,像是在回忆着什么,随即缓缓道:"我记得当时是公司招标采购几批通信设备,原本我想采用公开竞标的方式。后来梁董事长亲自给我打来电话,让我去看看白莲花投资有限公司的设备。我去看了之后,发现白晓莲那里的设备根本就不行,就不想用。但贾聪部长提醒我,这可是董事长打过招呼的,让我自己有点数。最终无奈之下,我只好用了他们的设备。"

"设备总金额大概是多少?"

"总共是三批,每批在五百万左右,再加上安装费、线路费这些杂七杂八的费用,加起来总额大概有一千八百万。"单锲实诚地回答道。

"嗯。"刘镇岳拿起谈话桌上调取的单据,扫了一眼说道,"好,你继续说。"

"第一批设备全部安装完成之后,白晓莲来到我办公室谈售后问题。临走时,她丢下了一张银行卡,说是对我的感谢。"单锲说着,情绪逐渐激动起来,"她是董事长的人,这是集团高层领导们都知道的事情,我哪里敢收她的钱,就想还给她。贾聪部长又拦下了我,说这是董事长的意思,让我安心收下。我也不敢再说什么,就把卡放进了抽屉里。"

"卡里有多少钱?你是怎么处置的?"刘镇岳问道。

"卡的背面写着密码，我查过，卡里有一百万。"单锲回答道，"这些钱，我一分没敢动，就一直把卡放在了我的抽屉里。组织若是需要，我可以随时提供。"

刘镇岳满意地点了点头，继续问道："那么，其他两次呢？"

"其他两次，也是差不多的情况，不过采购的数额都不大。每次采购结束后，白晓莲也都送了我一张卡。两张卡里的钱数，总共大约是二十万。"

"很好，单总。"刘镇岳说道，"你很诚实。现在请你再回忆下，除了白晓莲送的这三张卡，你还收受过别人的钱财或者物品吗？"

"绝对没有了！"单锲斩钉截铁地回答道，"我以我的人格保证。"

刘镇岳仔细观察着单锲的一举一动，轻轻点了点头，算是采纳了他的说法。他继续问道："那么，单总，现在能不能请你谈谈你所知道的集团其他人中，还有谁存在违纪违法问题？"

单锲闻言，情绪变得更加激动起来。

"好，领导，我要检举，我要举报……"单锲激动地说道，"我要举报集团董事长梁绵韧和行政部部长贾聪，他们两人有很多违纪违法问题。"

刘镇岳看着义愤填膺的单锲，微微有些惊讶。

"首先是梁董事长，前面说了，整个集团的高层领导都知道白晓莲是他的人，他不仅帮白晓莲在集团承揽工程项目，还和白晓莲有不正当的男女关系。我不小心撞到过好几次，看见他们在车里私会……

"再就是行政部部长贾聪，他就是董事长的'狗腿子'，很多见不得光或者董事长不方便出面的事，都是他代为转达。我还遇见过不少企业老板往他车的后备厢里放茅台酒，往驾驶室里塞红包……"

放下了思想包袱的单锲，就像是吃了"炫迈"一样，一说起来就根本停不下来。他从上午十点半，一直说到了下午一点。虽然他说的很多问题皆是捕风捉影、没有根据的，但刘镇岳从他的检举中获得了一些方向性、指向性的线索。

一直到下午两点，刘镇岳才制作好谈话笔录，把它递给了单锲。

单锲拿着笔录，双手再度颤抖了起来。他逐字逐句地阅读着笔录，不时指出一些需要修改的地方。

刘镇岳耐心极佳，对单锲提出的问题，要么予以解答，要么予以修改。反反复复四五次之后，单锲才最终在笔录上签下名字并按下手印。

走出谈话室，单锲看着头顶的天空，恍如隔世。

临走时，单锲握着刘镇岳的手，小心翼翼地问道："刘领导，您看我这样得判几年？"

刘镇岳被单锲滑稽的表情逗得笑了起来："单总啊，我可以很负责任地告诉你，如果你今天说的都是实话的话，你的行为则不一定会被定性为受贿，而且你今天的表现，完全可能适用于'四种形态'的转化，你可能会受到党纪政务处分，但绝对不会坐牢。您就把心放在肚子里吧。"

刘镇岳的话，就像是一剂良药，治愈了单锲的"心病"。

单锲紧紧地握着刘镇岳的手，嘴里不断地道着谢："谢谢您，谢谢您……"

刘镇岳拍了拍单锲的肩膀，笑道："单总啊，不要有心理压力，回去要调整好心态，安澜港集团还需要您这样的技术型专家继续奉献啊。"

"我一定调整好心态，一定更加努力工作，不负党和国家，不负组织的挽救……"

履行完"手递手"交接手续，透过车窗，看着车内不断挥手的单锲，刘镇岳心生感慨："治病救人，让犯错的人认识到自己的错误并诚心悔过，要远比把一个干部送进监狱好得多……"

## 八

相比于单锲的明智，焦省则要显得愚蠢很多。

自进入了谈话室后，焦省就开始跟谈话人员采取"软对抗"的方式，拒绝交代任何问题。不管谈话人员怎么跟他讲政策，他都始终坚持他的"三没"原则——没做过、没收过、没听过，自以为摆出一副"死猪不怕开水烫"的姿态，谈话人员就会拿他没办法，最后乖乖放他离开。

他的如意算盘打得很响，但是打错了。

安澜市纪检监察机关每年办理的大大小小的案件足有上千起，谈话近万人次。倘若遇到一个不配合的，就只能放他们离开，那还何谈履职担当！

商墨阳看着眼前自以为聪明的焦省，不禁哑然失笑。投身纪检监察机关以来，他见过不少像焦省这样对抗谈话的人，这些人开始的时候，都自以为得计，最后却哭都没地方哭。

"焦总，您这是想好了？"商墨阳笑道。

"我说了，我没干什么违纪违法的事，也没有什么要检举的人和事，你们就别在这跟我浪费时间了！"焦省蛮横地说道。

"焦总，机会我们刚才已经给过你了，政策也已经跟你讲清楚了，可你还执迷不悟。"商墨阳把脸一板，学着纪威的谈话模式严肃道，"所谓'药医不死病，佛渡有缘人'，佛还渡不渡你我不知道，我只知道，我们已经挽救不了你了。"

"来吧，上证据！"商墨阳拿起办案电脑，点开了一段视频，然后把屏幕转向了焦省，"焦总，请你看仔细啊。"

视频中的场景是某小区的地下停车场，一辆黑色迈腾和一辆黑色路虎先后驶来，在相邻的停车位停下。一个戴眼镜的男子和一个身着粉色连衣裙的女子，分别从两辆车里走了下来。

两人交谈片刻，女子从车里拿出两个厚厚的信封，交到眼镜男手里。眼镜男一番客气后，最终还是收下了两个信封。之后，两人又交谈了数句，女子便开车离开。眼镜男不待女子走远，便迫不及待地打开信封，数起了里面的红色钞票……

焦省看到这一幕，脸色大变，因为视频上的眼镜男正是他自己。

看着面如土色的焦省，商墨阳轻轻地笑了笑："焦总，画面可似曾相识？类似的视频，我这里还有几条，要不要再播放给您看一下？"

此刻的焦省，心态已经完全崩了。他用双臂支撑着脑袋，双手狠狠地抓着自己的头发，脸上写满了后悔。

"我说，我全说……"最终，焦省在退路全无的处境下，如实交代了自己的违纪违法事实。

取完笔录，看着焦省完成签字、按手印程序，商墨阳忽然叹了一口气，他怜悯地看着焦省，语重心长地说道："焦总，现在已经是21世纪了，已经是信息时代了。每个人做过的事，都会或多或少地留下痕迹，顺着这些痕迹，我们便可以查出非常多的有用信息；而一个人想把痕迹掩盖过去，却是绝无可能的。再者，我们纪检监察机关能够在几万人的安澜港集团中，准确地锁定你们几个人，并找你们谈话，这便说明我们已经掌握了十分扎实的证据。找你们谈话，是组织在给你们机会，想要让你们主动向组织坦白、承认自己的错误，从而获得从轻或减轻处分的机会。而你今天的行为，完全无视了组织给予的机会，是对自己最不利的行为，也是最愚蠢的行为！"

焦省听完，脸色变得更加难看。

"早知道如此，我又何必演这一出。早知道早晚都得交代，我就应该一开始就老老实实地承认错误，还能获得个宽大处理。现在，唉——"此时此刻，焦省已悔恨不已，恨自己自作聪明，恨自己违纪违法，也恨自己被贪婪遮住了双眼……

下午四点半，刘镇岳和商墨阳将谈话情况形成了一份报告，递交到了纪威手上。

纪威翻阅着报告，对着两人伸出了大拇指："迅速且扎实，给你们点赞。"

"有了两人的笔录，加上我们之前调取的视频和银行流水，我们便有了充足证据来证实白晓莲及其弟弟白龙涉嫌向多名安澜港集团的领导干部行贿！"刘镇岳振奋地说道。

"确实如此。"纪威站起身，对两人说道，"我现在去向冯琦书记进行请示。在被批准对白晓莲立案之前，还得麻烦你们俩盯紧白晓莲，防止她出逃。"

"保证完成任务！"刘镇岳和商墨阳齐声道。

纪威乘坐那辆黑色的帕萨特轿车驶出松涛园，刘镇岳和商墨阳也紧随其后往悟禅山庄奔驰而去。

纪威坐在车里，看着不断向后退去的景色，心情激荡："距离揭开梁绵韧的真面目，又更近了一步！"

夕阳透过明亮的窗户，映照在冯琦的身上，如同为他披上了一件金色的铠甲。

冯琦审阅着报告，双目生辉，眉头却紧紧蹙起。

"仅半年的时间，就围猎了安澜港集团的六名中层干部，这个白晓莲真是太可怕了！"冯琦怒道。

"她能围猎成功的原因，除了她本身有手段之外，更重要的，还是梁绵韧给她撑腰。"纪威补充道。

"没错，这才是根源！"冯琦拿起笔，迅速地在呈批单上签下了字，然后说道，"纪威，你召集下其他几位纪委常委，我们明天上午开个会讨论下这个白晓莲的问题。"

"好的，书记。"纪威点了点头，目光坚毅。

次日上午九点，经安澜市纪委常委会（监委委务会）讨论，全票通过了对白晓莲及其弟弟白龙立案审查调查并采取留置措施的决定。

临出发前，纪威在激动之余，脸上又浮现起一抹担忧，他面色郑重地说道："书记，我担心我们留置了白晓莲之后，梁绵韧会狗急跳墙，采取出逃或者其他过激行为，所以我们必须先下手。"

冯琦轻轻点了点头，笑道："你说得有道理。但这个问题，你反而不用担心。"

"哦？书记，我不明白您的意思。"纪威满脸疑惑不解。

"在你被'免职'的第二天，也就是昨天，梁绵韧就跟安澜市委申请，要亲自去香港接一位澳籍商人来安澜港集团签署合作协议。"

"他这……莫不是要跑吧？"纪威担心道。

"我也担心这个问题。"冯琦继续说道，"所以，我已经发函请求公安部门的协助，并从他们那里抽调了三名同志，以市委秘书的名头，陪同梁绵韧一起前往香港。一旦发现梁有逃跑的迹象，立即把他押送回来。"

"还是书记想得周到。"纪威赞叹道，"这样，既能防止梁绵韧出逃，又能打消他的怀疑，可谓是一举两得！"

"还不止呢。"冯琦笑道，"梁绵韧不在安澜市的这段时间，正好给了我们突袭白晓莲的机会。虽然时间很短，但对于当下的我们而言，已是非常宝贵了。"

"确实如此！"纪威一拍手掌笑道，"这确实是个非常好的时机，我这就去与镇岳、墨阳会合，一举拿下白晓莲。"

看着纪威离开的背影,冯琦摇了摇头,满脸笑意。他长叹一口气道:"必须速战速决了,留给我们的时间不多了。"

一路飞驰,纪威顺利与刘镇岳、商墨阳会合,一同前来的还有李纯钧、周棠溪等办案人员和市公安局的六名特警。

"怎么样?"纪威问道。

"书记,根据公安机关提供的信息,白晓莲和白龙皆在山庄中,且尚未发现他们外出。"商墨阳汇报道。

"有其他人进去过吗?"纪威继续问道。

商墨阳回想了一下,回答道:"根据公安的同志提供的监控信息,这个山庄只有这一个入口。从昨天下午五点到现在,除了一辆送菜的厢货车进去又出来了之外,并无其他车辆或人员进出。"

"嗯。"纪威点了点头,说道,"那咱们就先轮流盯着,等到天黑,我们便发起总攻!"

"好的!"商墨阳和刘镇岳对视了一眼,都看到了彼此眼中跃动的光芒……

## 九

在众人的等待中,天色渐渐暗了下来。纪威、商墨阳、刘镇岳三人坐在车上,目不转睛地盯着山庄的大门,等待着总攻的信号。

晚上七点,纪威的手机"嗡嗡嗡"地振动了起来,是预定的闹钟响了。

纪威随即部署道:"我先过去吸引白晓莲的注意力,你们看我手势,随时准备行动。"

"明白。"商墨阳几人齐声道。

纪威走下车,整理了一下衣服,起身便往山庄的大门走去。

"我要见白晓莲!让白晓莲给我出来!"纪威走到门口处,故意摆出了一副生气的样子,冲着保安大声喊道。

"你谁啊?"保安从门岗里探出了个头,大骂道,"也不睁开你的狗眼看看这是什么地方!到这里来撒野,我看你是找不自在吧!"

保安从桌子底下拿出了一根橡胶棍,抵在纪威的胸前:"赶紧滚!我们白总是什么人都能见的吗？"

纪威一把抓住橡胶棍，指着山庄内说道："你就说纪威要见她。"

保安听到"纪威"三个字，微微愣神，自己好像在哪里听过这个名字，但具体又想不起来了。

带着些许疑惑，保安拨通了白龙的电话："龙哥，门口有一个叫纪威的，非要见白总。"

接到电话的白龙闻言，也是一愣："纪威？他来做什么？难不成是来报复我姐的？"

想到这里，白龙一下子警惕了起来。他匆忙敲开了白晓莲的门："姐，那个叫纪威的找上门来了。"

"纪威？"白晓莲的美眸里，浮现出一抹光彩。她心里知道，纪威此来绝对是来报复她的。但不知为什么，她的心里竟生出了一份小期待。

她很想看看，那个曾经无视她的美貌、无视她的柔情，甚至都不拿正眼看她的纪威，如今究竟是怎样一副落魄的模样。

想到这里，白晓莲咯咯地笑了起来，她的心中充满了快意："跟保安说，让纪威在门口等着，我这就出去。"

保安收到白龙的信息，转头便告诉了纪威："白总说了，让你在这儿等着，她一会儿就来。"

纪威的脸上，浮起一抹笑意，旋即这笑意又被他隐藏了起来。他背过身，迅速拿出手机，给商墨阳发去了一条信息："白晓莲正往门口而来，估计白龙也会同行，可采取行动。"

商墨阳收到信息后，立即按照既定的计划，和其他办案人员一起往山庄的大门处靠近。

白晓莲这边却不慌不忙地画起了精致的妆容，又穿上了一件奢华的大衣，对着全身镜照了又照。

她要以惊艳的姿态出现在纪威面前，以实际行动告诉纪威，他曾经是多么没有眼光。

时间一分一秒地过去，纪威心中已有些着急。如果白晓莲不出来，那就只能强行进入山庄；在不了解山庄地形的情况下，贸然行动，极有可能造成白晓莲的脱逃或者藏匿，那他们可就被动了。

纪威心中忐忑，额头上渐渐冒出了细密的汗珠。

此时的白晓莲，正坐在监控旁，看着画面上踱来踱去的纪威，心里满是得意。

她是故意的。只有让纪威在门口等上一小时，才能发泄她心中的怨气。

"差不多了，我们出去吧。"白晓莲笑着站起身，朝门口走去。

等了一小时后，纪威终于看到了白晓莲的身影。她身着一件卡其色的大衣，在白龙的陪同下，迈着造作的莲步，朝着门口走来。

纪威见状，连忙将提前编辑好的信息发送了出去。

众办案人员在收到"立即行动"的指令后，立即跟在六名特警的身后，悄悄往山庄内摸去。

"哟，这不是纪书记吗？欢迎欢迎啊。"白晓莲自以为纪威已经被免职，故意加重声音，将"书记"二字喊得格外清晰。

两人距离半米远的时候，纪威才终于放下心来。他卸下"愤怒"的伪装，走上前冲着白晓莲笑道："白总，你欢不欢迎，我都得来啊，这是我的工作。"

纪威的话音刚落下，刘镇岳、商墨阳和两名女特警，便犹如神兵天降一般出现在了白晓莲的身后。

白晓莲脸色大变，心中忽然生出一种不好的预感。

"纪威！你什么意思！"情急之下的白晓莲，终于不再刻意装出"夹子音"，她冲着纪威大声喊道。

纪威也不再隐藏，他接过李纯钧递过来的文书，将它高举到白晓莲面前，郑重地说道："白晓莲、白龙，你二人涉嫌行贿、共同受贿等多项违纪违法问题，现依纪依法对你们立案审查调查并采取留置措施。请配合一下我们的工作！"

白晓莲最害怕的事情，最终还是到来了。巨大的压力，让她瞬间从一个高高在上的女王，变成了手足无措的小女孩。

"阿龙，快跑！"来不及多想，她拉起白龙就往山庄内跑去。

但转过头的瞬间，她就看到了其他四名特警和多名纪检干部截断了他们的逃跑路线。

"呜、呜、呜……"穷途末路的白晓莲见此情景,一下子跌坐在地上,撕心裂肺地大哭了起来……

午夜的松涛园再度热闹起来,一辆辆商务车进进出出,卸下一箱箱从悟禅山庄搜出来的涉案财物。

白晓莲被带走后,纪威立即安排人对山庄进行了搜查。为在天亮前完成全部搜查工作,纪威几乎把全市的办案力量都抽调了过来。

几十名办案人员,搜查了整整一夜才全部搜完,最终在天亮时分,全部撤回松涛园。

冯琦看着二十几页的暂扣清单,面寒如霜。

白晓莲、白龙姐弟在短短的六七年时间里,不仅建起了堪比宫殿般奢华的山庄,还聚敛了如此多的财物,其中有多少腐败不言而喻。

冯琦觉得自己的心在滴血。他端详着厚厚的清单,仿佛觉得这清单上记录的每一件财物,都是梁绵韧、白晓莲之流榨取的港口职工的血液和汗水。

怒气一点一点浮上了冯琦的心头,他看着纪威,面色凝重:"纪威,一定要争取在最短的时间内,拿下梁绵韧!绝对不能让梁绵韧这个罪魁祸首,逃脱党纪国法的严惩!"

"明白!"纪威右手握拳,用力地按在胸口上,保证道,"书记请放心,我们一定全力以赴!"

匆匆吃过早饭,一夜未眠的纪威顾不得休息,便直奔"10·27案"的指挥室。

"10·27案"专案组的指挥室,设置在留置楼比较靠里的区域,这样接触的人更少,更有利于保密。

纪威大步流星地来到指挥室,惊讶地发现此时的指挥室里已经坐满了人。他抬起手腕,看了一眼手表的指针:七点十五分。

纪威的心里有些感动,他满意地说道:"同志们的工作热情很饱满嘛。"

担任临时专案组组长的崔流彩站起身,神情严肃地汇报道:"同志们都明白这个案子的重要性和紧迫性,所以从昨晚把人带过来之后,就全身心地投入到了工作中来。经过一夜的分析，目前我们已经基本熟悉了白晓莲的社会关系、脾气性格、成长经历等一系列基本信息。"

"好、好。"纪威朝着崔流彩伸出大拇指，点赞道，"崔主任，您这位反腐战线上的'巾帼名将'出马，我看不仅仅能顶俩，起码能顶半个审查调查室啊。"

"书记过誉了。"崔流彩笑了笑，继续说道，"我们刚刚与在山庄搜查的几位同事进行了沟通，大致了解了一下从白晓莲卧室里搜出的物品情况，得到了三个重要的信息。"

纪威闻言，一双剑眉轻轻舒展了开来，他迫不及待地问道："崔主任，哪三个信息？"

崔流彩回答道："第一个，我们的同志在白晓莲的卧室中发现了大量的言情小说。"

"言情小说？"纪威有些摸不着头脑。

"是的，书记。"崔流彩点了点头，解释道，"通常，喜欢看言情小说的女人都十分感性，爱幻想，喜欢把自己想象成书中的女主角，沉浸在自己构想出的'乌托邦'里。这样的女性，往往能够听进去我们的劝说。"

"很好。"纪威一拍手笑道，"崔主任，请继续。"

"第二个，白晓莲的卧室中，有一个几十平方米的套间，在这个套间的柜子里，密密麻麻地堆积着上百条爱马仕丝巾和几十个名牌包包，还有一些高档的衣服和一面等身试衣镜。我猜她应该经常到这个套间里，不断地试衣服、配饰，以此获得内心的欢愉。"

崔流彩说完顿了顿，又轻轻笑道："从这一点可以推断出，白晓莲的原生家庭应该不富裕，以至于造成了她现在这种空虚的心理和报复性消费模式。"

"第三点，也是最重要的一点，今天是白晓莲的农历生日。"

崔流彩说完，轻轻地扬了扬眉毛，笑容里满是自信。

"果然只有魔法才能打败魔法，女纪检干部才最了解女性。"纪威听后，慢慢地站起身，一边笑着，一边鼓起掌来，略有疲惫地说道，"看来崔主任已经胸有成竹，我终于可以放心地小睡一会儿了，静候崔主任的佳音。"

## 十

有人曾说，女人是生活的精算师。每个女人都经历过纯情、率真的少女时代，对未来的一切充满憧憬。但随着时间的推移，那些风花雪月、浪漫柔情大多会被现实无情地粉碎，经历巨大打击的女人，会由此变得比男人更清醒、更务实。

显然，白晓莲就是这样一个人。

年轻时所饱受的艰辛，让她不再相信任何童话。唯有真实的物质，才能让她心里安稳，才值得她毕生追求。为了获得金钱，她可以不择手段。

本来，经过数年的经营，白晓莲已经获得了自己想要的一切。但安澜市委、市纪委监委突如其来的专项整治，让这一切化作了乌有。

想到这里，白晓莲就如同数年前的那个夜晚一样，心里满是绝望。她不知道自己究竟该怎么办，也不知道自己的未来会怎样。

白晓莲趴在面前的谈话桌上，把头埋进了臂弯里，几滴泪水慢慢地从她的眼角滑落了下来。

"滴！"

留置室门口传来一声机器的响声，崔流彩带着一名工作人员推门而入。

"你们给我滚，我不想看到你们！我什么也不知道，知道也不会说！你们就死心吧！"白晓莲抬起头看了进来的两人一眼，撂下一句话，又迅速把头埋回到了臂弯中。

崔流彩看着白晓莲的举动，黛眉微蹙。

多年的办案经验告诉她，此刻的白晓莲正处于破罐子破摔的状态，已经铁了心要跟组织进行对抗，是断然不会交代自己的违纪违法问题的。

一般办案人员遇到这种局面，往往会急得挠头、不知所措。但是在崔流彩的眼里，白晓莲搞的这一出，不过是不懂事的小女孩在使小性子。

"看来，白总对我们的意见不小啊。"崔流彩来到白晓莲面前坐下，轻轻笑道。

"我恨不得弄死你们！"白晓莲忽然抬起头，站起身朝着崔流彩冲了过来。

崔流彩眼疾手快，迅速将旁边软包的椅子一转。

"砰！"

白晓莲猝不及防，一下子撞在了椅背上，摔了个趔趄。

隔壁监控室里两名负责看护的女警见状，第一时间冲了进来，一左一右控制住了白晓莲。

"你们不要拉我！我要跟你们拼了！"白晓莲不断挣扎，连撕带咬、连打带抓，想要挣脱女警的束缚，但最终还是被按在了方凳上。

看着女警被抓伤的手背，崔流彩怒上心头。她恨不得当场就给白晓莲两耳光，让其清醒一下。但一个专业办案人的职业素养告诉她，不能那么做。

被制服的白晓莲依然没有消停，她不断地挣扎着，嘴里还念念有词："我杀不了你们，我就自杀。我就不信了，我自杀你们还能拦得了我……"

崔流彩看着白晓莲的惺惺作态，怒极反笑。她深吸了一口气，平复了一下心中的暴躁情绪，气势陡然上升。

"放开她！"崔流彩厉声喝道，"让她作！我倒要看看她能玩出什么花样来！"

两名看护女警有些诧异地抬头望向崔流彩，眼神中带着询问的意味。崔流彩点了点头，笑道："放开她，我说的，出了任何问题我来负责。"

女警试探着放开了白晓莲的手臂，依旧保持着警惕；只要发现白晓莲有任何过激行为，她们会立即上前阻止。

崔流彩突如其来的逆向操作，一下子把白晓莲整不会了。她呆呆地看着崔流彩，怔在原地。

"白总，请开始你的表演。我都有些迫不及待了。"崔流彩笑道。

白晓莲闻言，那张每日精心保养的俏脸唰的一下红了。她抬起头，愤恨地瞪向崔流彩，双目毫不掩饰地向崔流彩释放着杀意。

"怎么，白总，您这是厌了？"崔流彩直接无视白晓莲凶狠的眼神，脸上的笑意愈发浓烈。

白晓莲气得浑身发抖，却没有丝毫勇气做些什么。她是个惜命的人，可能会在特殊情况下跟别人拼命，但绝不会伤害自己一分一毫。

白晓莲狠狠地咬着自己的嘴唇，几乎要咬出血来，却又无可奈何。

"你们休息吧。"崔流彩带着歉意对两名女警说道，"不好意思，给你们添麻烦了。"

见崔流彩已经成功"拿捏"住了白晓莲，女警们冲着崔流彩轻轻地点了点头，转身离开了留置室。

女警走后，崔流彩拿出一张面巾纸，走上前递给白晓莲，关心地说道："白总，你说你这是何必呢，闹这么一出，除了让我们看笑话之外，没有任何意义。"

白晓莲闻言，默默接过纸巾，低着头，一言不发。此时此刻，她已经没有勇气再与崔流彩对视。

不知道为什么，她忽然对崔流彩产生了一种畏惧心理。她感觉崔流彩就像是会读心术一般，完全看透了她内心的那些小九九，并能精准地采取应对之法。

就在这时，崔流彩拍了拍白晓莲的肩膀。轻轻一拍，却吓得白晓莲一个激灵，差点从方凳上摔了下来。崔流彩见状，更加坚定了自己对白晓莲的判断。

"白总啊，人生有些事你根本无法抗拒，也无法忽视……"崔流彩像是念书一般地背出了一段句子，听得另一名办案人员一头雾水。

白晓莲闻言，微微一惊，双眼骤然瞪大。她抬起头，不可思议地望向崔流彩。

崔流彩刚背的是当下正在热播的都市爱情剧里的经典台词，也是白晓莲最喜欢的台词之一。这部剧她看过六七遍，经常把自己当作是剧中的女主角，沉浸在自己的幻想中。

就在刚被带向松涛园时，她还在幻想会有男主角出现，以一敌众，把她救走。

但幻想毕竟只是幻想，演绎也终究只是演绎，她不是女主角，也没有男主角来救她，她还是要接受被留置的现实。

本来，白晓莲已经万念俱灰了。可当崔流彩说出这句台词的时候，白晓莲的心里又重新燃起了一丝希望的火苗。

"崔领导，你也看这个剧？"白晓莲依旧不敢与崔流彩对视，只能怯生生地问道。

"看呀，我可喜欢这部剧了。"一聊起这部都市爱情剧，崔流彩身上那股强大的气势竟在顷刻之间消散一空。她从一名刚直不阿的纪检监察干部，瞬间变成了一名热心大姐。

"刚才我所说的台词，是这部剧中我最喜欢的台词。"崔流彩笑道。

崔流彩说的都是实话，她确实很喜欢这部剧，不然也不可能将剧中的经典台词烂熟于心。

"我看了六七遍呢。"白晓莲终于抬起头，看了崔流彩一眼。她看到了崔流彩脸上的笑容，那笑容犹如绽放的烟花，抚慰了她万念俱灰的心灵。

也就是这一眼，打消了她心中的恐惧与顾虑，让她开始觉得纪委监委的干部，也没有传闻中那么冷血和恐怖。

"我比较忙，只是大略看了一遍，有机会我再看看。"崔流彩说着，上前拉住了白晓莲的手，语重心长地说道，"白总啊，剧错过了可以再看一次；人生若是错了，可没有重来的机会。所以啊，要及时止损，绝对不能一步错，步步错。"

崔流彩恰合时宜的转折，让白晓莲陷入了沉思。她再度把自己封闭了起来，沉浸在了自己创造的精神世界中。

崔流彩没有催促，也没有打扰，而是静静地坐在一旁，等待着白晓莲做出决定。

指挥室里，李太阿、赵赤霄等人看着这一幕，不禁纷纷伸出了大拇指。

"要论政治思想工作，崔主任说自己第二，怕是没有人敢称第一！"李太阿笑道。

"确实如此，确实如此啊……"

约莫半小时后，白晓莲终于走出了自己的冰封世界。她转过头，看向崔流彩郑重地问道："崔领导，我可以相信你吗？"

崔流彩的眼眸中闪过一抹正义的光芒，她握着白晓莲的手，坚定地说道："白总，你应该相信我，更应该相信组织！现在，你只有毫无保留地向组织坦白，才能获得组织的原谅，为自己争取一个最好的结果。"

"崔领导，您是说我还有机会？"白晓莲心里的希望之火再度燃烧起来。

"我的傻妹妹，"崔流彩笑道，"'惩前毖后，治病救人'可不是我们的一句空口号。"

"我相信您,崔领导。"白晓莲的脸上终于浮起了一抹笑容,她紧握着崔流彩的手,恳求道,"您一定要帮帮我。"

"一定。"崔流彩说着,看了一眼墙上电子钟的时间,冲着监控摄像头点了点头。

指挥室里,李太阿见状,立马把崔流彩事先准备好的生日蛋糕送进了留置室。

"妹子,现在已经是中午十二点了。"崔流彩说道,"组织知道今天是你的生日,特地准备了一个生日蛋糕。虽然蛋糕比较简单,却也是组织的一点心意。"

崔流彩说着,笑容更加和善:"妹子,这既是你的农历生日,也是你的政治生日。我希望你能在这个特殊的日子里,让自己获得新生,彻底跟过去告别,去迎接崭新的明天。"

白晓莲闻言,内心感到无比温暖与感动,眼泪如同决堤的洪水夺眶而出。

崔流彩用塑料餐具叉起一块蛋糕递给白晓莲。白晓莲擦干泪水,哽咽道:"谢谢,谢谢崔大姐,谢谢组织,谢谢党和国家……"

在崔流彩细致而温暖的政治思想工作下,白晓莲如同变了一个人一般,不但无条件地相信组织,而且对组织充满了敬畏。她把这些年来自己做过的错事一一向组织坦白,并且主动揭发检举梁绵韧及其团伙的违纪违法问题。

"崔主任,我知道的大概就这么多了。"白晓莲望着崔流彩,眼神中满是感激,"后续我要是再想起什么,再跟组织和您汇报。"

崔流彩紧紧地握着白晓莲的手,轻声道:"好妹子,我代表组织对你的'重获新生',表示祝贺。"

崔流彩和白晓莲两人,因工作而结识,最开始甚至是敌对关系。但崔流彩以真心换真心,深深地感化了白晓莲,不但让她认识到了自己的错误,还让她对组织产生了信任和依赖。

"崔主任这不仅仅是在办案子,还是真的在挽救一个人的灵魂。"睡了一小觉后来到监控室的纪威,看着监控屏幕上的这一幕,伸出大拇指称赞道,"成功在一天时间里完成全部谈话工作,崔主任这是给了我们一个大大的惊喜啊。"

纪威的话音刚落下，李太阿便笑着走了进来，卖了个关子说道："书记，今天的惊喜还不止这一个呢。"

"哦？"纪威笑了起来，脸上带着几分期待的神情，"还有别的惊喜？"

李太阿脸上的笑意愈发浓烈："贾聪来自首了……"

## 十一

一架波音客机在寒风的呼啸中，缓缓降落在了安澜市山河机场。舱门打开，飞机上的乘客陆续走了下来。

乌泱泱的乘客从卡口奔涌而出，如同倾泻的洪流。梁绵韧虽被裹挟其中，但若有眼尖之辈，一眼便能发现他的与众不同。常年担任"一把手"的生活经历，让他在不知不觉中产生了一种强大的气场，那是一种睥睨四方、舍我其谁的霸气。

此刻的梁绵韧情绪并不好，不知道为什么，从昨晚开始他的右眼皮就一直在跳，心情也莫名其妙地烦躁起来。仿佛在冥冥之中，有一种特殊的力量在暗示他：祸事将近。

梁绵韧走出卡口，从口袋中掏出手机，按下开机键。不到一分钟的时间，几十条信息像是奔涌的潮水，漫灌了进来。

梁绵韧心里咯噔一下，心道一声：坏了！

他双眉微微蹙起，深吸了一口气，手指有些颤抖地伸向屏幕，点开了信息。

"白晓莲被留置，纪威并未被免职，贾聪联系不上。大事不妙，大哥落地请速来老地方。"

短短几十个字符，就像是一道晴天霹雳，劈在了梁绵韧的心头上。

梁绵韧只觉眼前一黑，双腿一软，差点栽倒在地。好在随行工作人员眼疾手快，扶了他一把，才使他免于摔倒。

"董事长，没事吧？"随行人员关心道。

"无妨。"梁绵韧大手一挥，深吸一口气，强装镇定地笑道，"老了啊，刚下飞机，有点不适应。"

随行人员并未多想，把他搀扶上了前来接站的商务车。

坐在熟悉的车上，梁绵韧渐渐恢复了神智。

"到底还是小瞧了那纪威，竟然又给我来了一招'瞒天过海'。"梁绵韧把头靠在椅背上，在心里慨叹道，"究竟怎么样你才能放过我呢？"

梁绵韧长叹了一口气，心里再度谋划了起来。

商务车稳稳地停在了安澜港集团总部的停车场，梁绵韧吩咐随行人员把行李拿到办公室去，自己则撇下众人，径自来到路边拦了一辆出租车。

"去西城。"梁绵韧对司机说道。

出租车一路走走停停，在行驶了四十分钟后，最终在城中村的一处民房前停了下来。

梁绵韧丢给司机一张百元大钞，示意他不用找了。司机见状，立即喜笑颜开，千恩万谢地离开了。

梁绵韧走到民房前，轻轻敲了几下门。

"谁？"房内传来一声警惕的询问。

"长贵，是我。"梁绵韧道。

民房大门缓缓打开，一个贼眉鼠眼的男子探出了头。他左顾右盼，见四下无人后，才将梁绵韧迎了进去。

男子名为"梅长贵"，原本是南方的一个私企的小老板，因有头脑、"会做人"，深得梁绵韧赏识，摇身一变，成了梁绵韧从安澜港集团捞钱的得力帮手。

两人来到正厅坐下，梅长贵为梁绵韧沏上了一杯茶。

"大哥，此次香港之行还顺利吗？"梅长贵问道。

"这帮外国佬不讲道义。"梁绵韧面有怒色，愤恨地说道，"他们一听说市纪委在调查我们，立即换了一副嘴脸。原本说好的四个亿的收购价，直接被打了个对折，现在他们只肯出两个亿……"

梅长贵略作思考，缓缓说道："大哥，我觉得我们其实不必着急寻买家。当务之急，是先把那两个液化气泊位攥在手里。"

"长贵，你说得对。"梁绵韧浅抿了一口茶水，长叹一口气道，"本来打算临近退休再走这一步，没想到如今竟然被那个纪威逼得把这一步提前了三年。"

"大哥，我觉得我们必须得迅速行动。"梅长贵继续说道，"刚从贾聪的老婆那里得知，贾聪昨夜在窗前坐了一夜，今天一大早就说要去松涛园，吃了午饭就开车出去了。我估计，这小子多半是去找纪威自首了。"

"这个软蛋！"梁绵韧闻言，狠狠一拳砸在了面前的茶台上。他心中那种惴惴不安的感觉，此时愈发浓烈。

白晓莲被留置，贾聪自首，"四大金刚"更早已身陷牢笼。此时此刻，他的身边除了梅长贵，再无可信任之人。

"可恶的纪威，可恶的市纪委！"思及至此，梁绵韧心中的怒火已成滔天之势。

"贾聪一旦自首，白姐再全招了……"梅长贵顿了顿，说出了自己的担忧，"我担心那个纪威很快就会找到针对大哥你的证据，现在已是宜早不宜迟，我们得提前做好应对准备。"

梅长贵的话，再度让梁绵韧冷静了下来。

他两度前往香港的目的，就是给自己留一条后路。现在事已至此，他心里纵然有千万个不甘不愿，却也不得不屈从于眼下的形势。

"你马上安排好离开的事宜，我回去就召集开会，明天就签合作协议。"梁绵韧说完，像是被抽干了所有的精气神，一下子瘫倒在了椅背上。

"我估计，您前往香港的时候，纪威就已经给您上了'边控'措施。现在想通过正常途径出境，已经是不可能的了。"梅长贵托着下巴，深思道。

梁绵韧突然感觉有点慌，他蓦地从椅子上站了起来，茫然地看着梅长贵："那怎么办？"

梅长贵的双目，像是两颗玻璃球一般地转动了起来。他思索片刻，缓缓说道："这样，大哥，我们乘货轮走，先到马来西亚，再乘坐飞机去美国或者欧洲。"

"货轮？"梁绵韧半信半疑地问道，"具体说说。"

梅长贵偏了偏头，略作思考后说道："我本家二哥的远洋运输公司，现在正好有条船就停在港口里。这条船从港上装载了粮食，准备运到马来西亚，我们可以坐这条船离开。"

见梅长贵说得有板有眼，梁绵韧急躁的心稍稍安稳了下来，他丝毫没有注意到梅长贵说话时，眼睛里闪过的那一抹狡黠。

"务必把这件事办扎实！"梁绵韧叮嘱道，"为了防止夜长梦多，我这就回去收拾收拾,明天一签完协议,我们立刻走。"

"放心吧,大哥,我办事你放心。"梅长贵拍着胸脯说道。

梁绵韧将面前的茶水一饮而尽,然后起身离开了民房。此时此刻,他已心乱如麻,只想赶紧把两个液化气泊位拿到手,然后逃之夭夭。

梅长贵把梁绵韧送到马路上,亲自为其拉开车门,见出租车走远后,才返回民房。

"老三,我没记得我们有船停在港口上啊。"梅长贵一进门,一名与梅长贵长相有八分神似的中年男子便开口问道。

此人是梅长贵的亲二哥梅长福,梅氏家族的远洋船队就登记在他的名下。

梅长贵笑着坐了下来,拿起面前的茶杯喝了口茶,如饮美酒般缓缓咽下。他脸上浮现起一抹戏谑的表情,继而大笑道:"哪有什么去马来西亚的船,不过是诓梁绵韧的。只要明天的合作协议一签,我们把那两个液化气泊位拿到手,他梁绵韧是死是活,与我们有什么关系。"

梅长福缓了缓,也随之笑了起来:"我明白了,那贾聪也是被你忽悠去自首的。"

"正是。"梅长贵笑得愈发得意,"只有白晓莲和贾聪同时进去了,他梁绵韧才会阵脚大乱,生怕自己也会被纪委抓去。也就是在现在这种局面下,我们才能成功撺掇他让安澜港集团和我们的隆摩公司签约。"

"三弟,还是你技高一筹啊。"梅长福伸出大拇指称赞道。

"这些年,我一直跟梁绵韧提液化气泊位这个事,钱没少送,孙子没少装。可这个梁绵韧就是犹犹豫豫,拿不定主意。"梅长贵说道,"要不是这次那个纪威把他逼到了绝路,他还是不会同意我们的这个提议。"

"嗯。"梅长福点了点头说道,"算起来,这纪威还帮了我们一个大忙啊。"

"可不是吗。"

梅氏兄弟大笑了起来,将小人得志的市侩嘴脸表现得淋漓尽致。而此时的梁绵韧正紧急召集会议,安排明天签约的事宜,丝毫不知自己已进入了商人精心设计好的圈套里……

## 十二

贾聪坐在谈话桌前，小心翼翼地捧起面前的纸杯，浅抿了一口温水。然后他抬起头，用一种近乎恐惧的眼神，偷瞄向坐在面前的纪威。

他是个聪明人，自白晓莲被留置的那一刻起，他便已猜到，这是"兵法大家"纪威的又一次运筹帷幄。纪威以"瞒天过海"之计，又一次精准拿捏了他们所有人，而一场更宏大、更彻底的"剿灭之战"，也许正在来的路上。

想到这些，又想到梅长贵对他说的话，贾聪的后背瞬间便被冷汗浸湿了。一向善于审时度势的他，当即决定向市纪委监委自首。

事实证明，他的决定是正确的。

也正是在贾聪自首的同一时间里，李纯钧等人完成了对他的外部调查，不日便将会对他立案并采取留置措施。

贾聪在知晓了这件事后，不禁吓得冷汗直冒，同时也暗自庆幸自己在最重要的时刻，做出了最正确的抉择。

纪威翻看着贾聪的供述，一双剑眉不时微微蹙起。贾聪把这一细微的表情看在眼里，心中再度忐忑了起来。

不多时，纪威看完了整份材料，长叹了一口气。

贾聪的心已经提到了嗓子眼上，因为接下来的时刻，或者说接下来纪威的话，将会成为他下半生命运的重要转折点。

"贾部长，"纪威缓缓开口道，"你所供述的这些事情，大部分我们已经掌握得很详细了……"

未等纪威说完，贾聪心里再度咯噔一声，他的神情变得恍惚起来，整个人如坠深渊。

"当然，"纪威顿了顿，继续说道，"也有一部分是组织未能完全掌握的违纪违法事实。根据相关规定，经我们审查调查组集体研判，并报请市委主要负责同志同意，决定对你进行立案。"

贾聪长叹了一口气，心道：果然还是逃脱不了。

但与此同时，他心中的那块石头，也在这一刻落地了。那颗忐忑的心，也终于沉静下来。

"接下来的一段时间,你不能离开安澜市市区。组织有任何需要你配合调查的问题,你需要做到随叫随到。"

贾聪已心如死灰,机械般地点了点头。

"好了,你现在可以让你的家人来接你了。"纪威最后说道。

"好。"贾聪如同一只败下阵来的斗鸡,有气无力地回答道。

纪威站起身,见贾聪依旧呆呆地坐在皮方凳上,于是上前拍了拍贾聪的肩膀:"贾部长,走啊。"

正是这一拍,才让贾聪回过神来。他回忆着纪威方才的话,忽然腾一下跳了起来。

贾聪用一种难以置信的眼神望向纪威,眼睛瞪得如同铜铃一般大,脸上写满了不可思议。他紧紧地攥着纪威的手,神情变得无比激动。

"纪书记,您说的都是真的吗?您没有骗我吧?我不用被留置了?我可以回家了?"贾聪使劲地摇晃着纪威的手,一上来就是"灵魂四问"。

纪威好不容易挣脱开来,宽慰道:"刚才说过了,鉴于你自身的表现和组织的关心,虽然对你进行立案调查,但没有对你采取留置措施。这是组织对你的挽救,希望你不要辜负组织。"

"一定。"贾聪拍着胸脯说道,"从今以后,我若是再跟那帮人同流合污,我就是'哈士奇'!"

纪威被贾聪滑稽的表情不禁逗得笑了起来,他郑重地伸出手,与贾聪握在了一起,庄重地说道:"贾聪同志,祝贺你重获新生!"

"同志"二字,仿佛蕴含着无限的能量。贾聪闻言,泪水瞬间就从眼眶中奔涌了出来。

"谢谢纪书记,谢谢组织……"贾聪坐上了车,不断地冲着纪威挥手,千恩万谢。

纪威抬起头,看着远方的天空,长叹一口气。

"惩前毖后,治病救人",这八个大字像是一道铭文,深深地烙印在了他的心里……

就在纪威对党的方针政策产生新的理解的时候,梁绵韧这边也丝毫没有闲着。

　　为了尽快把液化气泊位以"合法"的手段从安澜港集团转移到隆摩公司名下，梁绵韧抛弃了所有原则与底线，连夜召开集团议事会，商议签约事宜。

　　晚上九点，安澜港集团总部大楼的会议室里，再度亮起了灯。

　　梁绵韧高坐在首位上，看着空荡荡的会议室，又看着那几个熟悉却空缺了的席位，心里忽然产生一种恍若隔世的感觉。

　　不久前，这里还是他的"私人王国"，整个集团"唯他独尊"，他是这安澜港说一不二的主宰。他培养、任用了"四大金刚"和贾聪之流，更是让他的掌控力无处不在。

　　而现在，场景不变，座席还在，却已物是人非。

　　"都是那个可恶的纪威！"思及至此，梁绵韧再度恨得咬牙切齿。

　　就在梁绵韧思绪纷飞之时，徐建设、唐平以及其他几个班子成员，先后匆匆赶了过来。

　　"董事长。"几名班子成员依旧礼貌地跟梁绵韧打着招呼，只是这几声招呼里，已没有了昔日的那份崇敬及畏惧。

　　见参会人员到齐，梁绵韧清了清嗓子，正式开始了会议。

　　"今天这么晚把大家叫来，只有一件事，就是讨论一下与隆摩公司签约的事项。经过前期的沟通协商，我决定将我们港上的两个液化气泊位转让给隆摩公司经营，以换取我们今后的深度合作……"

　　"我不同意！"未等梁绵韧说完，徐建设就提出了反对意见，"这两个液化气泊位，能够产生巨大的经济效益，为什么非要让隆摩公司经营？"

　　梁绵韧闻言微微皱眉，脸上闪过一丝不悦。但为了他的"大局"，梁绵韧没有立刻发飙，而是缓缓解释道："液化气泊位的经营，对技术的要求很高。我们集团目前对这种技术还不能够充分掌握，贸然自主经营，我担心会发生安全事故，所以才打算转让给隆摩公司……"

　　"哼！笑话！"徐建设再度打断了梁绵韧的话，"一个20世纪90年代就已经普及了的技术，这都2018年了，我们还掌握不了？董事长，这个理由有点牵强吧。"

　　梁绵韧深吸了一口气，似是被徐建设彻底激怒了。

"徐建设！"梁绵韧狠狠地拍了一下桌子，呼的一下从椅子上站了起来，指着徐建设大骂道，"我说有技术难度，就是有！你跟着唱什么反调！你是要造反吗？"

虽然"大将"尽失，但梁绵韧毕竟还是安澜港集团的"一把手"，多年形成的心理威压，依然牢固地存在于众班子成员的心里。

梁绵韧这一发飙，立马把其他与会人员吓得噤若寒蝉，不敢再发出一丝声响。

徐建设也被梁绵韧这突如其来的气势打了一个措手不及。他脸色变得铁青，大脑忽然一片空白，一时之间竟想不出反驳的话来。

"反正，我就是不同意！"徐建设撂下一句话，夹起笔记本，摔门而去。

梁绵韧瞪着徐建设的背影，眼神如刀。

"你们呢？谁有不同意见，也说出来。"为了自己的"大局"，梁绵韧没有立即与徐建设争个高下，而是借着这股气势，怒喝其他班子成员。

与会的其他人见势，纷纷低下了头，生怕与梁绵韧有片刻的眼神对视。

最终，在梁绵韧的强势威慑下，安澜港集团有限公司集团议事会以一票反对、十票通过的结果，通过了将液化气泊位转让给隆摩公司的决议。散会后，梁绵韧看着签满名字的会议记录，终于露出了一个满意的笑容。

"让行政部抓紧安排，务必保证明天上午一上班，就举行签约仪式。"梁绵韧对一旁的工作人员安排道。

"好的，董事长。"工作人员唯唯诺诺道，"我马上落实。"

会议室里再无一人，梁绵韧长松了一口气。此刻的他终于卸下了所有伪装，疲惫地半躺在皮椅上。

再说徐建设这边，自摔门离开会议室后，他便径直回到了自己的办公室。怒发冲冠的徐建设泡了一杯茶，让氤氲的茶香，促使自己渐渐冷静了下来。

梁绵韧霸道的"一言堂"作风，固然可气，但他公然将集团的优质资产低价转让给民营企业的行为，更是毫无底线。这其中有什么猫腻、有什么利益输送，自是一目了然。

"决不能再让国有资产白白流失了。"一番思索后，徐建设下定决心，拿出手机给纪威拨了过去。

极度疲惫，睡得正香甜的纪威，在得知事情的原委后，也吓了一跳。

"价值高达三四个亿的国有资产，在未经请示市委、市政府和国资委的情况下，就被梁绵韧个人以'一把手'的绝对权威决定了处置方式，当真是无视国家利益，无法无天！"纪威怒骂道，"决不能让他得逞！"

顾不得已是午夜，更顾不得因极度缺觉而近乎炸裂的脑袋，纪威匆忙穿好衣服，便驾车往冯琦的秘密办公点而去。

路上，他给冯琦打去了电话："冯琦书记，我这边有个十万火急的情况需要跟您当面汇报，能否请您到您的办公室来？"

"我马上去。"电话另一端的冯琦，感受到了纪威话里的焦急，亦是没有丝毫犹豫，便火速赶往办公室。

纪威驾车行驶在漆黑的道路上，注意力高度集中。透过明亮的车灯，他看见前方海雾渐渐散去，一切都变得清晰起来……

## 十三

午夜，冯琦的秘密办公点再度亮起了灯。在一片黑暗中，这一抹光亮就像是黎明前的曙光，给世间带来了希望。

纪威赶到的时候，冯琦已泡好了茶，正一边喝茶一边在笔记本上写着什么。

"不好意思，书记，事发突然又十万火急，不得不大半夜地打扰您。"纪威带着歉意说道。

"纪威你这话说得太官方。"冯琦笑了笑说道，"都是干工作，你们天天起早贪黑、没日没夜、不辞劳苦，我偶尔半夜加个班、开个会，还有什么可说的。"

纪威闻言，不禁心里一暖。

他心里明白：这次的安澜港集团专项整治工作，虽曲折不断，但始终稳步向前推进。这与省纪委监委和安澜市委的正确领导与坚定支持是密不可分的。

闲聊几句后，两人言归正传，正式开始了这场范围不大却极其重要且意义深远的专题会议。

纪威拿着准备好的材料，对事情的大致情况进行了一番阐述。

冯琦静静地听着，不多时愤怒的情绪便爬上了心头。

"他梁绵韧胃口不小！"冯琦一巴掌狠狠地拍在桌子上，怒气十足地说道，"还真把安澜港集团当成他自己的私人王国了，想怎么拿捏就怎么拿捏。他梁绵韧真是胆大包天！"

冯琦眉头紧蹙，纵然愤怒却依旧保持着平和的情绪。

"梁绵韧做出此举，应当是狗急跳墙了。"纪威冷静地分析道，"'四大金刚'、白晓莲先后被留置，贾聪和其他一些高、中层领导干部又先后向我们自首，他应当是感觉到我们即将对他采取措施了，所以准备最后大捞一笔，然后跑路。"

冯琦听着纪威的分析，默默地点了点头，赞同道："应该是如此了。"说完，他随即问道，"如果我们现在立即对梁绵韧采取措施，条件是否已具备？"

"书记，是这样的，根据白晓莲、贾聪的供述，以及我们的一些调查取证，现在已有部分证据可以证实梁绵韧涉嫌受贿、滥用职权等多项违纪违法问题。"纪威说完，立即从文件包中拿出了一摞材料，慢条斯理地汇报道，"本来打算明天一早来跟您汇报，下午对他采取措施的，但怕他逃跑，所以就大半夜跟您汇报。"

"那就抓！"冯琦再度怒道，"这种蛀虫，绝不能留！"

"还有一个问题需要向您请示，书记。"纪威继续说道。

"你说。"冯琦心情大好。

"是这样的，书记。"纪威向冯琦请示道，"今晚梁绵韧连夜召开议事会的目的，便是召开明天一早的签约会。出于扩大政治效果的考虑，我打算，直接在会场上宣布对梁绵韧的留置决定。"

冯琦闻言，原本布满笑容的脸上，忽然写满了严肃。他微微蹙眉，似是在深思着这其中的弊与利。

时间一分一秒地流逝着，原本就安静的办公室，只剩下了钟表的滴答声还回荡着。

约五分钟后，冯琦紧皱的眉头终于舒展开来，似乎是他已有了答案。

纪威目不转睛地望向了他，眼神中满是期待。

"就从会场上宣布留置,在众目睽睽之下把他带走!"冯琦的胸中忽然涌起万丈长虹,他站起身走到窗前,看着浓浓夜色,厉声说道,"我们要向全省,乃至全国,表明我们安南省纪委监委以及安澜市委、市政府、市纪委监委的反腐败决心;我们要让所有人都知道,我们将以重拳反腐来刮骨疗毒,让清风荡尽浑浊,为经济的再度腾飞扫清障碍!"

纪威闻言,双目中不禁闪过一道坚毅的光芒。

"我们一定打好这场'最后的战役'……"纪威朗声说道。

凌晨两点半,原本一片漆黑的松涛园会议室,再度灯火通明。

已经睡下的李太阿、李纯钧、刘镇岳等人再度被召集到了会议室里。几人皆满脸疲倦,强撑着坐在会议桌前,不断地打着哈欠。

纪威看着几人的神情,心中闪过一丝不忍。但为了大局,为了"最后的胜利",他还是隐藏起了内心的愧疚,坚定了继续工作的决心。

"同志们,"纪威开口道,"十分抱歉,大半夜把大家从被窝里叫起来。我也知道这段时间的连续作战,已经让大家身心俱疲,但也希望大家能够再坚持一下,因为最后的决战即将到来。而我们今晚的会议内容,就是部署如何夺取这'最后的胜利'!"

纪威的话,如同是一剂提神妙药,让原本困顿不堪的几人为之一振,迅速地打起精神来。

"书记,您安排吧,我们一定把活干好、干漂亮。"李太阿道。

"是啊,书记。"李纯钧笑道,"干了这么长时间,若是这历史性的时刻不让我们参与,还真是说不过去。"

众人闻言,纷纷笑了起来。

纪威的脸上,也洋溢起了笑容。他笑着说道:"既然大家'求战'心切,那我们就抓住这最后的时间,来研究部署一下这场'最后的战役'。"

从凌晨三点到早晨六点,纪威带领李太阿等人,反复模拟、讨论具体的带人方案,同时也就一些后续措施进行了商讨。经过数次修改,最终形成了一份切实可行的行动计划。

看着远处天边泛起的鱼肚色,纪威缓缓总结道:"同志们,黎明的号角已经吹响了,让我们排除万难,继续向前!"

## 十四

时间悄然来到了 10 月 29 日,这也是专项巡察工作的最后一天。

一夜未眠的梁绵韧,顶着两个浓重的黑眼圈,从港口大酒店豪华套间的床上慢慢地坐了起来。

他走到窗前,拉开窗帘,让和煦的阳光映照在他的脸上。

"纪威,"梁绵韧自言自语道,"过了今天上午,我就要去国外了,你终究还是没能抓住我。"

简单洗了个澡,梁绵韧拆开一件崭新的白衬衣,穿在了身上。他站在镜子前,反复地整理着自己的仪表,似乎是要以最昂扬的姿态,来告别这个他工作了近四十年的港口。

"终究还是老了啊。"梁绵韧的心中泛起了无限感慨,他抚平鬓角的白发,默默地叹了一口气。

走出房间,梁绵韧来到餐厅,简单地吃了半屉小笼包,喝了一碗小米粥。然后他默默起身,往安澜港集团总部而去。

港口大酒店距离集团总部并不近,以往梁绵韧都是乘坐专车过去。而这一次,他选择了步行,并拒绝了所有想与他同行的人。

今天的梁绵韧如同是一名行程将尽的旅行者,在用最后的步伐,来告别这座城市。

平日里那些熟视无睹的风景,在这一刻忽然变得亲切了起来。

梁绵韧看着安澜港集团总部周边的一切,每一座大楼、每一处院落,甚至是每一处花草、每一块砖瓦,都让他感到了深深的留恋与不舍。

他在这里生活了近四十年,把人生三分之二的时光都奉献给了这里。他亲眼看着一片片盐碱地变成一座座高楼,看着一块块坑洼地变成一个个货场,看着一段段土路变成一条条柏油马路……

想到这里,梁绵韧的眼眶中不禁溢出了泪水。他已然把这里当成了自己的家乡,而现在这家乡却毫不犹豫地唾弃他。

怪谁呢？

梁绵韧扪心自问："要怪就怪自己被贪欲迷了心窍吧。"

扬起衣袖，梁绵韧擦干眼泪，长叹了一口气。

"回不去了。"

梁绵韧孤单地行走在熙熙攘攘的人群中，如同一条丧家之犬，在匆忙的人群中显得格格不入。

茕茕孑立，形影相吊。

梁绵韧怀着无比复杂的心情，迈着无比沉重的步伐，走到了安澜港集团总部的大门口。

他抬起头，看着面前这座盛极一时的建筑，眼前浮现起了当时大楼建设的场景。

他仿佛看到了当时那个争着抬水泥的他，看到了那个用心测量数据的他，看到了那个主动要求加班看守建材的他，看到了那个在大会上接受表彰的他……

过往种种，皆现眼前。

"那个人，真的是我吗？"梁绵韧迷茫了。

"董事长好！"

大门保安一声洪亮的问好声，打断了梁绵韧的思绪。梁绵韧愣了愣神，冲着保安笑了笑，然后友好地拍了拍他的肩膀，径直往会场走去。

"董事长今天看着不大对啊。"保安亦是一阵发蒙。

沿着那条当年他亲自测绘的道路，梁绵韧一路来到了礼堂。看着正门上方那颗已经斑驳了的红色五角星，梁绵韧的双眼再度迷离了。

"是啊，近四十年的光阴，斑驳的何止是五角星的红色，还有我当时的那份初心啊。"

再叹一口气，梁绵韧迈步进入礼堂。

会场上，一切已准备就绪。"安澜港集团有限公司与香港隆摩国际投资集团有限公司签约仪式"的横幅，就像是一面大旗挂在了最显眼的位置。

梁绵韧找了一个角落，默默地坐了下来。再有一个小时，等完成了这场签约仪式，他就离开这里了。这一走，可能就是永别。他想在临走之前，再最后看一眼这个他开了近四十年会的地方……

八点二十分,与会人员陆续到齐。梅长贵也在行政部工作人员的引导下,步入了会场。

梁绵韧知道,他必须向前走了。

抛下之前的所有思绪,梁绵韧再度挺起了胸膛,在众人的注目礼下,缓缓走到签约席前落座。

他冲着工作人员点了点头,示意可以开始了。

负责主持的行政部副部长开始照着稿子宣读了起来:"为进一步加强港口建设,加强与国际企业之间的合作,经过一番磋商后,我们终于与香港隆摩国际投资集团有限公司达成战略合作协议……"

看着台下坐着的众多与会者,梁绵韧仿佛又回到了他的青春岁月。这一刻,声音仿佛被消除了一般。他只看到主持人的嘴巴在动,而具体说了什么,他完全没有听到。

直至工作人员把合约递到面前,梁绵韧才如梦初醒。他取下笔盖,握住签字笔,习惯性地准备签下自己的名字。

签约台下,各大媒体的记者已经架起了"长枪短炮",只待两人签字完成,便会按下快门,咔嚓咔嚓地拍起来。

就在这时,传来了一个熟悉的声音:"梁绵韧,停笔!"

一声怒喝,宛如晴天霹雳,彻底劈醒了浑浑噩噩的梁绵韧。

看着那张熟悉的面孔,梁绵韧的手竟不自觉地发起抖来。他强行坚定意志,想要完成最后的仪式,却被猛然向前的纪威一把夺下了手中的签字笔。纪威的手,就像是一把老虎钳,紧紧地攥住了梁绵韧的手腕,让他不能移动分毫。

李太阿和赵赤霄见势赶紧上前,一左一右地站在了梁绵韧的两边。

纪威轻舒一口气,从文件包里,拿出了那份盖着"安澜市监察委员会"鲜红公章的留置通知书。

"梁绵韧同志,我们是安澜市纪委监委的工作人员。现经安南省纪委监委和安澜市委批准,对你立案审查调查并采取留置措施。这是通知书,请你仔细阅读后签字。"纪威义正词严地说道。

看到鲜红的公章，梁绵韧的大脑一下子空白了。

他千算万算，最终还是棋差一着。就差一步，他就赢了。

梁绵韧双腿一软，险些瘫坐到地上，幸好李太阿和赵赤霄眼疾手快，一把扶住了他。

缓了许久，梁绵韧终于平静了一些。他颤抖着右手，在通知书上，歪歪斜斜地签上了自己的名字。

在按下手印的那一刻，梁绵韧知道，他输了，输得一败涂地。

如此重大的新闻，记者们岂会错过，他们纷纷拿起手中的设备，想要拍下这千载难逢的一刻。

但纪威早有预料，提前安排好了刘镇岳带着马百里等人蹲守会场，一经发现有拍照、录像的，立即上前制止。在几人的提醒下，记者们颇为沮丧地停下了手中的动作，删除了已经拍下的照片。

在纪威的带领下，李太阿和赵赤霄带着梁绵韧向外走去。

黑色的帕萨特轿车早已停在了会场门口，见纪威走出来，司机立马下车打开了车门。

梁绵韧被带到了车上，李太阿和赵赤霄一左一右坐在了他的两边。确认车门均已关好后，司机一脚油门，车子稳稳发出，往松涛园而去……

安澜港集团有限公司党委书记、董事长梁绵韧被立案审查调查并采取留置措施的消息，就像是一记重磅炸弹，引爆了整个安澜市的舆论场。

不到半日的时间，所有安澜市民都被这则消息刷了屏。

舆论形势几乎是"一边倒"，广大市民纷纷在消息下留言，大呼痛快，并为安澜市纪委监委的"重拳反腐"行为点赞。

## 十五

11月7日，立冬。安澜市正式进入了冬天。

安南省纪委副书记、省监委副主任冯琦站在窗前，若有所思。

"咚、咚、咚。"

三声均匀的叩门声，打断了冯琦的思绪。不过，冯琦非但没有生气，脸上反倒洋溢起几分喜色。

"请进。"冯琦的话音落下，纪威推门而入。

"书记，都已经准备好了。"纪威汇报道，"公务车也已经在楼下等候，只等您亲自出马了。"

"很好！"冯琦脸上的笑意愈发浓烈，他走上前，笑着拍了拍纪威的肩膀，说道，"既然都已经万事俱备了，那么我这股东风，自当与你们这股清风一同前去，一扫尘埃。"

纪威也笑了起来，两人都看到了彼此眼中的坚定与决心。

公务车缓缓起步，虽然只有一辆车，却仿佛有着千军万马的气势。它如同一支得胜归来的百战之师，直奔安澜港集团总部而去。

冯琦和纪威到达时，安澜港集团的礼堂中已经坐满了人。安澜港集团中层及以上管理人员再度被召集了起来，他们即将参加的是一场能够载入安澜市史册的"巡察反馈会"。

这场反馈会的层次之高，史无前例。单单是参加的厅级干部，就有七名之多；除此之外，市人民法院、市人民检察院、市公安局、市财政局、市审计局等多个部门单位的班子成员，亦悉数坐在了台下。

这不仅仅是一场简单的反馈会，更是安南省纪委监委和安澜市委、市政府、市纪委监委苦心多日准备的一次"整顿改革大会"。

冯琦走上主席台，缓缓坐下。他抬起头，目光在众人脸上一一扫过。

面对冯琦审视的目光，台下众人的表情百态横生：有庆幸、有畏惧、有担忧、有畅快，亦有期待……

冯琦沉默片刻，缓缓打开了面前的麦克风。

"同志们，现在请大家安静，我们开会。"冯琦的开场白，简单而朴实，却在一瞬间将众人的注意力吸引了过来。

台下的众与会人员，纷纷在这一刻抬起了头，不约而同地用一种饱含期待的目光望向冯琦。

"今天我们的这次会议，是重要的，是深刻的，也是令人痛心和惋惜的……"冯琦说着，情绪忽然激动了起来，"会议要反馈的，是我们安澜港集团有限公司近十年来存在的种种腐败行为、种种积弊、种种不进反退的现象！"

冯琦的讲话中，忽然流露出了一丝悲怆，似乎是在对巨额国有资产的流失表示心痛。

"这些情况的发生，在座的诸位港口人，都负有不可推卸的责任！甚至安澜市委、市政府和诸多部门单位，也都负有一定责任！"

冯琦的话如同阵阵惊雷，深深地震撼了台下的与会人员。偌大的礼堂忽然变得鸦雀无声，连绣花针落地的声音，都可以听得一清二楚。

冯琦说完，再度抬起头，用一种近乎拷问灵魂的目光，望向众人。

这目光充满了威严，让心中有鬼的人心惊胆战、畏惧不已，纷纷低下了头。

冯琦顿了顿，继续说道：

"好在亡羊补牢，为时未晚，我们没有放任安澜港这个'港口巨人'继续病重下去。安澜市纪委监委的同志们夜以继日、披荆斩棘，最终发现并查处了以梁绵韧为首的、躲在港口背后多年的腐败集团。'四大金刚''幕后大王'先后落网，为我们扫清了救治港口的阻碍，让我们重新看到了希望。"冯琦长舒一口气，继续说道，"但是，振兴港口，仍然任重而道远。这个艰巨的任务，不仅仅需要安澜市委、市政府和其他各部门单位的配合，最重要的是需要我们港口人自我革新、扫除积弊，重拾信心、整装再战！"

朴实的话语，如同是星星之火，瞬间点燃了与会港口人胸中积压已久的干柴。

他们看着冯琦，双目中如有熊熊火焰在燃烧着。

"我知道，现在有很多人的心中，还存在踌躇和畏惧……"冯琦顿了顿，继续说道，"眼看自己身边的人一个个被市纪委监委叫去谈话，心存恐惧，担心自己做过的错事被发现，下一个'进去的'就是自己……"

"其实，大可不必！"

又一声惊雷，在礼堂中炸响。众港口人闻言，纷纷惊讶地抬起头，用一种难以置信的目光，望向冯琦。

"反腐，既需要霹雳手段，也要有菩萨心肠。反腐不是针对谁、针对某几个人，其目的是以刮骨疗毒的方式，来肃清政治生态，推动经济发展。大家所担忧的问题，安澜市纪委监委的同志们早就已经有所考虑。"

像是有一束光，自天际而来，刺破了无尽的黑暗。数百名港口人再度抬起头，望向冯琦，眼神炽热。

"安澜市纪委监委立足实际情况，经讨论研究后制定了《关于敦促有关人员主动说清问题争取宽大处理的工作方案》，在报请省纪委监委和市委批准后，现于今日正式实行。相关通知将在会后发出，只要在通知发布后十日内，主动向组织讲清问题、上交违纪违法所得，真心悔改的，安澜市纪委监委将按照相关规定从轻处理，力求以最小的震动恢复安澜港的政治生态！"

一阵猛烈的掌声忽然在礼堂中响彻了起来。

冯琦摆了摆手，继续说道："为巩固安澜港集团专项巡察成果，推动港口尽快涅槃重生，安南省纪委监委、安澜市委、安澜市纪委监委决定联合成立'安澜港集团整顿改革工作领导小组'，由纪威同志担任小组组长。我们要以猛药去疴、重典治乱的决心，以刮骨疗毒、壮士断腕的勇气，对我们的安澜港进行全面彻底的整顿改革！请大家务必调整好心态，放下包袱，整装再出发。为我们的港口建设，奉献出自己的力量。"

冯琦说完，忽然站起身，对着台下的众与会人员，深深地鞠了一躬："拜托了！"

如雷掌声，再度响起。

这场对安澜市经济发展有着深远影响的会议，注定将载入史册。

会议整整开了四个小时，当冯琦和纪威再度走出礼堂的时候，已经是下午一点。

沐浴在午后的暖阳中，冯琦面带春风。

"整顿工作将会逐步推进，后续的审查调查和追赃追逃工作，还是得继续辛苦你们啊。"冯琦紧紧握住纪威的手，十分诚恳地说道，"公安机关那边，我已经跟李市长沟通过了，他们会全力配合好你们。主线任务都完成得很好，收尾工作也一定干扎实了。"

"书记请放心，我们一定把工作干好。"纪威同样诚恳地说道。

"你们安澜市纪委监委的工作，我向来都放心得很。"冯琦说完，转身上车。

车辆缓缓发动，冯琦降下车窗，冲着纪威挥了挥手。

望着黑色公务轿车渐行渐远，纪威终于长舒一口浊气……

## 十六

梅长贵躺在床上,眼神空洞地盯着天花板,神情恍惚,如同是一具被抽掉了灵魂的行尸走肉。

此刻的他,心里满是挫败感。

就差那么一点,他的计划就成功了。要是纪委的人再晚到半个小时,那价值数亿的液化气泊位,便会被他顺利地收入囊中;再一转手,那便有四五个亿到账。

"该死的纪委,愚蠢的梁绵韧!"不知过了多久,梅长贵忽然坐了起来,他左手握拳,狠狠地捶打在墙壁上,愤愤地骂道。

骂归骂,恨归恨,该面对的还是要面对。

签约仪式上,面对来势汹汹的纪检干部,梅长贵本能地想要先溜之大吉,再从长计议。却不知,他早已被纪委锁定。没有将他和梁绵韧一起留置,是希望给他一个自首的机会。

所以,就在梅长贵想要逃离签约现场的瞬间,他就被陈破山和陈齐物堵在了门口。

"梅老板,我们是市纪委监委的工作人员,按照相关规定,我们现向您传达配合调查的通知。请您在三日内保持电话畅通,不要离开市区,我们会尽快与您联络。"陈齐物很官方地说道。

梅长贵只觉得一股如山的正气扑面而来,压得他喘不过气,只能木讷地点了点头。

一直到前一刻,梅长贵才恢复了清醒。

他盘膝坐在床上,如同打坐一般,开始思考起来。

"纪委既然已经盯上我了,肯定会安排人二十四小时监控我的动向,在当下这个信息化的时代,想逃跑已然是不可能的了。"梅长贵暗暗思考道,"梁绵韧和他的手下既然已经进去了,把我供出来也是早晚的事情。与其被动地让纪委找我,还不如我主动去检举梁绵韧,还能赚个自首和揭发他人的好处。"

梅长贵作为一名成功的商人,"利己"主义是他常年恪守的信条。不管以前关系有多好,感情有多深,只要是跟他的利益相冲突,那么无论是谁,他都可以舍弃。

打定主意的梅长贵，毫不犹豫地拿出手机，按照之前陈齐物留下的号码拨了过去。

"喂，陈干部你好，我是梅长贵。我有很多问题，要跟您反映啊。"梅长贵的脸上，再度浮现出了谄媚的笑容，一如之前面对梁绵韧时一样。

陈齐物接到电话后，倍感诧异。他已经做好了跟梅长贵打持久战的准备，没想到梅长贵竟然会主动配合。

三十分钟后，梅长贵的路虎准时停在了松涛园的门口。陈齐物交代司机先回去，然后将梅长贵带进了谈话室。

坐在软包的方凳上，梅长贵像是一只进了动物园的猴子，左顾右盼，看什么都十分新鲜。

陈齐物为梅长贵倒了一杯水，开门见山道："梅老板，您有什么问题就直说吧。"

梅长贵看着陈齐物，谄媚的笑容再次在脸上浮现出来。

"陈干部，我要是好好交代，算不算坦白自首、积极检举？能不能从轻处罚？"

"主动交代违纪违法问题，并积极检举揭发他人，可以从轻或减轻处罚。"陈齐物机械地说道，"前提是，你说的都是实话。"

"肯定是实话。"梅长贵得到了自己想要的答案，便开始和盘托出。

"我是在2010年认识梁绵韧的。当时他已经是安澜港集团的'一把手'了，我为了跟他搞好关系，于是就主动接近他，跟他吃了几次饭，就算是认识了。之后，我为了承揽工程项目，多次给他送钱送物，但都被他拒绝了。我知道那表示他不信任我，收我的钱不放心。

"后来，大概是在2013年吧，我听人说，白晓莲是他的情人，直接找他办不成的事，去找白晓莲就多半能办成。于是我就抱着试一试的态度，找到了白晓莲。前后我总共送给了白晓莲八十万元，终于顺利地从安澜港集团那里承揽到了工程。之后，我便一直通过白晓莲揽活。"

梅长贵说着，拿起纸杯，浅喝了一口水，继续说道："梁绵韧真正开始信任我，是在2014年冬天，当时梁绵韧和白晓莲去海南旅游，为表'忠心'，我便全程陪着，给他们跑腿，为他们买单。为了尽快打入梁绵韧的核心圈子，我便在这次旅游的过程中，自编自导了一出戏。"说到这儿，梅长贵有些不好意思。

"哦？"陈破山的眉毛微微挑起，"你详细说说。"

"我当时花钱雇了一帮小混混，让他们主动过去找梁绵韧的麻烦，然后在双方起冲突动手时，我再出来帮忙。"

陈齐物哑然失笑："你这是'英雄救美'？"

"差不多吧。"梅长贵笑道，"我当时跟小混混们说好了，让他们拿啤酒瓶砸梁绵韧，就在要砸到梁绵韧时，我再出来帮他挡下这一酒瓶。"

梅长贵说着，低下头，扒开头发露出了一道长长的伤疤。

"为求真实，用的是真啤酒瓶，我这里足足缝了十二针。"梅长贵的语气中竟然有几分自豪。

陈齐物没有理会梅长贵自我感觉良好的表情，继续问道："之后，你就正式进入梁绵韧的核心圈子了？"

"不止！"梅长贵再次自豪地说道，"自那之后，梁绵韧就把我当成了他的'救命恩人'，不仅把工程项目给我干，遇到经营方面的事，还主动跟我商量……"

"这些年，从梁绵韧手里，你承揽了多少工程项目？获利多少？"陈破山问道。

"我来之前，在车上盘算过，有四十几个项目，盈利在六千万左右。"梅长贵偏了偏头，主动补充道，"每次承揽工程项目后，我都会给梁绵韧送钱，总金额在一千二百万左右。"

"你记得倒是挺清楚。"陈破山揶揄道。

"做生意嘛，自然要把成本和盈利算得清清楚楚。"梅长贵说着，竟又有几分自豪。

陈齐物和陈破山对视一眼，开始给梅长贵制作笔录。陈齐物是个细致的人，每一笔违纪违法事实都记录得清清楚楚。

从中午时分，一直制作到日落西山，陈齐物才处理完所有笔录材料。

梅长贵仔细地阅读、核对着笔录，再三修改后，才在笔录上签字、按手印。

谈话的最后,陈齐物问梅长贵道:"梅老板,聊一句案件之外的话,这么多年在你心里,梁绵韧究竟是个怎样的角色?"

"说实话吗?"梅长贵的眼中闪过一抹轻蔑。

"当然。"陈齐物点了点头。

"这么说吧。他就像是我养的一条狗,需要外出打猎、获取猎物的时候,就要先把他喂饱,收获猎物后再给他一点奖励,这样才能保证我的收益最大化。"梅长贵说着,脸上竟没有一丝羞愧,反倒有种自傲,"说白了,他就是我的一个赚钱工具。"

"就没有一丝朋友的感情?"陈齐物追问道。

"或多或少还是有点吧,毕竟合作这么些年了。"梅长贵说道,"不过说破大天,也就是冲着他手里的权力。倘若他手里没有权力,谁还愿搭理他。"

"很理性!"陈齐物喝起了倒彩。

将梅长贵送出松涛园的大门,陈齐物感觉自己今天有了新的认知。

"天下熙熙,皆为利来;天下攘攘,皆为利往。"陈齐物看着夕阳,说出了一句古语。

## 十七

冬日的阳光温柔地洒在松涛园的楼顶上、树梢上、塑胶步行道上,也洒在人的身上,暖洋洋的。

纪威坐在案件指挥中心的办公桌上,仔细地翻阅着手中的报告。

这份报告,是根据各专案组近期的工作情况汇总起来的。除了相关事实之外,还着重对某些情况进行了细致的分析。

"不到两周的时间,就基本查清了梁绵韧的大部分违纪违法事实。"纪威审阅着材料,笑着称赞道,"各专案组的执行力都很高嘛。"

"但是,听他们说梁绵韧本人的态度,还是不行。"站在一旁的李太阿担忧道。

"从高位跌落泥潭,光是这个心态转变,就需要几周的时间,态度不行也正常。"纪威笑道。

"书记，我反倒觉得，这个梁绵韧有认识误区。"李太阿补充道，"仿佛他内心中始终固执地认为，他自己做得没错，反倒是我们'冤枉'了他。"

李太阿的话，让纪威陷入了沉思。

片刻后，纪威缓缓说道："李主任，我认为你分析得对，不解开梁绵韧心中的这个死结，他是不会诚心悔过、心服口服的。"

下午两点，再三思考后的纪威，与李太阿一道来到了留置室。

正在翻看《中国共产党纪律处分条例》的梁绵韧抬起头，目光正迎上纪威，不由得微微惊讶。

"老梁啊，最近怎么样啊？"纪威关心道。

梁绵韧却丝毫不领情，他别把头一扭，愤然道："整天被你们关在这个鬼地方，换作是你，你会怎么样？难不成还能每天乐呵呵的？"

纪威闻言，轻轻一笑，丝毫不恼怒。他搬了张椅子，坐在了梁绵韧的面前，又为他倒了一杯温开水。

"老梁啊，"纪威语重心长地说道，"你我也算是老相识了，甚至可以称得上是朋友，今天我们不妨以朋友的身份来聊一聊。"

"可不敢。"梁绵韧仍旧十分执拗，"您是高高在上的市纪委书记，我如今已是您的阶下之囚，可不敢跟您称朋友！"

"朋友也好，陌生人也罢。"纪威继续笑道，"这都不妨碍我们开诚布公地谈一谈。"

梁绵韧的两记重拳如同是打在了棉花上，他不由得脸色一变，摊了摊手，无所谓道："好啊，那就谈啊。谈一谈我这些年的错误、我收受贿赂的经过，谈一谈我的问题……"

"老梁，我们今天不谈这些。"未等梁绵韧说完，纪威便打断道，"我们今天谈一谈你心中的那股气。"

"气？"梁绵韧顿时有点摸不着头脑。

"对。"纪威笑道，"谈谈你心中的不服气。"

"不服气"三个字，如同是一缕火苗，瞬间点燃了梁绵韧这个火药桶。

"对！我就是不服气！怎么着吧！"梁绵韧彻底不装了，他愤怒地拍打着面前的小桌,咆哮道。

"老梁啊,没必要,消消气。"纪威依旧表现得风轻云淡,他摆了摆手,示意梁绵韧先平复下情绪。

梁绵韧却丝毫不能平静下来,反倒是愈发激动。他径直站了起来,以高俯低,朝着纪威大声咆哮道:"你们只盯着我的问题,只盯着我这些年拿的那一丁点钱,你们有没有想过这几十年,我为安澜港作了多少贡献?"

纪威默默听着,没有答话,就像是一个忠实的观众,旁观着梁绵韧的个人表演。

"从当初的那一大片盐碱地,到今天全国排名前十的港口。这一切,若没有我,根本不可能实现!这些年,哪个重大项目不是我领导推进的?哪个重大决策不是我拍板决定的?那些没我出力多、没我成绩好、没我费心思的民营企业老板,个个都身家上亿,坐豪车、住别墅、玩明星……而我呢,跟他们相比,我收的、拿的这些,连毛毛雨都算不上!"

梁绵韧终于把心中的怨气全部吐了出来,整个人也畅快了不少,他抓起面前的纸杯,将温水一饮而尽。

纪威自始至终,都没有说一句话,而是刻意让梁绵韧把内心的真实想法说出来。见梁绵韧将苦水倒得差不多了,纪威才缓缓起身,背对着梁绵韧,轻声问道:"老梁,我就问你一句话,你是民营企业家吗?"

简单的一句话,却如同灵魂拷问,让梁绵韧愣在了原地。

见梁绵韧不说话,纪威自问自答道:"老梁,你不是。你是一名共产党员,是党和国家培养多年的专家型干部。纵然安澜港集团现在是个企业,却也是国家的企业。你所管理的,不是你梁绵韧个人的财产,而是国家的资产!你负有的,是国有资产增值保值的责任!"

这一次,轮到梁绵韧沉默了。

这些年来,他从来都没有思考过这些问题,只觉得安澜港越来越好,而他却没有获得应有的回报。再对比那些民营企业家的奢靡生活,他的内心变得极度不平衡。

见梁绵韧已经听进去了自己的话,纪威趁热打铁,继续说道:"老梁啊,你要明白一件事:你首先是安澜港集团有限公司的党委书记,其次才是董事长!"

平地一声惊雷，震醒了浑浑噩噩的梁绵韧。他抬起头看着纪威，满脸错愕。

"党委书记？"梁绵韧的大脑霎时一片空白，一个被他遗忘了多年的职务，再度在脑海里浮现出来。

"你说你劳苦功高，你高得过张子善、刘青山？"纪威继续不依不饶，"他们曾在战场上浴血奋战，功劳不比你大？最终依然难逃被枪毙的下场！甚至我们不提以前，我们就谈现在。放眼全国，比你付出多、比你功劳大的党员干部比比皆是，他们觉得自己委屈了吗？他们滥用手中的权力了吗？他们向党和国家的财产伸手了吗？"

一连串的反问，如同连珠箭矢，精准命中了梁绵韧心中最脆弱的地方。

纪威的这一番话，如同扫清尘埃的飓风，将梁绵韧心中那些自以为是的想法，尽数吹到了九霄云外。

也就是在这一刻，梁绵韧才真正认识到自己犯下的错误。强烈的愧疚感，让他第一次产生了自责。

"纪书记，我错了……"梁绵韧趴在面前的小桌上，哽咽着说道。

"唉——"纪威长叹了一口气，走上前拍了拍梁绵韧的肩膀，没有再说一句话。他转过身，默默地走出了留置室。

松涛园小山的凉亭中，纪威裹着大衣，看着四周的风景，若有所思。李太阿不放心地找了过来，未发一言，只是默默地坐在了一旁。

"李主任，你说，我们纪检监察机关应当如何做，才能避免像梁绵韧这样的事情再度发生？"许久，纪威开口问道。

"案件查办是治标，思想政治教育和警示教育才是治本。标本兼治，才能真正实现清除存量、遏制增量。"李太阿沉思片刻，默默回答道，"不过好在，从今年的案件数据分析来看，这一切都在朝着好的方向发展。"

纪威点了点头，内心坦然。

"李主任，你说得在理。"纪威站起身，脸上终于露出了一丝笑容，"接下来，我们要想想该如何加强日常监督、如何有效开展思想政治教育和警示教育。"

李太阿也笑了起来，他望着纪威执着的背影，满怀期待……

## 十八

冯琦在巡察反馈会暨整顿改革动员大会上的讲话，极大地提振了港口人的信心。加之没有了贪腐势力的阻碍，安澜港集团专项整顿改革工作推行得极为顺利。

不到一周的时间里，安澜港集团就在副市长任旭涉和总经理徐建设的带领下，顺利完成了内部机构、人事、薪酬体制等方面的十几项改革。

港口的各项业务重新步入正轨，偌大的港口再度呈现出一幅热火朝天的干事创业景象。

一切都如冯琦所言：全面从严治党，重拳反腐，能够极大地净化政治生态，激发党员干部的干事创业热情，让安澜港重获新生再出发。

光阴如水，转眼就来到了这一年的岁末。

12月31日这一天，亦是具有历史意义的一天。

安澜港集团党委副书记、总经理徐建设，在万众瞩目下，站到了主席台的发言席上。他看着台下充满期待的人群，激动得热泪盈眶。

是啊，此时此刻，他太激动了！

徐建设背过身，用衣袖轻轻擦去眼泪，然后转过身，慢慢地将发言稿铺在了桌子上。

纪威看着徐建设，脸上露出了一个微笑，似是在鼓励他。

徐建设深吸了一口气，努力让自己平静下来，开口说道："各位领导、同志们，不好意思，让大家见笑了。因为此时此刻，我内心的激动实在难以自控。纵然我手上的这份报告，我已经看过、确认核实过数遍了，但每每翻阅，都会再度心潮澎湃……"

徐建设说着，猛然抬起头，不让泪水滑落下来。

"这是，我们安澜港八年来，整整八年来，第一次取得盈利！"

徐建设的话音落下，礼堂中落座的众人都被深深地震撼了。他们惊讶地看着徐建设，眼神中满是怀疑。

"是的，我刚拿到数据报告的时候，表情和大家是一样的。当时，我就在想，整顿改革之后，这才过了不到两个月，怎么可能扭转整整八年的亏损。但当我反复核对的时候，却惊讶地发现，这一切都是真的！"徐建设的神情，再度变得激动了起来。

"重拳反腐，让全国乃至全世界看到了我们的整顿改革决心，让他们感受到了我们的诚意，让他们对我们重新产生了信任。国企、民营企业甚至是外企，都纷纷选择跟我们合作。就在这整顿改革之后不到两个月的时间里，我们的业务量同比增长百分之两百。这一切都像做梦一样！"

徐建设话中的诚恳，终于让与会的众人相信了这个"扭亏为盈"的奇迹。热烈的掌声响了起来，在偌大的礼堂中响彻不息。

不知过了多久，礼堂才重新恢复安静。徐建设环视四周，哽咽着说道："在这里，我要特别感谢市纪委监委和专项巡察组的领导同志们，是他们攻克万难，帮我们找出了问题所在，留置了贪腐分子，让我们的港口重获生机。同时，我也要为我之前的错误做法，向纪委监委的同志，特别是纪威书记道歉。他们一次次地找我了解问题，一次次地想帮助我们，而我始终对他们持怀疑态度。我现在很后悔，若是我当时能够信任并全力配合他们，那便可以让同志们少走多少弯路啊……"

徐建设说着，对着台下的纪威深深地鞠了一躬。

"在汇报的最后，我想请省纪委监委、市委、市政府和市纪委监委的领导同志们放心，重获新生的安澜港将会在明年夜以继日、加倍努力，把过去浪费的时间补回来，一定会交出一份特别优异的答卷！"

纪威站了起来，带头鼓起了掌。在他的带动下，其他与会人员也都纷纷站了起来，礼堂中掌声如雷。

元旦之后不久，便是春节。

而这个春节，注定要在安澜市的反腐败历史上，留下浓墨重彩的一笔。

腊月廿五，市纪委监委和市公安局组成的三个联合追逃小组，分赴北京、上海、广州三地进行追逃追赃。这个春节，十五名小组成员注定不能与家人团聚了。

腊月廿九，就在广大市民们欢庆新春的时候，全市纪检监察干部却收到了一条特殊的值班信息：全体纪检监察干部分批次到松涛园参与春节值班。

原本已经收拾好行李、准备返回老家欢度春节的众纪检监察干部，皆改变了路线，带着行李奔赴松涛园而去。

偌大的松涛园一下子热闹了起来，市纪委监委办公室和松涛园保障中心特意采购了各类食材，在机关党委的组织下，参与值班的纪检监察干部们一起包起了饺子。

除夕夜，原本严肃的松涛园内，挂起了一盏盏大红灯笼，第一次呈现出了新春的喜气。

纪威和其他领导干部们，纷纷穿起围裙走进厨房，展示起了自己的厨艺。

各色美食纷纷上桌，参与值班的纪检监察干部们坐在桌前，齐刷刷地望向纪威，等待着他的新年祝词。

纪威笑了笑，拿起茶水，郑重地说道："这一年，尤其是这段时间，大家都辛苦了。我代表市纪委常委会，感谢大家的付出，谨以这杯茶水代酒，向大家致以最诚挚的问候，同时祝大家新的一年，身体健康，万事如意。"

纪威将茶水一饮而尽，餐桌上的气氛一下子活泼了起来。

众人匆匆吃过年夜饭，顾不得与家人视频多聊几句，就匆匆返回了各自的值班岗位。

纪威走出餐厅，给远在省城的媳妇拨去视频通话。数声等待后，传来一个男孩的稚嫩童声。

"你这个坏爸爸，说是陪我玩，又好多好多天没回来了，就连过年都没回家，我不喜欢你了……"

儿子无心的责备声，不禁让纪威潸然泪下。他轻轻擦干眼泪，却激动得说不出话来。

这时，纪威的妻子联竺接过手机，看着纪威那熟悉又陌生的脸庞，满是心疼。

"纪威，你瘦了。"媳妇的一句关心，再度触动了纪威的内心。

尽管这段时间过得很苦，纪威为了不让家人担心，还是表现得很轻松："这是我锻炼减重的成果。"

说着，纪威弯起胳膊，秀了一波肌肉。

联竺被纪威滑稽的表情逗笑了："没受苦就好，自己孤身在外，一定照顾好自己。家里你且放心，有我呢。"

一句简单的话，又一次戳中纪威坚强的内心。

聊了整整半个小时，纪威才依依不舍地挂断了视频通话。他握着手机，低着头，心情久久不能平静。

这些年，他实在是亏欠家人太多了……

冯琦不知何时出现在了纪威的身后，他轻轻拍了拍纪威的后背，像是在安慰着纪威。

纪威转过头，望着突然出现的冯琦，满脸震惊。他强撑着挤出了一个笑容："书记，您怎么在这里？"

冯琦没有回答，而是扬了扬手中的水饺，指了指留置室的方向，示意纪威与他一起前去。纪威瞬间便明白了冯琦的用意，不禁佩服地说道："还是书记您想得周全。"

两人并肩而行，纪威默默从冯琦手中接过那一盘水饺。

伴随着滴的一声，留置室的门轻轻地打开。

梁绵韧抬起头，惊讶地发现省纪委副书记冯琦竟亲自来了。

"冯琦书记，您这是……？"梁绵韧问道。

纪威把水饺放到梁绵韧面前的小桌上，笑道："老梁啊，今天是除夕夜，冯书记亲自来看你，并给你带来了一盘水饺。过年了嘛。"

梁绵韧看着面前这盘朴实无华的水饺，一时间老泪纵横。

这盘朴实无华的水饺，相对于过去几十年他吃过的水饺而言，非但不是最好的，甚至可能是较差的。但对于此刻的梁绵韧而言，它是世间最美味的食物。

"冯书记、纪书记，我这种犯了错误的人，还配吃除夕的水饺吗？"许久后，梁绵韧说出了自己内心的真实想法。

冯琦走上前，微笑着握住了梁绵韧的手："梁绵韧同志，不管你犯下了多大的错误，现在你仍是党的同志，对待能够真心悔过的同志，组织要给予帮助和关怀。"

梁绵韧闻言，竟呜呜地痛哭了起来。他一边哽咽着，一边夹起水饺放入嘴中。

吃完水饺，梁绵韧面对着冯琦和纪威，深深地鞠了一躬。

他看着两人，发自内心地说道："感谢组织在最后一刻，仍旧没有放弃我，感谢两位书记在除夕夜还能惦记着我。不管我将会接受怎样的惩处，我都认罪认罚、无怨无悔、诚心悔过。希望能用余生做些事情，回报国家、回报社会。"

这一刻，梁绵韧仿佛完成了自己的救赎……

走出留置室，冯琦和纪威心情前所未有的轻松。

两人并肩站在松涛园的最高处，听着远处的鞭炮声，俯瞰万家灯火，内心无比豁达。

远处一簇烟花腾空而起，在天空中绽放出了绚烂的烟火，璀璨夺目。寒冬渐远，满目皆春，清廉之风必会拂遍安澜大地！